江苏省文艺评论家协会 | 编著

2022江苏文艺研究与评论精粹

河海大学出版社 · 南京
HOHAI UNIVERSITY PRESS

图书在版编目(CIP)数据

2022 江苏文艺研究与评论精粹 / 江苏省文艺评论家协会编著. --南京：河海大学出版社，2023.12
ISBN 978-7-5630-8588-0

Ⅰ.①2… Ⅱ.①江… Ⅲ.①文艺评论－江苏－当代 Ⅳ.①I209.953

中国国家版本馆 CIP 数据核字(2023)第 240032 号

书　　名	2022 江苏文艺研究与评论精粹
	2022 JIANGSU WENYI YANJIU YU PINGLUN JINGCUI
书　　号	ISBN 978-7-5630-8588-0
责任编辑	李蕴瑾
特约编辑	邓峥嵘　孙晓慧
特约校对	阮雪泉
封面设计	清皓堂
出版发行	河海大学出版社
地　　址	南京市西康路 1 号(邮编：210098)
电　　话	(025)83737852(总编室)　(025)83787107(编辑室)
	(025)83722833(营销部)
经　　销	江苏省新华发行集团有限公司
排　　版	南京布克文化发展有限公司
印　　刷	广东虎彩云印刷有限公司
开　　本	787 毫米×1092 毫米　1/16
印　　张	24.75
字　　数	418 千字
版　　次	2023 年 12 月第 1 版
印　　次	2023 年 12 月第 1 次印刷
定　　价	88.00 元

序

《江苏文艺研究与评论精粹》自2020年列入省文联重点工作以来，每年出版一部，在全省文艺评论界乃至全国文艺评论界产生了积极的影响，成为江苏知名文艺评论家面向全省、全国文艺评论界铿锵发声和全面集中展示江苏文艺评论成果的重要平台。经过一年多的精心准备，《2022江苏文艺研究与评论精粹》（以下简称《精粹》）又与大家见面了。这是江苏省文艺评论家协会以习近平新时代中国特色社会主义思想为指导，全面贯彻落实党的二十大精神，深入学习贯彻习近平文化思想，落实省委省政府、省文联关于文艺评论工作的决策部署，出版的又一部江苏知名文艺评论家最新文艺评论成果汇编。

自编撰工作启动以来，《精粹》的稿件征集得到了江苏省文联领导和江苏省文艺评论家协会主席团的精心指导，得到了全省13个设区市文艺评论家协会、全省文艺评论家的积极响应。历时半年多的征稿，我们认真审稿并遴选出52篇文章汇编成册，其中文学15篇、戏剧6篇、影视3篇、音乐1篇、美术10篇、曲艺2篇、舞蹈1篇、民间文艺2篇、摄影3篇、书法篆刻6篇、其他类3篇。这些文章，从艺术门类来看，几乎涵盖了大部分重要的艺术种类；从文章内容来看，有的聚焦具体文艺作品，有的关注最新文艺思潮，有的探讨前沿热点文艺现象；从表现手法来看，有考有辩、有史有论……每篇文章都有自己独特的见解、新颖的视角、高质量的评析，可以说在较大程度上代表了江苏文艺评论发展的新高度、新成果，是一年来我省文艺评论家和文艺理论研究者的精品力作，也是江苏文艺评论家引导创作、引领审美的具体体现。

《精粹》力争达到理论性与实践性、艺术性与学术性、继承性与创新性的统一，希望能为广大文艺工作者及文艺爱好者，特别是青年文艺评论工作者提供写作借鉴和有益思考，指导文艺创作、引领文艺思潮发挥积极作用。我们还希望江苏广大文艺评论工作者，不断提高政治站位，提升理论素养，主动介入、引导、推动当下的文艺创作，为实现新时代新征程江苏文艺评论的高质量发展，贡献出更多力量。

江苏省文艺评论家协会
2023 年 12 月

目 录

文　学

新时代援疆史诗的动人篇章——评长篇报告文学《和你在一起》／ 刘旭东　003
文学原作只有一部，而改编可以无穷 ／ 汪　政　008
感人至深的母爱之歌——评朱文泉等著的《叶珍：一个平凡而又伟大的母亲》／
　　温潘亚　015
城市传记何以可能？——以《南京传》为例 ／ 何　平　019
深入事物的骨髓　"诗"刻生命的轮廓——叶庆瑞诗歌创作谫论 ／ 陈义海　030
《觉醒》与《大地》中的共同体观照 ／ 万雪梅　040
中国故事中的世界语境——《故事里的中国》之国家实力 ／ 罗戎平　048
混沌世界与混沌叙事：赵本夫《地母》三部曲的文学人类学意义 ／ 高　山　052
风轻云淡后的风卷云涌——满震微型小说集《不忘初心》赏析 ／ 滕敦太　065
人民在哪里，闪小说就在哪里 ／ 程思良　071
大地之上是人间——评周长风诗集《那些目光》／ 景　民　075
从扭曲的语境中拯救出语言的美丽——孔灏诗集《小情怀》管窥 ／ 望　川　081
劳动者的歌——我读《赶时间的人》／ 蒋九贞　087
绚烂归于平静，终成过往云烟——评阿来的《尘埃落定》／ 李小丽　097
在春天奔跑的草尖上歌唱——简析姜桦诗集《调色师》的抒情特色 ／ 祁鸿升　102

戏　剧

"地方"的魅力——新编淮剧《村官八把手》简评 ／ 王　宁　109
献给孩子的精神食粮——评大型音乐儿童剧《寻找花果山》／ 李　超　114

开拓精品文化创作产业，探寻现代戏拓展新视野 / 刘燕平　119
邱龙泉的艺术人生——《舞台上下》读札 / 陈　社　127
却道缘尽情愈浓——品味锡剧《一盅缘》 / 顾丽明　131
蔡曙鹏与戏曲跨文化传播 / 吴平平　135

影　视

在岁月深处寻找美好珍藏——评影片《演员》 / 张永祎　147
站上风口，微短剧如何飞得更高 / 李　玮　155
残酷战争中的人性欲望与国家利益——电影《长津湖》观后感 / 杨　震　160

音　乐

中国传统艺术精神"和"在当下乐教中的价值阐释 / 林东坡　陈　静　165

美　术

为中国式现代化描绘山河新貌 / 楚小庆　177
江南意境——太湖画派的当代性 / 朱宗明　180
简洁蕴藉　古雅秀逸——曹进花鸟画赏析 / 张春华　190
中国当代美术批评的理念更新与理性重建 / 吴彦颐　194
小轮轻线妙无双——漫说中国古代图像中的钓车 / 杨长才　206
意大利雕塑艺术的文化感知 / 陆晓云　214
徐州地域文化与"彭城画派"的构建 / 张尊军　225
浅笑如莲——观青州博物馆佛教造像 / 范　勇　234
但替河山添彩色——吴作人艺术馆系列展览展陈解读 / 倪　熊　238
中国笔墨文化元素在国画创作中的应用 / 王　文　243

曲　艺

吴宗锡与新中国评弹——兼谈评弹艺术的传承发展及理论建设 / 陈承红　253
温良君子　耿耿风范——我所"认识"的唐耿良先生 / 孙　惕　261

舞　　蹈

取象摹情,舞赋红楼——评江苏大剧院原创舞剧《红楼梦》 / 许　薇　265

民间文艺

当代手工艺类非物质文化遗产的审美取向 / 季中扬　275

《天上有个月》和《天乌乌》——比较镇江与闽台的儿歌 / 裴　伟　284

摄　　影

变革时代摄影的激荡与沉淀 / 孙　慨　293

虚拟景观——风景的现代性与人工智能的融合 / 蒋　澍　300

历史、影像与声音——评汤德胜《逝去的脚影》 / 杨　健　305

书法篆刻

创《书学》筚路蓝缕　传书艺力挽颓风——沈子善先生的书法事业 / 周善超　315

复古的风度——王澍篆书审美生成逻辑与实践意义 / 杨东建　324

铜山张伯英跋《汝帖》三段考说 / 耿广敏　331

传统书论"反刍"现象的审美缺失 / 嵇绍玉　341

非佛非仙人出奇——任中敏书法简论 / 王白桥　345

吴让之研究二题 / 石剑波　349

其　　他

长江美学语境下的江苏特质 / 陈国欢　361

万古春秋一乾坤——鱼禾琴音《左传》系列随笔《春秋杂谈》印象 / 孔　灏　367

当代诗书画文化缺失、替代性及语境转轨 / 沙　克　冯　健　372

跋　387

文学

新时代援疆史诗的动人篇章
——评长篇报告文学《和你在一起》

刘旭东

周桐淦先生是当代著名的报告文学作家。

我读过他的多部作品,诸如《法与"法"的较量》《智造常州》等,都给我留下很深的印象。作家写人,也在写他自己。从这些作品中,我看到一个急公好义的人,一个慧眼如炬的人,一个多愁善感的人,一个长于表达的人。

读毕他的新作《和你在一起》,再次印证了我的印象。他的家国情怀,他的历史担当,他对经济、政治、文化、社会、生态等方面的思考与见地,都融注在这部长篇报告文学之中了。

《和你在一起》有这样几个特点:

一、题材独特而重大

援疆援藏,实现区域共同发展,是中华民族共同体的应有之义,是中国式现代化的必然要求,是最具中国特色的中国故事。

新疆的发展有目共睹,但反映新疆发展特别是反映国家援疆政策及其成果的文学作品还很少见。周桐淦先生以非虚构写作的方式,真实真切的描写,情动于中的抒写,展示了新疆的发展进步、和谐安宁、充满希望,让读者倍感振奋。

《和你在一起》写的是南通援疆的人和事。周桐淦抓住这一题材,聚焦南通支援伊宁的种种举措和业绩,以点带面反映了中国特色社会主义制度下新疆的跨越式发展，客观而雄辩地洗涮了美西方污蔑新疆的种种龌龊之词。

从这个意义上说，《和你在一起》就不仅仅是一部报告文学，而是一件有力的"武器"了。

二、思想深刻而不凡

任何一个题材，都要由具体的人和事构成作品的基本内容。但不同的眼界，不同的眼力，就会有不同的选择，不同的发现。周桐淦先生以援疆干部张华为主线，以张华的乡贤偶像张謇的思想为背景，结构全篇，可谓独具慧眼。

《和你在一起》开篇就写了"百名南通名师进伊宁行动"，而后又写了"南通的'伊宁班'和伊宁的'南通班'"，再写"伊宁第二高级中学和伊宁南通实验学校"，第四章写"'永远的五班'和100万册爱心图书"。作者以三分之一的篇幅写教育援疆，可谓用心良苦。这是看到了新疆贫困的症结所在，是对张謇的"父教育"的最好解读，是南通援疆的最大特色。就基础教育而言，业界有所谓"中国教育看江苏，江苏教育看南通"的说法。教育是南通的最大优势，南通援疆从教育着手，发挥强项，治标治本，功在眼前，利在长远。

教育之后，作者写了两章医疗援疆，从一个侧面反映了伊宁群众生活的真实面貌，提出了"'仁医'回去了'仁术'如何留下来"的问题，并通过"一次全民体检引出的'母女相认'"进行了初步的回答。

第七、八、九三章，作者细写实业援疆，用张謇"母实业"的思想诠释当下的实践。这里有"麦孜然木·赛甫丁和她的姐妹"，还有"第一批'吃螃蟹'的企业家"。从如东纺织企业西迁变身为伊宁纺织产业园区的实践中，我们可以看到援疆干部和企业家的战略眼光和家国情怀，可以看到伊宁干部群众的心劲和干劲，可以看到实业兴疆给当地群众生活带来的可喜变化，看到新疆长远发展的希望所在。

第十、十一两章，作者将笔触伸向伊宁的生态和乡村社区。让我们看到了"多情的土地，多情的你我"，看到了"拥抱在山乡的'石榴籽'们"。这是新疆基层社会的生动写照。

第十二章"胡焕庸线和'一带一路'班列"具有总结性质，就像交响乐的第四乐章，是回旋曲式的奏鸣，写了张謇思想对张华的影响至深，写了前方干群的奋力拼搏和后方组织的强力支持，是对全书的回顾与展示，让读者对新疆的繁荣和可持续发展信心满满。

结构是思想的载体。百年前张謇的"父教育,母实业"的思想,在新时代的援疆实践中焕发出盎然的生命力。这是一种历史的传承,也是一种时代的呼应。

三、情感动人而高贵

文学是人学,人是情感的动物,情感是文学的母题。人类的情感丰富多彩,难以穷尽。报告文学的情感表达往往简洁而让人猝不及防。周桐淦的笔下总是花带雨露,情深款款。

比如——

援疆教师张静隐瞒了返程日期和航班,却在机场大厅遭遇了意外的送别,两个伊宁"南通班"的学生像小鸟一样飞到她的身边……

"永远的五班"学生深夜在姜振山老师的窗外齐诵《小石潭记》……

援疆医生李小飞的夫妻情书,让人确信爱情的美好……

身残志坚的维族小朋友夏力潘对援疆医生潘晖说:"我可以叫您一声妈妈吗?"……

诸如此类的动情点布满全书。这种情感往往超越了普通的人际关系,独特、纯粹、醇美、芳香。

四、细节取胜

叙事类艺术情节重要,细节同样重要,甚至更加重要。细节可以从生活经验中移花接木而来,很难虚构。报告文学的细节更是如此,只有通过采访,才能得到细节。也只有深谙此道,才能抓住细节。好的细节可以起到"四两拨千斤"的效果。

周桐淦最善于捕捉细节。

《和你在一起》中的一些细节令人叫绝——

李小飞的儿子土豆为他写迎接标语"欢迎爸爸回家!"并用火腿肠、果冻、薯片等喜爱的食物在白色的瓷盘上摆出彩色的爱心造型……

两岁的女儿面对援疆归来的教师毛月美不肯相认,大声嚷嚷:"不要、不要,手机里才有妈妈"……

　　维吾尔族大娘为潘晖熬了一罐鸡汤。她坐在传达室的椅子上等潘晖下班,为了保温,她用自己的大衣把鸡汤罐裹了起来……

　　有位女工第一个月发工资时,给全家人都买了一双袜子,婆婆抱着媳妇直抹眼泪……

　　肉孜节,张华到维吾尔家庭走亲戚,村口的电子屏上却滚动着这样的欢迎语:"热烈欢迎张华书记一行回家看看!"……

　　此类细节,不一而足,都耐人寻味,经得住咀嚼。有的真情难掩——一句"手机里才有妈妈",实在催人泪下;有的微言大义——一双袜子竟让婆媳相拥,说明生活是多么不易;有的别有意味——欢迎书记回家,显然已把书记当亲人,其中"回家"二字,真正胜过千言万语,可以想见张华的奉献、群众的热情。大而言之,可以看到民族关系、干群关系的团结和谐,看到新疆长治久安的基础所在。

五、语言生动活泼,流畅干净

　　周桐淦先生的文字是一种特殊的报告文学语体,深得传统文化的滋养,深得当下生活的滋养,生动鲜活、干净利落。叙事、状物、议论、抒情,皆灵动晓畅。没有欧化,没有网络化,没有被污染,是现代汉语的优秀文本。

　　仅举几例——

　　"两大家子都没有谁去过新疆,对新疆的了解加起来就这么几个字:远、高、冷。远,万里之外;高,西域高原;冷,已经飘雪……

　　'父教育'与'母实业'不是先后关系,不是递进关系,而是父母之间的相互依存、相互补充、相辅相成、不可或缺的至亲至密的关系,教育可以改良实业,实业可以辅助教育……

　　就像大海航行一样,对付风浪的最好办法是保持适当的速度前进。动态的稳定,是前进中的稳定,发展才是真正的稳定;而静态的稳定,是暂时的死水一潭,是以'牺牲'为前提的止步不前……

　　后来几天发现,跟班师父在车间里转着'看看',就能看出问题;蹲下去'听听',就能听出问题。我们在山头放羊放牛,从来都是躺在草地上晒太阳,牛群斗殴了,先看热闹,打得不行了,再用火把隔开,哪有没事找事干的?……"

如此一气呵成、行云流水般的文字,怎么能不让人爱不释卷、欲罢不能呢?

总之,长篇报告文学《和你在一起》以其题材、结构、情感、细节和语言的魅力,成功展示了南通援疆干部、教师、医生、企业家的感人事迹和生动形象,展示了新时代新疆各族儿女的生活面貌和奋进姿态,展示了中国式现代化在新疆边地的坚实步伐,具有很强的思想性、艺术性和可读性。

中国不乏史诗般的实践,关键要有创作史诗的雄心。史诗不止一种形式,报告文学可能是当代史诗创作中最直接、最自由、最契合的形式。

中国式现代化的历史进程本身就是一首世所罕见、史所罕见的动人史诗,新疆的现代化更是这首波澜壮阔史诗中不可或缺的一部分。

我们完全可以说,《和你在一起》不仅是周桐淦先生个人创作的新收获,也是当代报告文学的新收获,更是新时代援疆史诗的动人篇章。

(作者系江苏省文联一级巡视员,江苏省文艺评论家协会副主席)

文学原作只有一部,而改编可以无穷

汪　政

好多年没有出现这样的电视剧收视奇观了。据有关部门统计,电视剧《人世间》在央视播完后即创造了四项纪录:一是收视创央视黄金时段近五年新高;二是观剧人数突破4亿;三是中国视听大数据(CVB)发布其收视率达3.351%,这是该平台数据发布以来的新记录;四是爱奇艺站内热度突破10000,这也是台网同播剧热度的新记录。在一次关于《人世间》的研讨会上,我将它称为"国民剧",因为它的观众覆盖面几乎是全年龄段全社会阶层的。此前也有不少热播的电视剧,但是,由于在制作之前已经有了自己的目标观众定位,所以,即使收视率再高,也难以达到这样的水平。还有一个情况,以前也有一些收视率高的电视剧,但其收视反应却是矛盾的,或者是主题,或者是情节,或者是人物形象与人物命运,常常造成观众的撕裂互怼。而《人世间》却在如此高的收视率中拥有了惊人的高度一致的收视反应,它几乎收获了全面的肯定。如果在此前一些热播电视剧的接受中,生活中观念一致的人们在观剧中形成对立的话,那么,《人世间》恰恰相反,它让生活中存在分歧的人们在观剧中达成了和谐。产生这样的观剧效果与接受现实的原因有两个:一是它对时间的精准把握,或者更准确地说,它在恰当的时间出现在了恰当的人群中;二是它在价值与审美上达到了观众的最大公约数。这是《人世间》这一审美偶然事件中的必然。

对《人世间》的评论已经饱和,甚至泛滥,但是这两点少有人去强调。每年的央视一套都要在春节档推出电视剧。推出怎样的作品,推出哪部作品,每年都很费考虑。理论上讲,在大数据时代,这好像并不困难,但是事实上困难重重。观众趣味的定位似乎操作性还可以,但是,客观的社会世情却是可遇而不可求的,让剧作与世情对上眼更是难上加难。《人世间》恰恰以它的内容与风格出现在2022年的春节时段,形成了梦幻般的共情。冬奥会的观众预热,春节长假相对充裕的闲暇,疫情造成的居家时间,俄乌冲突在心理上给人们对生活的珍爱……如此等等,让这一部以对过往生活的回忆、对普通人命运的演绎为主线的作品一下子吸引了观众的关注。长时间的疫情及其带来的恐惧和不安,以及疫情所产生的社会、经济和心理成本已经让国人的内心变得非常的脆弱、焦虑和柔软,而俄乌冲突又让人心生忧患与忧患中的侥幸。几十年积攒下的心力储备这几年已经被提取和支付得差不多了,不断增高的生存压力使得人们到处寻找安慰的套现……这些其实都已经是普遍的社会心理与文化氛围,只不过因缺乏主体性的自觉与观念上的表述而不被关注罢了。在这样的社会心理与文化氛围中,《人世间》是极容易引发共鸣的。它以零存整取的方式让人们意外地获得了慰藉。我曾称《人世间》是一部"年代剧",按理说,年代剧的核心是要拍出"年份感",如同旧物的"包浆"一样。但是如果只有年份感,那它的目标观众显然有限,是不可能成为国民剧的。年份感只能是一种色调与审美风格,重要的还是与当下社会氛围和文化心理的契合,以及戳准社会的某个点。这虽然只是一个点,但是这个点要具有代表性、普遍性。也就是说,它虽然是个点,其实这个点就是一个面。以前也有不少热播剧,为什么它只是星星之火,没有燎原?就是因为它戳是戳准了,但是它就是一个点,不是面,也没能以点带面。人们对《人世间》的内容已经做了许多的阐释,说一千道一万,其实它抓住的就是日常生活这个点。

什么是日常生活?作为人自身的再生产活动,其关键之处在"日常"二字。它应该被理解为人类社会生活中最基本的活动,它维系着人们起码生存的生命状态,因而是不能缺少的那一类生活。是不是可以这样来描述:日常生活是物质的、"此岸"的和身体的,因为它承担着人们"活着"的功能;它是连续的,因为日常生活的中断将意味着社会或个体重大的变故,甚至危机;它是细节化的,因为真正的日常生活是由所有获取生活资料的动作与这些动作的对象所组成的;它是个体的,因为不可能有抽象的类的日常生活,它必定因人而异;但同时,又由于人类物质生活的相似性等其他可以想象的原因,它在具有私人性的同时又具有普遍性,它是公众化与非公众化、特殊性与平均化的矛盾体,因此,它总是针对着一定社会的最大多数的民众；最后，日常生活是风格化和多样化的，因为它在最细节化的层面上反映了特定时期、特定地域和特定人群的生活方式，所以，日常生活总是人们最真实、最丰富的生活。人们的生活面貌是其相应的日常生活的总和，它蕴藏着人们的价值观念、审美理想、风俗习惯、流行时尚以及文明程度和生活水平，是一定社会人们生活的生态史和风俗史。一切其他生活的最终实现总是以日常生活的变化为最终目的的，因此，日常生活具有本体论的地位，它是起点，又是终点，几乎包含了人们生活的所有秘密。

我们是如何去理解《人世间》的？《人世间》对日常生活的表现既是时间的，又是空间的。从时间上说，它以年份的线性结构为人们带来或复活了几十年的日常生活。从空间上说，它不是仅仅停留在社会的局部层面，而是几乎覆盖了社会生活的各个阶层，它的日常生活是所有人的日常生活，是一部社会日常生活的"全史"，夸张一点说，每个人都可以在其中找到属于自己的日常生活，每个人又可以体验到、窥探到别人的日常生活。也就是在这个意义上，它巧妙地处理好了"大历史"与"小历史"的关系，以后者去反映前者、去演绎前者，将大历史小历史化了，将社会的重大更替日常生活化了。一方面，它明确地标注了年代，以年代去统领叙事结构，但是，它又不是直接地去表现社会的重大事件与历史的更替断续，而是通过日常生活将时代的影响深刻而细腻地表现出来。《人世间》不是观念剧，但观念就在其中，这观念就是日常生活的本体论意义。为什么说作为年代剧的《人世间》虽然有着强烈的年份感，但它表现的生活却又能穿越时间而为今天的观众所欣赏？因为它表达了日常生活的这种恒定的意义与价值。说到这里，我想起王安忆谈苏青，她认为苏青比张爱玲、丁玲更接近于日常生活。苏青没有什么革命的乌托邦，苏青关注的就是"日子"。苏青"只说些过日子的实惠，做人的芯子里的话。那是各朝各代，天南地北都免不了的一些事，连光阴都奈何不了，再是荏苒，日子总是要过的，也总是差不离的"，"外头世界的风云变幻，于它都是抽象的，它只承认那些贴肤可感的"。这样的日子不可小觑，"它却是生命力顽强，有着股韧劲，宁屈不死的。这不是培育英雄的生计，是培养芸芸众生的，是英雄矗立的那个底座。"（王安忆《寻找苏青》）大历史当然意义重大，但是，如果大历史未能落地，未能渗透到小历史当中，未能形成氛围，影响到人们的日常生活，直至社会的末梢和微循环，那这大历史就是无意义的。所以，日常生活是不是写透了，一是看大历史是否在客观上接通了小历史，二是看文艺家有没有写出日常生活积淀下来的相对恒定的价值,包括那些大历史的影响与加入。所以,卡尔维诺曾经这样认为,一个小说家必须"把日常生活俗务变作某种无限探索的不可企及的对象"(《新千年文学备忘录》)。也正如德国哲学家鲁道夫·奥伊肯对古今生命哲学所论述的那样,生活不可能不具有意义与价值,但这种意义与价值不应当如过去一样是外部的,是与个体、与具体的生活世界对立的,而应该是和谐的、从内部建构和统一的:"生活不可能从外在于它自身的任何存在形式获得确定性或可靠性。它永远不可能从外部获得这些,而必须从它自身内部去寻求。""返回个人生活的自我直接性时我们不仅实现了形式上的态度改变,而且触及了实在的一个深刻源泉,从而在某些本质的方面改变了人类关于世界的总体构想。"(《人生的意义与价值》)可惜我们的许多日常生活叙事实际上都是一些"伪日常生活",它们或者违背了日常生活的真实,或者以外在的观念解构、代替、图解了日常生活,或者因为他者的力量而删减了日常生活。任何对日常生活的表现都是滞后的,都是记忆。保罗·康纳顿在《社会如何记忆》中谈到了社会记忆与个人记忆的关系,谈到了外力、权力对记忆的控制作用。当人们以为记忆是个体的心理活动时,实际上是没有认识到记忆在绝大多数情况下是被动的,人们总是认为,总是相信必须记住那些有价值的东西,而将无价值的东西从记忆中随时剔除,但这个标准却由不得自己。列菲伏尔在说明他的工作时曾经这样解释道:"哲学家总是将日常生活拒之门外:始终认为生活是非哲学的、平庸的、没有意义的,只有摆脱掉生活,才能更好地进行思考。我则与之相反……"(《让日常生活成为艺术品》)他认为不能仅仅关注宏观世界,而且要重视微观世界,即要重视日常生活,重视真实的完整的日常生活。从这方面说,《人世间》确实做出了最大的努力,它唤醒了人们对日常生活、对自己生活的记忆以及记忆的修复,这是它成为国民剧的成功所在。

也是在那次研讨会上,我说,与一些电视剧不一样,《人世间》是根据著名作家梁晓声的同名三卷本长篇小说改编的。这是一个无法更改的接受前提,也因为这个前提,形成了两个不同艺术种类之间阐释上的互文,甚至是比较关系。如同电影一样,电视剧与文学一直存在着很深的渊源。电视问世于二十世纪二十年代,几乎同时代就诞生了电视剧这门新兴的艺术形式,但大规模的、相对成熟的电视剧制作要到二十世纪五十年代。一方面是为了电视剧的经典化与艺术品质,一方面也是从商业制作的保险起见,将名著改编为电视剧一直是出品方与投资人的路数,这方面,英国、美国与日本都取得了非常成功的经验。中国的电视剧起步比较晚,虽然在二十世纪五十年代末就开始制作电视剧,但到六十年代中期,也才出品了五十多部,而同时期的英美,每年都要推出数以千计的作品。中国电视剧的发展是因为改革开放才走上快车道的,几十年来,名著改编与文学改编在中国的电视剧产业中占有十分重要的位置,有些名著甚至一改再改。可以说,文学名著不但给电视剧输送了可靠的资源,而且为它的审美品质提供了起码的保证。古典小说四大名著,现当代文学史上的许多著名作家的作品都得到过成功的改编,有的已经成为当代电视剧的经典。不过,电视剧与文学毕竟是两个不同的艺术门类,在文学上出类拔萃的作品并不见得可以改编成电视剧,有时,一些名不见经传的作品反而改编得很成功,甚至超过了文学原著,这在文学的电视剧改编史上并不鲜见,这里面有一个文学作品具不具备"可改性"的问题。严格意义上说,文学并不是为电视剧改编而创作的,但是,电视剧显然比文学的收益要大得多,中外皆然。所以,就像当年作家追逐电影以至文学的"触电"成为时尚一样,许多作家也想方设法使自己的作品能够转化为电视剧,甚至有不少作家索性改行做起了电视剧的编剧。等到这些作家亲自上阵改编电视剧或者直接做编剧才知道,这与他们的文学创作区别实在太大。能够在文学与电视剧两者之间从容转换的作家可谓凤毛麟角。大多数的情况是,要么做起了职业编剧,要么退出来重操文学旧业,在这方面,他们有一个共同的体会,一旦做了编剧,文学就再也没法进行了,用他们的话说,是"再也回不去了",一些从编剧回到文学的作家深有体会地说,不能再编了,"几年编剧,把自己写坏了"。这当然有些夸张,主要还是两种艺术形式实在区别其大。

以《人世间》来说,虽然梁晓声是为数不多的出入文学与影视皆有成功的作家,但小说《人世间》与电视剧《人世间》并不是一回事。梁晓声这次没有直接介入电视剧的改编,他说剧本他"一行都没看",直接看的是 66 集版的电视剧成剧。也许是梁晓声做过电视剧,所以,他懂得两者的差别,用他的话说,对于电视剧来说,文学"原著内容只不过是一堆建材而已,砖瓦石沙、水泥木料"。改编是改编者对原著的重新理解与二度创作,主题、情节、人物都会发生很大的变化,这些情形在《人世间》的改编上也都存在,而且非常明显。原著中的人物有一百多个,这在国外上千集的电视剧中可以有,但对于几十集规模的作品来说就不现实了。两者比较,甚至原作中的一些具有结构性的重要人物在电视剧中都去掉了。至于人物的性格与命运的改动就更多,比如周氏兄妹、冯化成、郝冬梅、骆士宾、蔡晓光、孙赶超、水自流、冯玥等人物。这里面尤其以周蓉的区别最大,在小说中,梁晓声是将她作为自己的偶像来刻画的,在她的身上,几乎集中了梁晓声对知识分子的所有理想,他是将她作为小说中的主要人物来塑造的。梁晓声以一个女性来表达这种理想,显然有着"女性引导光明"的传统文化母题影响与作家香草美人的古典情结。但是,到了电视剧里,这一角色成了一个自私的、失败的、经过教导、反省才觉醒的人物。我虽然没见到梁晓声对此明确地说些什么,但说起小说与电视剧中的这个人物,话语中间的遗憾是显而易见的。人物刻画上,小说与电视剧的主要不同在于人物内涵的丰俭。小说中的人物,性格都非常丰富,不少人物甚至是矛盾体。相比较而言,电视剧《人世间》的人物性格已经算得上丰富了,可以说,已经到了影视作品人物性格矛盾所能达到的极限,但是,比起原著,还是大大减化和集中突出了,比如周秉昆、蔡晓光。这是因为,一是电视剧是一过性的时间艺术,人物性格过于丰富或矛盾不容观众去琢磨,观众需要一以贯之的、辨识度很高的人物形象,如同他们的扮像一样;二是电视剧毕竟是大众艺术,比起传统的精英定位的文学来说,大众需要精神上替代性的满足。他们需要正面性的敬仰以心有所托,也需要负面性的批评以获得自身的优越感,他们恰恰不需要那种经过艰难选择后还无所适从、无法评价的人物角色。至于情节,则更可以理解,因果、连续、戏剧性、完整度等等都是电视剧所必须的,更不用说要考虑观众的接受心理模式了。这也是现实主义文学的改编率要远远高于现代主义文学的原因之一。

曾在网上看到有关《人世间》的相互对立的观点,有的说小说原著好,有的说电视剧好。规则不一样,本来就不能在两者之间比高下,尤其对两部在各自领域都很成功的作品来说。但是,有条批评小说不如电视剧的理由我不同意,他说小说太啰嗦了,不如电视剧简洁。殊不知,"啰嗦"正是文学的审美特质。小说不等于叙述,小说还有描写、抒情和议论,这些对于电视剧而言大都要去掉的游辞浮说恰恰是文学的文学性之大部所在。有人可能不知道,这些年来,如果说文学的文学性有所下滑的话,作家的电视剧情结要负很大的责任。为了自己作品的可改性,他们的创作就剩下了两样,叙述与人物对话,许多小说一看就是一副影视腔。这些创作不是为了文学而是为了影视而来的,有的甚至反了过来,先有影视作品,再从影视改为文学,这样的作品,从文学的角度来说,真是没有多少"可看性"。写到这里,我想起了我的老本行语文教育。从语文的角度看,文学显然是第一性的,在诸多文艺种类中,文学是第一生产力。在语文看来,任何文学改编都可归入文学影响与文学接受,它们从不同的方面丰富了原著,"有一千个人就有一千个哈姆雷特"这句话到了影视时代,其中的"人"就不仅是读者,也包括了影视。因此,对于语文教育,包括文学阅读来说,影视改编的危害就是人们常常以轻松的影视欣赏代替了有难度的文学阅读,这对文学、文化与文明的传承都是不小的伤害。我现在还常常编写语文教材,如果碰到所选文学作品被改编过影视,我会给学生设计这样的学习任务:欣赏同名影视作品,看看这些作品是如何改编的?他们为什么要这么改?这对你理解原作有什么帮助?或者,你同意这样改编吗?请说明理由。

是的,在语文人看来,文学是一切的原创。欣赏由文学改编的其他艺术门类的作品永远代替不了原文的阅读,只能是欣赏原著的补充手段。当然,改编作品更不可能取代原作。对文学名著来说,它永远是经典的,常读常新,而改编作品却可能是一时的。一部文学名著永远只是那一部,不可能重写,而对它的改编则可以重复,乃至无穷。

(作者系江苏省作家协会副主席,江苏省文艺评论家协会主席)

感人至深的母爱之歌
——评朱文泉等著的《叶珍：一个平凡而又伟大的母亲》

温潘亚

在中国历史、中国文化史、中国文学史上产生了许多伟大母亲的形象，如孟母三迁、徐母大义、岳母刺字等，也产生了大量歌颂母亲、礼赞母爱的感人文章和动人诗篇，如《诗经·邶风·凯风》，唐代孟郊的《游子吟》、韩愈的《谁氏子》、白居易的《慈乌夜啼》《母别子》《燕诗示刘叟》、司空图的《步虚》，宋代王安石的《十五》《将母》，元代王冕的《墨萱图》、与恭的《思母》，清代黄景仁《别老母》、蒋士铨《岁暮到家》等，现代的著名散文有胡适的《我的母亲》、茅盾的《春蚕》、老舍的《我的母亲》、冰心的《母爱》、柔石的《为奴隶的母亲》、丰子恺的《我的母亲》、季羡林的《怀念母亲》、莫言的《母亲》、余秋雨的《一生中最大的勇气来自母亲》，等等。在外国文化史和文学史上也是如此，如列夫·托尔斯泰的《童年》、海涅的《献给母亲》、歌德的《致我的母亲》、高尔基的《母亲》《童年》、泰戈尔的《母亲》《金色花》，还有巴尔扎克、马克·吐温、惠特曼、萨克雷、芭芭拉·金索尔夫等都有歌颂母爱的文章，可以说，歌颂母亲、歌颂母爱是中外文学文化史上一个永恒的母题。以朱文泉将军为代表、朱氏家族成员共同撰著的《叶珍：一个平凡而又伟大的母亲》(以下简称《叶珍》)一书可以说为这一母题增加了新的篇章，全书思想积极向上，内容丰富多元，人物性格饱满，形象真切可感，语言朴实生动，是一部极为优秀的成功之作。全书读来我有四点评价：

一、这是一部来自生活、生动感人、诗情浓郁的乡土散文诗。书中的《自序》《摘瓜花》《温馨的瓦罐水》《乡音》《杏子》《又到枇杷成熟时》《牛首山恋》《蜀葵》以及每一卷的卷首语等许多篇章均可谓非常优秀的散文诗篇,每一篇都文采斐然、满蕴诗意。

二、这是一部内容精深、视野悠远、注重传承的家族家风史。在中国的文化、文学史上,有很多这方面的典范著作,比如《朱子家训》《颜氏家训》《曾国藩家书》《傅雷家书》等,它们为传承内容丰富、底蕴深厚的中国文化,培养健全人格做出了巨大贡献。《叶珍》毫无疑问也是一部值得学习和传承的、优秀的家族家风史,其中的《三次挨打》《雷池》《三条忠告》《奶奶的传家宝》《看相》《家风》《一句箴言闯天下》《善待生灵》《评理》《一粒不能拿》《"四大"谁大》等篇什可以说做到了寓理于事,直达人心。

三、这是一部主题鲜明、积极向上、催人奋进的课外好读本。从教育规律而言,学校教育、社会教育、家庭教育三者共同构成一个教育整体,而家庭特别是父母的教育从启蒙开始,伴随一生,至为重要。《叶珍》无疑是广大中小学生以及青年人的一部课外好读本,全书鼓励上进,催人奋进,给人提供了一种积极向上的力量,《走在最前面》《要有出息唯读书》《奋斗的自豪》《眼怕手不怕》《宽容》《让》《睦邻》等篇章读来令人动容,给人启示。

四、这是一部贴近生活、视角多元、亲切可感的乡土文化史。该书的主人公叶珍一辈子生活在苏北响水农村,全书的许多作者也出生和生活在响水,或在响水生活过一段时间。大家共同关注故乡的风土民情、社会发展,人们的生活状态、所思所想,故乡的民风、民情、民俗在书中得到了比较充分的表现和展示,读来仍是那么的亲切可感、似曾相识。我的家乡也在这里,自1980年至今,我已经离开家乡40多年了,《叶珍》一书唤起了我对故乡浓浓的乡愁,引发了我对故乡深深的思念,《摘瓜花》《砸饼砣》《滚铁环》《拐磨》《泥墙》《剞山芋》《起猪汪》《旱改水》《勺粉条》等文章对故乡农村生活的描写生动朴实,让人回味。

《叶珍》在写法上新颖独特,独辟蹊径,做出了许多很好的探索,其中的一些探索可谓是"有心栽花花不开,无心插柳柳成荫",也可归纳为四点:

一、散点透视。全书从家族群体的角度来共同撰写,从不同的身份、职业、地位、性别、年龄、事业,不同的立场、观点、观念、视角、感情、心态,不同的时代、岁月、年轮、心理、个性、经历出发,我言叙我事,我手写我心,我口抒我情,我文显我思,真情流露,真切表达,真诚抒怀,直抒胸臆。近30位作者,立足各自的立场与视角、情感与态度,共同关注,共同言说,一起刻画平凡而伟大的母亲叶珍形象,合力展示母亲叶珍不同的个性与性格侧面,以及生活中的点点滴滴,这不同的侧面相加,便形成了一个非常完整生动、性格丰满的伟大母亲的形象。这种集体化的创作手法在我的印象中,在国内文学界是非常少见的,且书中的几十篇文章几乎在同一个水平线上,更是难能可贵。我以为也只有主持人朱文泉将军所处的地位、身份、能力、情怀、追求及威望,才能将这近30位作者组织起来,共同命笔,各抒胸臆。同时也在无意中形成了一种独特效果,那就是目前在文坛独树一帜,无法复制,也有可能是无法超越的。

二、一线贯穿。全书聚焦于一点,那就是紧紧围绕母亲叶珍形象展开抒情与言说,以母亲叶珍的一生为主线贯穿全书,歌颂伟大的母亲,礼赞伟大的母爱。在戏剧作品中有一种冲突线索叫冰糖葫芦式,如沙叶新的话剧《陈毅市长》,还有以车站、窗口为观照视角等都是这样,就像是以一根竹签串起一个个冰糖葫芦,《叶珍》的表现手法与之相比,无疑有异曲同工之妙。全书以伟大而平凡、普通且严厉、慈祥又可敬的母亲叶珍形象为焦点、为中心、为线索,话当年,写生活,谈感受,诉真情。《叶珍》没有追求严格的时空顺序和时间轴线,但它相对集中于一定的时空内,用母爱这根线索,将大量生活中生动有趣的平凡故事、精彩生动的生活画面串联起来,把母亲多重多样的性格、丰富感人的母爱加以串联和展示,并进行刻画,这种写法很有特点,也很有新意。

三、多元探索。朱文泉将军在组织创作这部著作的时候,我相信他并没有太多注重写法上的追求和探索,更不会事先就想到要手法创新,标新立异。但可以说是有心栽花,无心插柳。全书在创作手法与写作追求上无意中形成了许多与众不同的探索与创新,如集体化的创作手法,散点透视的观照视角,聚焦一点的叙述方式,以及文体的依情而定、丰富自然,叙述与叙事、抒情与说理的随机组合、可长可短,等等。而这种多元化的探索给我们带来了不一样的阅读体验和感受。

四、情真意切。全书既表现了母亲一生的平凡历程,在苦难岁月、艰苦生活中的坚韧前行、无私奉献,更歌颂了人世间最伟大的感情、最伟大的母爱,抒发了最真挚的感情,篇篇直抒胸臆,情真意切,感人至深。读来令人印象深刻,我的感受就是两个字:"真"和"深"——感情真,感情深。

在文学日益泡沫化、商业化的社会背景下,在日益浮躁化与快餐化的时代氛围中,《叶珍》摒弃任何商业追求,以母亲形象刻画为焦点,以情感表达为中心,以歌颂母爱为根本，实属不易、非常少见、难能可贵，全书思想纯、感情真、手法好，满蕴深情，语真意切，意味隽永，语言朴实。读来让人感动、感慨、感喟、感佩，是一部成功的母爱诗篇，是一首动人的母爱之歌。

朱文泉将军出生的年代战乱频仍，民不聊生。我们的故乡苏北农村，直到我出生的60年代，依旧土地贫瘠，物质匮乏，生活艰难。在我的印象和记忆中，家乡的盐碱地在阳光下白花花的一片，令人无奈和无望。故乡人民当年经济的贫穷与生活的艰难几乎无法用语言来形容。是伟大的母爱、伟大的故乡、伟大的时代，推动支持我们成长、成人、成才。就我个人而言，虽然我的内心有着对故乡、对家乡、对父母深切的记忆和深深的怀念，但总是因为这样那样的原因，迟迟未能动笔，将这种感情落在笔端、真切流露，感谢朱文泉将军用他的善举和盛举代我们表达了身在他乡的游子对故乡的思念，对亲人的挂念，对父母的怀念。

(作者系南京财经大学文学二级教授，江苏省文艺评论家协会副主席)

城市传记何以可能?
——以《南京传》为例[①]

何 平

一

2019年5月和8月,有两本书名一样的《南京传》前后脚出版,一本是岳麓书社的张新奇版,一本是译林出版社的叶兆言版。两本书书名一样,这么近的时间由不同出版社推出,这在出版界也许并不多见。现在,两年多时间过去,我查了下豆瓣读书,叶兆言《南京传》豆瓣评分8.0,有944人评价;张新奇《南京传》豆瓣评分7.6,有68人评价。(2022年1月2日数据)张新奇《南京传》的短评有两条值得注意,其中一条说:"《南京传》怎么讲的是人类历史?"另一条说:"没讲多少南京,基本是中国古代通史杂记吧?"前一条涉及到"南京传"从何说起,后一条则关乎"南京传"讲什么。

也正是这两点可以看出叶兆言和张新奇为南京这座城市写一部传记的基本盘面。张新奇《南京传》共九章,起于史前,终于清朝,历史分期遵从一般中国通史的按朝断代。叶兆言《南京传》也是九章,和张新奇《南京传》不同,叶兆言的《南京传》之"南京"基本收缩作为城的"南京",尤其是作为都城的南京。因而,叶兆言的《南京传》准确地说是"南京城传",张新奇的《南京传》之"南京"是大于"南

[①] 本文系国家社科基金重大项目"社会主义文学经验和改革开放时代的中国文学研究"(19ZDA277)阶段成果。

京城"的行政区域。所以,张新奇的《南京传》有点类似南京地方志。从版权页分类看,也是标注为"地方史"。

事实上,对于南京真正意义的城市历史开始何时,张新奇和叶兆言并无原则上的分歧。叶兆言全书起首第一句即写到:"南京的城市历史,应该从三国时代的东吴开始。"(1)①张新奇则认为:"五千年前,南京地区只有一些台地上的原始小村落。春秋战国,开始形成最早的城邑,棠邑、濑渚邑、越城、金陵邑。秦汉置郡县,为封国。三国孙权立为都城。此后数十年经营发展,逐渐成为中国乃至世界的繁华之都。"(2)②因此,如果不是误读,张新奇写《南京传》就其历史的时间长度,显然不局限于"南京城传",而是有南京历史长篇的雄心。只有作如斯观,才能理解,张新奇写"南京传"却将起点推进"南京猿人",进而要用全书三分之一的篇幅去写南京的"非城传"。这提醒我们注意,城市传记应该从"城"的起点,而不是漫无边际地追溯地方的从猿到人的活动轨迹。这种漫无边际的起点前移,不但对城市传记没有意义,甚至对地方史写作也并无必要。

两部《南京传》都确认了魏晋南北朝和明朝作为南京重要历史时间。张新奇《南京传》中这两个历史时段均占近百页,叶兆言《南京传》全书510页,涉及东吴魏晋南北朝的达到172页,占九章中的三章半,其中"六朝人物"更是分为上下两章,明朝部分亦近百页。但是,叶兆言《南京传》较之张新奇《南京传》更突出地强调中国历史中的"南京城市时间",除了两书均倚重魏晋南北朝和明朝的分量,更重要的是叶兆言的《南京传》"南京城市时间"不是从属于中国历史,甚至在某些历史阶段"南京城市时间"就是中国时间。不仅如此,叶兆言《南京传》遵从"南京城市时间"而进行的城传历史断代不断涨破中国通史的朝代,挤压甚至僭越中国历史所谓的重要时间,尤其是唐朝——叶兆言的《南京传》中的唐朝和南朝的"陈"共享了第四章,且唐朝和南京城市时间的交集只是集中在李白和颜真卿两个个体身上。在中国大历史中也许并不显眼的南唐,因为典型的南京意义,在叶兆言的《南京传》中空前的重要,完整地占据了第五章。张新奇《南京传》止于清,

---

① 文中(1)(7)(8)(9)(10)(11)(12)(13)(14)(15)(16)(17)(18)(19)(20)(21)(22)(23)(24)(25)(26)(27)(28)(29)(30)分别出自叶兆言《南京传》(译林出版社,2019年)第3、30、31、37、32、99、221、236、240、271、283、352、300、43—44、41、99—100、114、134、224、250、67、108、372、52、177页。

② 文中(2)(3)(4)(5)(6)分别出自张新奇《南京传》(岳麓书社,2019年)第257、649、265、281、242页。

而叶兆言则由清入民国。民国在全书占有整整一章七节。我们后面的分析将会提到,理解民国和叶兆言写作之间的关系,自然能够理解民国之于《南京传》的意义。这样,现在大致可以厘定叶兆言《南京传》中那些中国历史的重要的南京城市时间——六朝、南唐、明朝和民国。

我一直犹豫将这两部《南京传》比较是否恰当。张新奇《南京传》并不缺乏历史知识,但这些历史知识是否贴切地构成南京城市传记的知识图谱?我们姑且不论南唐和民国的缺失是否还能让"南京传"被称为完整的"南京传",那些服务于中国通史的知识能不能直接服务南京城记?固然,南京城记需要中国通史,乃至世界通史提供大视野的支援。事实上,两部《南京传》都关注到了南京作为世界性城市的历史遗痕。但南京城记需要从中国通史析出南京城市知识,进而在这个和南京关联的知识图谱中讲述南京的城市故事。

而且,张新奇《南京传》从全书的小标题看,怎么都像九十年代以来流行的寄生于历史知识的小散文。这就难怪豆瓣上的读者用"杂记"指认其文类归属。事实也许真的就是这样的。就像书中最后一篇所言:"我只愿寄居南京乡间坊里破旧的茅草房下,当一名苟活的居民,一个卑微纳税者。用沉默的大多数的视角,看王朝变换,感知一代又一代芸芸众生的体温与呼吸。"这样的小散文要认"小",姿势才好看。"小"只是姿势,"心"却貌似很大,所以才强调:"这是一次纯属私人动念的精神旅行。这样看,这本《南京传》,只是一本从南京这块土地出发,沿着人类历史脉络而下的游记。"甚至要玄而乎之的虚空,所以自认该书是"一本个人的梦呓",是可以不讲历史逻辑,不谈理性反思。(3)可以看其中写陶渊明父亲陶侃的一篇。从题目《庐山之下的一场大雪》到开篇这样写到:

"一场大雪骤然而至,事前毫无征兆。

天上冬阳高照,忽然北风乍起,一阵紧似一阵,乌云夹着冷风呼啸,压头涌来。雪子先是稀稀落落,纷纷扬扬,随之密集而下,在天上跳跃,沙沙有声。待鹅毛大雪铺天盖地时,纷纷扬扬,连一丝风都没有,大地寂然无声。庐山上下,丘壑平原,天地一白。

这场大雪落在浔阳,时间应在公元280年后的一个冬季。"(4)

再看,《去建康的乡下看看》:

"最好是春天去,时不时会飘来一阵细若轻烟的小雨,飘到脸上,凉,却不冷,潮,却不湿。沾衣欲湿杏花雨,当山野的杏花、迎春花一齐开放的时候,偶然,雨

就是这样下的。"(5)

我们在大众传媒流水线看到太多这样的装饰性和表演性的文字,这种文字鼎盛期的产品就是世纪之交所谓的"小资写作"。情感如此轻俏,思考也可以不着边际,就像《〈天发神谶碑〉,东吴残留在一块碑里》这样写:

"想长生不死的,都死了。想传国子孙的,国亡了。能留诸久远的,常常是超越具象,或者具象若即若离的一种美意,人与人、与万物、与宇宙博大的善念、细微的情致。"(6)

但是,不要说历史,就算是杂记或者散文的思考也要讲词与物的及物和逻辑。按照上述这种结构段落的方式,如果把前半句的"死"了和"亡"了换成其他任何生命状态,比如爱、苦难、创伤等等,其实都是成立的。

或许我们真的是被书名《南京传》蛊惑了。写作者的本意,打开第一页,开门见山地就说:"如果风吹开哪页,你就阅读哪页。""一部城市的传记,涉及太多不一样的人物与细节。总会有几个片段让你心动。"确实,这是我们时代的文字幻术:片段和心动——不需要结构整体性,也不需要细致悠长的深思。

二

也许是我们过于认真,不是所有叫《南京传》的都可视作有史识和洞见且内在秩序井然的城市传记。以此类推,当然也不是所有叫《南京传》的都需要放在一起比较。本身今天坊间以某某城命名的那些图书背后驱动的力量就各不相同,他们或商业操作,或主题写作,或一种趣味一种文风,当然也有近年域外城市传记的译介的激发。这里面需要考量一个问题,既然是"传",是否都应该由历史学家担当此任？或者换一个角度看,也就不是一个问题,可以有历史的城市传记,也可以有文学的城市传记。前者可以不需要文学加持,后者则需要浸淫历史,然后以文学者出。因此,可以做一个基本定位,叶兆言《南京传》是文学的城市传记。

城市传记的基座首先应该是不同时间城市物质空间的"城"之记。一定意义上,"城"之记不能向壁虚造,只能依靠文献和田野调查。固然,我们不能要求城市传记的写作者,尤其是文学的城市传记写作者是专业的城市史研究专家,但他们必须有获取城市史知识的途径以及辨析和运用这些知识的能力。叶兆言在

"南京"这个领域被广泛认可,既是因为他的文学书写,更是因为他对南京城市史的研究。

南京"城"的起点,可以追溯到孙吴建业城的总体规划,有着相对独立的宫城区、宫苑区、官署区、市场区和居民区。秦淮河以北是几座不起眼的宫殿,是官署和苑囿区,而秦淮河两岸,特别是南岸,是民居和集市。这个基本事实有田野考古成果做支撑。在叶兆言的《南京传》中,中国的南北之别是一个重要的观察角度。孙吴建业城显然是南方之城。东晋虽然是从西晋演变过来的,但它的新都不像中原都市那样"街衢平直""阡陌条畅",是北方迁就南方城市妥协的结果。孙吴都城建业,在总体格局上,除了"江左地促",不能和当时北方的中原相比,应该还与中国古代的"多宫制"传统有关。(7)多宫制属于中世纪之前的筑城风格,"东吴时期的南京城,在某种意义上,既代表着一个新的南方都城诞生,同时也意味着中国古代都城的最后绝唱。"(8)对于前人所言,包括历朝历代的文学遗存,叶兆言持审慎态度。虽然他承认,"有一点歌舞升平,有一点繁花似锦,这显然是一个崭新的城市,在当时甚至可以算一个国际化的大都市"。(9)不过,他也指出左思的《吴都赋》,"近乎浪漫的吹嘘,过于诗意,一直处在一种失真的状态"。(10)在修辞术的文学和史实之间,虽然文学可能使得南京作为"城"更典型,也更能抬升南京的城市地位,但叶兆言《南京传》宁愿选择史实:"自孙吴定都南京,经历了东晋和刘宋,已经有过三个王朝的古城南京,它的城墙一直都是以竹篱笆围成。"(11)

叶兆言《南京传》之南京是在整个中国城市史来识别的,而且叶兆言充分注意到城之意识形态幽暗,所谓的空间即政治。在中国城市规划的实践中,中原都市无论是曹魏的邺城,还是西晋的洛阳城,以及北魏的洛阳城,基本上都是严格按照"仕者近宫,工贾近市"的原则设置里坊安顿普通百姓。这种空间政治不适合南方的南京,南京城区因为丘陵起伏,水网密布,东晋以后的南京,并没有什么富人区,居民点显得更自由、更随意,既可能是南人和北人的同居,也可能是穷人和富人的混杂。转而,南京因为南方地理造成的空间政治影响到北方,六朝南京的里坊格局悄悄影响北方的北魏洛阳。南唐在叶兆言《南京传》中的突出位置固然因为文学,但南唐对南京城市营建史的意义亦不能因此被忽略,叶兆言《南京传》提供了文学之外的南唐形象:"南唐好歹延续差不多四十年的历史,这四十年相当重要,给了南京很多实惠,首先是城市规模,过去三四百年间,六朝痕迹基本上被覆盖,吴宫花草晋代衣冠,已是太久远的传说。南唐开始了实实在在的城市建设,它几乎再造了一个新城。"(12)如上所述,可以看出叶兆言《南京传》的内在结构不只是朝代更替,也反映了流动的城市空间演变。作为一座南方大城,当它不作为首都,处在北方政治中心的边缘,不同的政治想象影响到南京的城市发展。故而,宋元不同于隋唐。宋太祖和宋太宗都比隋文帝更大度、更开明。与隋唐不一样,宋朝时期并没有过度地打压南京,"北宋时期南京的地位,和南唐相比虽然有所下降,仍然还是东南地区的最重要城市"。(13)人口增长是一个城市繁荣发展的重要标志。"宋时的南京,首先是人口大增。"(14)"元朝时南京城,与南宋时并没太大的区别。集庆路的城墙,完全沿袭南宋规制,没做什么改动。"(15)"历史上,南京已不止一次成为京城,有过六朝繁华,有过南唐风光,然而都只是割据的半壁江山,或者说连半壁江山都谈不上。"(16)只有在明朝,南京成为大中国的首都。洪武末年,南京人口大约七十万,无可争议成为全国排名第一的城市,是不折不扣的首都。(17)永乐年间,南京完全是国际化的大都市,是"东方世界中心"。(18)叶兆言《南京传》的魅力在于它没有因为讲述者是小说家而使得"传记"成为"传奇",而是谨守历史叙事的法度,勘探朝代更替和南北交互之流动的政治和文化中南京的城市疆界。

一个城市有一个城市的文化,城市传记是城市的性格史,而文学的城市传记,其城市性格史则是生活在城市里的人的性格史。从这种意义上,南京城市性格的"现世安稳"是如何养成的,同样可以追溯到南京建都之始——东吴。江东大户纷纷迁入首善之都南京,默默无闻的小县城,已是豪门士族和富裕人家的天下。建都武昌向西进取,还是退回南京守成,两种不同心态,必然产生两种不同的城市文化。(19)在南京称帝的孙权颇有一代明君风范。孙权有仁慈之心,而南京城中吴人的野蛮性,也慢慢消蚀。(20)性格史同样地也是流动的城市史。"江南人柔弱,应该是东晋南渡以后的事。在此之前,吴人本来是很强悍的,一片降幡出石头,孙吴的灭亡,给南京这个城市留下了两份哭笑不得的遗产","一是吴人不服输","一是从此必须面对北方胜利者无尽的傲慢"。六朝一直被认为是南京城市性格确立的起点,如何认识六朝之"文"?"所谓六朝古都,所谓六朝繁华,拆穿了看,有时候只是一种文化上的可爱。"(21)但叶兆言同时又认为:"六朝是有一点文乎乎,这个文,不是有文化,只是文弱的意思。"(22)"六朝文弱是事实,说六朝很文明,恐怕就要打上一个问号。改朝换代总是难免,相比较激烈的革命、农民起义,南京老百姓更愿意接受和平演变的'禅让'。"(23)文化和文弱其实并不对立,可能反而是相互成就的。因为文化而呈现为文弱。六朝如此,南唐也是这样的。南唐并不尚武,经过南北朝和隋唐的时间洗刷,南京人身上早没有了吴人的血性。南京市民忍辱负重、爱好和平,作为帝王的李昪也不喜欢打仗。和北方的武人干政不同,南唐前后有过三个皇帝,烈祖李昪,中主李璟和后主李煜,"以厌兵之俗,当用武之世"。"以文明程度而言,当时南京,应该是中国境内最先进的城市,经济和文化的发达程度,都足以成为城市建设楷模。"(24)因此,叶兆言得出结论:"经历了数百年的变迁,经历了六朝和南唐,南京人变得越来越文气,越来越善于在和平环境中生存发展。"(25)讨论南京城市性格,叶兆言同样是在南北文化交汇的背景下展开的,正是不断的南北文化交融,直接导致南京城市性格的流动和差异。比如,衣冠南渡后的东晋,"把北方的中国,把一个失败了的中原王朝,拖儿带女地转移到了江东"。(26)比如,"魏晋风度滥觞于北方,真正能够发扬光大,应该是在六朝时期的南京。""南京这个城市最能体现它的精髓和神韵,魏晋风度,六朝风流,魏晋在北方消亡了,然而它又在六朝的南京获得传承,得到了新生。"(27)比如,清朝对江南文人的严厉惩治。"南京人开始像北方人一样,变得越来越'质朴',越来越听话,越来越没有情调。"改朝换代,改朝造成了很多不一样的东西,换代让南京人变得不再像过去那样潇洒。"明朝的南京是浪漫的,生机勃勃,活色生香,起码大多数时间是这样,清朝则是彻头彻尾的现实主义,呆滞刻板,暮气沉沉。""清朝的南京变得不太可爱,变得老实本分,变得木讷无趣。清朝的南京,开始让人感到有一种别样的伤痛。"(28)"别样的伤痛"是因为南京曾经有过六朝、南唐和晚明的浪漫和诗意。在这里,叶兆言的文化趣味决定了他的价值判断会倒向六朝和南唐。而这种文化倾向自然会影响到《南京传》叙述的调性,它的叙述是"有情"的、"我在"的,故而在叙述六朝和南唐时是欣赏的,也是自由的、舒展的。

和其他城市不同,南京的城市史是一部亡国史和创伤史。隋文帝杨坚将六朝留下的所有宫苑城池夷为平地改作耕田。自六朝以来,南京这个城市屡遭磨难,内乱外患,真正太平的繁华日子并不多。"南京城的历史因为孙吴大帝而开始,孙吴的王朝一旦不复存在,南京也就立刻成为一个废都。对于南京人来说,结局都有些相似,都是首都不再,首善之都的旖旎风光戛然而止。"(29)六朝以后的南京城,因为痛苦,因为失落,深受文化人的喜欢,尤其是失意文人的倾心。这些文人都与南京没有直接关系,基本上都不是南京人,他们对南京人的现实生活并不了解,却在这里寻到了共鸣。(30)浪漫的诗意和诗意的浪漫,生成了文学想象的繁华和对繁华逝去的怀旧和感伤。正如叶兆言所说:"古都南京像一艘装饰华丽的破船,早就淹没在历史的故纸堆里。""南京的魅力只是那些孕蓄着巨大历史能量的古旧地理名称","南京似乎只有在怀旧中才有意义,在感伤中才觉得可爱"。(31)①因而,南京的城市传记其实隐然在焉一部文学或者诗意的怀旧史。一定意义上,这也是《南京传》潜在的副文本。

三

众所周知,叶兆言对民国南京情有独钟。某种意义上,叶兆言自二十世纪八十年代以来获得的文学声誉,多少和这有关。甚至我认为叶兆言被作为先锋作家来讨论,正是他在南京这座城市感受到的无常的宿命。这种无常的宿命,固然体现在自六朝以来,南京累积的周期性遭逢的亡国之痛和废都遗址,但这种宿命毕竟去之已远。而民国初年"城头变幻大王旗"以及国民政府建都南京短暂"黄金十年"的繁华梦则是依旧如昨的故都往事。"故而,这座古老城市在民国年间的瞬息繁华,轰轰烈烈的大起大落,注定只能放在落满尘埃的历史中","南京是逝去的中华民国的一块活化石,人们留念的,只能是那些已经成为往事的标本"。(32)国民政府正式定都南京,给了南京这座名城一个千载难逢的好机会。为孙中山奉安大典迎榇专门设计的中山大道,"完全改变了古城的面貌,南京顿时有了大都市的威势"。(33)叶兆言《南京传》第九章"民国肇生"共七节其实是有几个"南京关键词"。民国"南京关键词"最显赫的当然是国民政府相关的"革命"和"首都"。叶兆言以"南京,作为中华民国首都的日子,宣告结束,新的历史时期开始了",结束"告一段落"的《南京传》。另一个民国"南京关键词"则是"南京大屠杀"。在叶兆言《南京传》,"南京大屠杀"一节紧随"黄金的十年"。"南京大屠杀"不仅是"中国现代史上无法愈合的创伤",(34)②也是人类文明史上最黑暗的一页。

---

① 文中(31)(32)(33)(37)分别出自叶兆言《一九三七年的爱情》(人民文学出版社,2018年)第1、1、4、4页。

② 文中(34)出自余华《我们的安魂曲》,参见哈金《南京安魂曲》(季思聪译,江苏文艺出版社,2011年)第2页。

值得注意的是,除了革命和屠戮,叶兆言《南京传》重要的民国"南京关键词"是"现代化"。二十世纪九十年代以来,中国现代化俨然成为上海的专属。叶兆言之"民国肇生"是从晚清南京如何修复太平天国给南京城的创伤起笔。曾国藩"繁荣娼盛"显然是在中国古代历史王朝兴废的思路上做文章。事实上,历史上历次南京能够废而中兴依靠的都是城市的自我修复。但时移势易,十九世纪中期的南京身处《南京条约》之后的中国和世界变局之中,南京问题不再只是中国内部的南北流转和王朝更迭,而是面临着中国现代化的新起点。叶兆言《南京传》以李鸿章、左宗棠和张之洞等参与的洋务运动标示南京在中国现代化图谱的位置。近些年,"六朝遗事"和"民国怀旧"成为南京形象建构的两张牌,但"民国往事"的现代化题中之义并未得到充分彰显,应该意识到中国现代化进程路线图在某个阶段某些部分其实等于南京近代现代化路线图。

中国城市里做"民国怀旧"最厉害的也最有成效的是上海。但有意思的是,上海的"民国怀旧"很容易被置换成"上海怀旧",这对于没有中国古代城市传统的上海可以,但对于有着漫长古都历史的南京却不能做这样简单的置换。可以想象一个《上海传》的写作者是没有那么多湮没的辉煌可以打捞,自然也无需背负那么多沉重的历史包袱。仔细深究,中国诸多像南京这样,既是古都故都,同时从起点上就在中国近现代路线图的城市,其实是绝无仅有的。所以,一定意义上,叶兆言《南京传》"现代化"这个"南京关键词"的选择正是回应了南京在中国城市独特的城市性。

一般认为上海"民国怀旧"是从二十世纪八十年代张爱玲的重新发现开始的。1985年第3期《收获》重刊了张爱玲的代表作《倾城之恋》。张爱玲的《传奇》和《流言》分别于1985年和1987年收入"中国现代文学史参考资料",由上海书店出版社影印出版。同样,普遍的观点也认为九十年代上海"民国怀旧"的代表作是王安忆的《长恨歌》和李欧梵的《上海摩登》。但事实却是,内地八十年代比较早地集中关注张爱玲的是南京。南京师范学院《文教资料简报》1982年第2期以专题的方式发表了胡兰成的《评张爱玲》、迅雨的《论张爱玲的小说》、张葆莘《张爱玲传奇》、夏志清的《张爱玲的家世》(摘录)和《〈张爱玲研究资料〉编后记》等。王安忆的《长恨歌》出版前也是1995年在南京的《钟山》杂志分三期连载。叶兆言差不多是同时代作家中最熟悉中国现代文学的,他也很早就读过张爱玲。比对文风和腔调,包括更具体的细节和意象,叶兆言1991年出版的《夜泊秦淮》

系列确凿无疑是张爱玲文学谱系上的。《夜泊秦淮》系列最早的一篇《状元境》发表于《钟山》1987年第2期,此后又有《追月楼》(《钟山》1988年第5期)、《半边营》(《收获》1990年第2期)、《十字铺》(1990年第5期)诸篇先后发表。叶兆言说过,《夜泊秦淮》"计划中该有五篇,都是老掉牙的故事。用了测字先生伎俩,从每篇末一字中勉强凑成金木水火土。"(35)①《夜泊秦淮》最后完成四篇,"所缺的一篇是《桃叶渡》"。(36)不知道是不是对所缺的这篇《桃叶渡》一直念念在心,距离《夜泊秦淮》第一篇《状元境》发表三十年,2018年叶兆言出版的长篇小说《刻骨铭心》的"民国怀旧"就是从桃叶渡开始讲起的。1996年《收获》第4期,叶兆言的第一部"民国怀旧"长篇小说《一九三七年的爱情》发表。和王安忆的《长恨歌》相差一年时间,而且偶然的是两个人交换了各自城市的重要刊物发表了各自重要的长篇小说。《一九三七年的爱情》之后,叶兆言"民国怀旧"系列的长篇小说还有《很久以来》(《收获》2014年第1期)、《刻骨铭心》(《钟山》2017年第4期)、《仪凤之门》(《收获》2022年第1期)。显然,和王安忆之于上海一样,叶兆言的南京民国往事在他的个人写作史上一直是持续不断的。但是,和王安忆不一样的是,叶兆言的南京民国往事一直没有得到其他写作者有力的声援,也没有"出圈"成为一股城市怀旧风。原因也许在于,南京并没有类似九十年代上海浦东开发接应民国上海,从而在中国近代以来现代化谱系上确认"上海怀旧"的合法性。也许更重要的是,民国南京并没有像民国上海的租界那样的飞地提供一种时尚的日常生活方式。所以,殖民地租界往事九十年代以来可以通过"去殖民"复刻时尚的日常生活方式进入大众传媒和公众当代生活。而故都往事只能凭借个人"有情"的秘径在叶兆言的文学生活中复活,就像叶兆言自己所体认的:"我的目光在这个过去的特定年代里徘徊,作为小说家,我看不太清楚那种历史学家称为历史的历史,我看到的只是一些零零碎碎的片段,一些大时代中的没出息的小故事。"(37)

历史学家和小说家、"大时代"和"小故事",细究下去,关乎的其实是谁在讲述、谁在写的问题。有意思的是,当叶兆言写《南京传》,当他写遥远的六朝、南唐和晚明的时候,那个讲述者和书写者更迹近小说家叶兆言,尤其是这些时代国之

---

① 文中(35)(36)出自叶兆言《夜泊秦淮·自序》,参见《夜泊秦淮》(浙江文艺出版社,1991年)第3页。

将亡的那一刻,我们读到的陈叔宝、李煜、孔尚任等的"小故事",那些历史洪流中无法把握自己的微弱的卑微者的哀痛。《南京传》让我们听得见他们的歌哭。而《南京传》终章"民国肇生"的每一节则无一不是"大时代",这些在民国往事小说里隐约的背景被照亮和呈现,那个在《南京传》前八章隐身的"历史学家"叶兆言的真身也被照亮和呈现。是否因为,南京时间这一段的"小故事",叶兆言都许给了他的小说?我们可以将小说家叶兆言的"小故事"按照故事开始的时间排列,《仪凤之门》《状元境》《刻骨铭心》《十字铺》《追月楼》《一九三七年的爱情》《半边营》《很久以来》,最早的是《仪凤之门》《状元境》,其中《仪凤之门》明确标明为1907年。时间最长的是《很久以来》,从1941年到2018年。这也许意味着南京民国往事并不遥远,依然是我们的当代,所以我们不需要去感伤、去怀旧。

(作者系南京师范大学文学院教授,江苏省文艺评论家协会副主席)

深入事物的骨髓 "诗"刻生命的轮廓
——叶庆瑞诗歌创作谫论

陈义海

江苏省首届(2000年)紫金山文学奖(诗歌奖)获得者叶庆瑞是一位安静的诗人,多年来,他安安静静地写着不平静的诗歌。叶庆瑞的诗歌创作前后有半个多世纪,在当代诗人中,鲜有像叶庆瑞这样数十年如一日,"用一支笔/在方格纸上开垦千顷花海"(《诗人》),持续不断地给读者奉上高品质的诗歌文本。虽已年逾八旬,他旦旦勤耕耘,其创作的热情始终如火如炽;虽经受了生命的劫难,忍受过肉体与精神的双重创伤,其每有新作,无不追求诗学之完美,无不精致如狼毫。叶庆瑞的诗歌,发乎日常,于平凡、平常中发现诗性的哲理,物、我达至高度的融合;叶庆瑞的诗歌,浸润于中国传统文化与艺术的长河,古典的意境与现代的视角在他的笔下形成妥帖的互文。高度的形象性,高度的现实感,高度的生命意识,清醒的艺术探索,构成了叶庆瑞诗歌创作的主色调。叶庆瑞的诗歌创作实践,在一定程度上,也为我们提供了一个可资借鉴的样态。

一

直面社会现实,书写人生风景,是叶庆瑞诗歌创作的一个重要方面。在已经出版的《都市冷风景》《人生第五季》等诗集中,他的许多作品关注现实,特别是将抒情的触角伸向身份卑微、生活困窘的群体,表现出一个诗人悲悯众生的大爱。他的《下岗三部曲》、《都市新女性》(四首)、《都市众生态》(五首)、《生态白皮书》

(三首)等作品,是记者、诗者、观察者、思想者多重视角的叠加。然而,直面现实的诗歌并不好写。毕竟这需要道义上的勇气,更需要诗学上的驾驭。在大多数诗人那里,所谓关注现实其实不过是将现实作为自己创作的一个"由头",一个"引子",一个激发灵感的"触点",并不是真正聚焦现实生活;这些诗人所谓书写现实,其实更多的是为了表现自我,于是现实便成为这些诗人写作时的一个"道具"。另外一些诗人虽然也声称关注民生、表现现实,但往往难以写得深入,浮于表面,只留下一些应景之作。而叶庆瑞在这类作品却力求写深、写透,不绕来绕去,标题是啥就写啥。难能可贵的是,在这类作品中,叶庆瑞在艺术表现上力求诗艺精湛,追求诗学上品格。他这样写下岗修自行车的人:"离家不远的路边/那只倒置朝天的车轮/为都市升起最早的/日出"(《下岗修自行车的人》),将路边倒置的车轮,比作都市的"日出",既是一种形象书写,同时也表现了作者的某种情怀。再比如,他这样写老百姓:"饭碗也很脆弱/手一挥/便碎成一滩/不必拾起的/贫贱"(《老百姓》),这些诗行似乎得来容易,其实它们体现出作者对现实的深切感受。叶庆瑞在表现民众疾苦的同时,还对生活上的各种"怪现象"予以揭露和评判,体现了一个诗人的社会担当。

对现实的关注,在叶庆瑞的笔下也表现为诗性的"生活物语",即从生活中最常见的器物、生活的场景出发,去表现诗人对人生的体悟。他善于在别人认为缺乏诗意的物件或"小事件"上发现大哲理。这些作品,可以看作是一般意义上的咏物诗,但它们却更加丰富,境界更为开阔,凝结了诗人八十多年人生的厚重。特别是,在他经历了一次人生的劫难之后,他对世界、对人生的认识更加通透。一首《剪纸肖像》不只是对剪纸艺术的描写,更是站在人生的制高点上对生命的透视:一把精通减法的剪纸刀做着生命的减法,减去烦恼,减去欲望,减(剪)到最后,才发现:"没想到生活/可以如此简单/简单到四大皆空/连灵魂也不知所踪";最后,当抒情主人公拿着这张剪纸作品再去端详自己的形象时,终于发现:"拿在手上/我才知道自己的命运/如纸一样的/轻　且薄"。

此外,叶庆瑞的很多"小品诗"都显示出他的睿智,更显示出他对生活本身独到的体认:"一生/只用一只眼/睥睨这个世界"(《枪》);"位置虽显赫/却悬于半空"(《钟》);"长这么人/一肚子苦水/憋屈着无法吐露"(《苦瓜》);"别瞧白白胖胖/哪一个不是/在水深火热中长大"(《馒头》)。仅仅靠才华是写不出这样的诗句的,唯有经历了人生磨难,才能把生活看得如此透彻,才能如此深入事物的"骨髓"。

二

切肤的生命意识是叶庆瑞区别于其他诗人的一个关键点。1993年的一次重大车祸,成为他人生的一个分水岭:"两腿骨折/生命出现了断层"(《病房记事——跨越死亡之九》)。透过迷离的鲜血,像孩子一样,他重新学习站立,重新学习在地球上行走,他对自己的生命既感到熟悉,又觉得陌生;当他的"伤口睁开/重新打量过去的朋友"(《病房记事——跨越死亡之九》),眼前的风景既是原来的风景却又完全不同。但他还是坚强地、执着地"折两行诗作拐/去诘问万能的缪斯"(《寻我启事——跨越死亡之七》),开启他的"人生第五季",同时也迎来他生命的第二次绽放。与此同时,叶庆瑞也为中国当代新诗的"生命书写""死亡书写""劫难书写""疾病书写",提供了最优秀、最具说服力的文本。

叶庆瑞从那次劫难中站起来,其本身就是诗歌界令人唏嘘的一首诗。然而,叶庆瑞并不是用他从死亡线上归来的奇特经历去吸引读者,而是凭借他对生与死的诗性表达,凭借文字自身的力量去征服读者:"刀和锤敲响/去天堂的音阶/上帝不相信维纳斯/伊甸园里/修复他自己的作品"(《手术——跨越死亡之三》)。在这刀、锤的铿锵声中,读者可以感受到最真实的生命状态,而他觉得自己的肉体正像一个"作品"得到修复,这也透露出他面对生死的乐观与淡定。经过抢救、手术,拐杖成了他的第三只"脚":

面对太多的坎坷
命运偏让这只
没有温度的脚
去涉世间炎凉

——《凝视拐杖——跨越死亡之六》

不经历苦难事件本身,很难写出这样的诗句;这是用生命"蚀刻"在金属上的诗,每个字都透出生命的律动。从艺术上看,"没有温度"与"世间炎凉"形成对照

(contrast),给人以"羚羊挂角,无迹可求"的天成感。

叶庆瑞的"生命书写"不仅体现在他的"跨越死亡"系列作品中。经历了人生的劫难,他对生命与死亡的体认更是上升了很多个"段位"。他的"生命书写"也体现为"疾病书写":健康的状况,肉体的感知,在他的笔下都能"提纯"为脍炙人口的诗行。"每日六粒丸药/轰然击倒我于病床/六粒小黑点/省略了我的一天/一日分三次/品尝着无奈"(《服药》),这是他 1996 年在北京二炮医院写下的诗行。六粒药丸与省略号相对应,既是无奈,也是乐观,更显诗心。而腹中的胆结石,则被他描写为"酝酿已久的意象/也许是构思之中/僵死的一个动词",甚至把它比作身体里的"一部《石头记》"(《有感胆结石》)。波德莱尔的一部诗集叫《恶之花》(Les Fleurs Du Mal),其实,这本诗集直译也可以译作"病之花"。叶庆瑞大约是在五十岁时遭遇了人生的大劫,后来随着年事渐高身体自然会出现各种状况,但他总能将这一切化作诗歌,或者说,他总能将生命的苦难演绎为文字的花朵。

考察叶庆瑞近二十年来的作品,我们发现,它们少了早年的飘逸而增添了更多的人生的苍凉,生命的沉郁。这,应该是一种更广义的"生命书写"。当我们为拍死一只蚊子而感到解恨时,他却这样写道:

> 击掌庆贺谁的胜利
> 即便对手被击毙
> 掌心留下的
> 却是自己的血迹
>
> ——《蚊》

拍死蚊子是生活里的一个很小的细节,但这当中无疑浓缩了太多的人间哲理。而这首《爆竹》则更体现了诗人善用隐喻来表达文字表面不便表达的一切:

> 一生/只说一句话//一开口/便惊天动地/宁可粉身碎骨/也不愿沉默着苟活//一声舍命的呐喊/让一群人欢欣鼓舞/也有人避之不及/惊恐不已
>
> ——《爆竹》

可见，表现事物本质与表现生命本体在叶庆瑞的笔下已经达到融合的境界。正像"景语皆情语"那样，"物语"岂不是生命本体的体现？

三

在题材方面，除了上述关注现实、民生书写、生命书写之显著特征外，叶庆瑞常常以中国古代文化、古典诗词作为他诗歌的表现对象，或作为他抒情的支点。他酷爱古典诗词，兼修书法与绘画，诗、书、画最终在他的笔下达到合璧的境界，梅、兰、竹、菊从他的诗歌中透出特别的芬芳气息。新诗是他的表现形式，现代技法是他的表现手段，而古典诗词的意蕴、山水画的意境则托起他新诗"理想国"的半壁江山。

再现古代画家的精神世界，用诗行诠释古代绘画作品飘逸的意境，叶庆瑞实现了绘画与诗歌界限的超越。莱辛在《拉奥孔》中认为，绘画（雕塑）是在空间上展开的艺术，而诗歌则是在时间线上延展的艺术。在表现这类题材时，叶庆瑞成功地让空间艺术在时间线上得到完美呈现。于是，八大山人、郑板桥、齐白石、张大千……似乎都在他的诗笺上"复活"了。他们的风骨、他们的境界、他们的画艺，通过文字的媒介立体起来，生动起来。"你/掀起瀑布一角/藏于画中//久之不出/有潺潺屝声/自石缝中流出"（《八大山人写意》），这些诗句融汇了朱耷的性情及其绘画艺术；戏剧场景的创设，更显诗人在文字上的再创造。"悬于半空的笔/探头一看/积水的笔洗里/除了一尾游动的月亮/便是你放生的汉字"（《八大山人写意》），更是体现了诗人的主体性，古典的意境与新诗的灵动相得益彰。《白石老人印象》（九首）也是叶庆瑞近年创作中的上品。齐白石的精神世界、代表性的画作、显著的画风，通过鲜活、灵动的文字得到了创造性的表现。"不须斗草/他用一支工笔的细毫/轻轻撩拨/两只蟋蟀便厮打起来"[《白石老人印象》（九首）]，齐白石用画笔让蟋蟀活了，叶庆瑞则是用诗笔让齐白石的蟋蟀跳跃在纸页上。总之，叶庆瑞的这类作品，是画境的写意，是抒情的工笔，是此类题材作品的"入神"之诗。于是，我们可用严沧浪的话来对此作一个概括："诗而入神，至矣。"

唐诗宋词本身是诗，但作为中国诗歌之精髓，它又成为后代诗人想象的滋养、灵感的源泉、技法上的典范、性情上的共鸣。叶庆瑞近年来写下许多以古诗特别是以唐诗宋词为素材的作品。这些作品一方面是他寻求精神皈依的一种方式,同时也是借助于古典意境来映照自己的精神世界。《读〈江雪〉》《读〈下江陵〉》都是很优秀的作品。"此时岂可有酒无诗/浪花与礁石碰杯/吟一首千年的绝唱"(《读〈下江陵〉》),在再现古诗意境的同时,也实现了古典意境与当代诗人情怀之间的互文。叶庆瑞还写下了不少以唐诗宋词为题材的藏头诗,如《勾兑唐诗》《读宋词,品词人》,其中不乏佳句:

> 恰逢中秋明月
> 似若周后临终时唯美的脸色
> 一壶浊酒怎么也煮不沸旧爱
> 江水滔滔悔青了一截断肠
> 春柳披着散发流下清泪
> 水落入砚池　救活了一首枯词
>
> ——《读宋词,品词人》

这首以李煜词为书写对象的作品,在重现古典意蕴的同时,体现了作者对原词的深刻体悟。在这种文字实验中,创作主体自身的精神世界也得到了磨洗。

不难看出,叶庆瑞在表现、再现古典意境方面,在一定程度上也受到了余光中、洛夫等台湾诗人的影响。余光中和洛夫,堪称台湾当代诗歌的两翼:余光中的诗歌,传统底色中透出现代的气息;而洛夫的诗歌,则是现代底色中散发传统的味道。相较而言,洛夫对叶庆瑞的影响似乎更显著一些。从洛夫那里,叶庆瑞深刻感知到他对中国传统文化包括古典诗歌的"再处理",深谙他对古典意境的现代性表达,而不是对他早期诗歌中普遍存在的超现实主义亦步亦趋。洛夫的中晚期的诗歌,"回归"感渐显,中国古典诗歌所强调的"诗中有画"在他的笔下得到确凿的体现。然而,其"诗魔"精神不减,酒神精神仍在。这些都对叶庆瑞的诗歌创作产生了至深的影响。这种影响,在叶庆瑞的诗歌中体现为对意象奇崛的追求,体现为对古典意境的现代性再现,也体现在文字上的"锱铢必较"。"舀一勺夜色/再研磨几许钟声/这样墨汁便浓稠了/浓得像伤口的血/稠得似化不开的往事"(《张大千:〈荷〉》),字里行间体现出洛夫对语词的操控感。当然,一切的影响只是表象,叶庆瑞诗歌中的生命意识,永远是他诗歌创作的个性化"标签"。

四

在半个多世纪的诗歌创作中,叶庆瑞始终保持着极高的艺术水准。然而,叶庆瑞并不热衷于对新潮流派的追逐,并不盲目模仿西方现代派诗歌的技法,也不做令人眼花缭乱的语言实验,而是踏踏实实地写好每一首诗,打磨每一个诗句。"质胜文则野,文胜质则史。"叶庆瑞所努力追求的是表现内容与表现形式之间的有机平衡。

具体地说,叶庆瑞的诗歌技法首先是根植于中国古典诗歌的。这样说,很容易让人误解,会让人觉得叶庆瑞的诗歌很"传统",虽然所谓"传统"和"现代"并不是评价一首诗是不是好诗的标准。以庞德为代表的英美意象派(Imagism),起初是从中国古典诗歌中找到了他们进行"诗歌革命"的灵感之一,寒山等诗人又为"垮掉的一代"提供了精神和文本的依据之一。有趣的是,中国古代的诗神一经"远游"再返回故土后,便身价倍增。事实是,追求意象,突出意象在诗歌中的显要地位,我们可以从西方意象主义大师那里取法,亦可从意象主义的源头之一——中国古典诗歌——那里汲取。叶庆瑞所走的更多是后一种路径。其次,九十年代以来,如上所述,叶庆瑞在诗学上颇受余光中、洛夫等台湾优秀诗人的影响,在创作上表现出"现实性"与"超现实性"并存的局面。余光中根植于传统的、有节制的现代感,洛夫"先现代后传统"的有节制的回归性,叶庆瑞对之有十分清醒的体察。"一支酒壶从天空扔来/将我的幻觉砸碎一地/屋檐的雨滴似乎可闻酒香/伸手一掬/果然有唐诗的韵味"(《独饮》),从这些诗行中我们可以清晰地感受到古典与超现实的融合。

叶庆瑞的诗歌有着很强的"可解性"。这更容易让人产生误解,因为不知从什么时候起,只有把诗歌写得很"深奥"、晦涩才算高级,而叶庆瑞偏偏把诗写得"明白"。他的大多数作品,当属"本色诗歌",他的抒情属于"本色抒情"。细心的读者会注意到,叶庆瑞的绝大多数诗是"名实一致的",即所有的诗句一定会围绕所确定的标题来写。不管全诗是长是短,所有的句子一定会围绕题旨展开,决不作与本题无关的"旁逸斜出"。这是叶庆瑞诗歌不易觉察但又十分重要的特色。如今很多诗人其作品的标题与诗句之间往往缺乏必然的联系,或者之间的关系十分松散;诗行的跳跃性、荒诞性,使得诗歌的标题成为一个极其不确定的所指。

而在叶庆瑞那里,诗题一旦确定,一定要围绕它深入下去,铺陈开来,写深写透。由此还可以看出,叶庆瑞的诗歌有着极强的内在逻辑性。"诗有别趣,非关理也。"穷理肯定不是诗歌本体特征。然而,优秀的诗歌须有高度的内在逻辑性。虽然叶庆瑞近年的作品在意象的营造上具有超现实的迹象,但在诗行间的有机性,全诗的和谐性方面,是值得我们借鉴的。从上述所讲的诗歌的"可解性",在一定程度上可以认为,叶庆瑞是继承了白居易"为时而著""为事而作"的文学本体观。

五

在微观上,在诗艺精湛性上,叶庆瑞是他那一代诗人中杰出的坚守者。

首先,叶庆瑞的语言是精练的,是老道的,甚至是老辣的,常常给人以"手起刀落,干净利索"的感觉,绝不拖泥带水。他在语言上的这种精辟性,也是得益于他对意象的绝妙抓取与细密处理。"夜之飞镖/夏之暗器/一针见血　写尽/江湖要义"(《蚊》),我们可以用他写蚊子的这首诗来概括他的这种语言风格。在意象的营造上,叶庆瑞秉持一种"不妥协"的韧劲,一定要找到那个最具个性的、属于自己的意象。他这样写鹊桥:"你瞧/那坠下的流星/原本是桥体脱落的/一颗颗铆钉"(《调侃神话》),从"流星"到"铆钉"的联想,体现了诗人从本体到喻体的匠心。"云是天空的衣袋……巢是树的衣袋……抽屉是桌子的衣袋……眼睛是情感的衣袋……刀鞘是死亡的衣袋"(《衣袋》),"山　是(雪)啃剩的骨头/鸟巢是一只遗弃的碗"(《江雪》),从诗人对这些事物的"命名",可以看出他对意象之"唯一性"的追求,而不是像一些诗人在写作多年后便陷入到比喻的"集体无意识"(collective unconsciousness)中。

其次,通过通感性自然联想构建意象群,追求诗节内部的妙悟。从本体 A 到喻体 B 的意象构造模式,是最常见的一种"命名式"(nomination)立象方式。而叶庆瑞善于在诗行间创设"意象群",通过妙悟联想的方式将这些意象串联起来。这是叶庆瑞诗歌中普遍使用的一种"技法",恐怕也是他最具个人风格的一种手法。比如:

斑剥的山墙

显露出**老人斑**
木门裂着**嘴**
一位**老汉** 蹲在
门坎上晒太阳
他是**老屋**仅剩的
一颗**蛀牙**

怎么也**嚼**不动
现代的生活

——《老屋》

这是对一座颓圮的老屋的素描式描绘。从中我们可以看出诗人自然联想的"逻辑理路",以及通感在这过程中的巧妙运用;在一定程度上,它也颇有超现实主义的"自动写作"(automatic writing)的特点。木门张开如"嘴","老人"被诗人演变为"蛀牙";有此"蛀牙",下文"嚼"的动作遂合理起来。再比如,他的《乳牙》一诗,诗中写到一种民俗,即孩子掉第一颗乳牙时,须双脚并拢地将这颗牙齿扔到屋顶上,以后才能长出整齐的牙齿;于是,他在第二节中写道:"多少年后/母亲走了/老屋也塌了/而屋后的那老槐树/仍将我的乳牙藏在怀里/只是改了名字叫/月牙",从"乳牙"到"月牙"的"概念偷换",可以看出诗人在意象处理上的精巧。再比如,这首《梅》:

小院里
那株红梅
是冬天必备的口红
轻抹一笔
整个腊月便生动起来

——《梅》

如果没有"口红"作为一个过渡性意象,这首诗便落入平常。下面这些诗行同样显示了诗人惊人的智慧与灵动:

闲章　静坐一隅
睁一只红红的醉眼
笑而不语　而大师
飘着长髯的名字
却卧于他**种植**的
一丛狂**草**中

——《书法大师》

"狂草"非"草",狂草乃书法之一种,但诗人却偏偏看中这个"草"字,于是"种植"一词便成神来之笔。

此外,叶庆瑞语言的节奏方面,在古典意境的化用方面,都体现他的独到之处。从他的《调侃神话》(组诗),甚至还可以看到他在诗学追求上的后现代性色彩。可见,他在七十五岁之后,还在做着诗学的探索与实验。

从他1964年发表第一首作品算起,叶庆瑞在诗坛上已经耕耘近六十年。半个多世纪,诗心不改,表明诗神永远是年轻的。诗歌虽偏爱少年天才,但人生的风景不走过岁月漫长的旅程,却又难显其绝美。年逾八旬的诗者,往往多应景之作,而叶庆瑞却依然在用生命和灵魂,深入事物的骨髓,叩击抒情之门。

(作者系盐城师范学院教授,盐城市文艺评论家协会主席)

《觉醒》与《大地》中的共同体观照

万雪梅

赛珍珠(Pearl S. Buck, 1892—1973)与凯特·肖邦(Kate Chopin, 1851—1904)同为美国女性作家,虽然生活的时代不尽相同,但两者都对美国文学乃至世界文学做出了较大贡献。前者主要凭借其描写中国的小说《大地》(*The Good Earth*, 1931)成为美国历史上第一位获得普利策小说奖的女性(1932),同时也是美国历史上第一位获诺贝尔文学奖的女性(1938);后者,主要凭借其《觉醒》(*The Awakening*, 1899)成了美国女性文学的开拓者、美国经典作家,可与马克·吐温和霍桑等美国作家相提并论,而在思想上,则可与尼采、黑格尔和爱默生等人"并驾齐驱"。这两位女作家在各自的代表作中都分别成功塑造了性格鲜明的女主人公形象——阿兰和爱德娜。《大地》中的阿兰勤勤恳恳,任劳任怨,为自己的家庭无私奉献了一生。而《觉醒》中的爱德娜则与之截然不同,她婚后伴随着"觉醒"的同时,身心俱已出轨,有违道德与伦理。遗憾的是,《觉醒》被女性主义者奉为经典后,其中女主人公爱德娜所谓的"觉醒"行为也为其所肯定,不明就里而附和者亦较多,本文将从共同体视角出发,将《觉醒》中的爱德娜身份角色意识与《大地》中的阿兰加以对照,以探究其中的差异,以及形成这种差异的渊源等。

所谓共同体,本文是指"人们在共同条件下结成的集体"(《现代汉语词典》2006:479),亦认同德国社会学家斐迪南·滕尼斯(Ferdinand Tönnies, 1855—1936)对共同体(community)的界定与划分。滕尼斯把共同体从公民社会(civil society)中分离出来,认为"共同体是持久的和真正的共同生活,社会只不过是一种暂时的和表面的共同生活,因此,共同体本身应该被理解为一种生机勃勃的有机体,而社会应该被理解为一种机械的聚合和人工制品"。他认为共同体主要是以血缘、感情和伦理为纽带联系起来的,其基本形式包括亲属(亲缘共同体)、邻里(地缘共同体)和友谊(精神共同体),而不管哪种共同体,他都特别强调:它的本质与精髓是"真正有机的生活"。

一、亲缘共同体

亲缘共同体,也即血缘共同体,它以血缘关系为纽带、以家庭为载体,是一种生存的基本单位。在这里,人们生活在同一个屋檐下,家庭内的每一个成员都需要承担自己的责任和义务,为了小家的幸福而努力。《大地》中的阿兰就是如此,她贤惠隐忍,为家族兴旺和稳固任劳任怨、默默付出、直至生命耗尽,其无论是在为人妻、为人媳,还是为人母方面,身份角色意识都较强。

作为妻子,她勤劳随顺。不仅包揽全部家务、打理家中琐事,"到田野去捡柴禾"(52)[①]以节省家用,还去田间协助丈夫王龙共同劳作。即便是在她即将临产前,她都"挺着大肚子"(33)坚持在地里干活,没有丝毫怨言。作为儿媳,她敬重长辈。每天早晨都会为王龙的父亲"泡茶端水"(229),把老人的衣食起居安排得妥妥帖帖,把对他的孝敬放在第一位。作为母亲,她慈祥爱子。在养育孩子方面,她呕心沥血,为他们洗衣做饭、缝衣做鞋,为他们的成人成好亲而操心劳碌。

总之,正因为阿兰在其家庭共同体中,是贤妻、良母、孝媳,才使得这个家庭共同体,充满了勃勃生机。如阿兰勤俭持家,使得王龙由贫至富,由一位普通农民,成了地主,粮食把"这个有三间屋的小房子到处都堆得满满的"(39),王龙还购得了一块"在环绕城墙的护城河旁边"(50)的肥沃土地等。

然而,《觉醒》中的爱德娜在家庭共同体中,身份角色意识则较为淡泊,她的形象与阿兰大相径庭。首先,在为人妻方面,爱德娜的行为大失偏颇。已婚夫妇,若要关系稳固持久,最主要的,双方必须彼此包容、调和对方。在这方面阿兰

[①] 本文以下所有出自赛珍珠《大地》的内容,如无特殊注明,都引自漓江出版社1988年版的《大地》,下文只标注页码,不再逐一标注。

做到了,但爱德娜没有。例如,爱德娜对提供全部家庭生活来源、认为"他的妻子是他生存的唯一目的"的丈夫没有表现出应有的关心和体贴,而是对丈夫的事情"毫不在意",对丈夫的谈话"无动于衷"(6)[①],不仅如此,她还爱上了婚外的单身青年罗伯特,拒绝尽以往家庭女主人之职——每星期二下午接待宾客这一有利于维持家庭兴旺的惯例,甚至后来,她搬离家庭,与花花公子阿罗宾有染,最后,又把自己投进了大海……可见,爱德娜不仅抛弃了作为妻子的责任,还放弃了自己的生命,这就使得其夫妻共同体彻底失效。

其次,作为儿媳,爱德娜并未与婆婆建立基本的情感纽带。爱德娜并非那种让婆婆放心、对子女关切的儿媳,其角色身份意识淡薄。偶尔,她丈夫因工作需要离家外出,她婆婆就特地从家乡赶过来,"亲自来把孩子们和他们黑白混血的保姆一起带到伊伯维尔去了。老太太没敢说她担心莱翁斯外出期间孩子们会受委屈"(95)。

最后,爱德娜也未能建构好母子共同体,为人母的角色意识不强。在滕尼斯看来,母子关系纽带在纯粹的本能和喜好方面,根植最深,与此同时,从身体上的庇护到纯粹的精神纽带的形成也最明显,特别是在刚开始的时候。而这一点并未从爱德娜与她的孩子身上体现出来。爱德娜虽生了两个儿子,但她却很少给予他们应有的关心。她不会想到提前为他们缝制冬季睡衣;他们摔倒后也不会哭着跑到母亲怀里去寻求安慰,她还宣称过她永远不会为了孩子而牺牲自己,小说结尾,她沉入大海,也确实没有因想到孩子而驻足。

二、地缘共同体

亲缘共同体的进一步发展,往往就会形成地缘共同体,其中,最首要的表现为:这些亲缘共同体,彼此比邻而居。地缘共同体,以村庄为载体,共享一方土地与物理空间。这里的人们彼此熟识,相互习惯,也使得共同劳动、共守秩序与管理形式成为必须;它的维系显然不同于亲缘共同体(以血缘关系为纽带、以家庭为载体),它的维系靠的是聚集一处的固定习惯,以及祭拜的一些习俗等。

《大地》里的阿兰就有着她所处地缘共同体中的固定习惯,并遵循着当地的

[①] 本文以下所有出自凯特·肖邦《觉醒》的内容,如无特殊注明,都引自漓江出版社1991年版的《觉醒》,下文只标注页码,不再逐一标注。

习俗。阿兰在嫁给王龙前,虽只是黄家若干丫头中的一个,但却得到了女主人的特别夸赞,让人了解到阿兰是位忠厚、勤劳、坚韧、随顺、贞洁等符合当地标准的好丫头。阿兰嫁到王家后,其一言一行,亦无不符合当地的风俗习惯。这里的人们最显著的总体特征就是敬畏土地,而阿兰尤其如此。新婚的当天,在回家之前,阿兰就先跟随王龙"走到了村西边的土地庙"(19),给庙里的土地爷和土地娘娘敬了香,直到"看着香烧成了灰烬",他们才"向家里走去"(20)。会持家、爱劳动、能生儿子,也是当时当地评判好妻子的标准,而阿兰里里外外都是一把手,每样标准都符合,不仅她的丈夫王龙意识到"这样的女人一般是找不到的"(33),而且整个村庄也都知道了她的能干,并羡慕王龙娶了个"又能干活又能生儿子的老婆"(56)。

同样,阿兰在睦邻友好方面,亦可圈可点。如结婚的当晚,阿兰在未曾露面的情况下,就在厨房里烧出了七道好菜,招待了王龙请来的亲朋和邻居,得到了客人们的一致赞扬。最后,在特殊时期,更可见阿兰在地缘共同体中的地位。如遭遇旱灾期间,与王龙翻脸、实为土匪的叔叔第一次撺掇一些村里人来抢劫时,王龙的父亲"受到惊吓,正在呜呜地哭泣",而"这时阿兰出来说话了,她那平板缓慢的声音高过了男人","如果你们再拿别的,你们会遭天雷劈的"(66),她理性正义的言辞,让"本不是坏人,只是饿急了才干出这种事来"的那些人,"在她面前感到羞愧,一个个走了出去"(66)。当王龙的叔叔第二次带几位城里人过来,见王龙一家已因饥饿而生命垂危欲趁火打劫,想以"一吊钱一亩的价钱"来买其田地之时,阿兰再次以"某种镇静,听起来比王龙的愤怒更有力量"(78)的声音,打消了他们买地的念头。

相较于阿兰,爱德娜则无论是婚前,还是婚后,地缘共同体在她这里都难以生效。地缘共同体特别需要因某些特定习惯的聚会或拜神的习俗来支撑,而爱德娜对参加这些聚会或拜神活动,都表现得很勉强、很被动,甚至干脆不参加。在格兰德岛的整个夏天,她都觉得自己"懒洋洋的,毫无目标,心不在焉,漫无方向"(21),难得一次,她刚开始还参与了宗教活动,中途却又从中溜号了。她的行为让当地的长者感到担心,但她自己却并不在意。这里人们的习惯,她既不深入了解,也没打算好好去适应,她"虽然嫁给一个克里奥尔人,但对克里奥尔社会往来很不熟悉,从前也未很亲切地投入到他们中间去"(11—12)。这一方水土上的母亲基本都是慈母,而爱德娜却并非如此。

三、精神共同体

滕尼斯认为,精神共同体,即"友谊共同体",它可以被理解为"心灵的生活的相互关系"。然而,从《觉醒》中的爱德娜身上,没有发现她与谁在当下存在着基于心灵、精神和信仰等相近的,类似朋友和志同道合者的人本身的相互关系。没有人可以真正走进她的精神世界,她也无法走进别人的精神世界。这种状况,对她而言,由来已久。"在童年时期,她就独自生活在自己的小天地里"(17)。她不听其父及姐姐的教诲(母亲早亡),与妹妹相处也并不融洽,经常发生争吵;后来,她还拒绝参加她妹妹的婚礼,她父亲怀疑她妹妹"今后是否还会跟她说话",但他肯定爱德娜"不会再理她了"(94)。

简言之,爱德娜对逝者没印象,对生者缺乏情感沟通,更谈不上崇敬。艾略特(Eliot)认为:"当我说到家庭时,心中想到的是一种历时较久的纽带:一种对死者的虔敬,即便他们默默无闻;一种对未出生者的关切,即便他们出生在遥远的将来。这种对过去与未来的崇敬,必须在家庭里就得到培育,否则永远不可能存在于共同体中",可见,这种"必须在家庭里就得到培育"的、连接过往与未来的精神纽带,在爱德娜这边是缺失的。

同样,爱德娜在家庭之外,也没有与任何人构建起可以交心的友谊。"精神共同体的典型人际关系为志同道合的朋友关系。"[①]小说中,爱德娜与阿黛尔、雷西小姐、罗伯特和阿罗宾有过交往,但都未能建构起精神共同体。阿黛尔节操高尚,"钟爱孩子,崇敬丈夫",她与其夫的婚姻被认为是和谐的典范,然而,爱德娜却从这样的家庭生活中只看见了"可怕而使人绝望的无聊和厌烦",她甚至对阿黛尔"产生了怜悯之心",可怜她在过"这种单调无味的生活",认为这种生活使她盲目满足于现状,从没有苦恼触及其心灵(74—75),也就是说,爱德娜并未与阿黛尔在婚姻爱情与家庭生活等方面达成心灵的共识。

爱德娜与雷西小姐也未达成深厚的友谊。在《觉醒》文本中,虽然每一次雷西小姐弹奏的音乐确实让爱德娜大受触动,而对于雷西小姐本人,她却当面对其

---

① 邹涛.个人主义危机与共同体的崩溃——儒家角色伦理视野下的《老人与海》[J].当代外国文学,2019,40(1):102-109.

表达了自己的困惑:"我不知道我是不是喜欢你"(33)。至于罗伯特和阿罗宾,她认为前者对她的爱情,"曾唤醒她的心灵使她倾心于他";而后者,与其发生了让她"有一种负疚的感觉"的"越轨"行为(111),但这两人,在她最后将自己投身大海的过程中,都没有让其停留。

共同体可用于塑造民族身份和观念,其作为共享的文化和想象,可以把互不相识的个体凝结成一个整体。《大地》中阿兰所拥有的精神共同体就与此相契合,共有的土地情结与稳固的身份角色意识使这个共同体具有强大的生命力。阿兰与所有农民一样,共享人与土地生死相依、血脉相连的情感与精神,不仅如此,她坚固的身份角色意识也与中国传统女性的身份角色意识相贯通。她勤俭持家,为妻忠贞,为媳孝顺,为母慈爱,其精神品质,无不与中国传统女德的规范相契合。也正因为这种共有的精神,儒家伦理秩序得以维系数千年,具有较强的生命力。正如安乐哲所说:"把人行为的具体形态指称为各种各样'身份角色',如父亲、母亲、儿子、女儿、老师、朋友和邻居,这些'身份角色'本身是蕴含'规范性'的词汇,其强制作用比抽象的训令还要大。"[1]

四、反思与体悟

综上所述,赛珍珠和凯特·肖邦一样,都关注妇女的地位问题,都在试图为女性构建与当时社会发展相适应的新型共同体,她们的努力,在创作上,无疑都获得了较大成功。但是在实践上,笔者认为《觉醒》中的爱德娜所谓的觉醒解放之途却并非正道。首先,仅从亲缘、地缘和精神共同体这三方面来考察她的话,就不由得令人想到南希在其《不运作的共同体》中所探讨的"独体/单体"(singularity),以及布朗肖在其《不可言说的共同体》中所强调的"孤立的存在"(the isolated being),而这很奇妙地,又恰恰与凯特·肖邦最初给《觉醒》起的书名《孤独的灵魂》(*A Solitary Soul*)相呼应,据说《觉醒》之书名由出版商而起,但在肖邦的笔记本中,依旧保留着《孤独的灵魂》之书名,联系肖邦在《觉醒》出版之初即遭遇不少负面评价后所发表的《声明》,亦不难推测肖邦对爱德娜的定位,因

---

[1] 安乐哲.儒家角色伦理学:一套特色伦理学词汇[M].孟巍隆,译.济南:山东人民出版社,2017:186.

为她在《声明》中写道:"我做梦也没想到蓬迪里埃太太会把事情搞得如此糟糕、自作自受。如果我对这种事有一点点预知,我就不会把她写进剧中。但当我发现她在干什么时,戏已过半,已为时太晚。"

其次,从根本上而言,共同体中的道德因素并不能缺失。而这正是《觉醒》及爱德娜起初遭到诟病的主要原因,如当时圣路易斯的《共和报》就评价《觉醒》为:"对讲道德的人而言,它如饮品,但味道太浓烈而不能喝,必须将其称之为'毒药'",舆论界尤其不能接受爱德娜这个人物,认为"这个人误入歧途,而且寡廉鲜耻,海湾的海水吞没她实在是活该",就连薇拉·凯瑟(Willa Cather, 1873—1947),美国社会转型时期的"旗手","美国二十世纪重要的小说家之一",也认为《觉醒》这本书的主题"老套而肮脏"。

其实,首次发表《凯特·肖邦评传》(*Kate Chopin—A Critical Biography*, 1969),并编辑出版了《凯特·肖邦全集》(*The Complete Works of Kate Chopin*, 1969)的佩尔·赛耶斯特德(Per Seyersted, 1921—2005)从一开始就给凯特·肖邦的女性书写做了定位,他认为肖邦在"性、离婚和女性真实存在动因"的书写方面"可算是一位先驱",但是他特别强调了这样一个评判前提,那就是撇开道德因素不谈,认为肖邦对上述问题的书写是"amoral",其意为"不分是非的、不遵守道德准则的"。

问题的关键是,共同体存在、运作与否,与道德伦理等因素休戚相关。滕尼斯在其《共同体与社会》(2001)①中,阐述共同体的相关理论时,就高度重视道德因素,书中多次提到与道德相关的表达,如"道德本能"(40)、"道德之善"(113),以及"道德力量"(255)等,无怪乎该书的编者、牛津大学教授约瑟·哈里斯(Jose Harris)认为可以将该书作为"道德科学"(moral sciences)领域里的著作来阅读,因为书中充满"道德热情",并认为在一个共同体里,人们"潜意识里"就有着"共有的道德观"。

与爱德娜相对照的是,《大地》中的阿兰就是如此。她从生下来就处于中华传统伦理道德之中,在儒家"父子有亲,君臣有义,夫妇有别,长幼有序,朋友有信"这五伦的规约之下,牢记自己的身份角色,亦使其所在的共同体充满勃勃生

---

① 本文以下所有出自滕尼斯《共同体与社会》的内容,如无特殊注明,都引自剑桥大学出版社2001年版的《共同体与社会》,下文只标注页码,不再逐一标注。

机,即使在她个人身处逆境之时,也给人以"弱德之美"(叶嘉莹先生语),给人以向上的力量。不仅如此,《大地》中阿兰身上表现出来的顽强的生存意志力,还契合了美国历史传统中崇尚简朴自然的道德观,也正因为如此,小说一发表,就在处于大萧条时期的部分美国人内心产生了强烈共鸣,让他们看到中国农民身上所表现出来的顽强的生存意志力。

综上,两位美国经典女作家,从正反两方面为我们所作的展现,不仅让我们感受到儒家角色伦理的生命力,体会到中国精神与智慧的力量,而且让我们坚信人类命运共同体作为应对当今全球性难题的方法论和行动指南,必将为全人类共建美好家园共同体贡献更大力量。

(作者系江苏大学教授,博士)

中国故事中的世界语境
——《故事里的中国》之国家实力

罗戎平

中国,以华夏文明为源泉、中华文化为基础,是世界四大文明古国之一。它疆域辽阔,历史悠久,文化灿烂,在漫长的社会发展进程中,留下了众多有历史文化价值、有时代人生意义的可歌可泣的中国故事。

故事,言下之意就是往事、过去发生的有一定价值的事,以及漫长岁月中沉淀下来的有一定意义的典故等,这里所说的是具有重要社会教育意义并为大众所公认的人物和事件,它是人类在历史发展中对记忆的一个倾诉行为,展现了一个国家、一个民族在各个历史阶段中的强大精神力量和社会价值观念与文化形态,故事中包含了励志故事、爱国故事、名人成长故事等,本文评说的《故事里的中国》(中共中央党校出版社、江苏人民出版社2022年4月版)就是这样的一本书,它图文并茂地以三个篇章再现了波澜壮阔的"中华优秀传统文化的核心价值观故事、中国共产党人的奋斗故事、中华民族伟大复兴的新时代故事"。从我国古代的春秋战国开始,一直到当今时代中华民族的伟大复兴梦想,集中了数千年的中华文化根脉,向人们传送了具有史诗般恢宏的中国价值、中国精神和中国力量!

大家知道中华优秀传统文化的核心价值观是人类文明的优秀成果,我国儒家倡导的"仁义礼智信"是古代最早的人与人之间所遵循的道德准则,也是中国古代伦理价值体系的核心所在。除了妇孺皆知的这些价值规范,到了宋代还提倡过"节义廉耻",明代后期推崇过"忠孝节义",民国时孙中山倡议过"忠孝仁爱信义和平"的"八德"①。中华人民共和国成立后,特别是我国在 1978 年改革开放以来,西方霸权主义和敌对势力凭借经济和科技优势,把所谓的"普世价值观"倾泻到了中国的思想文化领域,西方价值观的渗透已成为发达资本主义国家获取全球政治话语霸权的重要手段,其价值观的竞争已不是简单的概念之争,而是谁引领历史发展趋势,谁掌握文化前进方向的话语权竞争,成为国与国之间文化软实力和道德制高点的一个争夺战。正是在这样的国际国内形势发生了深刻变化,各种思想观念相互交织,各种利益博弈更趋激烈的背景下,中国共产党在十八大上正式提出了社会主义核心价值观的十二个词,分别从国家层面、社会层面和公民个人层面,高度凝练和概括了社会主义核心价值观的基本内容。

为更好地普及和全面解读社会主义核心价值观,《故事里的中国》在第一篇章中把"富强、民主、文明、和谐、自由、平等、公正、法治、爱国、敬业、诚信、友善"十二个词所表达的思想观念、人文精神和道德标准,选取了有针对性的 48 个中华优秀传统故事进行了逐一阐述。在国家层面上,选用了越王勾践不忘国耻的《卧薪尝胆》故事,齐威王接受谏言进而改良政治的《邹忌讽齐王纳谏》的故事,促进民族团结与和谐发展的《文成公主进藏》故事等;在社会层面上,选用了有其父不一定有其子的《有教无类》故事,不以物喜、不以己悲的《举案齐眉》故事,立法为民、扬善除恶的《约法三章》故事等;在公民个人层面上,选用了诚实做事、信誉为先的《一诺千金》故事,尊重兄长、友爱谦让的《孔融让梨》故事,三过家门而不入、感人至深的《大禹治水》故事等。在这些故事中,既有为国为民的国家形象,也有明辨是非的道德操守,还有修身正己的高尚品格。社会主义核心价值观与祖国优秀的传统故事相互映衬,凸显了历史底蕴,彰显了时代特征,既有理有据,也符合国情,因而,可看出编著者是在翻阅和掌握了大量史料的基础上,才使书中的图文结合呈现出妙趣横生、意义深远的凝聚力和引导力。

如果说以上第一篇章论述的是"中国价值",那么第二篇章的 52 个"中国共产党人的奋斗故事"阐发的就是"中国精神",时间跨度从新民主主义革命时期到社会主义革命与建设时期、改革开放和社会主义现代化建设新时期的百年历史。所谓"奋斗故事",是指为实现伟大目标而奋勇拼搏的故事;所谓"中国精神",这里是指推动历史车轮向远大理想迈进的不屈不挠的强烈的爱国主义精神。在书

---

① 陈来.中华传统文化与核心价值观[N].光明日报,2014-8-11.

中我们看到了揭开新民主主义革命序幕的"五四运动"和为中国人民谋幸福、为中华民族谋复兴的中国共产党的诞生。"五四运动"是以1919年巴黎和会上的中国外交失败为导火索爆发的一场以青年学生为主,广大群众、市民、工商人士等阶层共同参与的,通过示威游行、请愿、罢工、暴力对抗政府等多种形式所进行的彻底的反对帝国主义、封建主义的爱国运动;而中国共产党的诞生是"近代中国历史发展的必然产物,是中国人民在救亡图存斗争中顽强求索的必然产物[①]",它的创建犹如擎起了一把熊熊火炬,给近代饱受战乱、灾难深重的中国人民带来了光明和希望。

在此基础上,一段段历史和一个个实例走进了读者视野:"二七大罢工"中的林祥谦,慷慨就义的李大钊,北伐"铁军"中的叶挺,以及南昌起义、井冈山会师、二万五千里长征、西安事变、抗日战争、解放战争、抗美援朝战争等重大历史事件中为了中国革命舍生忘死的中国共产党人。人们不会忘记在战争年代威震林海雪原的东北抗日联军、让敌人闻风丧胆的"铁道游击队"、少年英雄刘胡兰、舍身炸碉堡的董存瑞等;更不会忘记彻底结束了旧中国半殖民地半封建社会历史的中华人民共和国成立,以及社会主义建设时期的"铁人"王进喜、人民的好书记焦裕禄、"甘当螺丝钉"的时代楷模雷锋、献身科研的黄大年等。同时,在"奋斗故事"中还有在上世纪六七十年代备受国际社会关注的中国第一颗原子弹和氢弹的成功引爆、第一颗人造地球卫星的成功发射和中国在联合国恢复合法席位,以及在新世纪之交的港澳回归祖国怀抱、中国正式加入世贸组织等。这一系列的重要事件和人物共同串联起了中国共产党百年来的奋斗历程,体现了中国共产党人敢为人先、敢教日月换新天的雄心壮志,他们肩负着实现民族振兴、国家富强的责任,他们迸发的这种"中国精神"既深刻改变了国家,也深刻影响了世界。

书中的第三篇章是"中华民族伟大复兴的新时代故事",它选用了30个复兴事实,讲述了把几代中国人的夙愿变为现实的故事,其中有覆盖华夏大地、惊艳了世界的中国高速公路和中国高铁,填补了世界高速铁路悬索桥、中国公铁两用悬索桥等三项空白的五峰山大桥,全球单机容量最大、入选世界前十二大水电站的白鹤滩水电站,中国自行研制迈向航天强国的北斗卫星导航系统和世界第一颗暗物质粒子探测卫星"悟空"号的升空,世界最大单口径射电望远镜、刷新人类

---

① 本书编写组.中国共产党简史[M].北京:人民出版社、中共党史出版社,2021:14-15.

已知最远观测距离的"中国天眼"。还有我国自主建造服役的第一艘航母"山东舰",吹沙填海的南沙岛礁建设,名列世界前五个国家的"蛟龙"号大深度载人深潜技术,中国海警维护国家海洋权益的海上维权行动,以及亚丁湾护航、国际人道主义救援等。

种种的复兴故事表明了中国人民所凝聚的强大的中国力量!这种力量就是屹立于世界民族之林的中国智慧和中国能力,就是实现中华民族伟大强国梦的国家实力。我想"知识就是力量"这句名言用在这里将非常恰当,因为力量来自知识的积累,知识是人们在改造世界的实践中获得的,没有知识积累哪有中国高铁、北斗导航、海上航母,没有知识积累就谈不上中国力量和国家实力。中华民族伟大复兴的中国梦依靠的就是以爱国主义为核心的昂扬的民族精神和踔厉奋发的中国力量,中国力量在伟大复兴的新时代已经成为一个响亮的词语,它见证了中国人民奋发图强、攻坚克难的勇气与豪情,见证了与世界接轨的中国速度和中国奇迹。随着世界多极化、经济全球化、社会信息化和文化多样化的发展,中国制造、中国创造、中国建造已成为国际社会重新认识中国的新名片,据世界知识产权组织发布的《2021年全球创新指数报告》显示,中国创新指数全球排名第12位,自2013年以来连续9年上升[1]。世界与中国的发展变化同步交织、相互激荡,我国前所未有地走进了世界舞台中央[2]。因此,中国走向世界、世界走进中国,是构建人类命运共同体的历史必然,也是中国力量在全球范围内的一个重要呈现。

《故事里的中国》以讲故事的形式,向人们展现了孕育在故事里的中国价值、中国精神和中国力量,在当今世界处于百年未有之大变局的背景下寓意就显得特别深刻。因为中华民族近代以来最伟大的梦想是民族的伟大复兴,民族要复兴就必须看懂和加深弄通本国历史,而这正是本书的出版缘由。中国的崛起已为全球所瞩目,从这点出发,讲好中国故事也就有了世界语境的意义。

(作者系江苏省镇江民间文化艺术馆研究馆员,中国文艺评论家协会会员)

---

[1] 操秀英.《2021年全球创新指数报告》发布[N].科技日报,2021-09-22(001).
[2] 本书编写组.中国共产党简史[M].北京:人民出版社、中共党史出版社,2021:448.

混沌世界与混沌叙事:赵本夫《地母》三部曲的文学人类学意义

高 山

江苏作家赵本夫的小说创作,在起始阶段虽然无法完全摆脱时代的影响,具有当时"伤痕文学""反思文学"的一般特征,比如《进城》《西瓜熟了》等,但是其小说整体审美气韵与艺术追求却别有风味。处女作《卖驴》中最能引起读者共鸣的既非社会解冻的征兆,也非精巧的故事,而是孙三老汉对大青驴复杂深沉的情感,以及兽医王老尚治愈大青驴时精湛神奇的医术;第二篇小说《"狐仙"择偶记》更是把目光投向农民情欲与乡村权力结构的复杂纠葛。这些简单的列举,即可约略显示赵本夫小说创作从起步阶段就有一种与众不同的视野,他把目光和触角伸向乡土中国更世俗、更具民间文化性的日常生活世界,他把日常生活中与人的生存息息相关的东西,放在民间文化的大背景下加以凸显。生存的沉重、民间的传奇、人性的光辉与黑暗都是他关注的主题,大洪水、土地、女性/母性是他喜欢的意象。正如他自己所说:"我一直关注着大地和大地人。关注大地,就是关注人和大自然的关系,关注大地上人类的生存状态和生命意识,关注文明对大地的影响和文明进程中人性的变异,这实在是一个值得探讨的话题。大约从上个世纪八十年代后期开始,我的许多作品转向上述内容。"[①]

然而学界对赵本夫小说的研究一直走不出乡土、农民、苏北地域文化等范围,即使探讨他小说的艺术性也仍然无法摆脱因为题材带来的这些天然标签。

---

① 赵本夫.大地人[J].时代文学,2003(4):57-60.

这样说并非否定从上述视角出发研究赵本夫小说所得到的成果,而是惋惜赵本夫小说中被这种标签似的断语所遮蔽的东西,尤其是他长篇系列小说《地母》三部曲里那些无法用现成的批评范畴限定的东西——文学人类学意义。其实已有学者发现赵本夫小说中蕴含的文化人类学内涵,可惜其中既有把文学作为文化人类学注脚之嫌,又言之不详。赵本夫本人也一再声明:"多年来,我在许多作品中所关注的是人的生命形态,生命意识,在人类繁衍发展的历史长河中,它是永恒的东西。……我要表现的是人类文明过程中的生命形态。"① 更因为"文学本身就应该孕育着自发的人类学意识,或者说本然地就带有人类学思想色彩"②,所以本文打算面对和解决的正是这样一个问题:以《地母》三部曲为例,解析赵本夫小说的文学人类学特征和意义。

一、《地母》三部曲的混沌世界

1997年八九月间,赵本夫和李星围绕着《逝水》(后改名为《黑蚂蚁蓝眼睛》,是《地母》三部曲第一部)有一番很有意味的书信对话,对话既显示出赵本夫创作转向后的某种迷惘,也显示出当时批评界对《逝水》这种样式的长篇小说没有办法立即给予恰当的回应。通信中,李星说了这样耐人寻味的话:"《逝水》问世已经一到两年了,据我所知至今为止,它在文学界的反应不算很强烈,这可能很令你痛苦,但我以为这不能说是你这部作品的失败,而只能说它的面貌太奇特了,既不是面向当前生活的现实主义,又不是面向心理情绪的现代主义,既不是农村题材,也不是城市题材,既不像历史,又不像现实。"③

从这些话中可以看到,《逝水》发表之初,人们对它的艺术流派、题材范畴、形式特征都难以下判断,多少显得有些无所适从;而现在可以肯定的是,因为《逝水》中有当时人们的文学观念、批评视角所不能完全涵盖的东西④:说它不像现

---

① 赵本夫.隐士[M].南京:江苏文艺出版社,1998:311.
② 刘晓飞.中国文学中的人类学——以20世纪80年代以来的中国当代文学为例[J].文艺评论,2007(6):38-44.
③ 赵本夫.隐士[M].南京:江苏文艺出版社,1998:313-314.
④ 在我看来,这个问题比较关键,因为当时人们对《逝水》模棱两可的认知,其实恰恰可以从侧面揭示了这部小说非凡的特色,可惜现在仍然没有人能够给出比较令人满意的答案。

实主义，是因为它瓦解了一般现实主义赖以确立的"社会—历史"叙事模式；说它不像面向心理情绪的现代主义，是因为小说不以单个人的自我意识为中心，而且人物具有一定程度的前现代性；说它不像历史，是因为小说中几乎没有一般历史小说中对史料的借用；说它不像现实，则是因为其中的神秘主义、神话原型、土地情结在当时显得特别不合时宜。李星的这段多少有些含糊其词的话，今天看来却是歪打正着，甚至一语中的，因为他恰恰在无意中揭示了小说两种意义上的混沌性——小说虚构世界的混沌状态和小说虚构方式的混沌叙事。这两种混沌性体现出了赵本夫《地母》三部曲的文学人类学特征和意义。

先谈小说虚构世界的混沌状态。第一部《逝水》用作者自己的话说"主要是写黄河决口以后的那一段时空。那一段时空是人类文明的中断，原有的道德、伦理、观念、秩序等一切文明社会的规范全消失了。大水中幸存的人们重新成为自然人，土地也重新成为自然之物，人和土地全都自由了。黄河决口对人类文明是一次毁灭，但对人和土地本身也许是一种解放，使人和土地重新找回迷失的本性"[1]。这种混沌性在第一部中表现得最突出：时空断裂，秩序崩塌，文明解体，人兽共处，神人合一，人和万物复归混沌。幸存者们陷入荒原，失去了时空感："当大洪水落下，双脚踩住满是泥浆的土地时，他们甚至失去了方位感，不知自己身在何方。大地上的一切原有的标记都消失了"，"几年以来，他们已经没有时间概念，只知道黑夜白天，阴晴雾雨"[2]。整部小说中既没有清晰的时间线索，也没有具体的空间方位；虽然勉强可以发现围绕柴姑重建的"草儿洼"，由近及远有黄口镇、桃花渡、七棵树、凤城等地名，但是这些地名已经失去了为小说中的人物标记空间方位的功能。幸存者们"谁也不认识谁，只像鬼影一样在大地上飘荡，……他们不再有羞耻感，只剩下生命的本能"[3]，本能成了他们唯一可以依赖的力量，然而本能是盲目的，所以他们互相依偎、互相杀戮，甚至互相吞噬；他们与动物为伍：柴姑和蚁群，老大和羲犬，小迷娘和蛇，腊和老牛，还有时刻威胁着他们的狼群和给他们充饥的鱼虾、鼠兔。

---

[1] 赵本夫.隐土[M].南京：江苏文艺出版社，1998：308.
[2] 赵本夫.赵本夫选集 第一卷 黑蚂蚁蓝眼睛[M].北京：作家出版社，2011：32，90.
[3] 赵本夫.赵本夫选集 第一卷 黑蚂蚁蓝眼睛[M].北京：作家出版社，2011：32.

第二部《天地月亮地》中文明的秩序以土地的所有制形式为核心在慢慢恢复中,大水过后,仅仅几十年的时间,这片荒原的所有土地都有了主人,"柴姑在经历过多年的拼杀之后,蓦然发现荒原已经建立了新的秩序,哪种人吃哪碗饭都已排定座次:鬼子吃土匪,土匪吃老百姓,老百姓吃土地。没有人能更改"[①]。然而,无论是柴姑和她的伙计们在草儿洼经营土地,还是后来的土改和合作社时期,土匪的劫掠、饥荒的折磨、人心的混乱、情欲的纠结,这些种种的无序又是那么明显;所以《天地月亮地》中,小说虚构了一个从混沌到秩序、秩序中又包含着无序的混沌世界。

第三部《无土时代》的混沌性相对较弱,因为小说虚构世界的历史进程已经进入现代社会形态,木城发达的城市文明几乎完全脱去了前两部小说中的蒙昧状态。然而小说中"文革"时期的狂乱,乡村的衰败,城市人生命力的委顿,政协委员们天马行空的议案,天易对土地魂魄的追寻,柴门对城市文明的反思,谷子寻找柴门的梦幻之旅,天柱用庄稼占领城市的神来之笔,这些众多线索之间复杂的因果关系和时空关联又使得小说虚构世界呈现另外一种扑朔迷离的混沌状态。这种混沌状态主要集中体现在人物天易的迷失和人格、意识一分为三的分裂:天易迷失于历史时间的断裂,石陀迷失于都市钢筋水泥的丛林,柴门迷失于追寻土地魂魄的精神之旅。

统观《地母》三部曲,小说虚构世界的混沌性各具特色:《黑蚂蚁蓝眼睛》是大洪水摧毁人类文明后原始野性的混沌;《天地月亮地》是人类文明以土地的占有为核心的农业社会秩序重建过程中艰难生存、暴力血腥的混沌;《无土时代》则是人类文明向更高级的现代社会阶段发展过程中土地乡村衰落、城市人性颓败以及人与土地、人与自然疏离所形成的混沌状态。然而这种小说虚构世界的混沌性又具有相对的统一性。小说家主动放弃了以往小说以政治、历史、社会、文化等单一元素为主导的虚构框架,以人的生命形态的复杂样态作为小说虚构的主要考量指标,小说中凸显的是人与土地深厚复杂的生存性关系,是人与人,尤其是男人与女人之间人性扭结、情欲纠缠所形成的丰厚混沌的生命样态,这使得小说虚构世界的混沌性在一定程度上成为必然。

---

① 赵本夫.赵本夫选集 第二卷 天地月亮地[M].北京:作家出版社,2011:185.

二、《地母》三部曲的混沌叙事

相对而言,小说虚构世界的混沌状态比较容易理解和把握,作为小说叙述方式的混沌性,或者小说的混沌叙事,却需要仔细辨析和解说。小说叙事是一个复杂的理论问题,但是也不妨有比较简洁明了的概括,叙事"是一部小说全部话语行为的文本形式。叙事由两部分组成:叙述和故事。按热奈特的说法,叙事是由能指——叙述,和所指——故事一同来体现的。叙述表现故事本身的意义,而叙事却可以追求故事以外的意义。叙述是语言行为,而叙事的本质是对事物意义的显现"①。因此,《地母》三部曲的叙事问题,也可以分成两个部分:一个部分是上文已经分析过的具有混沌特征的故事,即小说虚构出来的混沌世界;另一个部分就是下文要展开分析的具有混沌特性的叙述方式,即小说的混沌叙事。

混沌世界决定了小说混沌叙事方式。混沌叙事首先表现为小说虚构时空体的非因果、非逻辑、非线性等非历史性特征。最早关注小说时空体的是巴赫金,他认为"在文学中的艺术时空体里,空间和时间标志融合在一个被认识了的具体的整体中。时间在这里浓缩、凝聚,变成艺术上可见的东西;空间则趋向紧张,被卷入时间、情节、历史的运动之中。时间的标志要展现在空间里,而空间则要通过时间来理解和衡量"②。他对小说时空体整体性、统一性的认识令人印象深刻,然而现代小说的叙事危机也缘此而出现,"小说叙事形式的真正深刻的危机恰恰在于:我们身处其中的复杂的历史境况已经不再能够使用经典的小说叙述模式来加以描述。只要想一想'性格''行动''命运',以及事件的完整性、情节的起承转合、因果律以及时间的连续性等等,就会发现这一套曾经是现实主义的叙述模式的要素已经多么远离了现实"③。赵本夫的《地母》三部曲有意无意中应对了这种叙事危机,小说从各个人物生存本能的需求出发,叙述与土地紧密相连的个体生命形态,打碎了时空统一的幻象,几乎完全抛弃了以往长篇小说"主线因果导控"的时空统一体叙述模式。

---

① 祖国颂.叙事的诗学[M].合肥:安徽大学出版社,2003:2.
② 钱中文.巴赫金全集第三卷[M].白春仁,晓河,译.石家庄:河北教育出版社,2009:274-275.
③ 耿占春.叙事美学:探索一种百科全书式的小说[M].郑州:郑州大学出版社,2002:3.

这种非历史性叙事具体表现为小说故意模糊了故事发生的历史时间,没有标识事件发生的具体纪年。虽然整个系列小说叙述了从晚清咸丰五年(1855)黄河决口一直到2002年左右将近150年历史时空中发生的故事,但是小说中没有标出一个具体的年份。这种叙事消解了小说的历史感,抹去了读者判断故事在真实历史时空中的坐标,打破了读者凭借历史知识预先把握小说语境和历史时空特征的可能性,消除了先在的历史对小说虚构时空体的干扰和对小说虚构意义与价值的沾染。虽然小说中也有咸丰五年黄河决口、晚清军政举措,有土改、合作社、抗美援朝、三年自然灾害、"文革"等历史元素出现,但是这些历史元素也往往因为具体时间标志的缺失,以一种片断化、碎片化的方式成为展现人物生存状态、生命形态的手段或背景。这使得小说时空体的叙述时空呈现出一种异乎寻常的自由灵活状态。过去、现在、未来交织在一起,历史、神话、现实、想象、幻觉等不同质性的时空同时涌现。整个小说叙事在不同的个体和展示其独特生命形态的故事之间跳跃翻滚,故事与故事之间并没有明显的、逻辑的、必然的、因果的联系,故事与故事的勾连往往是隐晦的、偶然的、片断的。

因此小说第一卷刚刚发表后,就有这样的判断"人们习惯于注视某种新的或时髦概念的小说,不习惯于思想主题散漫不显的小说,习惯于故事单一、因素鲜明的小说,不习惯于许多故事套在一起,看了28万字仍不能以理意命名的小说"[①]。表面的否定中暗含着对小说非历史性叙述特征的概括与肯定。然而从宏观视角考察小说时空体,也可以发现小说故事间模糊的关联性。比如小说中的一个人物天易,仿佛一个时空穿越者在小说巨大的时空织体中穿梭往来——第一卷第14页:"几百年后,一位作家来到石洼村,带着人生的伤痕和疲惫,在故乡的土地上流连,寻找失落的童年。他叫天易,是老石匠的后人。"第二卷第15页:"很多年后,天易成为一位有名的作家,一直在作品中探讨人类的生命意识,他被认为是个偏执狂。"小说前两卷中还有多处这样的叙述,使得小说碎片般断裂的时空体奇异地胶合在一起。

《地母》三部曲的混沌叙事还表现在小说家主动放弃了以往小说以政治、历史、社会、文化等单一元素为主导的虚构框架,采取了以生命形态的复杂存在方式为小说虚构世界的主要指标的生命形态叙事。"家族小说最普遍的主题,是通

[①] 赵本夫.隐士[M].南京:江苏文艺出版社,1998:314.

过家族的兴衰表现人物的命运,表现历史的变迁,这也是最传统的主题。这当然无可非议,但诸多小说的雷同已是无法避免。我走的是另一条路,就是离开社会学意义上的主题,去表现人和自然的关系。"①这种生命形态叙事特征也正是小说非历史性叙事的后果。《地母》三部曲总体上既没有中国现代性启蒙与救亡意义下的民族国家建构的寓言化叙事,也缺乏现代个体成长的主体性叙事,甚至没有单一文化历史传统主控的社会历史叙事,因此小说既不像《红旗谱》以中国农民革命的起源和合法性为主线,也不像《创业史》以土改、合作社等社会政治事件为主导,更不像《青春之歌》以中国知识分子革命主体的召唤与成长为主干,甚至不像《白鹿原》以儒家文化及其社会形式——宗法制度为核心。

《地母》三部曲揭示的是人与神话、人与土地、人与自然、人与文明之间幽暗隐晦的复杂纠葛,是野性弥漫的生存本能、生命意识和丰富多样的生命形态,是人与土地、自然相互疏离的文明忧思。这就形成了小说某种超越具体社会政治、历史文化的形上视野和叙事品格,这种形上视野和叙事品格混沌、深沉,又直截了当。它们展现人类文明崩塌、断裂、重建、衰落的过程和这个过程中自然人性的生长、生命形态的杂多。仅以几个女性形象为例,我们就可以领悟小说对生命形态的高度关注。柴姑集灭世者蚁王和创世者地母于一身,小迷娘则是逍遥蛇女,作为男性引导者和婴儿哺育者的茶,以女红为诱饵的女同性恋者花娘和女儿蛋蛋,石女梦柳,与公公通奸的八哥,讨饭女小鸽子,饥饿的买地者天易娘,内心分裂的举报者钱美姿等等,只是这样简单的列举就能够让人体会到这些女性人物形态各异的生存方式、生命形态和人性色相。小说中甚至还刻画了蚂蚁、狼、狗、蛇、狐狸、乌龟等非人类生命形态样式。这种可称为生命形态叙事的正是《地母》三部曲混沌叙事的特征之一。

当小说把生命形态作为叙事的中心,并且以一种非历史的方式消解了虚构框架的单一主导因素之后,小说家和小说必然面临一种困境,那就是如何使得众多个体生命形态及其日常性、世俗性故事、细节具有意义。这个困境如果不能克服,小说将无法避免沦为日常生活奇闻逸事叙述体的悲剧命运。而这个困境及其解决之道与《地母》三部曲混沌叙事的第三个特征——"个体神话叙事"相关。

法国学者乔治·杜梅齐尔在其著作《从神话到小说:哈丁古斯的萨迦》中,对从

---

① 赵本夫.隐土[M].南京:江苏文艺出版社,1998:306.

神话到小说的文体转述的研究,既对解答这个问题有所启发,又切中《地母》三部曲个体神话叙事建构的关键。杜梅齐尔提出了这样两个内涵相近的问题:"一个属于个人的、以情欲为动力的故事情节如何取代了一个由社会最古老的习俗予以规范的、全部记载武功的脚本"和"一个心理学的、纯属个人性的情节线索如何取代了一个具有社会性意义的叙述"。这两个问题探索从神话到小说的文体转述过程中个体日常生活叙事如何取代集体神话叙事,杜梅齐尔发现一种"中介""一个内心悲剧的中介":"在战士的灵魂里点燃那个可怕的、但却符合人性的怒火的,是一种个人的、姓氏的、民族的骄傲加上对于女性的弱点的蔑视"[1],杜梅齐尔发现的这个中介正是人性的弱点对神性灵魂的入侵。然而对于《地母》三部曲来说,这个问题恰恰需要颠倒过来理解,也就是说小说中众多个体生命形态及其日常性、世俗性故事、细节如何被重新神话化,或者说神话性如何侵入人性,或者说祛魅的世界如何复魅。正是在此种意义上,《地母》三部曲创造了我称之为"个体神话叙事"或"个体神话诗学"的、具有混沌属性的小说叙事模式和美学风格。

"个体的神话诗学首先意味着一种可能性:个体人的社会生活经验,可以用一种可能远远超出了个人意识范围的、具有更广阔的人类历史、意识背景的经验图式来加以讲述",而"现代作家所使用的个体的神话诗学,既是通过对集体意识、集体经验的普遍历程加以个人化的构拟,以进入创造性的个人的神话……也是对现代社会杂乱经验的整饬、赋予暧昧的个人经验及其内部活动的一种神话类比和象征结构"[2]。《地母》三部曲正是通过神话传说、神话原型和神秘主义文化这些"远远超出了个人意识范围的、具有更广阔的人类历史、意识背景的经验图式",将小说中日常性、世俗性的故事重构为神话而赋予其人类学的意义。

小说第一部从蚁王柴姑率领神秘蚁群摧毁黄河大堤、发动大洪水的"灭世神话"开始,并且让拥有共同血脉的柴姑和老石屋守候着"老鳏夫"的三个儿子重新演绎"伏羲、女娲"兄妹结婚的"创世神话",而且赋予柴姑"地母原型"所承载的、与土地相关的容纳、生殖、繁衍、死亡等神话功能;即使在完成了世界祛魅过程的第三部《无土时代》中,作者仍然创造了一种带有荒诞色彩的神话:用庄稼占领木

---

[1] 乔治·杜梅齐尔.从神话到小说:哈丁古斯的萨迦[M].施康强,译.北京:生活·读书·新知三联书店,1999:148-149.

[2] 耿占春.叙事美学:探索一种百科全书式的小说[M].郑州:郑州大学出版社,2002:3.

城,来唤起城市的人们对祖先种植的记忆。这些神话原型、神话叙事贯穿小说三部曲始终。更重要的是小说家用众多的神话传说、神话原型、神奇动物、神秘原始文化把众多个体的生命形态与土地、与自然、与人类文明进程相联系,使得小说中个体生存故事和其日常生活具有了一种文学人类学意义上的混沌性质与形态,这才是个体神话叙事的真正内涵。

其实近来已有学者发现了 21 世纪以来长篇小说文体的混沌化趋势,认为这种文体的混沌化"是长篇小说文体一个相对完美的状态:一方面,它复杂多元,可以包含现代主义、现实主义、中国叙述传统和古今中外的一切文体因素;另一方面,它单纯到极致,所有艺术元素被安放得恰如其分,彼此交融,浑然天成,形成一个有机的艺术整体"①。文章中说出了许多具有学术见地的话语和判断,比如把长篇小说文体的混沌化看成是小说艺术发展相对成熟的阶段和 21 世纪长篇小说创作的一种普遍趋向。可惜作者只把眼光局限在 21 世纪以来的《把绵羊和山羊分开》《水乳大地》《丑行或浪漫》《村庄秘史》《古炉》等少数几部小说,也因此忽略了赵本夫《地母》三部曲等更具代表性的文本,而且在一定程度上又仅仅把长篇小说文体的混沌化看成一个形式问题,没有发现小说叙事形式的混沌化与小说虚构世界的混沌性之间的必然联系。

当然,从非历史性叙事、生命形态叙事和个体神话叙事三个角度分析《地母》三部曲的混沌叙事特征,并未穷尽其混沌叙事的内涵,还有许多值得探寻的空间有待开掘;《地母》三部曲的叙事特征也并非仅以混沌叙事就可以完全概括的,而且《地母》三部曲本身的叙事也并非完美无瑕。但是混沌世界与混沌叙事这样的理论概括,比较贴近《地母》三部曲创作的实际情况,却是毋庸置疑的。

三、《地母》三部曲的文学人类学意义

"混沌"本身就是一个神话学、人类学概念,与洪水神话、创世神话有着密切的联系②,因此本文使用"混沌世界"与"混沌叙事"分别描述和概括《地母》三部

---

① 晏杰雄.新世纪长篇小说文体的混沌化[J].小说评论,2013(4):167-171.
② 参见向柏松的《洪水神话的原型与建构》、刘向政的《"混沌"创世神话的原始象征意义与宇宙观》和饶春球等的《"混沌"与洪水神话》等文章。

曲的小说虚构文本特征和小说叙事特征，原本就是要以此揭示小说为其虚构世界复魅的文学人类学企图。

马克斯·韦伯在其著作《新教伦理与资本主义精神》和《学术与政治》中揭示了西方社会现代性转型中世界"祛魅"的理性化进程，而"世界的祛魅就是驱除巫术、魔法和神秘性，就是驱除'克力斯玛'的神秘光环，由魅力型统治向法理型统治转变，就是驱除传统、情感乃至价值理性而向工具理性发展的过程"[①]。其后果之一部分就是人类精神生活的世俗化、人与自然的疏离、原始神秘文化的消失。中国现代性社会进程虽然与西方有着巨大差异，然而由于其现代性动力源于西方，这就造成了其现代性后果与西方有着很大的相似性。因此中国现代性转型中世界"祛魅"的后果及其造成的危机，在新时期以来以经济发展为中心的形势下，显得尤为严重。无论是人对自然资源无节制的开发，还是人对自然神性的蔑视以及人的精神世界的萎缩都令人触目惊心。

对这种危机率先有所反应的是文学界。许多作家开始用文学的方式展开一种"世界的复魅"行动，于是出现了一些被称为"人类学小说"的作品。它们主要包括"韩少功的《马桥词典》，阿来的《尘埃落定》，范稳的《水乳大地》，贾平凹的《怀念狼》，赵宇共的《走婚》《炎黄》，姜戎的《狼图腾》"。"这些被称为'人类学小说'的作品大致包括三个思想旨趣：文化寻根与神话还原，地域描写与地方性知识的解释，原始主义题旨与文明反思。"[②] 按照这种评判标准，赵本夫的《地母》三部曲甚至比上述列举的某些作品更加接近"人类学小说"的内涵。

《地母》三部曲的文学人类学意义最突出的表现在其浓厚的神话叙事氛围。小说第一部一开始就叙述了家族远祖"圣手石匠"的神秘天命，为系列小说奠定了神话叙事结构；而后，身兼蚁王和地母双重神话身份的柴姑创造了"灭世神话"和"创世神话"，则更清楚地显示出小说家以神话原型重构人类生命形态和文明进程的野心。整个系列小说以人与土地的关系为核心，所以作为"地母原型"的具体承载者柴姑对土地和女性的认同在小说中具有举足轻重的地位。"女人生娃娃和土地里长粮食，都是一样奇妙的事情"[③]，"我只崇拜土地！……土地里能

[①] 王泽应.祛魅的意义与危机——马克斯·韦伯祛魅观及其影响探论[J].湖南社会科学,2009,(4):1-8.

[②] 代云红.中国文学人类学基本问题研究[D].上海:华东师范大学,2010.

[③] 赵本夫.赵本夫选集 第一卷 黑蚂蚁蓝眼睛[M].北京:作家出版社,2011:207.

长山,长森林,长草木,长庄稼,长万物种瓜得瓜种豆得豆,土地是世上真正了不起的东西和天一样了不起"①,"她觉得自己的心已变得像她的土地一样辽阔,土地什么都能承受,什么烂东西都能包容,连粪便污物都能化腐朽为神奇"②。在这种认同中,小说揭示了土地与女性异质同构的神话关系:柴姑和她的土地容纳男人和女人,生养儿女和庄稼,包容生命和死亡,承受灾难和痛苦。

《地母》三部曲是一部家族小说,虽然小说家避开了一般家族小说社会学层面上的架构,但是却从个体生命形态层面重构了父母两个家族的起源神话。具体体现这一点的是柴姑与老鳏夫三个儿子对"伏羲女娲"兄妹结合神话的重演。《独异志》这样描绘兄妹结婚神话:

> 昔宇宙初开之时,只有女娲兄妹二人在昆仑山,而天下未有人民。议以为夫妻,又自羞耻。兄即与其妹上昆仑山,咒曰:"天若遣我兄妹二人为夫妻,而烟悉合,若不,使烟散。"于烟即合。其妹即来就兄。乃结草为扇,以障其面。今时人取妇执扇,象其事也。③

其中令人印象深刻的是那种源于原始血亲结合禁忌给兄妹二人带来的"羞耻感",和向上天祈求意旨的咒语。小说对这个神话原型的转述更具戏剧性,不仅让柴姑成为老鳏夫三个儿子共同的女人,而且让老大和柴姑肩负了血脉传承的繁衍功能,承担起溃堤蚁群与黄河不死魂魄之间的仇恨,于是兄妹之间的交媾被神话成战争:

> 这是一场洗劫。一条血性的汉子,双脚蹬地,弓起脊背,饱满的筋肉鼓凸暴起,一声又一声大吼,一声又一声尖叫,你不堪忍受了吗?你的蚁穴顶不住长堤的压迫,一次次想撑开,一次次压下去。千里长堤般的身躯和杵槌足以让你崩然开裂,威武的长堤依然雄踞,它将探入你生命的黑暗,撩开蚁穴的奥秘,直至鲜红的血喷出。④

---

① 赵本夫.赵本夫选集 第一卷 黑蚂蚁蓝眼睛[M].北京:作家出版社,2011:259.
② 赵本夫.赵本夫选集 第二卷 天地月亮地[M].北京:作家出版社,2011:133.
③ 袁珂,周明.中国神话资料萃编[M].成都:四川省社会科学院出版社,1985:14.
④ 赵本夫.赵本夫选集 第一卷 黑蚂蚁蓝眼睛[M].北京:作家出版社,2011:151.

柴姑与老大之间这种惊心动魄的两性战争贯穿系列小说的前两部。在此男女生殖器分别被转喻成黄河的长堤和溃堤的蚁穴,蓬勃的生命力汪洋恣肆;也许这才是小说重述神话的用意。那种血亲通婚的"羞耻"虽然会使老大产生片刻的罪孽感,让他觉得黄河决口是天地祖宗对他们的惩罚,然而真正默默承受这种"羞耻"痛苦折磨的却是老鳏夫,他即使在洪水中成为鬼魂也在劫难逃。小说第二部,在最后一次和老大舍命交媾后,柴姑杀死了自己的这个血亲兄弟,也是柴姑众多儿女的父亲,血亲相奸、相弑的悲剧终于让老鳏夫不肯安息的魂灵也大哭。这时小说叙述者清醒地叙述了世界因此而祛魅的过程:

但柴姑没有想到,从此以后所有的神秘现象都将从草儿洼消失,她再也没有看到老鳏夫,也没有看到成群结队如黑水般流淌的蚁群。

其实,随着荒原人气渐旺,连狼的影子都很少看到了……

荒原已经不再是原来意义上的荒原,荒原已一片片变成了庄稼地和一座座村庄。

荒原已变成真正的人间。[①]

《地母》三部曲中神人合一、人鬼共处、人兽一体、人与自然融合的神秘主义、原始主义叙事,也是其文学人类学意义的具体阐释。圣手石匠的神奇天命,朵朵和老大都遇见老鳏夫的鬼魂和一只火狐相伴而行,陪伴柴姑一生的黑蚁群在她死去的时候变成了白蚁群,小迷娘的蛇群不仅治愈了她糜烂的下体、还咬死了拆毁蛇塔的日本军人,老大与白羲,腊与大黑牛等等,这些充满神奇奥秘的故事并非仅仅渲染小说神秘原始的色彩,而是与各式各样男人、女人们丰富复杂的生命形态、生命意识紧密地结合在一起。又比如,在天易的感知里,蓝水河像一个完整的女人的子宫,而他竟然在河水里体验了原初生命状态的神秘回溯,实现了与自然的圆融合一。

第三部《无土时代》则采用了荒诞主义神话叙事方式:一方面让失踪者天易人格一分为三:天易、石陀、柴门;另一方面让寻找者各自经历不同的人生旅途——寻找天易的天柱用庄稼占领城市以恢复城市人对祖先种植的记忆,跟踪

[①] 赵本夫.赵本夫选集 第二卷 天地月亮地[M].北京:作家出版社,2011:184.

石陀的梁子发现石陀的土地情结和无解的秘密，寻找柴门的谷子经历了自我身份确认的神秘梦幻之旅。而小说临近结尾时，谷子把她寻找柴门的过程中遭遇的神秘人物和不可思议之事告诉出版社的同事梁朝东和许一桃后，小说这样叙述：

> 梁朝东终于开口，说许姐，你是个有神论者吗？
> 许一桃想了想，说我不知道我只觉得在这个世界上，我们知道的其实很少。[1]

祛魅时代人们却不约而同拥有了为世界复魅的梦想。

总而言之，《地母》三部曲以其多样的神话原型和神秘文化塑造了多样的生命形态，表现了深厚执着的土地情结，表达了对农耕文明的赞美与复归，形成了小说独特的混沌世界和混沌叙事的特征，具有鲜明的文学人类学意义和审美价值，在中国当代文学史上留下了浓墨重彩的篇章。

（作者系淮阴师范学院副教授，文学博士）

---

[1] 赵本夫.赵本夫选集 第三卷 无土时代[M].北京:作家出版社,2011:298.

风轻云淡后的风卷云涌
——满震微型小说集《不忘初心》赏析

滕敦太

拜读微型小说名家满震先生的微型小说作品集《不忘初心》,如同走进了《清明上河图》,通过一个个放大镜,让你看透生活的万花筒;如果重读几遍的话,就会一层一层地感受到作品中风轻云淡后的风卷云涌,细嚼慢咽后的大快朵颐。满震先生用他那"笑而不语欲语还休的'拈花手'手法",让读者感受他"捯饬"微型小说"治大国如烹小鲜"般娴熟的功力,令人印象深刻。

一、领略其中三昧:三种特色三种境界

(一)沾衣欲湿杏花雨,吹面不寒杨柳风——一个回归理性的方向:平民阅读

作品中沾衣欲湿的火候拿捏,吹面不寒的独特感觉,如同面对美女目不斜视,实则内心翻江倒海;如同一桌美食看似平淡,实则余香延绵让人垂涎三尺食指大动。这就是作者的功力,不服不行。

欲语还休戛然而止的"留白"。满震微型小说的一大特点是留白,总是在作品意犹未尽的时候就止笔,让作品余味深长,发人沉思。如《安然一日》中为人谨慎的安然和家人出游,妻子说走废弃的老路到家可省半个小时,途中遇一标有"车辆绕行"的险桥,妻子看一辆拖拉机开过去,也要过桥。而安然坚持不怕一万只怕万一,刚刚调转车头,桥真的就垮塌了。读者看到安然为他的谨慎而避免惨

剧的发生,而作品的留白更让人深思:此前不出事,应该不出事,在自己身上不会出事,有这样想法的人很多,但如果真的走了那一步,肯定会出事。一篇看似出行安全的微型小说,其实暗含着反腐倡廉警示教育,是一个很好的廉政文学作品。再看《楼道里的狗》中,邻居在楼道里放家具,甚至在楼道养狗,不顾"我"的多次理论,油盐不进,没有办法。那天知道"我"是个领导,邻居马上将楼道收拾干净。这个现实版的变色龙,下一步还会上门认错,主动结交,甚至求"我"办事,这些作者没有表述,相信读者都能脑补意会。

匠心独运恰到好处的"说白"。说白是一种戏剧的表达形式,指剧中人物的自言自语或者不经意的言语,用以表达内心世界。满震先生巧妙运用到微型小说的表达之中。《面对真情》中,"我"到省文联参加会议,想约当地文友见个面,文友回复在外地明天才能回来。"我"联想到朋友讲过的经历:此前朋友到北京联系的几个文友都以各种借口拒绝会面,"我"也就对这个文友不抱希望了。不料"我"这个文友真的赶回来请"我"聚餐,还找了几个文友作陪,畅谈文学其乐融融。"世间有一种热情纯粹出于真诚,没有任何的庸俗成分。而我们面对这真诚却无动于衷,而自作聪明地加以拒绝,实际上是在伤害一种珍贵的情感。"微型小说很少直接感慨,这里的感悟内容却没有违和感。同理,《尴尬的主持》中,副县长巧解尴尬、全人之好,最后说出的话,不正是作品表达的积极能量吗?

大巧若拙直抒胸臆的"直白"。"文似看山不喜平",满震先生的有些作品却有意反其道而为之,酣畅淋漓地表达内心的感受。他很多作品是生活中的一个片断,一段插曲,甚至一次不经意的偶遇,看似平淡无奇,却总让人内心产生翻江倒海般的回味。《还愿》中,一个官员到寺庙求保佑老婆生子,灵验了;再去求愿让那些与自己竞争的同事有灾难,结果受到神灵训斥:一个没有善心的人是做不好官的。这样的直白,甚是可爱。

"文化的特性决定了艺术的特质。"微型小说2 000字以内的篇幅,不可能面面俱到,作品中一般不作评论,有些话让读者去品味,或者让评论家去说为好。但满震先生的一些微型小说,或多或少地出现一些评论的内容,因为匠心独运,恰到好处。留白、说白、直白,这种"三白合一"的手法别具一格。再联想到时下的一些作品,追求与众不同的表达形式是无可厚非的,但如果认为"诘屈聱牙"能让自己的作品高大上就失之偏颇了。其实,雅俗共赏,才是文学的根本。白居易写诗歌,让没有文化的老妇听懂了才满意,这才是大众化、平民化;梁晓声先生就直接指出:"有的小说装出深刻的样子,话不好好说,变得晦涩。把小说拎在了一个高处,都是扯淡。"众所周知,因为网络的冲击,报刊书籍等纸质阅读量明显降低,一方面是快生活的节奏导致,一方面是有些文艺作品脱离生活脱离群众降低了读者的阅读兴趣。《不忘初心》这样的微型小说集,让"平民阅读"回归理性,回归本真,满震先生深谙此道,体现了一种实力与自信。

(二)心事浩茫连广宇,于无声处听惊雷——一股振聋发聩的力量:社会责任

喜欢武侠小说的朋友,肯定熟悉这样的桥段:武林高人静若处子动若脱兔,双掌对峙时稳如泰山,衣角抖动暗中发出无形的杀气。当你研读《不忘初心》时,会不会也常有这样的感觉?那种心事浩茫连广宇的忧患意识,那种于无声处听惊雷的震撼力量,让人感受到一种浓浓的社会责任。

——职场警示。《手长》中,某领导的手突然长得长了,手臂每次长长一节的时候都会有胀痛,按照专家的处方,再有送礼的不收,此前已经收的全部打到廉政账户,发现自己的手臂慢慢回到了正常的长度。人物的性格与事件的走向有机结合,让人感同身受,心中怦怦直跳。这种看似荒诞的作品,散发着强烈的警示作用,入选《中国微型小说排行榜》《中国年度微型小说》《中国廉政文学作品精选》和"江苏省改革开放 40 年有影响的 40 篇微型小说",实至名归。

——文坛心酸。满震先生长期担任编辑,熟悉作者,熟知作者生存状况。《满震写给满震的一封信》中,满震的微型小说作品被人抄袭发表在著名晚报,维权得到了 90 元稿费的满震忽发奇想,给这个抄袭者"满震"写了一封信,告诫他不要抄袭,却把这 90 元的稿费同时寄给了抄袭者。作品对抄袭者的谴责并不是重点,我理解为作品谴责的是稿费制度:国内著名大报,名家的名作,稿费居然只有 90 元;而有人为了这区区 90 元还冒着被发现被谴责的风险抄袭作品,文人的艰辛可见一斑。《大卸八块》中,名家发表的作品因为正能量的问题不能放在头题,为了不得罪名家,编辑在给作者邮样报时绞尽脑汁,最后将每位作者的作品剪下来单独邮寄,让作者看不到作品的位置,出此下策,活生生再现了一个编辑的无奈。这让人深思,讽刺的仅是作家本身吗?

——现实无奈。《你咋就不是我舅呢》中,过去当兵很难的,"我"找了在县医院负责体检的表舅,又找了二叔熟悉的县人武部领导,结果没有竞争过本村支书的儿子,因为这二人是支书儿子的大舅和二舅。在关系横行的时代,"我"只能发

出这样的感叹。《写小说的刘民》中,刘民写反腐小说被人对号入座,提拔不了也不在乎,继续写,大家是不是敬佩他的文人风骨?最后领导告诉他,把他列为近期提拔的后备干部,刘民心动了,讽刺领导的小说还写不写了?其实,刘民写不写讽刺领导的小说已经不重要了,他会不会成为自己小说一直讽刺的那样的领导才是作品所关注的。

——哲理暗含。满震作品中家长里短的世界里,同样可以引爆惊涛骇浪:《原来是这么回事》中,众人猜单位开车的、骑车的、步行的上班人的身份,结果都猜错了。作品最后告诉人们,现在经济条件都不错,都买得起小汽车。科长科员办事员大多是年轻人,怕动,所以多驾车;而领导年龄多大一些,重视保健,愿意多动,所以喜欢步行来上班。"以貌取人失之子羽,以车猜官大跌眼镜",作品告诉人们,生活中的反常现象并不反常,可以说微言大义。

好的作品都有一种魅力和一股魔力,如小说《人生》连播时人们在太阳下站在电线杆旁听大喇叭,电视剧《渴望》播出时的万人空巷;同样,《不忘初心》中体现的社会责任,让人感受到作家的良心,作品的力量。

(三)乌衣巷在何人住,回首令人忆谢家——一种不能忽视的现象:年代特色

《不忘初心》的另一个特色,是明显的时代感:作品中的时代烙印,堪称无言的留声机。

六七十年代的时光记忆。《父亲的让步》中恢复高考后父亲为了让"我"继续高考采取的种种手段,让步的背后是如山的大爱。《买鱼》中卖鱼的可以把鱼分开卖,《老油条嫩油条》中卖油条的控制油条的成色,巧买的不如拙卖的,那时的生活情趣意趣在这里再次还原。

八九十年代的时代风云。这方面的作品较多,招商引资,股市畅游,机构改革,道德滑坡,都有涉猎。《原来如此》中,县领导坚决不同意一个大企业落户本县,那个大企业落户邻县带动了当地经济,也因为污染严重给当地带来很大的灾害。很多人敬佩县领导眼光,其实呢,那个大企业是市级,如果落户县里比县领导级别高,县领导心里不好受才坚决拒绝的。试想一下,当您看到这里,想笑还是想哭?

二十一世纪的不忘初心。《勇士》中,庄医生连日奋战在支援武汉的岗位上被感染,治愈后让他出院回家调养。他却从患者变回医生,又回到了抗疫岗位

上。作品写庄医生在昏迷时,"迷迷糊糊中看到了自身的细胞组织牺牲自己与病毒奋战",从而激励自己再上一线。那些牺牲自己与病毒奋战的自身细胞组织,正是抗疫一线人员和广大群众的缩影,以这样一个独特的角度记录抗疫,是微型小说描写重大历史事件的创新。《怕酒》中,"我"作为领导一直怕陪酒,又不得不陪;"八项规定"出台后不陪酒了,心里忽然感觉缺了什么。当然"我"的内心缺失,印证了反腐制度的不缺失,这个必须点赞。《挨家挨户送喜糖》中,农村邻里之间,人与人之间那种信任,那种亲情,那种自来熟,在这个陌生的城市里,都是那么的少见。没在城里生活的人,却对城市的风景充满了向往。人生就是这样,格局不同,出发点不同,结局自然不同。此外,《斤斤计较》中的职场潜规则,《表达心意》中的出人意料,《酒精考验》中正确使用干部才能久经考验等,都有明显的时代特色。正如梁晓声先生所言:"文学的重要是因为它在那一个时段内起到了推动社会的作用。"

二、掩卷不忍释卷:几多感触几多思考

(一) 钟爱与虔诚,对微型小说创作的情结

笔者对满震先生早就久仰,虽有微信交流,但直到2022年的江苏省微型小说高端论坛才见到先生本尊。当时已是《新江北报》副总编兼副刊主编的满震先生,对我这个后进末学鼓励有加,将他的《不忘初心》作品集赠予我,还不耻下问让我提提看法。此后,满震先生还寄送作品集,与我保持交流,这样的师长风范,这种对文学的态度让我感动。

文如其人。满震先生的很多作品,一如他的温文尔雅,谦谦君子;很多作品,一如先生的内心写照。《评书》中,宣传部长长期练习书法却不参加比赛,是对书法真正的感情。书法的"拙美"体现大美,作者对微型小说何尝不是这样呢?先生退休以后,仍然奋战在文学一线,工作再忙,也要坚持创作微型小说,这才是不忘初心,体现了作者对微型小说的钟爱与虔诚。

笔者有一位文友,朋友圈里基本不与人交流,那次看了我发表的作品,给我留言说,就因为你的微型小说,我今年订了《微型小说选刊》。当时我百感交集,有时感动人的,恰恰是一种无形的力量。而满震先生,正以自己的方式为传承文学贡献这种力量。

（二）不能与不为，对微型小说表达的选择

小说盛兴于明清时期，而微型小说这个文体在国内外盛行，仅仅数十年时间，成为深受读者喜爱和大报大刊青睐的文体，入选了大量的阅读教材和试卷，要归功于它的微言大义和与时代快阅读需求的融合。偏偏有人故弄玄虚，故作深奥，搞这个流那个派，非要把微型小说写得头晕脑涨，让读者看得莫名其妙，这就如让小学生学奥数一样，降低了学习的乐趣。而《不忘初心》收录的作品，大多发表在省级以上的刊物上，质量很高的。细心的读者会发现，作品的一个特点是质朴生动，如满震先生一样，平易近人。以先生的功力，把作品写成"高大上"模式并没有难度，但先生并没有这样。对待文学作品的表达方式，是一种态度，一种选择，一种智慧。有些事，非不能也，实不为也。

（三）个性与大众，对微型小说发展的思索

很多的微型小说，叙述失之于单一；就如饭店不能只有淮扬菜，顾客也想时时换个口味。微型小说也是这样，同样的题材不同的角度不同的新意才会引起共鸣。如《春兰》中，春兰强烈反对女儿找的对象，当女儿最终按她的安排结婚后才发现把女儿送入火坑。春兰一边请求女儿原谅一边振振有词：妈妈这是为你好啊！春兰个人的认知不能代表大众，虽然出发点是好的，但结局不理想。好的作品让人看得下去，还能悟出来东西。如《牵牛花钻天杨爬山虎》，牵牛花攀附的篱笆墙本身就低矮能爬多高呢？钻天杨因为靠的是自己的力量才成为参天大树；牵牛花迷糊了，而满震老师和一大批有社会责任感、正能量的作家，一直保持清醒，一片热忱看世界。如《栀子花在电梯里芬芳》这样的微型小说，敏锐洞察社会，雅俗共赏，为大众所喜闻乐见。由此联想到著名文艺评论家衡正安先生发表在《江南时报》的一篇文章中的文艺观点："慎言'文艺创作要有独特的个人艺术风格'。"个人的艺术风格是为作品服务的，如果为了单纯追求个人风格而去"为赋新词强说愁"，那就失去了文艺的纯粹之美。满震先生做到了这一点。

（作者系连云港市文艺评论家协会副主席）

人民在哪里,闪小说就在哪里

程思良

文变染乎世情,兴废系乎时序。在这基于移动互联网文化与技术的时代,文学亦在发生深刻的嬗变。在文学的多路突进中,适应当代生活节奏、传播方式和阅读需求的闪小说(600字内的小说),异军突起,成为小说家族的新成员。

"闪小说"之名译自英文"Flash Fiction"。"Flash Fiction"源远流长,其历史渊源可以追溯到伊索寓言,写作者包括契诃夫、欧·亨利、卡夫卡等伟大作家。在我国的文学史上,先秦的神话传说与寓言故事,魏晋时期的《搜神记》与《世说新语》,清代的《笑林广记》《聊斋志异》等,也不乏闪小说的身影。不过,汉语"闪小说"这一概念则是由寓言作家马长山、程思良、余途等人于2007年才明确提出与倡导的。

在"长"风劲吹的小说界,让小说瘦成一道闪电的"闪小说",追求精湛化写作,讲究文学性、大众性、时代性的结合。

与从事长、中、短篇小说创作的职业作家形成鲜明对照的是,闪小说的作者队伍具有大众性。当前,中国的闪小说作者队伍庞大,老中青兼有,遍布全国各地、各行各业。

谢林涛是深圳一个小旧书店的店主,邹保健是广东一家企业的部门经理,85岁高龄的许国江是江苏扬州一所中学的退休教师,王平中是四川资阳电视台的编导,段国圣是江苏如皋检察院的检察官,林纡英是山东烟台机场的警察,代应坤是北京一家律师事务所的律师,徐秀宏是江苏南京一家单位的消防员,玄玉华是内蒙古通辽山区的一个放羊汉子,连河林是内蒙古土默特左旗敕勒川镇一个山村的农民,吴继忠是湖南新晃侗族自治县的一名基层乡镇干部,徐新洋是湖北黄石的一位用竹棍敲字的脑瘫患者……与职业作家不同,广大闪小说作者都是利用业余时间从事创作,可谓"草根作家"。

闪小说作者在选材方面具有鲜明的时代性。他们贴近时代,关注当下的现实社会,尤其关注身边生活,通过描写日常生活中那些富有意味的"小",小中见大,微中见情,反映"微人物"的"微生活""微情感""微世界",讴歌真善美、鞭挞假恶丑,生动再现芸芸众生的真实存在与生存之道。

吴跃建军旅出身,二十多年的军旅生涯,深刻地影响了他的闪小说创作。他以军旅题材为根据地,抒写感人的军旅故事,战"疫"、抗洪抢险、边防缉毒、国际维和、军民鱼水情……多侧面多角度地反映了五光十色的军旅生活,真实再现了当代军人的风采。

左世海先后做过车间学徒、中学教师、报刊编辑、邮电局与移动公司文秘等工作。多样的职业经历,丰富的社会阅历与人生经验的积淀,形诸笔端,作品便呈现出多姿多彩的风貌:有市井细民的写真,有乡野轶事的描写,有红尘男女的真情,有人间亲情的温暖,有人生世态的炎凉……一花一世界,摇曳多姿。

侗族作家杨世英的闪小说大都是从身边点滴小事中演绎而来,充满生活的烟火气,字里行间充盈着正能量,像浓缩的水珠,反射出太阳的光芒。

王豪鸣的"赵六系列"闪小说,共56篇,以进城务工的打工仔赵六为主人公,以略带沉重的笔墨勾勒生性爽朗质朴的赵六,在"扎猛子"般闯入城市后所面临的生活危机。

梁闲泉的"甄四系列"闪小说,74篇作品,既独立成篇,又相互勾连。以甄四这个生活在社会底层的小人物的亲力亲为,反映出生活严重物化之后,人们精神上的种种变异,塑造了甄四这一鲜活的小人物的形象。

闪小说是瘦了身的文学书写,讲究文学意味,追求精湛化写作,是其应有之义。闪小说以600字内的篇幅写出佳作,"闪"出精彩,殊非易事。

限制产生美,正因挑战写作难度,使其富有特殊的艺术魅力。

《小小说选刊》主编秦俑创作的"男孩系列"闪小说,既具有鲜明的时代性,又富有浓郁的文学性。全文不足500字,却生动描画出了青春的某种常态:多情的岁月和美好的误解。小说情节轻描淡写、点到为止,却虚实相生,留下令人浮想联翩的空白;故事转折随着误解自然发生,令人感叹惊讶,似乎造化弄人又天意难违。这一切难以解释,也无须解释。闪小说之小,之文短意长、含蓄不尽,在《写情诗的男孩》中都得到了具体体现。

余途在闪小说创作中的探索与创新亦引人注目。他的"老愚系列"闪小说,由50多个贯穿着"老愚"这一角色的系列故事构成,已受到文坛的关注。《北京文学》2020年第2期上,曾以《老愚的愚》为题,集中推出了"老愚系列"十二题。这些作品,直面现实,针砭时弊,讽喻世相,意旨往往具有模糊性、多义性,含不尽之意见于言外,扩大了作品的审美空间与艺术张力。诚如文艺评论家张锦贻所言:"对于眼前这个时时能看见又一时不能看透的世界,余途能够巧妙地截取那些横断面来审视,并赋予它们独一的艺术形式。于是,这些作品就有了一种常提到却少见到的艺术上的陌生感,就有了一种常谈及却少做到的思想上的深邃度。"

殷茹的闪小说颇注重表现手法的新颖。她的《最安静的地方》曾获首届《光明日报》微博微小说大赛一等奖。评委邱华栋赞道:"《最安静的地方》用一个小孩儿亡灵的眼光来看待现世,叙事角度非常漂亮,容易让人想到余华新作《第七天》。而且在这么短的篇幅里有这么高超的文学技巧,实在难得。"

既延续中国文学传统中精深短小的特征,又具有鲜明的大众性与时代性的闪小说,应运而生,顺时而长。尤其是近五年以来,呈现多面突进的发展态势:2016年成立了中国寓言文学研究会闪小说专业委员会,在其引领下,有力地推进了全国闪小说的繁荣;创作队伍迅猛发展,数以万计的作者中,不乏名家的身影。众多知名网站纷纷开设闪小说版块或专栏,而闪小说阅读网、闪小说作家论坛等专门网站更是吸引了无数闪小说爱好者;纸媒发表阵地不断扩大,《小说月报(大字报)》《小小说月刊》《微型小说月报》《小小说选刊》等诸多报刊开设了闪小说专栏或刊发闪小说作品,每年发表的作品达数万篇;受到图书出版界青睐,数十家出版社推出了《聚焦文学新潮流——当代闪小说精选》《中国当代闪小说精品》等近200部闪小说集,一些书登上中国热销书排行榜;全国各地举行了40多个闪小说征文大赛;举办了"中国红色闪小说论坛"等50多个闪小说专题研讨会;受到专家学者的关注,《文学报》《中国青年作家报》《文艺研究》《文艺论坛》《中国艺术时空》《中国文艺家》《世界华文文学论坛》《花城》《湖南文学》等报刊推出了一批评论闪小说的专文……受中国闪小说崛起与风行的影响,海外华文文坛也掀起闪小说创作风潮。亚洲、美洲、欧洲、大洋洲的华文作家、学者、编辑等，纷纷投身闪小说的推介、创作与评论。

　　文学评论家肖惊鸿认为："闪小说很特别。闪小说的提法源自西方文学样式，然而在中国，一群作家评论家竟将其光大成一片闪亮的海。一众闪小说学家'创造'了一个'网格化'的华语闪小说世界。这'网格'既是文学组织，也是作家群体，还是传播方式。它昭示了闪小说的文学性、大众性、时代性的完美结合……闪小说的世界很特别。可以说，有人的地方，差不多都有了闪小说。不夸张地讲，人民在哪里，闪小说就在哪里。"

（作者系江苏省溧阳中等专业学校教师，高级教师）

大地之上是人间
——评周长风诗集《那些目光》
景 民

作为一个诗人肯定是作品说话，凝聚着心血结晶，集结了精品力作，周长风的第四部诗集《那些目光》，在他诗歌创作生涯三十五周年之际出版了。收录在诗集中的141首长短诗作，涵盖了他1980年代、1990年代、2000年代和2010年代最具代表性的诗作，脉络清晰地展现了他在各个时代的诗路历程。

上世纪八十年代的丰县，在那个文学的年代，在那个激情燃烧的年代，走出了文坛著名作家赵本夫，在这面文坛旗帜下，县城里活跃着一大批爱好文学、爱好写作的文艺青年。我的老邻居、文友周长风，便是其中的佼佼者。历尽艰辛创作，周长风成为了徐州诗歌界响当当的诗坛明星。

周长风的诗作，往往在生活的细微处洞悉人生，于平凡中发现不平凡，另辟蹊径，独得新意。写瀑布的诗作多矣，能给人留下深刻印象的寥寥无几，他却以拟人化的口吻，把瀑布跌宕起伏的一生描绘得有声有色，与众不同：

当我面无惧色地临近深渊/悬崖在我的头上直喊"小心"/命运都向我挑战了/还"小心"什么？/我现在需要的是做出抉择/事后我为那次大胆的举动倍感庆幸/没有这大胆迈出的一步/我也许一辈子都找不到海洋……

1989年2月，周长风接到中国作家协会鲁迅文学院的入学通知，进入鲁迅文学院学习深造，从此开始向着更宽广的领域迈进。当时的鲁迅文学院，用群星璀璨四个字形容毫不夸张,莫言、余华、刘震云、洪峰、迟子建、海男……在这里,他的创作视野更加宽广,思考更趋成熟深邃,诗风也更加深沉,他在《远方》一诗中这样写道:远方,是那些比童年还要遥远的地方;/远方,是累死过我们想象的地方/天气晴朗的日子/如一群乳白色的鸽子/纷纷落满那些山岗……/传说中的道路延伸着梦境/狂风骤雨的夜晚/闪电也偶尔把泥泞曝光/跋涉的双脚/是与生俱来的思想:/一步朦胧一步清晰/一步清晰一步朦胧/希望与困惑交错前行……

他创作的《厚土》组诗,笔触深深插进大地。《祖父的坟》《旱天》《收割后的玉米地》等都反映出作者躬身大地汲取诗的营养,脚踏实地探寻诗歌创作的真谛。不浮漂,不走捷径。

他的笔触不仅朝向现实,也在思辨历史。在组诗《百年孤独》中,他笔下的历史人物荆轲、鲁迅都闪烁着感人的光辉。

他这样写荆轲:

满腔怒火/把生命/烧得通红/然后/在寒冷的易水里/淬　淬　淬/淬成一柄/凛凛的短刀……

他写的鲁迅:

在某个寒冷的冬夜/和祖国一起/肺部感染/从那时起/你　便常常陪伴她/咯血/卷一支沉默的中国/抽/红红的烟头/是二十世纪唯一一朵/凌寒盛开的/花

这组诗曾被著名诗人、《诗刊》编辑周所同先生誉为不可多得的短诗佳作。他创作于二十世纪八十年代的诗作《丑角》:

在台上/丑角是欢乐的中心/掌声包围着丑角/也围困着丑角/丑角在台上寸步难行//观众笑岔了气/笑痛了肚子/悲剧中因为有了丑角/而具有喜剧的气氛和效果/演出结束/大家满意地告别剧场//在后台/丑角望着镜子里的自己/联想到刚才的欢笑和掌声/面部肌肉/长时间地/痉挛不止

荒诞反讽的语言,折射出别样的人生如戏、戏如人生的哲理,但又不是简单的解析。看似平淡,实则复杂、深邃,根本不因时间的久远而显得意象陈旧苍白,令人常读常新。

时间进入 2000 年代,他又写出了《方言》《这是谁的春天》《致白发》《茶》等思想深刻、语言独特、意境隽永的一系列佳作。他的《这是谁的春天》一诗,在《诗刊》"2003 年佳作"中发表,这首被同行誉为"可以收进语文课本"的作品,以一连串的诘问,探求在物欲横流的年代,追逐名利,视丹如绿,却忽视了人生真正的乐趣和幸福,舍本逐末,得不偿失。他写道:

这是谁的春天?//你看见了那朵花开/却没有嗅过它的花香/你听见了那声鸟鸣/却从未留意它在哪个树梢/你从大片大片的草地旁走过/却不知道它是从什么时候绿的/你沐浴了一场春雨/却羞于伸出舌尖来/亲口尝一尝它的甘甜……//这已经不是你的春天了/也许原先曾是你的春天/但现在已经不是你的春天了//那么这是谁的春天/那个人丢下它/跑到哪里去了呢?

21 世纪 10 年代,是周长风继 20 世纪 80 年代之后的又一个创作高峰,他的语言看似平易,其实是把技巧藏而不露,行文不起波涛却静水深流。他在《大树》一诗中这样写道:"大树从来就不觉得自己是大树/它活了几百上千年/也不觉得自己/跟脚下的小树、小草有什么不同……//把大树当成大树/是园林局的事/是考古研究所的事/是木匠和画家的事。"周长风的这首《大树》看似写树,但分明又像是写人,而且写得与众不同又不动声色。他的《说老就老了》写道:

人不是慢慢变老的/慢慢变老这句话是哄小孩的/人是突然一下变老的……/人的身体/仿佛一直在跟岁月打架/从婴儿打到少年/从少年打到青年/从青年打到中年/突然就被岁月的一记重拳打倒/就一下/被打倒在地/再也爬不起来了……

平常语最难写,平常语最见功力,它往往是作者褪尽浮华之后对于世界最本真的感悟。《论语》是平常语,《古诗十九首》是平常语,陶渊明是平常语,杜甫白

居易苏东坡都惯作平常语,平常语明白如话,却又人人心中有,人人笔下无。他这样写《雪》:

每一朵/都仿佛带着宿命降落/落在烟囱上的/变黑了/落在茅厕里的/变脏了/落在坟墓上的/变得更孤独……

这样写《玉哥》:

如今,我也到了他三十多前的年纪/那个三十多年前的背影/常常在我眼前晃荡/闭上眼/就能看见他宽厚凝重的背影/一双粗糙的大手/劈柴 刨地 收拾家什/默默地抽烟/半天不说一句话/像高仓健一样/似乎对这个世界/一点也不留恋/又似乎对这个世界/有无穷无尽的留恋……

贴近生活来写,而不是故弄玄虚,他的《一双牛眼》和《汽车坟场》是向生活纵深处深入的代表作。《一双牛眼》的结尾几句是这样写的:

就这样毫无戒备地望着你/直到把你的拿草的手看软/直到把你拿刀的手看抖/任你算计 愚弄 欺凌/任你呵斥 恫吓 侮辱/不怨不怒 不悲不喜/对着杂乱喧嚣的岁月/它一边不动声色地反刍/一边说:来吧! 苦难/我已经等你很久了

牛的形象和品质,千百年来,无数的诗词都描写过,赞美过,称颂过。但像这样,一副视死如归的样子,视屠刀和饲草都如云烟,对不可知的结局如此镇定自若,坦然面对,犹如佛陀坐化一般蔑视生死的诗句,我们还是第一次读到。这令读者过目不忘,同样也使这首诗从浩如烟海的同类作品中脱颖而出。

没有一个诗人会把自己的笔绕过故乡。故乡,是每一个诗人的心结。乡愁,是每个诗人内心最柔软的地方。作为一个客居他乡多年的诗人,周长风同样写了大量与故乡有关的诗作,这其中还不乏佳作,他的角度,又是与一般诗人的切入点有所不同。以《回故乡记》为例,他写出了故乡与游子间的一种复杂而又苦涩的疏离感和陌生感,这正是每个乡村城镇日趋城市化的飞速发展中,带给游子的最大感受：

> 回到阔别多年的故乡／我曾经／不止一次地幻想着／在街头／突然被一只颤抖的大手／打在我的右肩／或左肩／去地摊吃早点时／被坐在对面的／小学或中学同学／猛地叫一声学名／或者外号／然后两个人紧紧地／紧紧地拥抱在一起／在县城唯一的小公园散步／或者锻炼时／遇到当年的梦中情人／蓦地／与她同时回眸／眼睛里瞬间涌满／激动而惆怅的泪水／然而遗憾的是／这些都没有发生／我认出了他们／他们也认出了我／我们彼此默默地／走路　吃饭　回首／然后擦肩而过／就像陌生人一样／就像我在异乡的／任何一个地方一样……

"我认出了他们,他们也认出了我"这种复杂而又莫名的情绪,如果用小说来表达,可能要数千字或者上万字,而敏锐犀利的诗人,仅仅一句话,就把这种失落感、疏离感传神地写出来了。他永远都是在"如何写"这方面不落窠臼,带给我们不一样的阅读享受。

众所周知,短诗难写,写好更难。寥寥数语见分晓,见真功。这需要作者具有灵光一闪的才能和诗思。周长风是短诗高手,这是圈内人所共知的。如《当你老了》：

> 当你老了／我也老了／连耳朵都来捉弄我了／我常常把那句"老头子"／听成了"亲爱的"……

《有人》中这样写：

> 有人石上凿井／有人掌上种田／／有人心中远行／有人肉铺修禅／／有人火中赏雪／有人镜中对弈／／有人梦中豪赌／有人刑场赴宴……

《有人》这首诗,仁者见仁智者见智。有人读出了人生,有人读出了梦幻；有人以为是写实,有人以为是写虚；既像说世象,又像谈诗艺,虚实之间,令人目眩神迷……

诗人跟小说家最大的不同之处,就是他总想抓住自己的头发离开地球,他的浪漫主义情怀能让语言插上飞翔的翅膀,把不可能变为可能。既然如此,那就让幻想飞一会吧!

历尽艰辛创作,书写大地之上的人间烟火,已过知天命之年的周长风,对人生对文学有了更多的感悟和认识。在短诗《致白发》中,他用深沉多情的笔触为自己描绘了一幅自画像:

突然/被一场岁月的小雪/覆盖/突然/中年的月光/斑驳地撒满头顶/突然/往事的羽毛/像无声的灰烬/纷纷飘落/突然/一株忧郁的芦苇/走到了人生的秋天……

他四十余年如一日地挚爱着诗,无论何时何地也不曾忘却。诗歌,已经是他的第二生命。我们衷心期待,周长风有更多更好的作品问世!

（作者系徐州市文艺评论家协会副秘书长,江苏省文艺评论家协会会员）

从扭曲的语境中拯救出语言的美丽
——孔灏诗集《小情怀》管窥
望 川

孔灏先生的诗集《小情怀》,在我的书桌上已停泊数月了。若一个发光的锚,在目光的擦拭下光洁而近乎透明,却难以忽略其坚实的存在。记得那个美好的午时,当我手捧这本墨香流溢的新著,见他将书名命为"小情怀"时,不禁莞尔。我理解为这是此君典型的谦逊与慧黠,或者说组合而成的骄傲。深谙佛学者,大概都能超越概念的屏障,自在游离于边界的分别。我是以为他是当作大境界来运筹的。果然,翻开书卷,在第二页的自序中,他就情不自禁表白,"也许,唯有这样的小情怀,恰是比欲望更加清晰的大自在"。这时,我不以为是他骄傲的自白,却是慈悲的诤言了,他在担心人的妄语。

我是真不敢妄语的。不才虚长他几岁,或疏或密,与他过从近三十年,有幸见证了他与诗歌的成长。我曾见识他的自尊与骄傲,因而,囿于陋识,在对他高起点的诗歌创作,怀有在他人身上习见的自我复制的杞人之忧时,对他的诗作常常未敢赞一词。时光倥偬,当他从翩翩少年成为谦谦一君子时,我感觉到时光的神秘与力量。在我自以为较为宽阔的阅读视野里,如何定位他的诗歌创作,却成为一道难题。更直接地说,这关乎诗学追求的方向,诗学价值在各人心中的取向。因而,在去年的一次诗歌研讨会上,针对我所敬重的一位诗人的诗歌新著,另一位我同样敬重且喜欢的诗人,坦率道出自己的批评意见,并与孔灏先生的诗作进行直觉的传播学意义上的比较,我触摸到一种回归本体的批评之风。直到现在,我是一直欣赏这种突破庸俗恭维或刻意贬抑陋习的批评宅心的。窃以为,若是深入一步，对所有热爱诗歌的人都是一种非常有益的启示。于我，更大的收获或许是同时清除了那个积压多月的思维障碍。诗歌，说到底，不就是对混沌现实与内心经验的折射，对远不完美的人生的期冀与提纯吗？当然，我当时考虑更多的还是诗学价值的取向与诗歌创作的走向。显然，在那位兄长的比较中，揭示了两种不同的创作风格，而我始终不以为在两种风格之间有本质的悖逆，无论是在美，在真理，还是在道德与正义的层面上。只是，在传播学的层面，有些诗学元素是否该纳入创作者的视域？因而，对那场本可以深入一步的讨论的遽然而止，我深以为憾。那只诗歌之锚，始终在我的书桌上闪耀着，散发温润而凝重的光，镇住浮躁与妄语。

好在，在浩瀚的文学世界中，思想资源是源远流长、源源不断的，彼岸的声音往往如天启。为了表达我的感恩，请允许我摘录一段丽日般驱散我思维迷雾的文字："诗歌与其说是一条小径不如说是一个门槛，让人不断接近又不断离开，在这个门槛上，读者和作者各自以不同的方式体会同时被传唤和释放的经验。"如果愿意，并请记住一个伟大诗人的名字：西默斯·希尼。译者黄灿然先生也值得感谢，是他把这段美丽的文字摆渡给此岸的我们。

是的，诗歌并非一道小径，而是界线分明的门槛。所有不同的诗人以自己的方式在接近或疏离着那道门槛。有人用冷峭的意象碰撞那道门槛，以追寻弃绝传统抒情品质的抒情；有人以出乎天性的自律和恪守纪律，掌控着行进的节奏，不动声色地吻上那道门槛的纹理；有人则衣袂飘飘，飘逸而自在地进出这道门槛，如透明的风。《小情怀》显然属于后者。为了叙述的方便，请让我用一首诗来阐释吧，且允许我录下那首诗——《灞桥》：

灞桥收费站并不能看到灞桥/这座诗歌与友谊搭建的著名建筑/在千年的烟尘后面/带着被遗忘的美/赌气似的，一个劲地模糊……//驾驶员停车交费。他的手中/那张2007年版的百元钞票/是通关的文牒/也是繁华与绝唱的封条/我胯下无马，手中无缰绳/就这么不为人知地轻叹一声吧，且回头/那窗外的夕阳正抱拳拱手——/好兄长，人生中/又有多少山青水绿/不会在暮色中雨打风流//我们都是在长安月色以外的饮者/我们拂不去的离愁/是我的青衫淡淡，是你的白云悠悠/这些沉醉，这些不归/这些迢迢长路上呵/还会有多少笑靥如酒？//在灞桥收费站并没有看到灞桥/只有高速公

路两旁的垂柳/他们倔强地坚持着不为人知的慢/一年一年，仍把那折柳的书生/荡回唐朝

　　开篇便是一声清脆的爆破，以双唇碰撞的"不"引爆。灞桥位于西安市城东，春秋时期，秦穆公称霸西戎，将滋水改为灞水并修桥，故称"灞桥"。灞桥在唐朝时设有驿站，凡送别亲人与好友东去，多在这里分手，有的还折柳相赠。灞桥遂成一个历史风物标志，也为人文原型意象。诗人显然取意于此，却让一棵古树生发新枝，开花散叶。这是在离别友人之后，大概酒微醺之后，过灞桥收费站，联想起灞桥，那座历史名桥，那座留存友情的手温之桥，那座诸多诗人洒下诗情的墨与泪之桥，因而也是诗歌与友谊搭建的桥。然而，斗转星移，送别的驿站搬迁，折柳的手已隐逸，眼前是冷冰冰的钢铁与水泥搭建的收费站，从收费亭中伸出的手掌空空荡荡。名词犹存，温度陡降。由此，千年之后的诗人怀想着千年之前的桥之美，不，桥畔人性、人情之美，积蓄的情绪岂能不在瞬间爆发？由一个激越的"不"字，导向一个"是"的巨大存在。爆破之后，次生的情愫才下眉头却上心头，视线渐渐模糊。唉，为古人流泪的诗人，为今人怅惘的诗人！他为此而羞怯。为了掩饰不由自主溢出眼眶的泪意，他迁怒于历史的风尘，埋怨固执的时光：是你，是你，赌气似的，让我的视线模糊，模糊了灞桥，模糊了背影！当此之时，客车驾驶员正停车交费，交付出的纸币如千年前通关的文牒，验明过关者的身份——诗人大概在想，我是谁？是飘逸放达的李太白，还是扑朔迷离的玉溪生？而刹那间，景的繁华与情的绝唱都封存在记忆中。一回神，座下是21世纪马达的轰鸣，而非踏花归去马蹄的达达，只有温馨的夕阳似乎代人拱手远送，在人生路上，我们都不是归人，是城外的饮者与感伤的过客。而此去以后，在未来的长路上，你我还能遭遇几多如酒的笑靥？"就这么不为人知地轻叹一声吧"，罢了罢了，Goodbye！虽是轻叹，却接引了开篇清脆的声响，遂成二次爆破，却又"不为人知"。那么，爆破是内在地进行的，在心灵隐秘的角落，爆破的后果，就是不着痕迹的内伤！幸好，幸好，垂柳依旧，他们坚持着不为人知的慢，以他们柔曼的枝条挽留了美好的旧时光，以我们的目光折一枝柳条，那一种柔到骨髓里的柔曼，如人类童年的秋千，把多情的书生一荡一荡，荡回唐朝，荡回令人沉醉的旧时光。

　　中肯地说，这首《灞桥》并非诗人最优秀的作品，在新诗集中也不是。特意呈现出来，仅仅因为，这首诗在一定程度上能展示诗人创作一贯的抒情天赋与抒情

品质，且能让我们足以对他的创作潜力保持信心与惊喜。首先，在抒情调子上，诗人通过长短句的交替、有序的音步、跌宕而和谐的音高，保持了一以贯之的舒展、婉转、悠扬与回环，构成可吟、可诵、可唱的诗行。诗人一直关注各地民歌，也善唱各类歌曲，这是否也成为他诗歌创作的声学资源，潜在地影响、浸润、渗透诗作的抒情品格？是否在诗句奔涌之时，在无意识的舞台上，乐队的乐曲同时激荡，悠扬的民间谣曲在他的诗中获得了和声？

其次，诗人的用词典雅，乃至古雅，他从不限于诗词的中华文化典籍中找到辞源，多化用古典诗词的原型意象，直接接续了千百年来似断还续、难以割裂的诗歌传统，千百年来积淀的人性的光芒与文字的温度，若地底的玉石矿脉，为他的诗笔开掘，在他的诗行中闪亮，并发出大珠小珠落玉盘般的回声。诗坛一向有在诗歌创新上现代与传统、横向的移植与纵向的继承之争，其实，无人不立身于传统之中，唯有与传统的融合与分裂之分野，唯有境界的高下之分，运笔的巧拙之别，文字的文野之异。类似于评价人，同在一地，有人彬彬有礼，有人粗鄙不堪。教养是需要涵的，蓄的。传统的精华，也须含蓄。当然，传统并非古装戏的戏装，而是眉眼间、举手投足间，在风骨中散发、洋溢的气度、风韵。接续了，传承了，人生就有了丰厚的资源。若说人生是树，传统即是大地。诗人正是在对中华文化传统的含蓄中，让他的诗歌获得了中国韵味。

然而，诗歌在本质上毕竟是语言的发明，诗人更成功的语言发明在于更现代的音调，更疏离的姿态，以纯净而反讽的眼光回眸历史的遗存，敞开了如华莱士·史蒂文斯所称的"精神的高度和深度"。《灞桥》一诗通过"收费站"和"那张2007年版的百元钞票"，使灞桥的现在与过去发生有意义的联系，以唐朝为背景，重新定义并解说现在。在感慨历史的迢迢长路后，发出石破天惊的一声喟叹："只有高速公路两旁的垂柳/他们倔强地坚持着不为人知的慢！"这是在思考社会这辆满载欲望的大车，驶上现代高速公路后有什么在流失、在毁灭，还是欣慰于文化的坚韧与美的神秘？由此，我们就明白这首诗的肇端与诗人内心晴空霹雳般的震撼有关，也将优秀的诗人与单纯的吟风弄月者区分开来。观照环境而加以超越，这就是西默斯·希尼所一直称道的对现实的"诗歌的纠正"力量。正是这种对现实的超越与纠正，诗歌获得了语言所具备的难以言喻的思想的力量，如布罗茨基所言"把人带往更远的地方"，美服务于人类的地方。

《小情怀》昭示了诗人诗歌创作新的突破和对汉语诗歌新的奉献：语言不仅

仅是反映或记录物质、精神与心灵世界的工具,如所有生命的有机体一样,它也可能在诗歌中得到生发,自然生长。《灞桥》一诗中,"垂柳"的隐喻可以看出语言的生命力,它在《诗经》中已长成——"昔我往矣,杨柳依依。今我来思,雨雪霏霏";在唐朝依然年年春日曼舞柳絮,似一夜飞雪白了离人的鬓发——"年年伤别,灞桥风雪";如今,数千年之后,还是坚守着诗意——"一年一年,仍把那折柳的书生/荡回唐朝"。如此,垂柳还是千年的垂柳,场景却已转换,意境别开生面。如果说《灞桥》一诗尚不是典型案例,那么《箫》则充分展示了语言在诗歌中或者诗歌在语言中生成一个有机体的过程。诗歌写竹,竹海与一根竹子,写箫,写它"从一片汪洋的竹海中急流勇退",遂成箫,而"退到比天空更远",即成静夜的"一泓箫声"。箫声用"一泓"修饰,衔接了竹海之汪洋,是飞向比天空更远的地方——心灵——的一滴清冽,还是如水生长的乐音? 写箫声完整的诗行是这样的:"静夜里　一泓箫声清亮/倒映出远行者/苍老了的容颜。"这又似在写人了,写人的心迹,写人在静夜的情愫。紧接着的第二段便是:"袒露心迹的方式有多少种? /一根竹子自言自语/它洞开虚空　洞开时间的喘息/让风　自由地出入",诗意穿过语言狭窄的针眼穿越到旷远开阔的境界。在第三段,起首跨越两行半的一句是"把大山与大水连接起来的沉默/截取了清秀与坚持的/一个片段",第一行写竹海,第二行写竹的品质,第三行写的就是箫了,而无论竹子还是洞箫,都被诗人髹漆上人性的底色,虚实相辅,在在处处写的是世道人心! 这就为最后一段的升华搭建了高入云霄的天梯:往事翠绿/嘴唇吹动的月光/像一场雾。箫声乍息,余音却在人生的竹海上空萦回。在这首诗中,一个词滋养着一个词,一个意象滋生着一个意象,一个实景催发一个想象空间,从竹海到竹子,到洞箫,从洞开的虚空,到一场春雨,到满地的青草野花,翠绿的往事在魔幻的箫声中,成为月光与雾。景、物、人在同一个背景中构成浑然一体的意象结构,如花如叶如枝条,在盘根错节的隐形的结构树上一起生长。而且,值得关注的是,竹子与箫的血缘关系,也许可以说,竹子是箫的前世,箫是竹子的今生。如此,诗作散发出哀而不伤的苍凉情韵。一首杰作也在匍匐的词语中站立起来,英姿风发。

坦率地说,我是始终对诗歌的解析怀抱恐惧与不安的,且不说解读的文字将诗歌退化成散乱的无韵的文字,更为严重的在于,一首杰作本是一个有呼吸有温度的生命的有机体,在诗歌的镜子面前,解读者遂成面目粗鄙可憎的庖丁了,一个活力四射的生命被拆卸得鸡零狗碎,何等残酷! 这就引证了一些诗人的诗观,诗歌语言应回到语言,到语言为止。对语言的理解是需要同情与温情的,对诗歌语言更需要以心相印。

诗人在《小情怀》后记中对诗集的编辑作了说明:"共分三辑,分别都借了佛教的瓶子装了自己的酒,'一生一会'说缘起,'掬水得月'说修持,'如是我闻'说境界——其实,学佛的人都知道:一说即错。何况,那么复杂的感情的事,恐怕本来就连名相都没有说准确!"这是自谦,但也可以当作他的诗作的解码器。说他的编辑说明在自谦,是因为佛教与他诗歌的关系,并非容器与物的机缘,其影响深刻得多。诗人因其职业岗位与宗教结缘,因而,给他的先天慧根更添精进的上缘。儒道释的洗礼,赋予他一双被智慧之清水渐趋漂净的眼睛,因而,在他的诗歌新著中,我们可以看到观照世界与内心的一个独特的视角,一种洛夫所说的"灵视",文字在目光的率领下,找到恰当的位置,建立起优美和谐的新秩序。落实到具体的细节上,尽管意象绵密,心理描摹细腻入微,却挪腾自如,绝不着相,诗歌因此在天空中飞翔。从这一意义上说,佛教对他的诗歌而言,是一座璀璨的七宝楼台,承载着词语的珠宝与运筹诗思的法器,诗集中禅意飘逸不过是一种必然的气象。诗学即是人学。回眸一个翩翩少年走向谦谦君子的迢迢长路,我不能不说,诗人在不断地修炼自己,而诗歌创作是他的一种修行方式!

诸多杰出诗人认为诗歌是人类最高的语言形式,并进而当作一种神的咒语而敬畏。孔灏先生大概也是作如是观的。记得有人请教一高僧开示如何修佛,答曰,"就是好好吃饭,好好睡觉啊"。他以同样的简约定义诗歌,"诗歌就是好好说话"。这接引了孔子的箴言,不学诗何以言?好好说话,就是说好的话,把话说好。前者关乎词语的淘洗与语言的美,后者涉及高超的表达能力。窃以为,在当代语境下,较之创新创作方法与技巧,更需解决的是前者。古有入鲍鱼之肆久而不闻其臭者,为人诧异莫名。未料,在当代语境中,有逐臭之癖者云集,美丽的汉语被亵玩、亵渎,连所谓的诗坛也并不鲜见。正是在这一背景上,孔灏先生秉持好好说话的创作理念,从扭曲、污秽、嘈杂的词语丛林中,开掘一道清流,用他的心灵之舟,拯救出汉语言天生的丽质,捍卫了汉语言应有的尊严,也同时维护了诗人的名誉。

(作者系当代诗人)

劳动者的歌
——我读《赶时间的人》

蒋九贞

一

关于诗歌的走偏,这么多年来一直想说几句自己的心里话,可是一直没有机会说,现在拾荒的诗集《赶时间的人》(出版时用了真名:王计兵)面世,我觉得可以说说了。

何为诗?古人说,诗言志,歌诗合为事而作。

"文章合为时而著,歌诗合为事而作",是唐朝大诗人白居易在《与元九书》中提出的。"文章合为时而著"中的"时",应该就是时代,是当时之事,记录当时的事就是为时代发声。这句话是对历代文人身上的历史使命感的一种集中概括,"一个时代有一个时代的文学",一个作家必然地要打上时代的烙印。"歌诗合为事而作",说明了诗歌创作的方向、动力及其可能性,是诗歌产生的根本原因。无事不生情,有事才有诗,诗和事是合体的,当然,和情也是合体的,有事有情才有诗,这应该是不争的事实。譬如原始的诗,它们都是歌咏事的,情由事生,所以也歌咏情,情是派生,而事是原有,诗而有情,这是自然的,情不是硬加上去的。由此而"诗言志",而"情动于中而形于言",这是一个"一连串动作"而形成的"系统"工程。至于以后的所谓抒情诗,它实际上也是因事而生发的情,然后再因情而成诗,很少有单纯的抒情诗。无病呻吟,没有意境、没有实质、没有痛痒的所谓抒情诗,是不受大众欢迎的。

由此可知,最初的诗,是为了咏事的,如《古诗》中的大部分诗作,包括《诗经》,许多是记录了历史大事件,当然也有情绪的发泄,有议论的成分。后来抒情诗盛行,诗歌好像就成了抒情的专用了。其实不然,诗有抒情,也有叙事,而且仍以(广义的)叙事为主,主张情、景、事融合一起,所谓"诗中有画",是其一特点。诗的形式也随之有了变化,有三言四言,有杂言体,有汉乐府,有古体诗和近体诗,有了五言七言,有了律诗和绝句,也有了排律,又产生了词,等等。到了近代,诗又发展,这就有了自由体诗,有了各种流派各种式样的诗。

这是中国诗的发展脉络。

通过这个简单回顾,我们可以看出,诗是干什么的,诗是一种咏唱,诗的韵脚是为了便于实现它的目的,读起来顺口,好记忆,好流传。后来的许多规定,是为了增加诗的难度,同时也是为了美的需要。但是,诗的核心没有变,它仍然是为事与情而作,其中的事是主要的,相当于诗"核",没有这个"核"就不可能发生裂变,发出那么大的震撼力。

这是我的观点,我的回答,即诗是什么。我是从外围向里说的,说到最终,即是它的"核",诗不退位"核"亦固守,不管它的形式发生了什么变化,它的"核"是存在的,不变的。"核"若变了,诗的形态,或者这种文学样式就要改变。这是我的另一个判断,即"核"在诗在,"核"不在诗亦不在,就会变成另外的形态,就不能叫诗了。

我说了这么多,是想表达什么呢？表达诗是以事(或以事为内容,或以事为由头为爆发点)作为主题完成的,诗纪事的本质永远没变,劳动者最有权利利用它来记录自己的生产劳动,表达自己的思想感情,这是毋庸置疑的。

什么样的艺术最伟大？劳动者的艺术最伟大。历代文人在劳动者所创造的艺术形式的基础上加工、整理、润色、提高,似乎是他们创造了某种形式,其实是个误会,或者那是文人之间的吹捧,不信你看看陕北民歌,有几个是文人能够写出来的？

> 你给谁纳的一双牛鼻鼻鞋
> 你的那心思我猜不出来
> 麻柴棍棍顶门风刮开

你有那个心思把鞋拿来

一座座山来一道道沟

我照不见那妹子我不想走

远远地看见你不敢吼

我扬了一把黄土风刮走

山挡不住云彩树挡不住风

连神仙也挡不住人想人

长不过个五月短不过那冬

说是难活不过人想人

你在那山来我在那沟

咱拉不上那话话咱招一招手

捞不成那捞饭咱焖成粥

咱谈不成那恋爱咱交朋友

捞不成那捞饭咱焖成粥

咱谈不成那恋爱咱交朋友

咱谈不成那恋爱咱交朋友

这是西安的韩北京给我提供的一首陕北民歌。这一句一比兴的写法,这地道的陕北"土"味儿,绝不是文人墨客能够写得出来的,文人墨客唱不出"牛鼻鼻鞋",唱不出"捞不成那捞饭咱焖成粥",他们的恋爱绝不是这样谈的。

拾荒是劳动人民之中的一员,他是外卖员,一年到头与时间赛跑,在命运里抗争。我虽不认识他,但是,就凭他是底层,他是打工人,我就与他息息相通,对他的诗作倾注极大的兴趣,他是最有权力歌颂自己的劳动的。

请看那首被无数人引用了无数遍的《赶时间的人》:

从空气里赶出风

从风里赶出刀子

从骨头里赶出火

从火里赶出水

> 赶时间的人没有四季
> 只有一站和下一站
> 世界是一个地名
> 王庄村也是
>
> 每天我都能遇到
> 一个个飞奔的外卖员
> 用双脚锤击大地
> 在这个人间不断地淬火

不说他出手不凡,他是用心写自己的生活的,所以他写出了不同于一般的诗句,文人墨客再怎么陌生化,恐怕也想不出这样的句子。

二

劳动者的歌是内心的抒发,是不需要装腔作势的,也不需要那个"陌生化",因为他们的感受不一般,写出来就是陌生的,就是新奇的,就是一个个闪光的句子和意象。

> 我坐在背对行驶方向的座位上
> 以退行的方式回家
> 以火车的速度退向父母
> 仿佛生活的一次退货
> 一个不被异乡接收的中年人
> 被退回故乡
> ……

这是《退行的火车》里的诗句。这诗句很简单,也很平常,我们坐过火车的人都有这种感觉,特别是背对前进方向时这种感觉更强烈。这是真实的感觉,但是这感觉里诗人却赋予了只有他才有的思绪,那就是"仿佛生活的一次退货/一个不被异乡接收的中年人/被退回故乡",一个在异乡打工的中年人,因为年龄等问题,被退回他的家乡,工不能打了,钱不能挣了,那种滋味,何止酸甜苦辣啊！当然,在这首诗里,他只是说了他的一种感觉,事实上,他更换了多次工作,每一次的更换不就是一次"退回"吗？只有感受深的人才能发出那样的声音,一些饱食终日的所谓诗人怎么会有这样的诗语？那些知识分子,那些从小在蜜罐子里长大的人,那些官二代或富二代们,他们哪有这方面的真实感受？他们尽管能找出许多美丽的句子,可是能写出这样的句子出来吗？没有对生活较深的认识,怎么可能不无病呻吟！他们把"痛苦""寂寞"挂在嘴边,说得震天价响,但是那都是当作撒了一层黄连的糍粑,无非表面功夫而已。像拾荒这样的,他是把"梦"种在外卖车上的人,种在种种出力流汗的工作上的打工者,他不断经历"打工——失业——再打工——再失业"的恶性循环和打击,所以才能有"退回"的担忧。

而且,这样的担忧,这样的呼唤,在其他诗里也表现深刻。

在他众多的诗歌里,有这样一首诗,叫《除了黑还剩下什么》：

> 天空是黑的
>
> 除了星星
>
> 马路是黑的
>
> 除了这座桥
>
> 眼睛也是黑的
>
> 除了泪水
>
> 夜更是黑的
>
> 除了一个人
>
> 一个人在黑路上行走
>
> 如同黑纸上签下的白字
>
> 在夜的契约里
>
> 把自己典给了异乡

你不能不佩服诗人的观察,不能不佩服他的遣词造句的功夫,他用最简单明白的语言,如同白话一般,轻轻松松就把黑的背景下的存在说得那么透彻。这没有什么奇怪的,因为他在底层,他是普通劳动者,他眼里看到的和心理感受的,加在一起，再用语言的"调羹"一搅拌，这诗句就出来了，非常自然。

你没有觉得吗？拾荒的诗是非常朴实的，他没有卖弄文字技巧之嫌，他也不需要卖弄，因为真正劳动者的歌都是纯朴、实在的，最有力的词语也是，不需要过分渲染，过分打造，它们都是自然吐露，是"水到渠成"的那种。劳动人民自有劳动人民的语言形式，这是不同于文人语言形式的话语方式，只有他们，才能写出"在夜的契约里/把自己典给了异乡"这样的好句子。

有一首写母亲的诗——《我的母亲叫包成珍》，你看看是不是够朴素的了：

> 从我记事起
> 我父亲叫她，嗨
> 长辈们叫她，丙现家的
> 而晚辈们叫法各异
> 我则一直叫，娘
> 没有人叫她，包成珍
>
> 直到我开始上网
> 直到网站设置安全提问
> 我的答案是，包成珍
> 我从不设置自动登录
> 我一遍遍输入母亲的名字
> 包成珍，包成珍，包成珍

很长时间以来，诗坛的绮靡之风蔓延，这是随着社会上"娱乐至死"的风气而刮起的一股邪风，这种"风"历史上不知出现过多少回，也不知被批判过多少回，它给诗坛乃至文坛带来的恶劣影响非常之大，也给社会带来了许多危害。真实的世界里，多次的清谈误国，大都与绮靡之风的刮起有关。我们的表达，应该以准确为标杆。当然，在文学作品里，准确只是最基本的要求，我们还要鲜明、生动，有文学性，文字一定要美。但是，这种美绝不能以牺牲准确来实现。大部分诗人对于语言的实践值得肯定，然而有些诗歌的所谓探索就不那么值得肯定了，那些一味追求畸形美的诗歌应该扫除。比如有些人有追求越模糊越好的倾向，往往给人一种言不及义的感觉。我曾经问过一个诗人,什么是好诗?他的回答令我瞠目。他说,别人看不懂的就是好诗。他还举了一个例子,说他写了十多年的诗,一次也没上过大刊,他想了一个"绝招",翻开词典,随意找了几个词,拼凑起来,成了一首"诗",他自己也不知什么意思,就是没有意思吧,一组汉语辞藻罢了,结果,被某刊物选中了,还夸他写得好。于是,他得出一个结论,要想上大刊,字典里随便拣,翻出几个词,就是一首诗。

这个现实很可怕。

很早以前有一句话,我认为仍没有过时,忘记谁说的了,他说,要想文章写得好,朴素是其中一个秘诀。不朴素无以表情达意,也无法生动准确。朴素与语言陌生化互为悖论,都是关于语言艺术的,也都是有用的。我常常想,它们之间可能存在一个"度"的问题,它们好像是矛盾的,可是两个又都不可偏废,在文章里缺一不可,缺一个都影响文章的生动性和鲜明性,这也许就是做文章的辩证法。

我和拾荒从未谋过面,也没有交谈过,不知他写诗时出于什么动机选择了他的诗句。可是我认为,他的语句都用得比较贴切,朴实而不乏生动,准确而又鲜活,他的词语看上去是那么"土",但是却又如此地形象和灵动,可谓土得掉渣,又洋到无比,是那种最恰当的诗语。

这也许就是因为他的诗是劳动者的诗,他的歌是劳动者的歌,他无意识地用劳动者的眼光审视这个世界,于是也就无意识地蹦出了这些诗句。

三

劳动者的歌是最讲究实用的歌,因为他们实在没有太多的时间在那里无病呻吟。他们上有老下有小,生活的负担很重,能够写诗对于他们来说已经很奢侈了,更遑论拿出时间去搜集禅语洋词了。

当然这只是一个方面,主要的还是他们的身份决定了他们的行为和表达方式。

如前所述,诗是以"事"作为其核心的,情也是"事"的生发,如果这一论断可以成立的话,那么,拾荒写出这样的诗歌来就有了客观基础,这样的诗也只有他这样的劳动者才能写得出。

写诗言志,写诗明志,诗本身对于他们就是一个有用的方剂,而不仅仅是写出来玩味的,他们要用诗表达自己的心声,传递自己的情绪,发表对某些事或物的看法,如此等等。所以,写诗对于他们,是"双向"的,一个方向对社会有益,另一个方向对自己有用。

那么,是不是他们就不讲究艺术性呢？不,不是的,他们利用工余时间写诗,目的之一就是探讨诗艺,也想寻求诗的"象牙塔",向真理靠近,让真情说话。

> 不能再苦了
> 我用的是处方签
> 处方的正面有黄连
> 白芷、半夏、柴胡等
> 十多种药材
>
> 把母亲从手术室里推出来
> 我就念诗给母亲听
> 从众多药材的背面
> 提取少量的蜜来
> 调剂成药引
>
> 可母亲还是过世了
> 此后的人间
> 再没有一剂药方
> 能够治愈我
> 诗歌的病痛

这是一首叫作《写诗》的诗。我们的外卖员拾荒同志呵,就是用这样的诗句向他亲爱的母亲致哀、致敬。语言的朴素掩盖不了感情的真挚,掩盖不了艺术上的冲刺,只有发自内心的真情才能收获巨大的成功。劳动者的歌就是这样神奇。

从以上例子我们可以看出,劳动者的诗歌是最合乎生命美学的诗歌,不管它怎样朴实无华,只要真情在,就有一种力,这种力是最核心的凝聚,是"核"的发散,因为它触及了人类的灵魂所在,引起共鸣是自然的。

我一直强调生命的美,我以为,许多美学书里关于美的定义都是不准确的,应该一切以生命为美,美是生命,这才是最终答案,最靠近美的本质的答案。

什么是好的诗歌?好的诗歌首先要意境高远,而且它是决定性的因素。写诗一定要有意境,没有意境的诗是没有味道的,只能味同嚼蜡,它们也根本算不上诗。而意境最核心的东西是什么?是情感,情由心生,心由事成,说到底,还是可以引发触类旁通的"事"。劳动者是什么经历?他们经受了人间最痛苦最复杂也最实际的生存状态,有着最大的承受力,一旦他们拿起笔来,莫不是人类最彻底的情感?古代《石壕吏》《卖炭翁》《贫女》等一大批写民间疾苦的诗,它们都是文人写的,比如《悯农》,作者是一个纨绔子弟,他本人就浪费成瘾,忽然"悯"起"农"来了,他们大都是站在旁观者的角度,即使赋予了自己的感情,那"感情"也是"赋予"的,不是当事者自己的真情实感,也就是说,与真实的底层生存状态还有一定距离。如果是劳动者自己写,可能是另一番景象,比这要凄惨得多。从这个角度说,外卖员拾荒最有权力写他的亲身经历,写他身边的人和事。

> 一个弯曲成问号的老人
> 手里捧着大号铁碗
> 多像是提笔时
> 不小心滴落的一滴墨
> 一处书法的误笔在人间行走
> 我多希望他手里托着的
> 是一块巨大的橡皮
> 只需轻轻一擦,就能擦去
>
> ——《乞丐》

> 对于人类
> 牛羊是慈悲的
>
> 对于牛羊
> 草木是慈悲的

对于草木
大地是慈悲的

对于大地
死去的命是慈悲的

——《慈悲》

就像鲁迅先生的《狂人日记》,一句"吃人"惊醒了世人,拾荒的一句"死去的命是慈悲的"也必然会引起人们的关注,他们都是"只需轻轻一擦,就能擦去"的生命,"就能擦去"的经历,这些贫穷而善良的人们组成了为大地提供慈悲的基础。

劳动者的歌是最能反映生活本质的,从这个角度说,他们的诗歌是最美的。这一点我从不怀疑。世界是劳动人民创造的,世界文学最终也必将由劳动人民创造。劳动人民创造了文学高原,也必能创造文学高峰。随着广大劳动人民文化水平的不断提高,这是必然的结果。

(作者系中国文艺评论家协会会员)

绚烂归于平静,终成过往云烟
——评阿来的《尘埃落定》

李小丽

《尘埃落定》是一部宏大的藏族史诗,书中以第一人称的口吻,描写了最后的土司家族所经历的时代,从抗战到新中国成立之间的一段时期,人物的命运与思想进程融合了时代的变迁。作者以其自身的阅历和独特的视角,精细构思,生动地描述了一个土司儿子的成长与一个贵族家庭的末世。

一、一个"傻子",成为历史的使者

书中的"我"是麦其土司家的二少爷,是个有着异于常人的感知力的贵族傻子,他用旁观世界的态度,预判了旧时代的消逝,傻子的一生,是实实在在的奇迹。

傻子是麦其土司酒后和汉人老婆生的,他一出生就被认作傻子,不被提防,只当作玩笑。那时,他不怒不恼,一心只想无忧无虑地做土司家的二少爷。"所以,我就只好心甘情愿当一个傻子了。"可无论如何,他在旁人眼里,还是个傻子,"十足的傻子"。后来,随着年龄的增长,傻子在十三岁后竟突然有了神奇的预知能力,从此,他体会到了许许多多——比单纯活命更愉快的种种。权力、尊重、帮助……为了他倾尽一生都不愿放弃的种种,他放弃在荒谬的迷局里徘徊;他靠智谋娶了最漂亮的茸贡女土司的女儿塔娜;他首次把御敌的堡垒变为市场,开辟了前所未有的边境贸易市场,以和平的方式解决了土司间的矛盾冲突。然而,他也有着人性中黯默见不得光的一面,也有置身事外时内心的迷茫与焦虑,最终因为红军政策做了最后一个土司,却被仇人杀死在床上。

土司制度,在当地人看似合理,而在"我"——一个傻子的眼中,看到的却是它末日的命运。它像是空中一粒稍大一点的尘埃,至少比"我们"这些要大,一千多年来它始终有一种吸引力,吸引着周围数不清的小尘埃,其中一颗悄悄挣脱了引力,看到了这个庞大而又渺小的团体,它是多么局促啊,在它的周围,有更大的团体,有更宽广的世界,它的名字叫作"生而平等"。一声炮火,这颗偌大的尘埃被炸得四分五裂,土司制度的堡垒轰然崩塌,巨大的震响仿佛呐喊着一个新时代的到来。当一切归于平静,只剩残垣断壁,满目疮痍,人们行走在这片土地上,对过往发生的一切唏嘘不已。生命是一粒尘埃,它终有落定的时候,在它与地面接触的一刹那,便是土司制度永恒的收场与退去。

当尘埃在一片金色间飞舞的时候,仿佛一切不曾有过相对静止。它只是静静地叹息着,不曾打扰过时光。他的血在地板上变成了黑夜的颜色,灵魂也终于挣脱了流血的肉体,飞升在阳光之下。这是傻子死时的场景,那么安静,那么笃定。但笃定的并不是命运,不是结局,而是一种相当的肯定。因为,在尘埃落定之前,命运是一文不值的。不得不说,傻子是历史的使者,虽呆傻却睿智,他先知先觉,超过所有土司。在社会大趋势面前,聪明与能力并不能改变什么,反而是一个顺势而为的傻子才会抓住或留下来点什么。所以,整本书中,傻子才是最大的智者,一切看穿不说穿,他的智慧仿佛是懵懂中的一种直觉,是时而流露出的一种游离状态的大彻大悟。我们常说大智如愚,"愚"是得失不论的平和,"智"是恰到好处的取舍。

二、尘埃之中,弥漫人性与思考

阿来的文笔老辣又不乏诗意细腻,意境广阔又不失悠远朦胧,故事情节紧凑,曲折跌宕,让人读起来有一种酣畅淋漓的快感。通篇既有着现实主义的深刻,也有着浪漫主义的轻灵,勾勒出雪域高原上没落土司制崩塌前的立体图景,书中的每一个代表性人物都被描绘得鲜活如生,"傻子"的形象更是呼之欲出,让人体会到独特的藏族文化和当地的风土人情。小说中关于生命、人性、价值、追求等的确发人深省,强大的麦其土司也因为历史原因最终尘埃落定,任何强大的事物都有这个过程,一切最后都归于尘土。尘埃虽已落定,然而我们依然会想念着那变成尘土前的寨墙。我们会思索,生而为人,历经一生,权力、土地,这些看似财富的东西在生命的最后时刻失去了一切意义。生命终究是一场毫无原则的游戏,没有边界,没有出局,只是在灵魂挣脱肉体前的最后一刻,才告诉你隐藏着的游戏规则。人生是一场虚空,萨特的那句"存在先于本质"点开了人生的另一个奥秘:以意识为界定性存在的人的存在是虚无。但人生不只是一场虚空,因为实实在在经历过的每一天,定会在某一个角落被记录,被隐藏。故事中的每个人的命运、归宿看起来似乎是让某个人,或者某些少数人掌控着,其实是在历史大环境下,当时的社会制度下的无奈和挣扎,随着一声炮响,土司制度得以瓦解,奴隶终于解放,等一切尘埃落定,人们又进入了另外一种时代大环境。这样一部史诗般的文化作品,深刻描述了人性的复杂,时代更迭中人们在欲望中的挣扎,它有鲜明的时代感,以藏地生活为背景,满足了许多人的探秘心理。

这本书中令人印象格外深刻的还有傻子的哥哥,他好战蛮横、贪婪好色,还好高骛远,在这本书中,他是作为一个反面角色登场的,然而,就在傻子预知到他死的那一刻,释怀的不仅仅是对那件紫色衣服的怨念,还有哥哥的野心。临死之时,他的肚子上扣着个大木盆,还因为自己发臭吓走了姑娘而脸颊微微泛红,他对他的傻子弟弟承认,小时候是有爱的。至此,哥哥代表的权力悄然谢幕,也寓意着曾因鸦片生意而辉煌光耀的麦其土司家族彻底成为了过去。

三太太央宗也许是作品中不怎么起眼的人物,在麦其土司家中也是十分边缘的存在,然而她的命运却与这个家密不可分。央宗一到麦其土司家中,就遭到二太太的排斥,而当她怀孕时,二太太却极力和她套近乎,亲如姐妹,最终被二太太暗害致胎死腹中,此后央宗一直深居简出。而三太太央宗对于二少爷的感情却有着细腻的一面,但是出于各种原因,他们只能保持一种较远的距离。那么三太太在麦其家,真的不明白自己孩子的死因吗?她对二太太的所作所为就没有怀疑、怨恨吗?当然不是,因为她明白自己所处的环境,她懂得二少爷的那种"傻",所以她才能够活到最后。此外,侍女卓玛也许是二少爷心中最在乎的人,但最终却不能不离开二少爷,而即便最后嫁了人,她却依然在乎二少爷。无论央宗还是卓玛,都是作品中相对善良、美好的人物,却经受着更多的折磨,让人不得不对此中的生命、人性、价值、追求等进行更加深入的思考。

三、尘埃落定，是一个新的开始

《尘埃落定》这部小说充分体现了历史张力和诙谐内涵的深度融合，关于生命、人性、价值、追求等发人深思，有人评价它可以媲美《红楼梦》，想必就是这个原因吧！当时，川藏地域已经历了无数年的封闭历史，不管当时的它是多么闭塞，不管当时的它与外界的交流是否主动，只要汉族文化甚至遥远的西方文化和当地文化已经逐渐融合，那么这样融合的过程中必然会激化出矛盾，基于这样特殊的时代背景，也就促进了《尘埃落定》的诞生。其实写出历史沉重感的作品，都是值得反复品读的，另外，这本书中藏族的文化氛围尤其浓厚，这也深刻体现了阿来是位民族作家。

尘埃落定了，是一件幸福的事情，相比于一切悬而未决，有无限可能的等待和焦虑，更容易让人接受，让人平静。这和靴子落地的故事类似。但小说中所倡导的纯朴、善良、规矩，是一种永恒，永不落定。小说表达的另一层意思是，历史的进程，摧枯拉朽，更是无坚不摧，不以人的意志为转移，我们应该选择接受，选择与之和解，与自己和解。命运不定，定的只是长久变化中的未曾停歇片刻又波诡云谲、风云变幻的历史，定的只是人们心中的偏见和之所以放弃的理由。未来是未知里的神秘，只有少部分人被赋予了时代的使命，他们能够洞悉隐藏在神秘中的天象，可是这一部分人命运多舛，在正常的生活中或许表现得像一个傻子，被嘲弄、唾骂、怜悯、诬陷，结局总是在一瞬间如风的走向，顺风而逝，有时候明朗得如流水一般让人叹息。

麦其土司从一开始被侵扰，到后来的大杀四方，成为整个区域的首领，其强大不仅是土司之间的征战打斗的结果，更多的是他们利用了当时的国内外形势变化，从经济基础上强大起来的结果。而后二少爷发展各部之间的贸易等，实际上也在一步步改变着土司部落的思想和文化。因为看到了土司制度存在的不足，也看到了这种制度的末路，而后来所做的一切改变，是在探求未来的发展方向，但也是在终结一种旧体制。遗憾的是，二少爷并没有等到自己成功的那一天。

也许时代的进步，本就是一个摧枯拉朽的过程，如果自身不去改变，必将被别人改变，或者被摧毁。麦其土司一家努力了也尽力了，但终究还是倒在了时代进步的大道上,成为历史烽烟中的尘埃。而这一切尘埃落定之后,却又将迎来一个新的开始。也许每一个人、每一个时代都在面临着这样的规律,从最初的朝气蓬勃,到霞光万丈,而繁华之后,都将面临新的选择,是尘埃落定,也是浴火重生,二少爷所努力而并未达到的目的,为什么在时代的大潮中变成了现实,甚至成了更加辉煌的现在,是值得我们思考的。也许我们放眼于未来,尘埃在阳光中光彩夺目,静止的时间映射着尘埃落下,尘埃落定后是漫长的等待或挣扎,那些属于我们新的日子也将开始了。

《尘埃落定》真是一部具有历史张力和诙谐内涵的书籍,阿来用极其独特的风物书写,显现出超然物外的审慎目光,显露出与中原文化截然不同的藏域文化,有故事、有哲理、有历史、有情感,展现了一个藏族的上层贵族,用慢悠悠的视角及超脱世俗的风骨经受了这个土司制度的凋亡。通篇行文流畅,如清风拂过蔓延至雪山脚下的广阔草原,语言极具张力,反复阅读,处处皆是哲理,处处蕴含学问。对我而言,它还是帮助我解读人生的一剂宽慰疫苗,在精神世界里告诉我经验意义之上的无形力量。在深沉的理性与深沉的感性中徘徊,其实是最令人煎熬的。从一种文明过渡到另一种文明,文明需要的是认清自己,认清生活的本质。大智如愚,时代的变迁也是如此,一切都尘埃落定,一切又都从虚无缥缈中获得涅槃重生。谢谢阿来,让我知道了这世上有奇迹,就在尘埃落定的刹那。

当尘埃落定,当绚烂归于平静,一切都是过往云烟,终归,物归物,尘归尘……

(作者系江苏省文艺评论家协会会员)

在春天奔跑的草尖上歌唱
——简析姜桦诗集《调色师》的抒情特色
祁鸿升

诗歌的抒情性是诗歌的本质特点,保持高品质的抒情性,是对诗歌艺术本真的坚守。姜桦的抒情诗歌在中国诗坛上一直备受关注和赞誉,很大程度上缘于他的诗歌能始终自觉追求具有相当艺术高度的抒情性。最近出版的诗集《调色师》(里下河生态文学写作计划丛书),就很好地体现了诗人这一创作特色。

诗歌没有明确的定义,但情感是诗歌艺术最重要的支撑。按照符号论创始人苏珊·朗格的理论阐述,情感某种程度上就是艺术的生命、诗性的生命。姜桦深谙其理,他的诗歌都是情动于衷而发于内的情感与精神图谱。他是一个身体里流淌着传统抒情血液的诗人,在零度抒情盛行的当下诗坛,姜桦没有随波逐流,虽然他的诗歌大量运用了现代诗嬗变技巧,但骨子里始终保持着传统抒情手法与生俱来的温度与质感。

从主题内容看,姜桦的诗歌始终充满着对生活的热爱之情,洋溢着人间的烟火气息。但绝不拘囿于生活本身。姜桦的诗歌呈现出低空飞行的状态,就像在春天草尖上奔跑的歌谣,是饱含灵性并飘扬向天空的水生植物,具有高于生活的意绪,却又将抒情根系深深地扎向大地深处,是白居易所说的"根情、苗言、华声、实义"的优秀之作。打开诗集《调色师》,我们就会被来自生活的浓郁抒情气息的作品所感染。诗集共分四辑,分别为《中年赋》《故乡辞》《春风祷》《远方书》,几乎涵盖了他当下生活的方方面面。在这部诗集里,诗人的艺术触角沿着神谕的方向,自由灵动地延伸向生活的每一个角落,捕捉着属于诗歌的生活节奏和生活旋律。在《豌豆花降低的雨水》中,他发现细碎的豌豆花瓣,潮湿的小眼睛眨动着含盐的忧伤;在《被时间追赶的》中,他突然发现了自己第一根白发中的充满骨感的人生岁月;在《人到中年必有虚妄》中,他看见一个中年人怀抱一把老吉他,反复吟唱支离破碎生活的落寞与无奈。这一切都缘于诗人拥有一双善于从极细微处发现美的眼睛,这双眼睛具有哲学与审美的思辨性,能够从平俗的物象中发现诗意的光芒,正如法国伟大诗人波德莱尔所说,真正意义上的诗人与生俱来具有发现美、热爱美的强烈感觉。作为生活在中国东部沿海滩涂的优秀诗人,姜桦曾经很惊喜地告诉我他所发现的有关海边芦苇的秘密——秋天的海边芦花是白中带紫的,而在我们惯常的认识视野中,芦苇花一直是白色的,何以有紫芦苇花一说?后来经过验证,我们发现姜桦说的是对的,尽管那些紫色一星半点地点缀在花絮中,好像海风一吹就会消逝。但在姜桦的笔下,这些似有似无的紫色斑点,成了见证海边芦苇和沧桑岁月的神秘符咒。

对现实生活具有精微、独特的发现和体悟,这源于姜桦作为优秀诗人的天赋异禀,因此,他能感受到木头之耳里灌满的雨水(《木耳》),能感受到一片被秋雨卷起的梧桐树叶就是一只被人们反复写过的松鼠(《在森林里与一只松鼠相遇》),能感受到甘南草原上星星顺着青稞落到地里的情景(《夜行车》)。姜桦的诗歌切入口很小,但都是诗人生活阅历在艺术中的拓展与延伸,跟着他鲜活的诗性直觉进入到他的诗歌世界,你会感受到东晋著名画家顾恺之所说的"千想妙得"的丰富意趣和阔大境界。

从艺术手法来看,抒情的姜桦喜欢用他浑厚的男中音,朗诵大地、河流、天空,更喜欢用他哑默而深沉的抒情触角,接近一花一草的世界、一人一景的风华,在这个诗意感知的过程中,诗人总爱用哲理、审美的眼光明心见性、直抵灵魂,但他又拒绝在诗歌表达中保留任何哲学、美学的非诗元素,以一个纯粹的抒情者姿态,接近并引领读者走向纯粹而深远的抒情高地,他的诗歌具有欲说还休的姿态,又有拈花一笑的禅性,有论者说姜桦的抒情诗一直热烈而不低俗、沉潜而不高冷、细微而不狭隘,是有事实和理论依据的。作为《调色师》的代序之作,诗歌《我已经把什么都经历》,是对自己人生的回顾与反思,这样的内容从大多数诗人的固有视角去抒写,感喟之中定然有许多人生体悟之类的总结,但在抒情诗人姜桦笔下,人生积淀则成了"一小片药物、一小片回忆、一小片忧伤",他甚至能将贯穿他一生的忧伤、哀怨、孤独之情微缩成几句让路人无视、让知心者潸然泪下的小情景:"让那只虫子掉头,不再咬你;让那片阴影停住,不再喧哗",卑劣亦或自谓崇高的虫子给了姜桦噬心的咬啮;黑暗亦或自谓阳光的阴影,也曾疯狂地笼罩过姜桦的人生道路。能由自己的一人之痛,将人生的悲欣交集,精准、精妙地融入心形片羽中者似乎只有诗人姜桦。《风将一个人运了过来》写诗人冬夜听风望雪的冥想和感受,"风将一个人运过来,在黑暗中,吃力地哮喘、咳嗽,头上缠满雪花,那个人离我只有几步之遥",风运来了谁?风运来了自己,运来了冬天颤栗的风雪人生。风形于外、又隐于内。这里,风既是搬运者又是被搬运者,风的意象出现了多维分解又融而为一,在这里,诗人用哲学的嘴巴忧伤地歌唱着意绪繁杂的别样人生。诗歌《喊叫》写诗人在北方白桦林的诗意之旅:"一轮巨大的红月亮/椭圆形,带着毛边/刚被一只松鼠松开/又被一道泉水接住",童话的构架,轻盈的叙述,巧妙的榫接,自然而明晰地写出了情态鲜活而质地明亮的森林图景,单从羚羊挂角、无迹可求却又生动变幻的艺术境界观照,这些文字已然超出了王维《山居秋暝》中的"明月松间照,清泉石上流"的艺术效果。

从抒情格局看,喜欢从寻常生活细节中发现诗意的姜桦,也有自己的大格局、大境界。姜桦很理解小与大的辩证法,因此,在创作过程中,他以写实性抒写与写意性象征混用的手法,以小见大,达到刘勰所说的"思接千载、视通万里"(《文心雕龙》)的神奇效果。诗歌《沉默的石头》是诗人写给父亲的诗歌,诗人从小处着笔,在描述了石头般具象而坚硬的父亲形象后,突破本能直觉,着笔描述父亲所经历过的浩瀚人生,"追随父亲那坚实的脚步/聆听月光下的浩荡江流/远眺那一片向阳的山坡/一场海啸,一次巨大的雪崩",这样波澜壮阔的人生历程,远远高于现实情景的叙述向度,是主观语象。这种叙述使父亲拥有了耸立云峰的高度和广阔无垠的宽度,具有了超越芸芸众生的典型性。《海有毒》写抒情主人公年轻时被青春撞了一下腰的故事,这个发生在秦皇岛、北戴河的故事,闪现出许多细微的镜头,这些镜头平实无奇,但因为有了"十万八千丈的蓝色海水"作为隐喻性背景,诗中的每一点情与思就拥有了广大如海的内涵和品质。《呼伦贝尔》写大草原之美,诗人的抒情场景在大与小之间无缝切换,给我们带来了过山车一般惊艳的艺术感受。"叫一声太阳,那山坡的头羊就醒了/喊一声月亮,湖边的木刻楞就睡了/望一眼天空,那只鹰的翅膀就平了/唱一句远方,细碎的马蹄就轻了",诗人在大与小之间飘逸游走的抒情笔触,生动有致地呈现出了呼伦贝尔大草原纹理清晰的全景图。哦,这片辽阔、安静、明丽又富有生活气息的神性大草原。

  近年来,姜桦的抒情诗歌在注重抒情艺术应有的内涵、细节、格局的同时,还在抒情节奏上逐渐呈现出一种独有的"慢抒情"特质,这在《调色师》中也有着充分的体现。姜桦的慢抒情不是有些诗人为慢而慢的慢抒情,而是诗人中年人生渐至厚重的睿智运思,他的情感在缓慢的表述中,显得更加沉实、有力、优雅,能给读者带来持久的内心冲击。诗歌《运来》这样描述他记忆中的过往,"风从河滩背面运来雪花/一片一片,坚硬,透明/石臼、石磙和石头碾子/一段记忆,久远,固执",抒情诗对语言的精练性要求很高,但诗人却以克制陈述的方式,徐徐铺展开落满雪花和堆满石器的村庄一角,从意识深处透射出对故乡一事一物的深深眷恋之情。诗歌《青蛇传》写的是"受伤的爱情"。诗人这样描述:"在胸脯上扯出一道一道口子/再在那些伤口里填满石子和盐/那一道道口子必须是靛色的/一定要和今晚的夜色差不多",诗人将爱情伤口一点点撕裂并缓缓地呈现给读者,给人带来一种久久难言的钝痛。这种富有控制力的抒情叙述,已超越了一般抒写的意义,它就是一种穿透岁月山峰的沉稳有力的情感雕刻,给人带来绕梁三日之感。诗歌《离开》,写离开故乡时的惆怅与忧伤,也是用了这样的笔法。"离开三月,离开桃花、杏花、梨花/离开那些金钱盏、野茅针、紫地丁",一词一顿,情感表达徐缓而有力,读过这首诗的人都会有内心被沧桑岁月击中的颤栗与感动。

  诗集《调色师》全面展现了抒情诗人姜桦的才华风貌。遵循抒情诗的本质,为情造文,内景生动,轻巧尖新,百变多姿,姜桦的诗歌为当下抒情诗的写作提供了优秀的、让人激赏的范式。

(作者系江苏省文艺评论家协会会员,中国作家协会会员)

戏剧

"地方"的魅力
——新编淮剧《村官八把手》简评

王 宁

在现代戏日益风靡的当今,中国戏曲所面临的最大危险无过于"泛戏曲化",即剧种特色日益衰减与剧种界限的日益消弭。尤其是在当今各剧种之间编剧、导演、音乐唱腔、舞美等编创人员频繁"越界"合作的情况下,这种趋势在有些剧目上表现得日益突出,令人担忧。

难以想象,如果若干年之后,我们原本的348个剧种,很多剧种由于这种趋势的发展而逐渐趋同,以致名异而实同,天下同曲,中华同戏,那我们的戏剧、我们的文化就真正堪忧了。

所以,当下要评价一部戏,最首要的是要把它放到历史的镜框里面去,放到它所处的时代,以及那个时代特定的戏剧语境和戏剧氛围里面去。而针对当下戏曲的生态,我们主张:应该把凸显剧种特色、维护剧种特性作为戏曲编创的第一要务。尤其是对于地方戏而言,更应把维持剧种特色、追求地域特性作为艺术引领的最高追求。如果没有了"地方",又怎么能够有"戏"?

按照这样的逻辑和标准,淮剧《村官八把手》无疑是一部好戏。该剧入选了江苏艺术基金2022年度资助项目,为2022年度江苏紫金艺术节入选剧目。戏曲由淮安市文化广电和旅游局、中共金湖县委宣传部出品,淮安市淮剧团打造。编剧袁连成,为苏北著名编剧,也是盐城戏曲作家群的代表人物,尤以"村官"系列蜚声剧坛。导演为资深导演蒋宏贵,他执导的《鸡毛蒜皮》曾经获得中宣部"五个一工程"奖。作曲潘龙生老师曾经为名剧《百岁挂帅》谱曲。演员方面也荟萃了一批优秀的淮剧演员:饰演陈瑶的陈丽娜、饰演小米椒的糜利利都是优秀的中青年演员,更有实力老将蔡山河(饰演秧歌爹)等倾情参与,使得全剧阵容强大,令人称羡。

但最为迷人的,是这部戏散发出的浓郁的"地方"味道,在于它植根于苏北乡村的草根气息,因为有了"地方",也才有了戏,有了剧种。

一、运河边:一个与秧歌关联的关于河的故事

《村官八把手》讲的是大运河边上,一个关于河的故事。因为河长也属于村官系列,而且属于村官当中最后(排名第八)的一位,所以戏称"八把手"。戏曲围绕"绿水青山就是金山银山"的理念,反映苏北运河边一个普通农村——绿水村治河与致富的矛盾。陈瑶、常言道、小米椒一众人等都与河关系密切。加上陈瑶又是常言道的准儿媳,绿水村是陈瑶的婆家村,以及七十多年前新四军秧歌队队长等红色故事,使得戏曲充满了浓郁的苏北地方特色。

尤其是富有地域特色的金湖秧歌《格咚代》的反复出现,更是营造出了浓浓的"淮味"。《格咚代》是金湖地区富有特色的民间歌舞,2008年被江苏省政府批准为江苏省非物质文化遗产项目。在金湖县体育馆,曾经上演过1 300人同唱一首"悠悠格咚代"的奇观。2011年,由淮安籍作曲家崔新创作、江苏省交响乐团演奏的交响音画《格咚代》在维也纳金色大厅演出获得成功。2014年,金湖秧歌被列入国家级非遗代表性项目名录。选取这类富有生活气息同时又充满地域特色的民间歌舞贯穿全剧,使得全剧意趣盎然,别具意蕴。

二、淮式滑稽:谐趣中的地方气息

袁连成老师的戏,舞台上从不呆板,处处可以看到"戏"。《村官八把手》的可贵之处却在于这些喜剧成分的"地域化"表达。作者密切结合剧情,设置了几个充满苏北生活气息,同时又惹人发笑的喜剧情节:小米椒骂钱、公媳划船、审鱼篓等都属此类。其中尤以审鱼篓最为滑稽喜乐。

准儿媳陈瑶答应接任原先由准公公常言道担任的河长,她准备请几个老村官、老党员、老农民,成立"三老治河宣传员",第一本聘书就发给常言道。常言道

得知信息后,由于治理河道要牵涉小米椒等几个靠河吃饭的村里人的利益,所以想躲起来,不接受聘书。不料陈瑶匆匆来到,常言道无奈,只好钻进鱼篓躲避,于是就做出来一段"审鱼篓"的好戏。这段戏不仅围绕鱼篓展开,而且人物之间的打趣动作,都具有很鲜明的苏北特色,充满着浓郁的苏北乡间生活气息,称之为"淮式滑稽",也未为不可。

三、语言方面:道白尖新,曲词合乐,切合淮剧的剧种特色

《村官八把手》的道白语言多来自生活,很多趣语、谐语都语出自然,引人发笑。如吃了五谷想六谷、王奶奶砸鸡——笃斗等,都是富有苏北特色的方言俗语,很能营造氛围感。

唱词方面,吸引人的一个特点就是曲词和剧种的高度贴适。这也是为什么我们一直提倡编剧一定要熟悉剧种唱腔。熟悉剧种唱腔的编剧,很容易借助剧种的唱腔优势,根据剧种特点针对性地进行创作。袁连成老师长期为淮剧编剧,对于唱腔的谙熟使他能够娴熟采用适当的句式,集中抒情。剧中主要人物陈瑶、祝婕均有大段唱词,首先均能根据剧情,结合二人的情绪、情感,选择好恰当的"点"抒发和渲染。这正是我们提倡的"搔到痒处,才是金手指"。[①]

与淮剧唱腔结合最好的,是剧中"四字句"的大量、准确的运用。这类句式在演唱时,通常是节奏较快,很像某些剧种的"急板令",一般用在人物情绪比较强烈的时刻,有时候甚至是半说半唱,类似有些剧种的"滚唱"和"夹滚"。仔细考察我们发现,袁老师在四字句的运用上颇显用心,多处都通过四字句的仔细打磨,恰切抒发了人物情绪。

"十字句"是很多板腔体剧种的常用句式,淮剧的十字句唱腔,经过前辈艺术家的精心打造,已经形成了显著的声腔特色。截一为二,前三后七的"十字句",由于前短后长,也很适合用在集中抒发的场合。而采用大段的雷同句式,以及重复实用的排比句式,非常利于情绪的渲染,采取复沓重复方法,形成强调和增强的抒情效果。下面这一段"前三后七"的"十字句",陈瑶连发二十一问,不仅词情激烈,而且声腔饱满,既感人至深,又美听入耳,令人称叹。

[①] 王宁.从戏曲"看点"生成谈"该怎样编剧"[J].艺术百家,2020,36(1):40-44,204.

陈　瑶　（唱）问月亮,为何躲在云层后——（上）
问星星,为什么似无非无,似有非有,
似眨非眨,似休非休,不将光华向人间投?
问长风,为何沉默不开口,
问夜色,为何半醒半忧愁?
问土地,为何不平千重皱,
问河堤,为何弯弯形似钩?
问村落,为何失去灯如昼,
问杨柳,为何疲倦低下头?
问五谷,为何沉默蒙灰垢,
问荷花,为何陷在污泥沟?
问石桥,为何斑驳任消瘦,
问小河,为何忍受,浮萍起楼,网拦簖截,
饵料遍投,不见了碧波荡漾水长流?
问叔叔,为何纵容撵我走,
问常舟,为何因私断红绸?
问阿姨,为何无情和我斗,
问村民,为何只重养殖闹不休?
问人品,为何难以敌铜臭,
问人们,为何将错就错怕出头?
问人心,为何生了斑斑锈,
问人生,为何明知是对难追求?
问自己,为何不知下一步该怎么走,
我欲劝难劝,欲说难说,
欲争难争,欲就难就,欲让难让,
欲斗难斗,欲收难收,欲忧难忧,
欲离难离,欲留难留,重重乱麻难埋头?

四、声腔方面：着意凸显西路淮剧的音乐特色

我们知道，最能体现一个剧种特色的，是唱腔。淮剧的唱腔就依据其地域和音乐特色，古来就有东、西路之分。虽然整体上都充满了两淮地区的浓郁的"淮"味，但细细体察品位，又有所不同。具体讲，西路音乐调式偏于硬钢，其主要声腔"淮蹦子"刚劲豪放，具有显著的民间号子、民歌特性，因而长于叙事。东路曲调则质朴、柔和，其音乐"软淮蹦子"系"下河调"掺入"童子调"发展形成，与西路相比，更长于抒情。

这次呈现的《村官八把手》，主体上保持了西路淮剧的特色，曲调高亢直切，有水流奔泻之势。同时又融入了东路淮剧一些细微的东西，在抒情方面又有所加强。虽然表现的是现代题材，却仍保持着传统音乐唱腔的原汁原味，立足守正，又不乏创新，足可称道。

简之，《村官八把手》全剧特色鲜明，不仅戏份十足，而且剧种特征显著，在很多现代戏都"出走""偏离"的当今，这种"守正"尤其难能可贵。吾不忧天下无戏，只忧乡间无呕唱、下里无声歌也。大礼不失，犹可求诸于野，淮韵悠扬，自在作者笔端。见之而喜，见之而乐，见之而踊跃鼓舞可也。

（作者系苏州大学教授，江苏戏曲研究中心主任）

献给孩子的精神食粮
——评大型音乐儿童剧《寻找花果山》

李 超

儿童剧创作如何紧贴现实唱响新时代主旋律？如何从中华优秀传统文化中汲取营养寓教于乐？由江苏省连云港市委宣传部重点扶持、江苏省连云港市淮海剧团创排的大型音乐儿童剧《寻找花果山》成功上演。这是一部虚幻穿越现实、神话赋能理想的精品儿童剧，它巧妙地运用经典名著《西游记》中花果山、孙大圣、猪八戒等元素，走出一般儿童剧的常规套路，另辟蹊径地选择了更深层次的现实话题——绿水青山就是金山银山，保护环境从小抓起，从我做起，把生态文明思想植根于心。此剧一经上演便赢得了观众的广泛赞誉，特别是少年儿童观众的热烈喝彩。在2021年江苏省紫金文化艺术节戏剧单元新创剧目展演中，荣获优秀剧目奖，入选2022年江苏省新时代现实题材舞台艺术作品巡演剧目，在多场巡演中场面火爆，广获好评，产生了良好的社会效应。

一、立意高远的时代主题

近年来，习近平总书记的生态文明思想，特别是"绿水青山就是金山银山"理念，引领我们走进了开创生态文明建设的新时代。如何把"绿水青山"植根于儿童心灵，如何把"爱护环境"变成青少年的自觉行动，如何使少年儿童真正做到"像保护眼睛一样保护自然生态，像对待生命一样对待优美环境"？大型音乐儿童剧《寻找花果山》试图寻找到这些问题的答案。曾以儿童剧《留守小孩》《田梦儿》《火印》《草房子》《因为爸爸》等蜚声我国剧坛并获得中宣部"五个一工程"奖、全国儿童剧调演优秀剧目奖等多项大奖的著名儿童剧作家、本剧编剧兼导演薛梅说："以艺术力量洞察童年生活的新现实，写出当代儿童生活的新意和深度，反映童年与社会生活的深度关联，是儿童戏剧创作得到认可、获得成功的关键。"

位于江苏省连云港市的花果山，以古典名著《西游记》所描述的"孙大圣老家"而著称于世，因美猴王的神话故事而家喻户晓。自古就因"东海第一胜境"和"海内四大灵山之一"的美誉而名扬四海。花果山集山石、海景、古迹、神话于一身，层峦叠翠，飞瀑急湍，古树参天，自然和人文景观令人赞叹。一年四季花果飘香，被誉为"人间仙境"。特别是花果山上美猴王、猪八戒的形象和故事，更是深得广大青少年的喜爱。

音乐儿童剧《寻找花果山》以花果山为载体，以西游人物为戏剧元素，紧扣环保主题，讲述了一个充满趣味和丰富想象的生动故事：12岁男孩孙小空时刻梦想成为和孙悟空一样的超级英雄，他没有想到在一次活动中意外穿越时空，终于梦想成真，成为心向神往的"孙大圣"，于是便踏上了寻找花果山的奇幻之旅。为了帮助花姐姐实现绿水青山的梦想，面对树妖的暴戾、虚伪和贪婪，孙小空像孙悟空一样率先迎战，变得越来越勇敢和有担当，最终和小伙伴们一起紧密团结，相互帮助，克服重重困难，共同保护美好家园，不仅经历了成长，同时也懂得了拥有绿水青山的真正意义。

《寻找花果山》所表现的是具有时代意义的宏大主题，通过儿童剧的形式呈现于舞台还是第一次。剧中所要寻找的"花果山"，其实就是要找回人性中丢失的曾经的美好和对美丽家园的殷切守望。该剧在创作过程中，积极捕捉儿童生活现实变化，充分体现儿童观念深层转变，深入挖掘儿童生活的独特趣味和美感，重视尊重儿童个体尊严，深层次关注儿童的内心世界。把这个舞台表现难度较高的主题演绎得极其生动精彩，达到了小剧目诠释大主题，小舞台育时代新人的实际效果。

二、生动鲜活的人物形象

《寻找花果山》的表现手法标新立异，别具一格，是一部现实观照与童趣化表达相结合的创意儿童剧。力求运用童真有趣的表现方式，在快乐的气氛中融入主题表达。别有新意的是，以西游记中孙悟空、猪八戒经典形象演绎故事，以情景剧情有机串联的方式，将梦境世界与现实世界巧妙结合，展开故事化的结构叙事，带领观众在不同情境中穿梭，讲述孩子们不怕困难艰险、勇于追求梦想、不懈努力奋斗的动人故事，展现积极进取的正能量，使观众在神奇、魔幻的剧情穿越中，感受润物无声的主题教育和思想启迪。

剧中主人公孙小空，12岁，是一名六年级小学生，属猴又姓孙，在妈妈肚子里就喜欢拳打脚踢，还没出生就有了"孙小空"这个名字。出生后更是人如其名，活脱脱"孙猴子"转世，喜欢动手动脚，打抱不平，有正义感。他最喜欢听爷爷讲《西游记》的故事，梦想成为孙悟空那样除魔降妖的超级英雄。可是在寻找花果山的路途中，好出风头、唯我独尊、自命不凡的孙小空吃尽了苦头，同时也经历了成长。终于，他懂得了什么是真正的英雄，学会了怎样守护美好的家园。

与孙小空不同，12岁的朱小杰，外号朱小戒，喜欢吃、喜欢睡、喜欢偷懒，胖得可爱，傻得天真，总被同班同学孙小空戏弄。二人冲突不断，又总是黏在一起。朱小杰以"乐天派"小猪自居，想吃就吃，想睡就睡，随心所欲，他俨然就是现实版的"二师兄"。直到他发现自己这个"猪悟能"其实很无能，才幡然醒悟，决定彻底改变自己，助力孙小空，一起寻找并勇敢守护花果山。

剧中的花姐姐是美丽的花精灵，善良无私，甘于牺牲，被树妖囚禁，幸被孙小空和朱小杰营救。花姐姐最大的快乐就是把种子洒遍大地，把人间装扮成"仙境"花果山。在她的爱心感召下，树妖洗心革面重获新生，也让孙小空和朱小杰懂得了人与自然和谐相处的真正意义。

剧中极具象征意义的树妖，是一个被垃圾和污泥浊水异化了心灵的大怪物。随着污染日益严重，他变得越来越残酷暴戾，自私无情。他的枝干朽空了，叶子掉光了，他的心也越来越空虚。孙小空和朱小杰联手要消灭他时，被花姐姐救下，树妖这才如梦方醒，悔不当初，最终成为花果山的绿色守护神。

本剧四个主要人物，性格特征十分鲜明，观众记忆点非常突出，可以说，这些鲜活灵动的人物形象，充分体现主创人员赋予他们的"时代符号"和感情色彩，特别是主人公孙小空。"自古少年英雄梦"，不同时代的梦想总有千差万别，新时代的少年儿童的梦想，就是要以时代的审美，传递时代的脉动。正如该剧艺术顾问、中国儿童戏剧研究会名誉会长李若君所说："当代生活的快速变化和丰富多元，改变了儿童的生活与精神状态，各种新形象层出不穷。创作者要走进儿童的内心世界,创作出童年丰富多彩的个性特点,着力体现童年语言的戏剧高度、童年情感的戏剧厚度和童年精神的戏剧深度。儿童戏剧的教育功能是不言而喻的,作为艺术的戏剧,不仅仅要教会孩子知识,更要教会孩子认识自己、认识世界、成为更好的自己。"《寻找花果山》一剧所表现的当代儿童对事物的理解、对生活的好奇、对生命的感受,是儿童所特有的一种浑朴未凿的想象力,也是对儿童心灵的最深厚的滋养。

《寻找花果山》在舞台形式上注重创新。该剧舞台美术的设计视野非常开阔,舞台空间里,以特定艺术元素参与到舞台形象的创作中,呈现复合型的视觉效果,烘托和呼应人物和剧情表达,使整体戏剧表现更为丰富多彩、淋漓尽致。同时,巧妙地运用转台和灯光投影技术,以多场景的方式,与戏剧结构、音乐表达和视频影像相辅相成,艺术地强化了舞台感染力。同时,还以新技术赋能舞台创新,通过舞台空间的创意使用,放大了舞台的承载能力。以可变换的山峦、树木、花果等不同形状,根据剧情氛围变化进行舞美造型,与主题紧密契合。增强光电特效等新技术的使用,营造出穿越时空之感,给观众们带来沉浸式的体验。

三、极富特色的音乐结构

以音乐为主导的剧目,核心灵魂是音乐能否完整、完美地展现剧作所要表现的世界观和人物形象,能否恰到好处地渲染氛围、表达情绪,即所呈现的音乐能否与剧本的文学内容达到高度统一。从这方面来说,《寻找花果山》的音乐创作是非常成功的。

担任该剧作曲的作曲家周文军,是一位经验丰富的行家里手。曾任中国对外文化集团公司南方项目战略部总监、中国文联创作室主任、第29届奥林匹克运动会闭幕式作曲、"相约北京"国际艺术节闭幕式总导演、"印象世界之巅"主题晚会执行总导演。策划并制作电影、电视剧、歌舞剧、童话剧、儿童音乐剧多部,音乐专辑22张,音乐创作成果十分显著。在《寻找花果山》音乐创作过程中,重点强调主题曲和重要配乐的简洁和凝练,同时注重单曲的音乐元素多元化,一方面考虑到大多数观众为青少年,简单的旋律更容易给其留下较深的印象,另一方面从文学剧本的内容出发,让音乐更加贴合剧情。

总体上来说,《寻找花果山》的音乐创作呈现有以下特点:一是音乐色彩绚烂。该剧一共有18首原创歌曲。从《绿水青山你们好》《替天行道》到《再见花果山》等，音乐走向从想象力出发，旋律随着剧情不断转换，时而欢快热烈、时尚动感，时而滑稽诙谐、霸道狂妄，时而深情感人、优美舒缓，充分贴合儿童的心理特点，简单而不单调，时尚而不刻板。二是彰显地域特色。该剧在音乐创作中融入了大量江苏元素，采用了许多江苏小调，充满着江苏民歌欢快、活泼，歌唱美好生活为主的特点，与剧情主旨交相辉映，相得益彰。作为一部拟人化的儿童剧，该剧没有定位于低幼，而是立意很高，从拟人化角度提出了绿水青山就是金山银山，保护生态，从我做起，从小做起的倡议。充满江苏地域特色的音乐与践行环保理念的剧情交相辉映，共同着眼于放大童心中的成人化担当，表达的是孩子们心中的美好梦想。三是巧妙推动剧情。该剧中，音乐不再是简单的节奏转换，更多的是承担着叠加情绪、解决矛盾的功能。如开场歌曲《绿水青山你们好》，"不要唠叨，不要考试的烦恼。不要烦恼，手拉手一起撒欢奔跑"。配合时尚动感的街舞，生动反映出儿童们崇尚自然、活泼好动的天性和考试升学、远离自然的压力，起到了渲染氛围、宣泄情绪的作用。在孙小空、朱小杰等人与树妖对抗，解救花果山一众生灵的过程中，一首《黑暗之歌》，"曾经的花果仙山，曾经的世外桃源，全不见全改变。我无力回天，我掉进泥潭，心被刺穿，血被污染"，在深刻揭露反派角色树妖的心声时，也揭示着树妖从曾经的环境污染受害者是怎样变成了加害者。泣血低沉的歌词，加之呜咽沉痛、忿恨不平的音乐，此时矛盾直指剧情中心——环境污染，不仅使观众融入剧情、陷入思考，同时，也使观众感同身受、唤起力量。

综上所述，本剧从剧情立意到人物塑造，从舞台呈现到音乐设计等各个方面，特点鲜明，可圈可点。无论从思想性还是从艺术性、观赏性上来说，都是一部不可多得的出色的音乐儿童剧精品。

（作者系连云港市委宣传部原副部长）

开拓精品文化创作产业，探寻现代戏拓展新视野

刘燕平

一、传统地方戏历史传承状态及沿革成因

江苏省镇江市位于吴头楚尾，坐落在长江运河南北交汇地，是扬剧主要发源和传承地之一。拥有着千年深厚的文化底蕴，名家流派辈出。建国伊始，著名的扬剧"金派"（金运贵）即创立于镇江。国家级非物质文化遗产传承人姚恭林系"金派"嫡系传人，继承和发展了"金派"艺术，后被称为"金派姚腔"。步入新时期，在镇江扬剧多部大戏中担纲主演的龚莉莉，进一步继承了镇江扬剧"金派"艺术的舞台流派生命力。

自20世纪50年代至今，在金运贵大师等诸多扬剧前辈们的开创下，镇江扬剧曾有过的繁盛昭华伴随时间的推移，却面临着种种客观制约，遭遇了人才青黄不接、编剧荒、资金缺、艺术市场萎缩、传承断档等朝不保夕的繁难状况。如何适时抢救濒危剧种，保护和传承凝聚着浓厚地域民俗风情的本土戏曲，不拘一格地把"唱、念、做、打"于一身的传统流派艺术打造成符合现代意识的审美形态，再现新时代独特艺术魅力的舞台剧目，是摆在镇江戏剧人面前的一项需要大胆探索的工程。

1. 镇江扬剧"金派"艺术追溯与历史沿革

扬剧是在花鼓灯吸收清曲的基础上，与扬州地区香火戏曲合流，汲取京剧艺术等逐步形成。1950年后统称扬剧，流行于镇江、扬州、南京、上海、苏北及安徽

部分地区。

明正德、嘉靖以后,安徽凤阳花鼓传入江苏。花鼓在镇江流行,最早见于柳诒徵《里乘》所记,康熙年间的大学士张玉书之孙张适在青山庄别墅蓄养两副家班事。此后花鼓在镇江绵延不绝。乾隆前后,镇江官塘桥一带,每逢正月初九,观音山都有集会演唱花鼓,世代相传。镇江所辖丹徒县(今丹徒区)宝埝乡邬村的姚氏花鼓世家,收藏有光绪时的《火烧洋楼十杯酒》以及《十二月古人名》、一丑一旦的《大看相》《小看相》花鼓戏小戏唱本,为那时期的花鼓活动留下了痕迹。镇江南乡的花鼓演唱活动以观音会等形式开展得很活跃,镇江句容地区诸多的香火戏在民间也很兴旺。

江苏镇江界于南北水陆要道,历史上文化交流甚广,素有"银码头"之称。镇江属北方语系的"江淮"语言,故扬剧能在这里得以形成。20世纪初,镇江"花鼓"艺人首先将用丝弦伴奏的花鼓戏搬上舞台公演,并吸收"清曲"的演唱剧目和曲调,初步形成戏剧雏形。到20世纪30年代,香火、花鼓、清曲合流,形成"维扬文戏"——也就是后来诞生的扬剧。在长期的传承发展中,逐步形成金派、高派和华派三个流派,镇江是扬剧"金派"艺术的传承地。

扬剧"金派"(金调)创始人金运贵,幼年学艺,初学京剧后改学扬剧。1924年,由扬州人陈登元发起创办了扬剧历史上第一个女子扬剧班。金运贵以学小花脸(生行)、对子戏为主,1925年她在上海登台演出,成为扬剧第一代女名伶。其间,金运贵钻研堆字唱腔,自己还动手编写幕表戏上演,1952年她来到镇江,成立金星扬剧团(即镇江扬剧团)。在表演中,金运贵基本上用自然嗓音演唱,对用声、用气、吐字有独到见解,由此"金派唱腔"的艺术流派脱颖而出。由于她常年在上海、南京、扬州、镇江等地区演出,镇江市扬剧团以她创造的金派艺术为自己的鲜明特色,彼时与扬州市扬剧团和江苏省扬剧团并称扬剧三大家,曾形成三足鼎立的繁盛局面。

2. 镇江扬剧"金派"艺术存续现状及传承瓶颈

扬剧为我国首批国家级非物质文化遗产保护项目,而镇江作为扬剧"金派"艺术的重要发源地和唱腔流承地,存续至今,著名扬剧大师金运贵的"金派唱腔"由其镇江弟子姚恭林的"金声姚韵"一脉相承,得以传唱,脍炙人口,在江苏地方剧种里一枝独秀。

"文革"后,由于体制变化等,在多元文化的冲击下,原有的扬剧团队日渐萎缩,老艺人年事已高,而自发的民营传承点因为演出阮囊羞涩,无立锥之地,演艺疲于艰难维系生存。

再就是扬剧后继乏人现象严重,能独立编排大型剧目的主创日渐丧失。尤其是专业剧团体制合并后,扬剧演员们为了生存纷纷跨行跳槽寻求出路,使整体演艺队伍处于青黄不接的现状。

3. 开辟生存空间,抢救性开展地方戏活态保护

在扬剧传承人匮乏的情况之下,扬剧"金派"艺术的相关传承团体及当地组织也克服着客观条件的局限,在其推进道路上披荆斩棘,努力做好相关传承工作。鉴于精品剧目创作对文化建设的重要影响和意义,积极探索镇江扬剧繁荣发展之路。本着打造"思想精深、艺术精湛、制作精良"的舞台艺术精品的工作宗旨,针对现存传统扬剧内容冗长拖沓,老琴师大多从事其他行当,演员队伍年龄偏大,现在需重整旗鼓,招兵买马等情况,筹划了多种保护性抢救方法。正所谓巧妇难为无米之炊,没有好演员、没有乐队,心有余而力不足。加之唱腔、音乐、舞美和表演技法等抱残守缺,均已不能满足现代观众的欣赏品味和审美需求。此外,怎样承接保护好地方剧种,不至失传?当地文旅主管部门及扬剧界专家同行们为此忧心忡忡,他们绞尽了脑汁,瞻前顾后,煞费苦心地制定出了一个又一个方案。

最大的困难是演出经费运筹问题,首先试想的是借壳打包收购,但目前各个演出剧团均承接着繁重的演出任务,很难找到合适的、符合剧目编排要求的演艺团队人才。无论从演出成本、编排条件、演艺管理等考虑,这条路都有太多的瓶颈和难兼顾性,往往都会事倍功半,用进废退。

这里面还需着重解决的是如何充实创作剧组,面对一片千头万绪,百废待兴散了架的摊子,怎么去整合?然而,难题并未让戏剧人知难而退,本着说干就干的精神,他们采取剧组工作项目制度化运作的模式,艺术监督、编导等聘请责任到人,确保专项资金及人力到位,一剧一班组,在原班底的基础上,特邀知名戏剧专业精英加盟,引进曾获得中国戏剧梅花奖、白玉兰奖和省文华奖等的扬剧优秀演员在大戏担纲主演,主创集中投入重点剧目打造。同时充分利用已有舞台器材资源和场地设施进行科学改造,力求把钱用在剧目艺术创作的刀刃上。

二、克难攻坚，多策并用实现镇江戏曲现代戏鼎新

实践证明，戏曲项目制运作的优势在于通过向上级主管部门申请，事前立项，获得审批和资金扶持后，根据某个目标剧本，组建由艺术总监牵头的项目组，挑选合适的导演、音乐、舞美、演员等主创协力打造剧目编排。可看出，项目制的一大特色就在于"养戏不养人"，外聘人员的薪酬回报也与在剧组中的投入付出成正比，责任到人，全神贯注地服务于该项目所需的舞台演绎，最大限度地启动专业演艺人才资源能量，这种尝试不失为振兴当今扬剧的利好实策之一。

1. 创新规划思路，完善戏曲项目工作机制

继江苏省出台的《关于繁荣舞台艺术的意见》后，又陆续下发了《关于推动文化建设迈上新台阶的意见》等文件，进一步明确了当前文艺的发展方向，对镇江重大文艺创作的质量标准和评价体系做了界定，更对镇江市戏曲创作的发展方向做了更精准的定位。在资金上给予充分保证，除保证地方财政年度艺术生产专项拨款扶持外，市委宣传部设立的重大艺术项目资金也不断向舞台艺术全民展演倾斜。同时为舞台戏曲的展演和惠民演出提供了平台和保障。

把现代戏的创作作为主攻方向，依据本土题材为创作源泉，聚焦当下，凸显地方元素，讲好中国故事。创作《花旦当家》等符合时代的精品力作，《花旦当家》反映了年轻花旦林小妹在新农村建设过程中保护文物遗址的故事，突出了"三农"主题。为纪念抗日战争胜利七十五周年创作的《完节堂1937》，以镇江收留寡妇的完节堂为故事发生地，反映了在国破家亡之际，一群底层妇女的抗争。该剧公演不久，即获江苏省"五个一工程奖"等，被文化部（今文化和旅游部，下同）选调到全国各地巡演。倾情创作的剧本《红船》又是一个本土元素，讲述的是民间救生组织——镇江救生会，通过民间救生互助，展现友善与诚信的人文精神。实现当今戏剧能持久存在的意义就在于要紧密围绕社会主义核心价值观，贴近人民，真实再现生活。这个剧本被文化部剧本孵化计划认可，最终列入了该计划的重点一类剧本。扬剧《茶山女人》将"茶树"作为形象的种子根植于舞台和观众的情感空间的对话，以舞台规定情境里的唯美爱情故事，激发人们的哲学思辨和审美愉悦。"浮生若茶，甘苦一念"。这正是扬剧《茶山女人》里所传递的人生解码，也是描述现实主义戏剧诗意的表达。

通过系列运行使艺术工作者们感到,一台戏的成功与否,除在创作生产中的精雕细刻和精益求精外,更要抓好策划团队和题材创新,寻找受众关注的焦点,提升舞台创意水平。

2. 争取政策扶持,多角度创作呈现时代大背景的精彩大戏

优化地方剧种的艺术生态是一项至关重要的系统工程,依据出台的利好政策做出最好的决策才会使地方戏保护卓见成效。近年,江苏镇江文化宣传主管部门投入专项经费着力打造扬剧精品剧目创作,并积极争取申报国家、省级资金扶持,同时发动各地演艺公司协作,形成了舞台市场多元化投入机制,加快了地方剧种对外赶超的步伐。彰显地域特色,地方所阐述的地方民俗文化元素伴随迈向大江南北的演绎脚步正日渐在全国范围内被知晓,这和戏剧人勇于担当和务实是分不开的。

对具有良好舞台基础的戏曲作品进行资助式投入,是抓好艺术创作源头工程的重要举措,起到推助戏曲文化产业品牌不可或缺的重要作用。纵观从建国初期提出的"推陈出新""百花齐放"的方针,到后来发展的"两条腿走路",再发展到"三并举",这个过程体现了国家对现代戏创作的倡导和推进指南。无论是提炼现代戏反馈的民众所思题材,还是重笔加工打造的现代戏革新理念,都是振兴戏曲艺术的关键和方向。这既是戏曲前进的本身趋向,也是时代和人民的呼唤。

发展戏曲现代戏是培育和践行社会主义核心价值观的重要载体。在创作方面既要鉴古,也要厚今,即抓好传统经典戏曲的传承和传统历史题材的创作,弘扬中华优秀传统美德,时刻关注现实,发出与时俱进的时代最强音。

3. 戏曲艺术普惠基层,培育戏曲艺术创作和人才承接

镇江戏剧人以坚持人民的利益为文创遵循思想,在高校等基层设立传承机制,通力合作联手办学。另一方面积极开展文化帮扶,有针对性地对县区乡镇文化馆(站)、民营剧团、社等进行专业指导和培训,为戏曲创作培育梯队人才。

传统戏曲兼具文化传承、理论研究、对外交流、社会服务等综合功能。结合社会普教,当地艺术研究部门组织编写《戏曲鉴赏》等乡土教材,传授艺术知识。在做好戏曲非遗传承保护的同时。参与短期留学生项目的"中华才艺"课程教学,建立戏曲网站,让戏曲文化传播走出国门。合力打造高校戏曲原创节目,服务文化舞台。开展多样化的线上云视频戏曲欣赏、课堂立体戏曲教学、研学体验交流等活动。

此外,积极组织参与城乡文艺播种行动,始终将服务基层作为工作常态。期间深入农村社区、基层一线采风,挖掘鲜活素材,把视角投向生活一线,面向基层群众广泛开展惠民演出、文艺支教等,协同多方力量创作有筋骨、有灵魂、有温度的戏曲艺术尚品。

三、开阔现代戏高瞻视野,加快精品生产助力文旅产业拓新

"精于工,匠于心,品于行。"镇江现代戏的成果赢得社会各界的肯定,由此所形成的本土现代戏"镇江现象"正为扬剧事业的持续发展打下积极的基础。秉承"出人、出戏、出精品"的艺术宗旨,把握时代脉搏,弘扬主旋律、引导主思潮,用心智和汗水,续写大时代篇章。

1. 糅合本土创意内涵,以精品艺术推出扬剧产业新名片

振兴地方戏,要多出好戏,舞台扬剧如何吸引观众的视觉？那就是排出什么样顺应时代的好戏,演得好就有观众群,剧种就有时代的升值空间,这就是如今戏剧市场发展适者生存的现实规则。

镇江以戏曲现代戏的创作为主攻方向,把现实题材作为创作源泉,扬剧"金派"艺术作为保护传承重点,立足本土挖掘素材聚焦当下,凸显镇江元素,讲好中国故事。

现今的地方戏舞台,除了需糅合新的艺术养料,更要在保留艺术精髓的基础上,在音乐、表演、舞美等方面有所创新,布局剧目形式要丰富多样,戏中不仅要展现具有地方特色的"创意"与"原味"融合的相得益彰,还要增强现代戏舞美音乐的律动感。在剧目呈现上,不仅仅满足于对"平民故事"的演绎,更要以深层次多角度去思考、大胆深刻地剖析塑造,"由外转内"地反映表现人物情节的多面性和复杂性。尤其在剧本的把控上要独具慧眼地遴选大时代题材,让剧目内容真正起到受教育人的作用。只有冲破"老演老戏,老戏老演"的保守套路,大胆探索以演带兴才是地方戏真正沿袭下去的出路。

2. 得力发掘传统戏曲资源,构建数字文旅共享平台

传统戏曲共建共享涉及普查搜集、辨识筛选、科学分类、加工整理、研究鉴定、数据保存、合理利用等基本环节,是一项学科严谨,细致入微的专业工作。实施共享资源,这是从遵循文化部、财政部文化工程履行职责的要求出发,恢复戏

曲艺术产业兴盛的做法。

使用数字技术,可灵活地利用网络传输高品位的戏曲艺术。这里拥有着巨大的社会效益与宽泛的文化拓展空间。因此,建立戏曲文化网络共享,应根据其特质,将其融入旅游文化整体构架中,做到统筹兼顾,优势互补。

毋庸置疑,我国的传统戏曲保护从最初的社会重视、着力宣传,到全国性的调研普查抢救,至有计划、有步骤地实施区域性传统戏曲保护基地与传习所的规划设立及持续推进,如今如何进行再生性活态传承生产已提到不容忽视的重要议事日程。这就表明,传统戏曲要提高保护水平,就必须探索怎样进一步与旅游产业进行携手联姻,着力选择个性化特色项目,进行关键性产业植入,以此为戏曲艺术的保护提供广阔的平台。

通过打破固有的壁垒,实现文旅融合互惠,协同交流,提升传统剧目的价值标准。同时,根据传统戏曲保护工程的战略要求,积极设计市场营销策略,对戏曲载体资源、人才资源、财力资源、市场资源进行合理调配,挖掘其文化底蕴,珠联璧合,引领拉动旅游产业链,产生集群效应,实现文旅融合产业附加值的最大收益化。

3. 扩大现代戏创意新视野,注入文旅产业跃进活力

文化是旅游的灵魂,旅游是文化的载体,通过文化和旅游的产业融合,多措并举才能使地方传统戏曲的再现更加富有活力和张力。

一是要建立以政府为主导的专项机构,强化文旅融合的概念,统筹各方面力量,有效整合资源、资金、人才和技术向文旅产业融合集聚,高效发展。

二是要创新剧目内容、演绎形式等。可利用传统戏曲的精美唱段与当下流行文化相结合,如戏曲+rap、戏曲+流行歌曲等,扩大视听受众。

三是可根据传统戏曲故事人物情节开发文创产品、动漫卡通旅游纪念品等,并进行营销宣传。

四是要大力推进全民艺术普及,积极开设戏曲传承基地,通过传统戏曲进基层,加强全民保护使命意识。在大、中、小学建立传统戏曲传承培训长效工作机制。通过戏曲教授,使全社会增强保护戏曲的意识,营造保护和支持戏曲传承的良好氛围。

五是可挖掘传统戏曲内容,建设主题博物馆、纪念馆等,设计戏曲风格的酒店等建筑。

六是在旅游线路的打造上，可在景区展演戏曲经典选段，让游客身临其境，置身山水与自然间获得鲜活的戏曲立体体验，感受艺术原生态之美。

七是依托文化产品线上线下互动服务，推动传统戏曲动态传播。互联网宣传是最为科学的传媒手段，其开放性、时效性的特点利于传统戏曲艺术的传播。

在当代，伴随网络的发展，将传统戏曲与互联网文化云平台有机融合，结合其艺术思维、大数据平台思维等进行有机组合。以艺术受众思维为主导，从科技文创出发，在互联网媒体中传播传统戏曲的艺术、剧种，给予听众"参与权"，在传播传统戏时，截取经典名段，进行系列播放，同时在影像舞台演绎设置上以数字平台构建为虚拟剧场，整合戏曲资源，方便受众搜索，以实现戏曲艺术的传承和共享。

综上所述，传统戏曲如何以再生力与文旅产业接轨是一个持久的非遗保护战略命题，怎样认清形势，复兴地方戏，具有很深远的时代意义。在扩大公共文化艺术普及覆盖的同时，以戏曲艺术的弘扬打造为主旋律，搭建文旅互动双赢的高平台，有计划、有步骤地紧跟文旅产业前进的节奏，通过品牌效应加快戏曲产业传扬的步履。只有这样，才能更好地赢得观众，赢得市场，创新描绘出文旅产业明天的精彩粉墨情缘。

（作者系镇江市艺术创作研究中心研究员，中国民间文艺家协会会员）

邱龙泉的艺术人生
——《舞台上下》读札

陈　社

岳母将一本厚厚的书放在我的案头，嘱我一读——是邱龙泉先生寄给她的新著《舞台上下：我的扬剧情缘》——1960年代初，龙泉先生在扬州专区文化艺术学校学习的时候，岳母是他们的班主任，自此保持了六十余年的联系。

这是一部大书，记叙了作者与扬剧的一生情缘，图文并茂，蔚为大观，堪称龙泉先生艺术人生的写照。而著名学者、扬州文化研究会会长赵昌智先生为本书所作的大序《龙吟细细出清泉》、扬州市文广旅局剧目工作室主任朱运桃先生的大作《舞台上下的跋涉者》，则给了我走进本书的钥匙。

一

龙泉先生1957年至1981年主要从事扬剧表演，书中《舞台留影》中的多幅剧照可见大端。记得我少年时代常去泰州市人民剧场蹭戏，那时我母亲在市广播电台负责文艺节目，每有好的剧团好的剧目莅泰演出，必去现场实况录音，录音设备旁便有了一张属于我的凳子。扬州专区的文工团、扬剧团、京剧团都给我留下了较深的印象，尤其是文工团的歌剧《洪湖赤卫队》、扬剧团的《八一风暴》、京剧团的《芦荡火种》等剧，可谓耳熟能详。领略了戴若云、崔南笙、陈正薇等主要演员的出神入化，惊叹于刘葆元和江琴、李学宽和李丌敏两对伉俪的珠联璧合……

当时的龙泉先生已初展风姿,他浓眉大眼,扮相极佳,唱念做打,精气神十足,活脱脱一个英俊小生。可惜他在书中未对自己的表演艺术展开描述,只在《表导演大事记》中列出了他在《战马超》《武松》《白蛇传》《芦荡火种》《八一风暴》《王宝钏》等二十多个剧目中饰演的马超、武松、许仙、郭建光、薛平贵、田玉川等角色名称,使我寻回了一些记忆,增加了一些了解。所幸赵、朱两位先生的追叙为我打开了另一扇门,譬如赵昌智先生的这一段:"龙泉先生是演员出身,年轻时常演男一号,不多的剧照尚可见当年的风采,英气逼人。但他却自认,自己演得生动的是'三个叛徒',《红灯记》中的王连举、《八一风暴》中的赵梦、《金环银环》中的高自萍。因为他反复梳理、剖析过人物叛变的心理脉络,为角色设计细节动作,把角色演绎得入木三分,从而激起观众的切齿之恨。"

二

龙泉先生自1977年起涉足戏剧导演,此后三十多年间,计导演(部分合导)扬剧等大戏五十多部、小戏小品六十多部,参与策划、组织、导演了多台戏剧演唱会等综艺节目,还数度应邀出任电视剧的艺术指导和副导演,硕果累累。被誉为新中国建立后扬剧剧目"三个里程碑"(《百岁挂帅》《夺印》《皮九辣子》)、"两个闪光点"(《王昭君》《史可法》)的五台大戏中,龙泉先生与人合作执导的就有《夺印》《皮九辣子》《史可法》三部。他的代表作《血冤》《皮九辣子》《史可法》等剧目均曾盛演不衰,成为扬剧发展史上的经典。

且以《皮九辣子》(著名作家、剧作家刘鹏春先生编剧)为例。"皮九辣子"其名源于扬州评话《清风闸》的主人公"皮五辣子",皮九是一个与皮五抑或鲁迅笔下的阿Q颇有相似之处的小人物。龙泉先生在此剧的《导演札记》(与周寿泉合作)中如是分析:"皮九不是一个孤立、抽象的人,而是一个具有深刻社会属性的人,在他身上投射过各种政治色彩的光斑,留有不同历史时期的社会烙印。作者通过对皮九人生的描绘,展示出几十年的时代变迁,揭示畸形政治给人们精神上、心理上所造成的严重影响,真可谓涓滴之水观沧海风涛。"由此,他们将"社会的人,人的社会"作为全剧的主题,将"好人坏人,坏人好人"作为主人公皮九辣子的定位。表现风格上,追求"笑时流泪,流泪时笑";交流手法上,尝试"戏进观众,观众进戏";舞台意境上,体现"画中有词,词中有画";虚实运用上,营造"无形有形,有形无形"。剧中皮九的"三次下台"、皮九与顾二嫂的"墙里墙外戏"以及"澡堂众生相"等创意都是他们求真、求新、求意境的推陈出新之举,得到了诸多专家和观众的好评。如此等等,创造了此剧思想性、艺术性的高度,先是在首届江苏省扬剧艺术节和江苏省1988年新剧观摩演出两大赛事中囊括了剧本奖、导演奖、音乐奖、表演奖、舞美奖、演出奖等所有大奖,此后又荣获"全国戏曲现代戏调演展演"优秀纪念奖、百场奖等若干奖项。

三

印象尤深的还有龙泉先生的文字功夫,除《导演札记》外,书中还有《寻源问道》《剧评影评》《戏单寄情》《梨园点将》《幕外随感》《真情吟咏》等篇章,计编入四十余篇文章及近百首诗词,见情见性,精彩纷呈,读来大受其教——或许这与他担任了二十七年业务副团长有很大关系。可作为一位学历不高、成年累月摸爬滚打在排练及演出一线的艺人,退休之后以坐七望八之龄,潜心投入这项具有抢救意义的系统工程,为扬剧事业著书立说,研究思考之广之深,遣词用字之精之准,殊为难得。

譬如《走进扬剧,守护精神家园》系其解读"国家级非物质文化遗产——扬剧"的讲稿,包括"扬剧渊源""扬剧剧目""扬剧的念白、声腔与流派""扬剧的历史价值与艺术价值"四个部分,不啻一部扬剧历史、主体和特色的简明教材。他认为,扬剧的艺术价值在于"四性":地方性——它是扬州文化的集大成者,涵盖了扬州的工艺文化、饮食文化、园林文化、宗教文化、民俗文化等诸多艺术门类;丰富性——它是祖国戏曲宝库中的珍贵财富,熔粗犷与细腻、质朴与典雅、庄重与活泼于一炉;包容性——它根植于农村,发迹于都市,能以开放的心态吸收精华为我所用;唯一性——扬剧大开口中的神话戏、花鼓戏中的对子戏、扬州清曲中的曲牌,不少都是扬剧独有的。

又如《扬剧名家素描》,汇集了一百多年来扬剧发展史上熠熠生辉的二十多位名家,龙泉先生为每人赋诗一首,皆七言八句。以一个承前启后者的追寻和理解,用真挚的情感、典雅的诗句为这些扬剧艺术大师立传,殊为别开生面。请读他为扬剧高派创始人高秀英写下的《雍容端庄高秀英》:"只见鸿雁腾了空,一鸣惊人露峥嵘。郡主李后续华章,金枝玉叶步从容。伉俪同心逐浪舟,任尔东西南北风。堆字大陆响云霄,高派艺海崛奇峰。"诗后为注释,便于读者了解诗中典故。而给每位名角配的肖像,则是他多方搜寻、挑选而来。使这一组小中见大、历史感与时代感并重的名家素描,闪耀着带有邱氏烙印的史料价值、史论价值和文学价值。

四

本书的扉页是著名诗人、剧作家王鸿先生的词作《沁园春》,先生曾经担任扬州专区扬剧团团长、江苏省戏剧家协会主席、江苏省文化厅厅长,于戏剧情有独钟、经纶满腹。他以凝练而优美的语言概括了邱龙泉的艺术人生。特斗胆借用过来,为我这篇一知半解的读书札记作结:

"扬剧英才,风流倜傥,数我邱郎。忆昔日相逢,打铜古巷,梨园新秀,崭露星光。六十余载,献身艺苑,绿杨沃土耕耨忙。最堪夸,导诸多名剧,史册留香。华章文采飞扬,评名家佳作竞芬芳。赞提携后辈,潜心竭力,言传身教,桃李成行。艺坛点将,讴歌吟咏,非遗传承情满腔。志未老,借荧屏追梦,明月梳妆。"

(作者系中国作家协会会员,文学创作一级)

却道缘尽情愈浓
——品味锡剧《一盅缘》

顾丽明

听闻张家港市锡剧艺术中心创作演出的锡剧《一盅缘》集结了最优秀的创作团队,自演出以来,获奖无数,成绩斐然。我很想知道,它对源自我们家乡最长山歌《圣关还魂》的故事是如何演绎的,怀着忐忑和期待的心情,打开了该剧视频。

一、观剧情:以简驭繁,物简意丰

《一盅缘》保持了原河阳山歌《圣关还魂》的浪漫主义神话色彩,将男、女主人公设计成王母娘娘身边的一对神仙眷侣,因触犯天条,被贬下界,转世为相国之子赵圣关和卖茶姑娘林六娘,他们邂逅于山清水秀的吴江,一见钟情并立下白首之约。无奈门第悬殊,圣关父百般阻挠。赵圣关相思成疾,林六娘先是智扮游方郎中托言献药,重订生死之盟。后又情愿一步一叩、拜遍吴山十庙,为夫祈福。不料赵圣关最后还是魂赴幽冥,六娘追至地府,来到奈何桥上,得知唯有饮下一盅孟婆汤,忘却红尘后方能救得圣关还魂。为了延续心上人的生命,六娘终于做出艰难而痛苦的抉择,饮下孟婆汤,忘却两人情缘。

该剧多处凸显了一个"简"字。青年剧作家罗周慧眼独具,运用戏剧思维,从这首传唱千年的长篇叙事民歌里大胆取舍,精心提炼,汲取其中精华部分,进行改变再创作。比如第一幕,相比原山歌的内容,做了较大的改编,简化了两人结识的过程。突出因"盅"结情,一见钟情。除了剧情"简",该剧还运用了极简的写意背景,就像国画的留白,有些风景和涵义,让观众去想象和描绘。

极简的道具,让观众落眼在"盅"上。围绕作为道具的盅,来展开情节,把林六娘和赵圣关之间曲折坎坷、凄美动人的爱情故事,有效地"物化"了出来。这只盅,不是一个简单的舞美和道具设计,而是这个人物看得见的魂魄。正如剧中开场曲唱的那样"奴是水,郎是盅,轻摇缓荡郎怀中,无盅奴家何所从,无水郎心便成空"。又如在最后一场,六娘的内心独白,都是把盅当作心上人来诉说的。圣关正在血河中遭受皮肉之苦,她唯有对着盅深情地呼喊"让奴再看你一眼",见盅如见人,六娘心中的万般不舍、一片痴情、执着至情,都向盅而歌。以盅为线索,从一盅茶、一盅药,再到一盅孟婆汤,展现了邂逅、重逢到生离死别的过程,这是一条完整的戏剧发生、发展、结局的链条。简单的道具,却表达了丰富的意象和内涵,这是编剧的巧妙之思、高明之处。

二、赏演技:精雕细琢,精妙绝伦

纵观《一盅缘》全剧的表演,让人时时感受到一个"精"字。可以看出,演出中的每一个空间造型都是经过了精雕细琢的匠心打磨而形成的,尤其是董红与搭档朱宝根的配合珠联璧合,演出中的每一处造型、每一次互动,都是默契有加。他们在舞台上的一个眼神,一句台词,一个肢体语言,都表演得深情到位。邂逅时的惊鸿一瞥造型,相识后难分难舍、亦步亦趋、摇曳生姿的背影,就连最后相向而行时相见不相识的画面,都是那么唯美,无不给人留下深刻的印象。可以说,随便撷取某个场面造型,都如一幅美轮美奂的古典人物画。

看过《一盅缘》,我被主演董红炉火纯青的演技和扎实的基本功征服了。她唱、做、念、舞俱佳,剧中的她眼神灵动,表情丰富,身段动作婀娜多姿。娇俏的少女、无畏的村姑、刚烈的女子、悲情的恋人,都能从她出神入化的表演中体现出来。她所扮演的林六娘,无论是初见时的娇羞可爱,欲拒还迎,还是吴山拜庙时的虔诚哭诉,都动人无比,惹人怜惜。真可谓嫣然一笑百媚生,轻移莲步袅娉婷。

水袖,不仅是演员在舞台上手势和身段的延展,也是人物情感聚焦和放大的手法。值得一提的是,《一盅缘》中董红的水袖将表演和技巧相结合,将气韵和情感相融汇,如行云流水,一气呵成,达到了"天人合一"的境界。第三场中叩拜吴山时对千难万险的无所畏惧、果敢坚韧,第四场中奈何桥畔喝孟婆汤时的欲饮还休、肝肠寸断,都是通过水袖的收放自如,把观众的心收了又放,放了又揪。她利用多变而富有个性的水袖舞姿,突出了林六娘这个角色的个性造型之美、飞舞流动之美、传情达意之美,达到了戏剧化、舞蹈化、节奏化的有机统一,是人物真情流动的艺术呈现,蕴含着精妙绝伦的艺术魅力,展现了演员自身高超的艺术造诣。使得人物角色的形象更加饱满生动,剧情更加感人,淡化了前两场叙事略显单薄的微憾。

三、品唱腔:推陈出新,耳目一新

"结识私情么隔条河,我手掰着杨柳望情哥,娘问囡女你望啥,我望鲫鱼相打鲤鱼拖。"大幕未启,一支悠远、空灵的歌谣,便如山间清流般涓涓流出,飘散而来。细细聆听,原来是我们家乡原汁原味的河阳山歌《结识私情》,顿时倍感亲切,它让我想起母亲摇篮边的吟唱,想起祖母叙说中的河畔山歌对唱。还未入戏,便已是"曲不醉人人自醉"了。《一盅缘》我前后看了三遍。每一遍都是一次"新"的体验,都有一种"新"的感受。

初品《一盅缘》,惊讶。我没想到,锡剧还可以这么唱。20世纪60年代,刚蹒跚走路的我,便常常跟随在镇文艺宣传队担任编导演的父亲去看他们的排练,很早便熟知了玲玲调、大陆调、簧调等,初听《一盅缘》的锡剧曲调,似乎既有锡剧的韵味,又异于传统意义上的锡剧。

再品《一盅缘》,惊艳。虽然对此剧的音乐曲调有点陌生感,但我想任何剧种从诞生、形成到发展都是在不断变化着的,只有敢于创新、兼容并包其他艺术元素的剧种才具有生命力。《一盅缘》中的锡剧板腔既继承了传统锡剧的本性,又大胆地加入了歌剧、京剧等其他剧种的元素,发展了多种板腔,这种混搭更加具有荡气回肠的现代美,令人耳目一新。这种推陈出新、与时俱进的大胆探索是保护、传承锡剧,发挥其固有生命力的必由之路。

三品《一盅缘》,惊叹。多变的板腔设计,再加上两位主演富有情感、风格多变的演唱,令人越听越痴迷。十叩吴山,唱遍众神,宛如"大珠小珠落玉盘";奈何桥畔,欲饮还放,更是"一唱三叹神凄楚",把戏曲的抒情和叙事发挥到了极致。放弃也是一种爱,忘情只为换回爱人的重生,"缘尽情愈浓"这正是该剧所要表达的情缘真谛,这种对爱情的非同凡响的阐释,进一步体现了一个"新"字。一改原河阳山歌《圣关还魂》中大团圆的结局,将悲剧的魅力发挥得淋漓尽致,带给人巨大的情感冲击和启迪。

"结识私情么隔条河,我手掰着杨柳望情哥……"当剧终再次响起那远古清音时,我依然沉醉在剧情中,我被这清新的江南音韵与远古歌谣的交相辉映带来的视听盛宴而深深震撼。无疑,该剧最大的亮点就是对河阳山歌与锡剧两项中国国家级非物质文化遗产的创新传承。

(作者系苏州市文艺评论家协会会员)

蔡曙鹏与戏曲跨文化传播

吴平平

中国戏曲经历了文化圈慢慢扩大的过程,从中国文化圈到亚洲文化圈,直到15世纪西方通往东方的新航路开辟,从而被纳进世界文化圈[1]。因此,中国戏曲向来并非在自我封闭的环境中变迁,而是在跨文化传播中发展。中国戏曲的跨文化传播中,文人的参与是一个典型现象,最具代表性的有20世纪初齐如山、张彭春所策划的梅兰芳访美以及21世纪初白先勇所促成的《牡丹亭》世界巡演。如果说前者折射出近代文人凭借戏曲寄托家国想象和民族身份诉求,后者则反映出现代文人对母体文化的乡愁以及传承文化的愿景。因此,这两个事件是文人借戏曲传播传达文化理想的典型,前者以名伶为品牌效应,后者以名剧为品牌效应。那么,以更接地气的方式进行戏曲跨文化传播的蔡曙鹏博士的理念和实践,就变得愈发有考察意义,他所代表的是另一种典型:深入主流文化的文化互动。本文对蔡曙鹏博士在戏曲跨文化传播的理念和践行的探讨,就是植根于这样的背景当中。本文所关注的是其理念和实践的特殊性及其形成因素,期待于回答如下几个问题:蔡曙鹏博士戏曲跨文化传播的基本理念是什么?践行模式是什么?其可供借鉴之处乃至实际贡献在哪里?

---

[1] 吴平平.中国戏剧三段史概说[J].戏剧文学,2010,(9):21-26.

一、背景:跨文化艺术体验与人类学学术训练

蔡曙鹏博士在艺术跨文化传播方面的探索和践行是一趟不断发现和演绎文化互动深意的旅程,这段旅程开始于他的童年时代。童年和少年时代多元的跨文化艺术体验,萌生了感性的艺术跨文化追求。成年时代求学于英国著名音乐人类学家约翰·布莱金门下,促发了理性的文化互动思考。

(一)年少时代多元的跨文化艺术经验

蔡曙鹏博士是潮籍华人,1949 年出生于印度尼西亚雅加达。在雅加达,他接触并喜欢上了爪哇舞。爪哇舞的题材,大多取自哇扬戏(或称皮影戏)中印度史诗《罗摩衍那》和《摩诃婆罗多》的故事。应该说,从那时开始,蔡博士就开始了跨文化艺术体验。作为印度文化基础之一的《罗摩衍那》,广泛流传于东南亚十国,深远地影响到各国的戏剧、舞蹈等各门艺术的形式与内容,这本身就体现了一种跨文化主义或者文化互动。蔡博士的这段经历,为他后来创作潮剧《罗摩衍那》种下了梦想的因子。

随后,蔡博士在 4 岁时随家人迁居新加坡,照看他们兄弟姐妹生活起居的是刚从中国南方过来的祖母。祖母喜爱潮剧,尚年幼的蔡博士便成为她到醉花林俱乐部或其他庙会看戏的最好同伴。在 2015 年 5 月东南大学主办的艺术传播工作坊(下文以"东大工作坊"简称)上,蔡曙鹏博士曾经指出一个有趣现象,即在中国独特的社会文化环境里,陪伴幼儿时间最长的祖母的喜好,对幼儿兴趣爱好的形成具有一定影响。其实,蔡曙鹏博士自身便是一个典型案例。在祖母的带领下,蔡博士浸淫在潮剧的世界里,并且观看了大量从中国大陆、香港和台湾传到新加坡的戏曲电影。蔡博士曾经撰文指出:"在听唱片的年代,各方言群更关注的是他们方言群自身的地方剧种。如广州人听粤剧唱片,上海人听越剧唱片,潮州人听潮剧、汉剧唱片等。但中国戏曲电影成功地打破了方言的落篱,除了以秀丽书法书写的字幕外,更重要的是这些戏曲电影向世人展示了中国不同地域各种地方戏的独特的艺术风格与优秀戏曲精英的才华。"[①]戏曲电影作为中国一种特有的类型电影,曾经在中国大陆和港台风靡一时,为时人最为重要的娱乐方

---

① 蔡曙鹏.新加坡戏曲走向世界的经验[M]//朱恒夫,聂圣哲.中外戏剧互动研究专辑:第 11 辑.上海:复旦大学出版社,2012:147-148.

式,同时也承载着深沉的民族记忆和文化传统。① 因此,对于当时处于政治隔绝而不能与中国自由来往的新加坡华人而言,观赏中国戏曲电影同样是"最受欢迎的娱乐活动,也是华人在感情上表达文化认同的最佳方式"②。蔡博士这段看戏观影经历,为他后来在戏曲跨文化传播方面的亲历身为和美学追求奠定了基础。他的编剧,考虑到现代观众和剧场的特点,采纳缩编精简、好看有戏的原则,应该也受到戏曲电影讲述方式的一些影响。他曾经指出:"外来影响对新加坡艺术具有重要作用。"③他以潮剧为例,认为从中国来的潮剧电影"给新加坡戏剧提供了新的观念,包括精简表演,以优雅的文辞、突出的戏剧冲突以及与情节和性格发展相匹配的结构和手段,带着强烈的音乐因素,在两个小时内讲述一个完整故事"。④

事实上,蔡博士很早就不只是艺术跨文化传播的接受者,在年幼的6岁,他就已经成为艺术跨文化的传播者。那一年,他在林元铎老师的带领下去丽的呼声录制了潮语广播剧。从那时开始,蔡博士就开始了艺术跨文化传播的践行。1971年的一次大学旅行,他在印度尼西亚看了不同版本的《罗摩衍那》,回来后便开始进行《罗摩衍那》的皮影戏创作,这是他把梦想变成现实的肇端,此后,他根据不同剧种编导了多个版本的《罗摩衍那》。

在20世纪50年代反殖的新加坡,多元文化主义是个团结抗敌的象征力量;在60年代开始自治的新加坡,多元文化主义甚至成为治国的一个基本概念。而在艺术界,多元文化主义始终是个鲜明主题。这个阶段,蔡博士观看了大量的跨文化演艺,浸淫于多元文化主义之中。例如,1958年他和姐姐去看了印度舞蹈家帕斯卡尔在新加坡以印度古典舞形式演出的《梁祝》。在这样一个文化背景中成长起来的蔡博士,自然而然具有了文化互动的文化基因。而这个文化基因经过理性思想的铸造,终于成为他毕生执着的追求。

(二) 英国时期的人类学学术训练

1973年,蔡曙鹏博士远渡重洋,到英国伦敦大学亚非学院深造,1976年获英国伦敦大学东南亚研究硕士。1979年获北爱尔兰皇后大学博士学位,主修民族

---

① 吴平平.戏曲电影艺术论[D].南京:东南大学,2006.
② 蔡曙鹏.新加坡戏曲走向世界的经验[M]//朱恒夫,聂圣哲.中外戏剧互动研究专辑:第11辑.上海:复旦大学出版社,2012:148.
③ Chua S. P. Teochew Opera in Singapore: Continuity and Change[J]. Tirai Panggung, Vol.5, 2002:41.
④ Chua S. P. Teochew Opera in Singapore: Continuity and Change[J]. Tirai Panggung, Vol.5, 2002:42.

音乐学与文化人类学。应该说,这段时间的学术脉理刚好与其成长背景相呼应,其对多元文化主义的感性体验升华到了理性把握的高度。

在这段求学经历中,其在北爱尔兰皇后大学的导师约翰·布莱金教授对他的影响非常深远。至今,蔡博士在阐述理念时,总是会引述布莱金的言论。布莱金教授是一位具有国际性地位的社会人类学家,对英国的音乐人类学和舞蹈人类学的建立和发展做了极大的贡献。[1] 蔡曙鹏博士跟随布莱金教授,对新加坡的戏曲舞蹈做了考察,于1979年提交博士论文《新加坡戏曲舞蹈研究:以1947—1977年间为例》。应该说,布莱金教授的基本学术理念与蔡曙鹏博士的内在文化基因具有吻合之处。

布莱金教授的基本理念是,表演艺术(他所考察的对象包括音乐、舞蹈和戏剧)是一种具有文化根源和社会规定的语言,是人与人交流情感和观念的媒介,是一种文化体系。他的这个理念最早根源于他在马来亚服兵役期间对当地多元民族的音乐的观察,他发现,这些非欧洲音乐与身体行为有着密切的关联,并且对其学习是在与他人的动态交流中进行的。[2]

因此,布莱金教授的音乐和舞蹈人类学是建立在传播概念的基础上的。如他在一篇序言里边所称,他所关注的更多是音乐过程而不是音乐产品。[3] 而在这个过程中,信息人和解读者是辩证的关系,即可以互相分享,互相交融,互相调换身份。因此,布莱金教授又把他的学说称作"辩证音乐人类学"和"辩证舞蹈人

---

[1] Grau A. John Blacking and the Development of Dance Anthropology in the United Kingdom [J]. Dance Research Journal, Vol.25, No.2(Autumn, 1993):21-31.

[2] Byron R., Blacking J. Music, Culture & Experience: Selected Papers of John Blacking [M]. Chicago: University of Chicago Press, 1995:1-27.[约翰·布莱金年幼开始接受正统的音乐教育,是一位很有前景的音乐家。然而,1947—1949年间在马来亚(半岛马来西亚的旧称)服兵役,改变了他的事业轨迹。在马来亚,他遇到了马来人、中国人、印度人和欧亚人,尤为他们的音乐所吸引,他从这些以往没有听过的旋律和节奏中,开始改变了对音乐和音乐教育的看法。欧洲古典音乐和舞蹈是分离的,其传统的音乐教育从阅读和书写音乐符号以及分析音乐结构开始,进而学习欣赏和演绎音乐。然而,布莱金所接触的这些非欧洲音乐却与身体行为有着密切的关联,这些非欧洲音乐的学习是在与他人的动态交流中进行的。这个观察所获奠定了他后来的学术理念基础。1949年回到英国的布莱金,毅然放弃了原来的人生道路,进入剑桥跟随著名人类学家马林诺夫斯基的外孙梅耶·福特斯学习人类学和考古学,开始人类学研究。]

[3] Blacking J., Kealiinohomoku J. W. The Performing Arts: Music and Dance [M]. Berlin: Walter de Gruyter, 1979:XVIII.

类学"。蔡曙鹏博士的学妹安德莉·格劳教授曾经指出,布莱金教授反对"他者"的概念,他所追寻的是允许人类发展不同语言、文化和社会体系的基本心智能力和过程,以及寻找音乐和舞蹈在启发该过程中的可能性。① 为了检验这个过程,他带领学者团队与一个多民族的专业表演团体主持了具有实验性的"跨文化艺术研究项目",以观察艺术的跨文化重建以及跨文化传播。②

这个项目执行于1986—1989年间,此时蔡博士已经离开英国多年,并没有参加。但毋庸置疑的是,蔡博士的毕生追求均离不开这个主题:艺术的跨文化重建以及跨文化传播。而他进行重建与传播的思想基础,即是相信表演艺术"是文化表达的重要部分,是凝聚共同体的一大资源"。③ 他的跨文化传播理念和践行的强大包容性,既源于成长背景所形成的感性认识,也与其所接受的辩证人类学方法论训练有着莫大关系。

二、基本理念:文化互动理念下兼顾传承与创新

蔡曙鹏博士的戏曲跨文化传播理念,用一句话来说,就是以文化互动为基本原则,在传承中创新,在创新中传承。

文化互动是蔡博士的戏曲跨文化传播理念中的核心概念,这既是他成长背景本身所具有的文化基因,也与他的学术渊源一脉相承。在蔡博士这里,这个概念首先体现了一种间性意识。相对于西方近代哲学主客二分前提下"以主体为中心"的主体思维,间性思维反映的是承认交流中的各种文化均具有主体性,且相互平等,可相互融汇。这种思维体现在他的成长之地——新加坡的治国策略上。

蔡博士曾指出:"多种文化力量的相互牵制与竞争构成了新加坡灵活运用多元文化传统,并以此律法和制度化的规范,以最大限度提高生产率、工作效率,终

---

① Grau A. John Blacking and the Development of Dance Anthropology in the United Kingdom[J]. Dance Research Journal, Vol.25, No.2(Autumn, 1993):21-31.
② Grau A. Intercultural Research in the Performing Arts[J]. Dance Rearch, 1992, 10(2):3-27.
③ 蔡曙鹏.舞蹈中的多元文化主义:新加坡的经验[J].李修建,译.内蒙古大学艺术学院学报, 2011(4):5.

而构成精英制度的都市多层多元文化。"①这种思维同时也体现在他的导师约翰·布莱金教授身上。布莱金的同事雷金纳德·拜伦教授在总结其音乐人类学思想时,曾经指出布莱金终其一生在探索音乐的主体间性特质:音乐如何作为人与人之间的交流媒介,又如何把他们融合在一起。②同样地,蔡博士的戏曲跨文化传播理念也具有间性思维,他曾经在第31届世界戏剧大会上指出:"在亚洲许多拥有多元的文化遗产和数目可观的移民的国家,如果他们能够开发传统文化的有利资源,他们有更大的创造力,社会也能发展得更好。移民群体(如华人移民、印度移民)往往会发展出他们自己的机制来展示他们的文化身份,同时丰富了移民国家的文化。社会中稳定的多元文化是人类发展的推动力。"③蔡曙鹏博士在异族传播戏曲艺术时,常常会和异族艺术家合作,或者吸纳异族艺术形式,实现再创造。必须说的是,这与上文提及的专业表演团体"Pan Project"的追求有异曲同工之妙,后者常常邀请非欧洲地区的表演艺术家过来传授,以求在学习异族艺术表现方式中丰富英国的表演艺术形式。还需提及的是,融合和吸取异质形式以发展自身,本身也是戏曲艺术的发展轨迹和取向。

其次,理解这个概念,必须了解他所一贯倡导的戏曲跨文化传播深入主流文化的主张。在东大工作坊上,蔡曙鹏博士多次强调,戏曲跨文化传播的对象不只是当地华侨,戏曲跨文化传播应该深入当地的主流群体。在这里,我们必须指出的是,历史上的戏曲跨文化传播,不是单纯的地理意义上的拓展,而是异质文化间的相互交流与融汇。戏曲从来都是以涵容的心态去接纳异质艺术形式与文化内涵。这本身体现的就是多元文化互动的理念本质。蔡曙鹏博士的这种理念深刻地反映到他的践行当中。他借在东南亚影响巨大的《罗摩衍那》题材,以潮剧形式搬演,成功地在"国际罗摩衍那节"演出,把戏曲艺术和中国美学打进东南亚文化主流文化圈,便是一个例证。另外一个典型例证就是他缩编《邯郸梦》,参加世界文化遗产城市艺术节,在曼库尼冈栏皇宫首演,使印度尼西亚的观众发现了

---

① 蔡曙鹏.多元探索又十年——新加坡华族舞台艺术(1986—1995年)初析[J].广东艺术,1997,(4):24.

② Byron R., Blacking J. Music, Culture & Experience: Selected Papers of John Blacking[M]. Chicago: University of Chicago Press, 1995:1.

③ 蔡曙鹏.全球化格局中的戏剧与本土文化[J].袁晓华,译.艺术百家,2008,(6):13,42.

中国戏曲与印度尼西亚传统戏的相似之处。①事实上,这些东南亚艺术节的观众主要是当地主流群体。除了参加艺术节,蔡曙鹏博士还带着新加坡戏曲学院的创编节目进校园,观众也主要是本土人士。

此外,他也激赏东南亚和日本政府所主导的一些工作坊的做法。这些工作坊邀请各国艺术家前来交流,这些来自不同文化区域的艺术家最后将以邀请方的传统艺术作为形式或内容元素来进行创作,实现文化形式的"变体",这与ICPAP项目也有异曲同工之处。尽管,如蔡博士在东大工作坊所言,这些工作坊的成果有成功的,也有失败的,但是内中的深意是可取的。毕竟,文化的传播与涵化向来都是细水长流的。

最后,传承与创新具有辩证关系。"在传承中创新,在创新中传承",这个理念向来为蔡博士所提倡,他反对这两者间的粗暴割裂。以表演艺术是文化表达的重要方式作为思想基础,蔡博士注重传统的继承。新加坡戏曲学院的建立,初衷便在于"企盼在新加坡已经有百年历史的戏曲艺术,得以传承"②。其宗旨之一,便在于"广泛融会与吸取其文化传统精华,以丰富华族地方戏曲"③。但是,如他所言,"由于散居在海外的华人所处的国家与地区的物质环境与文化生态不同,他们在文化上会有涵化或同化的经验。在传承文化过程中,因为客观环境的原因,往往很自然地需要进行文化上的再创造,因而产生全球华人的多元性"。④因此,新加坡戏曲学院还有一个宗旨,即"发展有新加坡特色的创作剧目"⑤。针对异族环境和受众,蔡博士的戏曲编导在传统上做了创新,主要体现在:(一)题材上的创新;(二)编剧上的创新;(三)为追求跨文化跨语言的演出效果,进行形式上的创新;(四)表演上的创新;(五)促销形式的创新。蔡博士指出:"这些新加坡戏曲学院的戏曲创作剧目,可能产生异质性,但也许正因为它的特异性,能使全球华人的戏曲文化更为丰富多彩。"⑥事实上,20世纪30年代梅兰芳访美之时,作为策划人之一的美国戏剧专家张彭春,便考虑到美国人的欣赏习惯和国际市场规则,曾对演出时间、流程和舞台以及市场运作方式做了调整。因此,创新

---

① 蔡曙鹏.新加坡越剧版《邯郸梦》在印尼皇宫中的演出[J].文化遗产,2011,(4):26-32.
② 蔡曙鹏.在创新中传承新加坡戏曲艺术[J].艺术百家,2012,28(1):99.
③⑤ 蔡曙鹏.在创新中传承新加坡戏曲艺术[J].艺术百家,2012,28(1):100.
④ 蔡曙鹏.在创新中传承新加坡戏曲艺术[J].艺术百家,2012,28(1):103.
⑥ 蔡曙鹏.在创新中传承新加坡戏曲艺术[J].艺术百家,2012,28(1):103.

不是无根之源,而是以传统为基础,以受众为指向。这也是蔡博士屡次提及戏曲在跨文化传播中须深刻了解受众的原因所在。

深入主流文化的文化互动,从而实现在传承中创新,在创新中传承,使得蔡博士的戏曲跨文化传播理念具有了典型的特质和意义,同时,也使得其践行具有特殊的模式。

三、践行模式:三合一模式

蔡曙鹏博士把新加坡戏曲学院在国际戏剧节展演的推介模式称为"三合一"模式,即专题演讲、演出与工作坊三种形式相结合。① 这一模式体现的是培养观众——现场观演——文化涵化这样三个有机环节,事实上,这一模式体现在蔡博士的戏曲跨文化传播的所有践行当中。

培养观众是基础。蔡博士看重观众,不仅体现在从受众角度考虑戏曲编导,还体现在对观众的培养、教育和引导上。新加坡戏曲学院的第一宗旨便是:"努力引导青少年欣赏与认识地方戏曲。"②这与其创立背景有着根本联系。新加坡戏曲学院的创立背景是华族戏曲在新加坡的骤然衰落,以及新加坡政府从多元文化主义出发以传承戏曲文化的坚定决心。在传承戏曲文化这一问题上,蔡博士抓住了核心所在:没有对戏曲了解和感兴趣的观众,就没有戏曲观众。因此,如他所言,"新加坡戏曲学院的首要任务是培养新一代的观众。通过积极到校园推广戏曲,让学生欣赏与体验戏曲艺术的精美与文化内涵,培养国内的新观众"。③ 新加坡的戏曲进校园活动自新加坡戏曲学院创立的20世纪90年代就开始了。

现场观演是核心。蔡曙鹏博士坚持以表演为中心,展现行当艺术,以好看有戏为原则,照顾演出效果。蔡博士对当前音乐交响化、舞台声光电主导的大型戏曲模式持不赞成态度,他的创编基于与大制作戏曲迥异的三个美学原则:

---

① 蔡曙鹏.新加坡戏曲走向世界的经验[M]//朱恒夫,聂圣哲.中外戏剧互动研究专辑:第11辑.上海:复旦大学出版社,2012:154.
② 蔡曙鹏.在创新中传承新加坡戏曲艺术[J].艺术百家,2012,28(1):100.
③ 蔡曙鹏.新加坡戏曲走向世界的经验[M]//朱恒夫,聂圣哲.中外戏剧互动研究专辑:第11辑.上海:复旦大学出版社,2012:152.

"(一) 剧本编写必须以演员为中心、展现行当艺术。

(二) 浅显易懂,以求获得跨文化、跨语言的演出效果。

(三) 强调意境营造、篇幅适中,排除复杂布景,讲究换场流畅。"①

以《罗摩衍那》为例,蔡博士在创编时便考虑哪些场次可以让演员尽力发挥他们各自的特长,创造完整行当表演的机会,以求良好的观演效果。

同时,为了照顾非华族观众,他在编写剧目时,便考虑如何把戏写得浅白易懂,如何让表演尽量清晰,以求听不懂演出语言者,也能跨过语言的障碍,跨过文化的差异,享受戏曲表演艺术。②

文化涵化是目的。蔡曙鹏博士在东大工作坊上强调:"在传播过程中,传播者与接收者的演绎和二度创作,会让文化在异地传播过程,有新的发展。"这是他的多元文化互动理念的进一步演绎,体现了戏曲跨文化传播的目的与效果。

蔡曙鹏博士的这一践行模式,不仅体现在他带领新加坡戏曲学院进校园和参加国际戏剧节中,也体现在他带领中国大陆剧团出国演出的过程中。蔡曙鹏博士带领中国剧团出国演出,不以名角为号召,不以名剧目为指向,他所带领的剧团以草根性为特色。必须界定的是,这里的草根性所相对的是主流化,即大剧种、大名角和名剧目。事实上,历史经验证明,草根往往是文化传播与涵化的主体。在梅兰芳出国演出之前,沿海地区的众多伶人和戏团早已远渡重洋,在东南亚和欧美进行以商业为目的的演出。这些群体在跨文化传播上,往往更能体现多元文化互动的倾向。

四、贡　献

蔡曙鹏博士的戏曲跨文化传播理念和践行,为戏曲传播史提供了一个典型:深入主流文化的文化互动。这个典型与齐如山、张彭春借戏曲寄托家国想象和民族身份诉求有别,也与白先勇所反映出的现代文人对母体文化的乡愁以及传承文化的愿景有异;同时,也与他们以名伶或名剧为号召有所不同。蔡曙鹏博士

---

① 蔡曙鹏.新加坡戏曲走向世界的经验[M]//朱恒夫,聂圣哲.中外戏剧互动研究专辑:第11辑.上海:复旦大学出版社,2012:156-157.

② 蔡曙鹏.新加坡戏曲走向世界的经验[M]//朱恒夫,聂圣哲.中外戏剧互动研究专辑:第11辑.上海:复旦大学出版社,2012:163.

也有传承文化的愿景,但是他的这一愿景,是建立在他的成长背景所拥有的文化基因以及他的辩证人类学训练所形成的理性思考之上,追求多元文化互动,在传承中创新,在创新中传承。

毋庸置疑,蔡曙鹏博士在戏曲跨文化传播方面的贡献卓越,他丰富了戏曲在异族传播的形式和理念的探索,从而也促使我们思考一些问题:在全球化格局中,我们如何以传统艺术为媒介,增加年轻人与传统文化连接的可能性?我们又该如何在全局眼光的指导下,处理传统艺术与现代文化、本土艺术与外来文化之间的关系?

(作者系南京体育学院副教授,艺术学博士)

# 影视

在岁月深处寻找美好珍藏
——评影片《演员》

张永祎

看了影片《演员》,好像重回往日时光,"犹恐相逢是梦中"的感觉,熟悉的情景,熟悉的人物,熟悉的故事,熟悉的情节,熟悉的演员,以至于对有些老片剧情虽不太熟悉,但黑白胶片的魅力依然可以穿透岁月,唤醒久蛰深处的记忆激情!这部由南京市江心洲街道办事处与中央电视台电影频道、华诚电影和北京晶森文化等单位联合打造的电影纪录片,聚焦于蓝、秦怡、田华、于洋、金迪、谢芳、王晓棠、祝希娟、牛犇等老一辈艺术家从影经历和艺术成就,通过现场采访、影像回眸、影片放映,再现了当年璀璨夺目的明星风采。

影片采用一种结构性的框架,通过三种叙事相结合的方式,循循善诱,娓娓道来。

第一种是精心的人生叙事。许多演员的人生比电影还电影、比戏剧还要戏剧,尽管他们踏上艺术道路的方式有所不同,但所经历的人生过程都是他们最真切的生命印记。于蓝1938年赴延安,曾任延安鲁迅艺术文学院实验话剧团演员,1949年开始登上银幕,她说自己一切都是服从安排,是按照组织的要求,逐步走上演艺道路的。王晓棠从上海参军,先入总政京剧团,后调总政话剧团。1955年出演第一部影片《神秘的旅伴》,1958年因主演影片《边寨烽火》获得第11届卡罗维·发利国际电影节青年演员奖。谢芳参演的第一部影片是1959年上映的《青春之歌》,凭借知识女性林道静这个角色,第一次登上银幕就大放光彩,之后,她又出演了《早春二月》中追求解放的陶岚和《舞台姐妹》中冰清玉洁的竺春花,这三部经典成为她留给中国电影的最美"三部曲"。谢芳说她被选为演林道静时,也经过了两轮的测试,第一次是看肖像,第二次是试戏,经过全面考察合格后才被确定出演林道静。

机会不仅留给那些敢于开始的人们,还留给那些勇于坚持的人们。谢芳对秦怡的评价是整个五官无可挑剔,美得不可方物,但更重要的是心地非常善良,她在出演《林则徐》时,丈夫病重,每天靠打胰岛素支撑生命,自己还经常被痴呆的儿子毒打,但只要一站到镜头前,她总是兢兢业业地演好角色,一点也看不出生活的伤痛。在92岁的高龄,她还坚持登上了海拔4 600米的高原,去拍自编自演的影片《青海湖畔》,每天依然一丝不苟,化妆两小时,坐车六小时,就是为了到实地取景,保证影片的真实性。拍完电影后,因脑梗入院,住了很长一段时间。这么大年纪了,还要折腾成这样,图啥?秦怡说:我只是为了完成继续拍电影的梦想。当主持人问她,人们都说您是中国最美女演员,您同意吗?她说不同意,这个地方还有那个地方都有缺陷。秦怡从1939年开始拍摄电影,出演过无数角色,从《好丈夫》,到《铁道游击队》再到《女篮五号》,赢得一路欢呼,获得了中国电影金鸡奖终身成就奖、上海国际电影节终身成就奖等,更在2019年,获得"人民艺术家"国家荣誉称号,应该说她的成就卓著,至美靡他。

影片采访了许多演员,尽管他们人生机遇和生活轨迹不一样,有孤独、有迷茫、有欢愉、有悲伤,但他们总是接受自己、相信自己、突破自己和完善自己,不断奋进、从不言弃,是他们人生的主旋律。牛犇说自己原来在香港工作,到内地来工作后,工资不高,还非常辛苦,但当他认识到自己是人类灵魂的工程师,自豪感油然而生,也深感责任重大。演员在银幕上光鲜亮丽,但在生活中也是普通一员,同样的悲欢离合,同样的酸甜苦辣,既是他们的人生形态,也有着他们的人生哲学,这种人生哲学不是干巴巴理性规则,而是诉诸生命情感的理解和担当,事实上在演艺事业之外,他们所经历的曲折和复杂要比他们说的多得多,"没有在长夜痛哭过的人,不足以谈人生",但他们对此风轻云淡,甚至只字不提,不以物喜,不以己悲,坚持做自己喜欢做的事,怀着一腔赤诚的爱,把演员这件事做到极致,波澜壮阔,亘古连绵,不断抒写出洒脱飘逸、光彩夺目的人生诗篇。尽管他们个个都已功成名就,依然把"表演是永无止境的,只能说更好,没有最好"作为自己的座右铭,就像那一片金黄色的稻谷一样,已然是丰收的景象,但好像还如初见,果实越饱满,他们低头的姿态越明显。应该说,他们的皱纹代表着时间的抒情,他们的白发彰显着岁月的激越,他们的从容呈现着岁月的淬炼,这时的他们,就是一本厚厚的人生教科书,即便不著一字,也会尽得风流。

  第二是精致的电影叙事。对于演员来说,电影是他们的职业,是他们的才华,也是他们的信仰,更是他们的责任。从他们的叙述中,我们可以清晰地窥见他们当年对艺术的理解。说到《我们村里的年轻人》的经历,金迪透露当时到东北农村去体验生活,跟乡亲们学插秧、上炕盘腿聊天;提到出演《白毛女》时的情景,田华表示,当时她深入生活,会割谷子、推碾子;于洋在拍摄《桥》时,穿着炼钢服提前体验生活,与铁路工人一起出工劳动。他们认为电影要表现生活,就必须要面对生活、深入生活,只有同吃同住同生活,向生活学习,才会了解生活、体验生活,最终能够发现生活。于洋说,现在很多片子为了体现战士的艰苦,他们的衣服总是脏兮兮的,但其实在现实中,每个人都会有一套发了舍不得穿的军衣,在大战前,战士们反而会穿上这套衣服,不为什么,就因为新衣服干净,受伤后不容易细菌感染。这些细节,如果你不在生活之中,没有对生活的透彻了解,是绝对想象不出来的。

  这些老艺术家谈了他们对生活的理解、对艺术的见解、对角色的破解。通过这部纪录片,确实可以了解许多老片拍摄的幕后故事。影片《野火春风斗古城》有一场姐妹见面的戏。起初看到剧本,王晓棠研究了半天,不断删去那些废台词,删到最后,竟然删没了,她突然感觉到不能这样演,我是观众我就不看! 于是她和编剧重新商量,把见面的场景和见面方式全换了,改成现在在医院窗口的眼神交流,无语有形,有形无声,通过这种方式,不仅符合当时地下工作的需要,也把金环的"硬"和银环的"柔",这两种风格一下子就凸显在观众面前,"一人饰两角",既互相补充,又个性鲜明。于洋说自己在演《暴风骤雨》时,从老田头手中接过烟袋,就直接塞到嘴里,如此自然,显得亲密无间,如果用手去揩一下,就会觉得距离遥远,不是与老百姓打成一片。田华说:演员不管演什么戏,一定要真正投入,"真悲无声而哀,真怒未发而威,真亲未笑而和"。这句话出自《庄子·渔父》,意思是说,真的悲痛,没有哭声也哀伤;真的恼怒,不曾发作也威严;真的亲爱,尚未发笑也和悦。其实,原文在这句话的后面,还有一句"真在内者,神动于外,是所以贵真也"。也就是说感情的表达,贵在真实自然。

  应该说,这些老艺术家忠实于角色、忠实于电影、忠实于剧本,戏有多少,戏无大小,戏比天大,任重道远,他们始终带着敬畏之心,把观众放在心中最高的位置,谢芳曾深情告白,"我们演员最爱的人是观众,演员最需要的人也是观众;没有观众,就没有演员",所以为了观众,他们全力以赴打磨好每部作品,不遗余力诠释好每个角色,把戏演好,把人演像,把心演活,在独辟蹊径的创作中,塑造出许多独一无二的形象。这些形象深受广大观众的喜爱,许多已经深入人心,一个角色就是一个丰碑,一个形象成就一个经典。许多演员几乎成了人物的代名词:于蓝就是江姐,秦怡就是芳林嫂,田华就是白毛女,于洋就是曾泰,金迪就是孔淑珍,谢芳就是林道静,王晓棠就是金环和银环,祝希娟就是吴琼花等等,他们都在新中国电影史上留下了不可磨灭的记忆,《演员》通过深入挖掘这些形象塑造背后的感悟和思考,体现了对电影文化的赤诚守护和对电影艺术的美好珍藏。这是在向经典电影形象致敬,也是在向百年中国电影致敬。

第三是精准的时代叙事。习近平总书记指出,红色资源是我们党艰辛而辉煌奋斗历程的见证,是最宝贵的精神财富。要用心用情用力保护好、管理好、运用好红色资源。于蓝在回忆自己拍摄《烈火中永生》时,专门去看了江姐的故居,现场所见,深有感触,深受感动,深受教育,学英雄演英雄,找准了精神品格的基调,铸就了忠诚于党、忠诚于人民、忠诚于革命、忠诚于事业的江姐形象。于蓝在97岁时说"江姐牺牲了,荣誉我们得。请忘了我这个演员,而永远记住江姐",这是江姐这个光辉形象,给她一生带来的启迪和影响。该纪录片电影涉及的影片还有《青春之歌》《早春二月》《林家铺子》《党的女儿》《红色娘子军》《我们村里的年轻人》《虎胆英雄》《野火春风斗古城》等。通过这些脍炙人口的红色影片,进一步弘扬树立理想、坚定信念、热爱祖国、崇尚英雄、锤炼品格、担当责任、砥砺奋斗的价值观念,教育和砥砺年轻一代继续把革命先烈流血牺牲打下的红色江山守护好、建设好,努力创造不负革命先辈期望、无愧于历史和人民的新业绩,在实现中华民族伟大复兴中国梦的新征程上,谱写出更加壮丽的青春篇章。应该说,这部影片将这些激动人心的红色资源集中呈现在银幕之上,让我们重温那份感动,重拾那份信念,选题很准,立意较高。

自从20世纪90年代,随着大众文化迅速崛起和蔓延,以"快乐"和"游戏"为标识的影视作品逐步蔓延开来。在这种时尚流行的语境下,有些纪录片也逐渐走向商业主义和消费主义,注意力经济、娱乐经济的升温使得纪录片的制作理念也悄然发生了变化。但随着《美丽中国》《大国重器》《舌尖上的中国》等纪录片的崛起,又吹响了现实主义纪录片的集结号,通过更加宽广的视角,更加翔实的视觉呈现,展现激动人心的场景和催人奋进的力量。应该说《演员》秉持着这种"思想精神、艺术精湛、制作精良"的创作思路,抓基调,抓格调,抓情调,努力打造出一部"有筋骨、有道德、有温度"的艺术精品。

时光荏苒,岁月流逝,20世纪60年代的"二十二大电影明星"已届耄耋之年,有的淡出观众的视线许久,有的或已离开了人世。如何能够让依然健在艺术家,就自己的艺术创作现身说法,说出当年许多不为人知的心路历程,确实是刻不容缓的当务之急!这时导演潘奕霖突发创作灵感:"有一天我突然在想,我能不能让他们今日的风采再次出现在电影的大银幕上,这是我的一个初衷。我就是想把他们——无论他们是80多岁,甚至还有90多岁——这些前辈们的影像留在我们的大银幕上。"这部影片所呈现出来的是九位明星,待到公映时,于蓝已经去世,时不我待,失不再来,迫在眉睫,争分夺秒,从某种意义上说,这部影片就是电影文化的抢救工程。我们对历史的尊敬,最好的方式就是不能忘记,特别在流量纵横捭阖的当下,要想方设法让观众铭记二十二大电影明星的那些流光溢彩的岁月,这对现代电影人来说,应该是责无旁贷!

关于纪录片的美学,维尔托夫在他的第一篇理论性宣言《电影眼:一场革命》中,明确提出镜头如同人眼一样"出其不意地捕捉生活",要求摄影师们把镜头看作电影的"眼睛",他的名言就是"我是电影之眼",认为"电影的眼睛"比人眼更完善,更具有选择性和分析力。《演员》充分利用电影镜头的无所不能的特点,花了五年时间,通过多种方式,从多种角度,采访和搜集了面广量大、汗牛充栋的原始素材,立足于丰富的细节思维和独到的审美眼光,把我们不知道的又应该知道的台前幕后的故事和盘托出。

所谓天下大事必作于细,必起于微,必生于小。有细节才会有事件,有事件才会有人物,有人物才会有影片,有影片才会有时代。应该说《演员》的编导,主要的着眼点就在细节上,满眼都是细节,满目都是文眼,在细节的捕捉中可以说独具匠心。该片在几百个小时的素材中,最后精心剪裁出93分钟片子,由远及近,由表及里,由粗及精,由浅入深,许多细节都是在芸芸众生中提炼筛选出来的,"千淘万漉虽辛苦,吹尽狂沙始到金",它们在影片起承转合的布局中和连绵起伏的跌宕中,构成了一个个拨动心弦的闪光点和动情点,甚至还有出人意料的爆炸点。田华说当年要把白毛女染成白发是件难事,当时根本没有什么染发技术,化妆师孙月梅想方设法,先把赛璐璐片绞碎,泡在胶里,然后再把牙粉倒在胶里头，不断搅拌，这样就做成了土制的染发粉。在染发的过程中，还不能顺着染，要一小撮一小撮提起来用牙刷染，染发粉才能挂上。染完后，头发全炸起来了，还要小心翼翼地把头发捋直。尽管这个过程相当麻烦，但他们对观众对艺术极其认真的态度，于此可见一斑。令人钦佩的是，他们不仅做出了白发，而且还做出了变化：白毛女的头发，并不是一下全白的，而是从灰一点再到全白，功夫不负有心人，终于让亿万观众记住了那个从山洞里跑出来的白毛女。"旧社会把人变成鬼，新社会把鬼变成人。"最终《白毛女》获得了一等奖，田华也获得了金质奖章。

王晓棠在《英雄虎胆》中有段著名的"伦巴"舞的镜头。轻松的节奏，苗条的身躯，散发着妖艳的气息，60多年过去了，重温这段镜头，依然是那样的时尚，充满着魅力，美兮嫣兮，意犹未尽，当年许多观众就认为，王晓棠肯定是一等一的舞场高手，要不然无法跳出那时还闻所未闻的热情奔放的伦巴，其实这场戏是导演临时要加上去的，她当时一点都不会跳，就是现学现用，居然能跳得有模有样，也算是悟性很高，而且体会深刻，她说，跳伦巴重点不是在腿上，而是在腰上，通过腰肢的扭动，舞出了女性的婀娜多姿。

《我们村的年轻人》第一次拍摄完成后，整体效果很不错，只是因为使用的胶片不一样，造成了前后色彩的不一致，艺术容不得半点瑕疵，对此长影厂果断决定重拍，这个决策太棒了，要不然就是会给这部经典影片带来无法弥补的损失！对于这部片子，我非常喜爱，当年看了好多遍，还认认真真地做了"情节回忆""看片体会"以及"人生启示"等几个笔记，许多台词现在还能脱口而出，许多情节至今难忘，包括金迪所说的画睫毛的细节，也仍然历历在目。还有那个刚毕业回村的孔淑珍，在路上边走边唱的《樱桃好吃树难栽》的插曲，更是深入人心，荡气回肠。该片设定了江心洲、采访叙述、老电影三种空间，编导并没有将它们分割开来，而是想方设法地融为一体，合中有分，分中有合，注重统一调度，打通相关环节，让艺术之流通行无阻，让电影语言一泻而下。江心洲的夜晚华灯初上，人来车往，"南京眼"格外醒目，许多居民纷纷向小广场集中，有的坐凳子，有的坐台阶，有的坐草地，随着天色的渐暗，放映机快速转动了起来，一道强光投在银幕之上，反射回来，渐渐地闪烁在人们神情专注的脸庞上。

电影是电影人的事业，也是热爱电影的人的情怀，人们对老电影的喜爱由来已久，从未改变。这次放映的是影片《上甘岭》，这不是随机锁定，而是巧妙安排，不仅代表着现场描写，还从开头时就埋下了一条线索，草蛇灰线，伏脉千里，虽然看不到，但一直都在，直到被采访者谈到了《上甘岭》影片拍摄时，才又浮出了水面，把没有放完的镜头又接了起来，通过讲与影的互相对照，唇齿相依地呼应了讲述人所描述的情景。当年拍摄《上甘岭》去朝鲜时，正赶上4月份，漫山遍野的金达莱花，非常漂亮，但一到了上甘岭，一切生机，瞬间消失：整座山被劈开，地上全是碎石，没有花，没有树，和刚看到的风景完全不同，尽管距离战争，已过去了三年，却没有一棵树恢复了生机。据说，当年在这里，每一平方公里的地方，每天都要承受上万发的炮弹的轰炸，而黄继光牺牲的地方，山更是直接被劈开了一个大口子。在这一刻，战争的残酷，无声涌现，每一块碎石，每一片裸土，甚至每一缕呼啸而过的风，都在诉说着，当时战争的激烈和残酷。没有什么比眼前这一片荒原，更让人震动了。《上甘岭》的军事顾问赵毛臣，在那场战役中，苦苦坚持整整24天，是最后活着回来的三个人之一。这时，讲述人至此突然哽咽，声音颤抖，"三个人啊，只剩下三个人。你难以想象，他经历了目睹了怎样的情景"。所有的人都沉默，随之而生的，就是一个强烈的信念：要把这场戏拍好，这才有了现在的《上甘岭》。是的，是信念，是责任，是使命，他们不是用技术在演，而是用心在演，他们要演出那种战场上的刀光剑影，更要演出志愿军战士的必胜信念。

在《演员》中，诸如此类的电影句式，比比皆是，都是匠心独运、存乎一心，特别是在采访对象与所演影片的连接上，叫板式的蒙太奇运用得更加流畅。于蓝提到自己本就没有父母，就是党的女儿，当她说出，自己是党的女儿演党的女儿时，影片恰到好处地推出了《党的女儿》的电影画面，显得水到渠成，顺理成章。于蓝在提到丈夫田方时，也同时出现了田方在《英雄儿女》中的形象，她很是打趣，说他就想演戏，但还是被组织派去筹建东北电影制片厂，是不想当官的人最终还是当了官。1949年4月东北电影制片厂摄制了新中国第一部故事片《桥》。当然一个半小时的影片，容量是十分有限的，但编导希望在有限的空间中能够呈现更多。他们通过照片的剪入、镜头的插入、语言的介入，积极地把其他演员的故事也收入囊中。刚看影片时，我就在想，既然是以新中国二十二大电影明星为主，片名为何不叫《新中国二十二大电影明星》呢？这不是更明确吗？到这时我才明白，编导是想以新中国二十二大电影明星为主，但也希望不仅仅局限于此，因为这些明星与其他演员的联袂合作，总是密不可分的，用《演员》作名，这样的覆盖面会更加广泛些，也更有利于表现演员的职业追求，意图非常明确、显而易见,但我总觉得,这个片名还是太直白了点,缺少了点意境。

　　1961年,中国电影业蓬勃发展、日新月异,看到电影院里还是挂着苏联明星,周总理就明确指出:我们也要评选中国电影界自己的明星。于是在1962年评选出了新中国"二十二大电影明星"。其后不久,各大小影院都挂出了明星的巨幅照片,一时间追星潮风起云涌。《演员》这部纪录影片,用影像留住历史,用故事诠释老片,充分体现了对老一辈电影艺术家的敬仰以及对他们所做出的巨大贡献的尊重!

　　应该说,没有对电影百分之百的热爱,千分之千的热情,万分之万的热心,是不会产生那样的创作念头,更不可能拍得如此可圈可点、可喜可贺!据说他们接下来还要拍第二部,准备把其他的二十二大电影明星继续再现银幕之上,通过影像的魅力实现超凡脱俗的传播力量,细雨润物,沁养人心。所以,从某种意义,这部纪录片电影,也是编导们在岁月深处寻找美丽珍藏,一直以来刻骨铭心、孜孜以求的心灵叙事!

(作者系江苏省人社厅博士后协会常务副理事长,文学创作一级)

站上风口,微短剧如何飞得更高

李 玮

当下,微短剧正值风口。2022年仅快手平台的微短剧日活跃用户便增长到了2.6亿,其中有超过50%的用户每天观看的剧集数超过10集。猫眼研究院的《2022短剧洞察报告》显示,2022年上半年微短剧有较为亮眼的表现,芒果TV单部微短剧播放量超6亿,快手单部播放量达3.5亿,腾讯视频单部剧累计分账超3 000万元,再创微短剧领域分账新高。成本较低,收益可观,各大平台都有大量微短剧项目上马。整个上半年,在广电总局系统进行规划备案的微短剧达到2 859部,总集数69 234集。考察之后可以发现,网络文学已成为微短剧汲取内容的重要资源。根据《2021中国网络文学蓝皮书》,微短剧中网络文学IP改编作品占比逐年提高,2021年新增授权超300个,同比增长77%,网络文学IP微短剧数量占比由上一年的8.4%提升至30.8%。还有诸多微短剧虽然不是直接改编自网络文学,但明显地借鉴和使用了网络文学的内容"套路",甚至"反套路"。

当下的微短剧虽然精品较少,偏重下沉市场,但发展潜力不可小觑,作为一般影视的补充物与后置空间,微短剧越来越成为流量的一个新发地,切割着观众形态与大数据走势,各地备案的微短剧越来越多,争当"流量黑马""话题黑马",比起大影视行业的不景气,"小而巧"的微短剧正处于一片"蓝海"。那么,什么样的网络文学内容能够让站上风口的微短剧真正起飞呢?

一

　　综合考察近年较成功的微短剧，从内容上看，有两个走向：一是主打下沉市场，以剧情的吸睛、"狗血"为特征，人设极端、男版女版"逆袭"……如根据网文中的赘婿题材，拍摄无连贯剧情的"逆袭"短片。这些短剧不追求内容的逻辑性和现实性，只求"爽感"。题材上最好新奇有趣。如在B站上爆火的《龙王赘婿》，最初只是聊天平台上的"爽文"推文广告，被搬运到B站后，"歪嘴龙王"迅速成为网络热词。自以愤怒的香蕉的《赘婿》为代表的"赘婿文"成为网文重要类型后，"赘婿文"近两年吸收"马甲文"的"套路"，以"脱马甲""逆袭"为主要情节。微视频的改编则更是简化故事进程和人物设置，将"逆袭"进行重复设置。除了主角外，就是敌人和助手人设。由极端地被羞辱入手，迅速开挂，"逆袭"。无情感纠葛、无悬念、每个单元之间也无逻辑连贯性，单纯重复"逆袭"环节。

　　《今夜星辰似你》改编自诺小颖的《今夜星辰似你：帝少心尖宠》，该文是对"霸总文"的极端化处理。除了女主的"傻白甜"人设，被同租女友鸠占鹊巢等情节外，作品改编增加了诸多女主受虐的设定，交不起房租、原生家庭盘剥、职场斗争、被坏人劫持、兼职挣钱被调戏等等，每一次受虐都由男主"拯救"。除此之外，则是各种偶遇后的"宠溺"。

　　《唐诗薄夜》改编自七猫中文作者盛不世的《你是我的万千星辰》。盛不世是近年"虐文"写作的代表作家。所谓"虐文"是以男女主之间的误会开场，凸显女主被男主误解、蔑视、侮辱、抛弃等"受虐"的悲切和愤懑，也正是前期对"虐"的铺垫，后文中的女主复仇和男主后悔等情节才能更具"爽感"。改编成短剧《唐诗薄夜》后，将极端的冲突摘选出来，前几集直接展现女主的种种"受虐"场景，然后跳转到女主"复仇"，省略了原著中细化矛盾冲突的处理，也删去了从受虐到复仇的过渡。短剧无需交代前因后果，也无意叙述女主如何由柔弱到强大的成长过程，只提取男女主人设元素。前几集重复各种"受虐"场景，以一集的时长交代女主今非昔比后就进入"复仇"，不重"复仇"的筹谋，而是凸显和重复"复仇"成功时的场景。

　　此类微短剧不重视叙事的纵深、延展，重复某一刺激性场景，以"重复"作为主要的叙事方式。背景简单，人设标签化，几乎所有配角都是NPC，人物关系简化。能否在短短几分钟的场景中,营造激发爽感的场景,是此类微短剧制作高下的主要标准。而网络文学中盛行的"爽文"也成为此类微短剧改编或借鉴的重要内容来源。

二

另一种微短剧重剧情的纵深性和叙事性,向日韩短剧或奈飞短剧看齐。这类短剧的内容要求必须结构设计精巧,人设新奇,节奏快,有纵深有反转,且环环相扣。

首先是选材新颖,设计精巧。如《拜托了!别宠我》,原著设定是"穿书",即作者、读者穿进书中成为一个人物,完成人物设定,或改变故事走向。此类"穿书文"在网络文学中并不算新奇,但由于长剧对"穿越"等设定的限制,荧幕上较少"穿书"的尝试。微短剧中,女主"穿书"后由反派变正派,并由于预知人物背景和故事走向处处占得先机,推动剧情快速发展。并且女主为了"回家"不得不反复拒绝男主的表白,由是制造种种具有戏剧性的情感冲突。相较"霸总"甜宠的腻味,此种"穿书"设置冲淡了甜宠叙事的霸权感,虽然结局必然是有情人终成眷属,但给了女主超脱、出世的设定,添加了许多虽然是掩饰性的"主体性"。播放过亿的《长公主在上》则使用了男女主的反差人设,以"反套路"主客模式设置情感线。

其次,较为成功的短剧故事必然要节奏快,通常一集有因果,五秒定生死,各集之间环环相扣。《秦爷的小哑巴》改编自米读原创小说,重生复仇题材。剧情"狗血",但其优势恰恰在每一集都足够"狗血",每集都有激烈冲突,一分钟即有反转。不拖沓交代背景,不演绎场景,只表现戏剧性冲突,先虐后爽,节奏明快。再如《替身姐妹》中极端反差的人设设置。双胞胎姐妹中妹妹是豪门千金,姐姐是寒门辣妹。作品淡化难以处理的背景故事,开篇便呈现姐妹二人性格的反差。通过寒门姐姐兼职收钱办事的设置,开始连接二人的生活。寒门姐姐冒充豪门妹妹管理公司雷厉风行,豪门妹妹冒充寒门姐姐上演学渣逆袭。情感线也因这一设置而跌宕有趣,豪门妹妹下单让寒门姐姐帮助拒绝相亲对象,但寒门姐姐却芳心暗许,男主在两姐妹交错的态度中不知所措,于是作品的情感线呈现了甜宠+爆笑的效果。作为短剧,《替身姐妹》淡化豪门争端,不添加复杂的情感纠葛,专注于反差性格人设,并将之作为解决职场困境、情感问题或是亲情误解的主要通道。由是,作品矛盾集中,轻松愉快,播放量大为可观。

上述微短剧虽然并不都是直接改编自网络文学,但诸多设定、元素和叙事原理都是网络文学中业已成熟的"套路"。《拜托了!别宠我》的"穿书"设定在2021年七英俊的微博连载小说《成何体统》中被运用到极致,发展为多人多维穿书;《长公主在上》的男女主反差人设也是这两年女频顶流作品的创意,如晋江红刺北的《将错就错》等。《念念无明》是近年微短剧的现象级作品。成衣坊老板娘司小念与清苦郎中晏无明喜结连理,看似一段寻常婚姻,实际上二人均是绝顶杀手,并分属对立的门派,由此产生种种戏剧性冲突。作品的主体架构类似好莱坞电影《史密斯夫妇》,但男女亲密关系的建构是典型的古装言情设定,男女主的帮派和任务来自武侠,联结夫妇二人的世子殿下是权谋类人物的侧影……

三

也许不难看出,微短剧内容的此种特征和快速的生活节奏分不开。处在都市压力下的观众需要直接的情绪释放通道,或是在短暂的白日梦中象征性地缓解缺失性焦虑,上述"赘婿""霸总""虐文"等类型的网络文学由此兴起。而短视频则更直观、更集中地将这些"虐""爽""甜宠"元素放在一起。从"赘婿文""霸总文""虐文"到赘婿短剧、霸总短剧、虐文短剧,这其中有一脉相承的逻辑。在一定程度上,可以说,快节奏的网络文学成就了更快节奏的微短剧的生成。在网络文学中盛行的偏向下沉市场的"爽文"也一定会成为接下来微短剧的主要内容。

与它的网络文学资源相比,微短剧或许更注重故事纵深,但并不着力描述历史背景、人物的复杂关系(特别是配角背后的性格逻辑),不细致描摹矛盾幽深的人物心理,也无意在细节上多做停留,而是在新奇人设、脑洞设定和高度戏剧化的剧情上下功夫。所以,在网络文学庞大的资源库中,微短剧有偏好性地挑选着自己的脚本。诸如快穿文、言情文、重生文、复仇文,环节干净紧凑的悬疑文、武侠文等,作为设定新奇但简单,人设特别但单纯,故事紧张又紧凑的网络文学作品,是适合微短剧改编或借鉴的主要类型。

当然,微短剧并不意味着内容质量的下降,微短剧对网络文学内容的改编,较之普通时长的电视剧更能集中地呈现矛盾,凸显反转,有助于强化剧情的戏剧感。微短剧的兴起也在一定程度上避免了普通时长电视剧容易出现的"注水""拖沓"等问题。虽然网络文学的微短剧改编在很多时候更不可能完全呈现原著的情节和细节,但也许可以更清晰地呈现原著精巧的故事结构。既有的网络文学为微短剧提供了内容的支撑,接下来网络文学原创内容的不断推陈出新,也将推动微短剧内容的更新和提升。

(作者系南京师范大学教授,博士生导师)

残酷战争中的人性欲望与国家利益
——电影《长津湖》观后感

杨 震

《长津湖》这部影片近三个小时,对比拍摄阵容、传递的英雄情怀,肯定是值得的。并且,祖国华诞、建党百年,这部军事题材电影在国庆档上映,既是一部向革命先辈致敬的爱国主义宣传片,也是面对复杂局势,展示中国坚定崛起,不屈不挠发展迈步的中国声音。该影片由陈凯歌、徐克、林超贤三位著名导演执导,陈大导演擅长文艺、唯美故事画风,徐大侠拍武侠独到、林导演枪战片精彩,我就分三个部分来谈谈个人观感。

第一,为什么要抗美援朝?《长津湖》仍是以朝鲜长津湖地带的战役为切口,走进抗美援朝战史。我方投入兵员二百四十余万、长达三年的抗美援朝战争,确实不是一部电影能囊括得下,多兵种多地带的战斗,把战争起始至此战结束连接起来的勾勒叙述应有相关文献记载,称之为历史。历史并不是光鲜亮丽的,常负载着无奈和沉默,但历史中的事与人,却有强烈的时代气息,衔接着时代的偶然走向与必然使命。影片从一位野战军的连长伍千里入画,回乡归葬兄长伍百里,休假暂且回到父母身边。因中央抗美援朝决策,得令归队,19岁的顽皮兄弟伍万里悄悄随他到了部队并顺利入伍,入其麾下。从《士兵突击》到《长津湖》,七连是个总被选用的连队建制,恰好我所经历的部队,无论是唐山某部还是石景山某部,都是在七连。这个"七连"援朝的铺叙及人物性格的刻画,是以美军机越国境轰炸我国安东(现吉林丹东)伤我军民设施、毛泽东主席在中南海军政议事、毛岸英主动申请赴朝的一系列背景事件来推进的。为什么出兵?是否应该出兵?中国人民保家卫国的决心、军队的保障供给先期情况是个什么样？在该片前一个小时都已交待清楚。

第二，七连领命的军事任务完成如何？然而进入朝鲜后，被敌军军机压制的危险不可避免，队伍成员、辎重相继受损。在护送电台和译报人员的半隐蔽行军途中，七连官兵恰逢敌军与我友军的一场战斗，友军被对方火力压制，"撑不住20分钟！"连长伍千里命令老排长雷公携装备、人员按计划赶赴志愿军司令部送电台。他带领一部分战友解救友军，他们身负重托，以过硬的战斗技能和作风端掉了敌窝，小战友伍万里也完成了第一次战斗，迅速成长为一名合格的战斗成员。老排长雷公为阻止敌援军靠近，也打了一场胜利阻击战，这手法像极了"平型关大捷"的再现。这时穿插了毛岸英与一线部队接触，为抢救志司地图不幸遇难的事件。将子女送至前线不简单，像陈独秀一样，两个儿子都献身解放与反压迫的革命事业中，伟人怎不让普通百姓敬重景仰?！在这里要提一嘴的是，由于武器落后，给养被敌空军压制，志愿军初期在朝鲜战场上并不能发挥出最大的兵力、攻守优势，使战争达到平衡的是"舍生忘死"四个字，敌人宁可保住有生力量，可以暂时放弃某个阵地，而我军在后勤补给、武器装备、制空力量薄弱的情况下，就是不惜生命代价，人在阵地在！所以战争是人肉绞肉机，战争就是互相杀戮，战役就是进攻、防守和对峙。许多战士只是十七八岁，并不比观影的观众成熟多少。

第三，围歼"北极熊团"战役中发挥作用如何？之所以要狠狠地打击对方，是因为在劣势环境下，逮到机会就得寻找打出平衡的途径。这边中国人民爱国爱军，不惜让家中子弟走上战场，你美国那边能撑得住伤亡数字，就继续打下去。美国国内还是反战的，迫于本国民众压力，也迫于志愿军的英勇战斗，轮换三位将帅作战受阻后最终调停。被敌人压着打是很难受的，志愿军前辈们都经受过，那是怎样的苦日子呀！天寒地冻，补给不足，连夜行军，饥餐露宿。非战斗损伤减员是个不小的数字。无论在何种场合，要解气得自己有足够的实力。观众也乐见战士猛虎下山，四面冲锋合围的鼓劲场景。"北极熊团"在我军周密部署、官兵们战天斗地的吃苦精神下被"包饺子"，既打得畅快，更打得艰苦。但既然已经合围，就不能功亏一篑，拿火力去堵，拿忠诚与决心去堵。影片中的七连指战员大部分幸存，这也是观众所欣慰的。战争却是冰冷无情的。这一仗，七连参与的围歼总攻战，打出了士气！打出了志愿军的豪气！打出保家卫国的血性！老排长雷公为减少周边战友伤亡,抱着散发浓烈烟雾的标识弹开车勇往敌阵。牺牲之前努力哼着沂蒙小调,在战友兄弟救援下直接说"疼!"谁想吃苦受累,谁不怕疼?一则是军人必须服从命令;二则是"我们打仗,是为了祖国的和平安宁!"《长津湖》里既再现了毛泽东主席的儿子毛岸英,也再现了泰兴人民的儿子杨根思,为守住阵地在战至最后一人的情况下他抱着炸药包冲向敌群,以"三个不相信"精神践行了他对祖国和人民的忠诚热爱。而我军"冰雕连"群像也令撤退的美军大为震撼,直呼志愿军群体是一群不可战胜的部队!

"有些枪可以开,有些枪不能开!"是连长伍千里教育新兵的话,志愿军入朝,并不是因为好战而卷入,而是为了保家卫国,让国外对立势力不敢因小视而侵犯中国国土、干涉中国内政。"打得一拳开,免得百拳来!"是该片对此战的释意之一。战争并不如想象中那么轰轰烈烈、快意壮美,正常人连续经历48小时的战斗就会疲劳恐惧厌倦,72小时部分人会崩溃。重温战争,是让观众明白和平的来之不易,人性有高大的一面也有脆弱的一面。老一辈人比我们能吃苦、能担当,是因为他们信仰坚定、大多出身贫苦,不想让子孙后代继续受压迫奴役,所以或大吼或默默地亲临战场一线,但希望自己的孩子、家人、中国共产党领导下的国人有一个美好的未来!

这部影片观后评价打90分!缘于自己不是导演、演员、编剧,对别人的创作成果多一分理解。更因为新中国成立72周年了,回顾致敬抗美援朝英烈也是一种不忘本的表现。这是比长征还苦的战略格局,这是对祖国大好河山的无限热爱才愿承受的苦难,这是忠诚的中国军人对祖国人民的答卷。战场上的性命都是平等的,老兵永远不死!抗美援朝精神永远矗立!

(作者系江苏省文艺评论家协会会员)

音乐

中国传统艺术精神"和"在当下乐教中的价值阐释

林东坡　陈　静

前　言

既有研究认为,传统艺术在广义上是中国传统文化的一部分,而"狭义的文化专指文学艺术"[1]。传统文化泛指中国奴隶社会、封建社会直至五四新文化运动前的历史阶段中,以儒家文化为主体形成和发展的文化思想[2],它包括教育和艺术的实践与理论遗产。而传统艺术精神则是受传统文化的浸染而形成。

注重艺术与人格的和谐统一是具有美学意味的中国传统艺术精神之一。中国传统音乐教育重视寓教于乐、讲究音乐与人格的和谐、均衡发展。古人云:乐者乐也,指人在音乐的快乐学习中,身心得到陶冶、个人情感和社会情感得到丰富、人格得到和谐的发展,此即所谓"乐教",当下称之为"通过音乐艺术的审美教育"。

古代先哲抓住"和"这一精神核心进行"乐教",将人的成长和音乐艺术有机地整合在一起,注重人格的完整性,成为中国的文化传统之一。作为一种具有美学意味的精神意象,"和"意象的形成是基于"两极对话"式的原型心理结构,在中国的文化哲学语境下生成的。千百年来,它作为集体无意识,在心理最深层左右

---

[1] 教育部人事司编写.刘新科主编.中国传统文化与教育[M].长春:东北师范大学出版社,2002:2-6.
[2] 教育部人事司编写.刘新科主编.中国传统文化与教育[M].长春:东北师范大学出版社,2002:2-6.

和制约着人们的思维范式和行为选择。历史上虽然它总是会出现偏离,但当不同文化思想出现碰撞的时候,总会瞬间显现、通过特定的事物现象显现和回归。

本文认为,当下中西文化教育价值相互碰撞的情境下,对于传统音乐教育功能、价值和生命力的讨论再一次闪现了乐教之"尚和"意识,而以"和"这一中国传统美学精神统摄下的传统音乐教育,其对个体生命的内在秩序性、有机性、均衡性与发展性等方面的价值,值得重视和再发现。

本文将从"和"意象与原型心理结构、乐教中的"和"两个部分进行论述。

一、"和"意象与原型心理结构

"和"是中国传统美学、传统艺术精神的重要内涵。"和"意象首先表达了它是某种关系之间所要达成的理想状态,因此它暗含着特定的审美准则之意味;"和"又隐含着关系之间的运动方式,即对话与生成、冲突与平衡。作为意象,"和"是特定心理结构模式的外部表现、特定思维方式的成果。因此,"和"折射出了特定的原型心理结构模式。我们可以通过研究这种特别的心理结构模式,把握"和"的生成与内涵,发现其价值,为当下音乐教育提供参考。

1. "和"意象生成于两极对话(二元统合)原型心理结构

何谓原型?"原型"是荣格的"人格结构"(荣格称为"心灵";拉丁语称为"精神、灵魂";当代称为"心理(mind)")的最核心部分。"人格结构"探讨的是心理结构中不同层次意识层相互作用以及这种"自性"的、集体的、相对完整的心理结构对个体的人的精神、行为的影响。荣格研究认为,原型是一种两极对话的生成性心理结构形式,这种心理结构形式和运动方式具有原初的、普遍的意义[1]。20世纪以降,原型的研究方法被文学艺术、科学、哲学等领域广泛引用[2]。

中国本没有"原型"之说,但是中国古代理论元典《易经》中的太极图式表达出来的阴阳两极对话与互动结构模式,不仅反映了中国古代先人的思维模式,而且与原型有着相似性。事实上,荣格也承认他的理论"在遥远的古老东方得到了

---

[1] 荣格.荣格文集[M].冯川,译.北京:改革出版社,1997:40.
[2] 卡尔文·S·霍尔,沃农·J·诺德拜.荣格心理学纲要[M].张月,译.郑州:黄河文艺出版社,1987:180.

印证"。因此可以认为,《易经》的太极图式隐含着中国人的原型心理结构模式。国内有学者认为,"中国人在自己的历史实践中所形成的不同于西方的思维方式,中国文化哲学中所提出的许多命题和所形成的许多概念,以及对于这些问题的结论,却与原型理论有许多重要的相合之处"[①]。中国传统文化源远流长,博大精深且千变万化。但在芸芸众生相中必然有某种"集体""共相"的东西深深铭刻或积淀在每个人的心灵深处,并且影响着人的精神和行为方式。这种东西就是一种文化的、精神的原型基因。"和"是集体、共相的心理原型之外部显现,是传统文化在民族心理中的积淀,是中国传统艺术精神的"基因"之一。

阴阳两极对话之原型心理结构的外部原型意象是"和"。阴、阳作为古老的原始意象潜藏于集体无意识深处,一旦阴、阳两极对话产生的原型震荡向外辐射与不同文化环境中的意象产生关联时,则产生了契合原型震荡、具有不断变化、发展之特性的原型意象——"和"。人们认为天地阴阳变化是万事万物生长的根源,进而将阴、阳之道类比、推及人与天地、人与人、人与物以及物与物之间的关系,并逐步形成认识:蕴含"天人合一"思想的"和"就是这诸种关系之核心。这个认识的"反"与"返"的过程,是一个从无意识到意识,再从意识到无意识的过程。人们在对宇宙的认识与把握中体验"阴阳之道",在发现与观照中体验人与宇宙的关联、体验"天人合一"、体验各种结构关系之"和"。

所以,以"和"为意象的原型心理结构,不仅是一种如符号学家克莱夫·贝尔所言的、具有哲学意味的"有意味的形式",它还"对思维、情感和直觉等一切心理活动发生影响",而在音乐教育领域对于"和"及其内在心理结构的研究所关注的"显然正是今日人们所谓的文化心理结构积淀这一问题"[②]。

2."和"意象与原型心理活动方式

如前所言,"原型不是一般的知识积累和某种知识结构,而是人类由对自身与宇宙关系的理解所产生的心理体验模式,一种情感的积淀'定型'和反复'触发'……文艺原型是在长期实践的基础上逐渐形成的审美意识和心理情感的积淀。……文艺原型是一种心理体验模式,也是一种关于'美'的心理模式"[③]。

---

① 程金城.西方原型美学问题研究[M].哈尔滨:黑龙江人民出版社,2007:269.
② 荣格.心理学与文学[M].冯川,苏克,译.南京:译林出版社,2014:7.
③ 程金城.西方原型美学问题研究[M].哈尔滨:黑龙江人民出版社,2007:245.

"和"意象作为一种精神统摄，它折射出来的集体无意识心理结构具有普遍性，但是它与具体的种族文化语境结合，会产生独特的文化—心理结构。在中国传统文化语境下，表现为阴、阳二元统合的典型思维方式，区别于西方二元相分的典型思维模式。

所谓阴、阳二元，实质是泛指同一事物的两种不同属性。二元统合的思维方式是原型心理的折射，它认为宇宙间的事物是普遍联系的，因而习惯性地将不同事物作为对应范畴纳入整体框架进行考察，长此以往，逐渐形成了中国艺术思维的重要特点之一。

如前所说，二元统合的思维方式指对应二元，或者说阴阳两极对应、互动、冲突、发展、达成平衡构成其主要思维或心理活动范式。所以，"和"首先表达了"和谐"之意，即不同属性的事物可以和谐共生，它显示出原型心理之两极对话的终极状态；"和"还表达了一种精神，显示了两极属性的对话趋向（目标），引领了原型心理的动力指向；"和"在不同情境之下内涵会发生变化，又显示出原型心理的不断生成性，因而它可以在中国传统音乐教育的典型范式中得以闪现。

二、"乐教"中的"和"

音乐与人的和谐统一，是传统音乐教育——"乐教"的核心精神理念。在原型心理和传统思维模式统摄下，千百年来，中国音乐是"人化"的音乐、人生是"艺术化"的人生，"乐"和"人"成为了不可分离的一个整体。

1. 为何要研究乐教中的"和"

首先，在传统乐教中，人格的完整是"和"的重要表现。但随着全球化时代的到来，东西方文化心理、思维模式发生了交流与碰撞。当传统遭遇现代，传统的思维模式遭遇了挑战，在音乐教育方面亦有表现。随着后现代主义思潮出现，人们越来越强调彰显个性、越来越想摆脱传统伦理道德教育的束缚。在传统文化精神式微的大环境下，学音乐与学做人已经出现二元分离的迹象。

在西方思维范式下，一个音乐家如果他的技艺高超，即使他为人很差，但是社会不会吝啬对其技艺的赞美；而在中国传统文化中，这却是不被认可的。在中国传统文化中，"乐品"和"人品"是对应的，相互映衬，人品不好，其乐品也会不被认可。原本音乐和人格是属性不同的两个事物，可以分离，而且没有必然的关系,但是中国的哲学思维据其众所周知的"类比推理"之特性,以一个"和"字就将二者纳入一个整体性范畴。这也表现出一个文化心理活动的惯性。惯性久了,就成为了传统。

值得注意的是,当西方文明走入困境、现代技术的高度发达与人格的异化出现严重分离的时候,哲学家们开始将目光转向东方哲学,试图从中获得启发、找到出路。因此,中国哲学以及通过音乐艺术教育达成人格完整的传统思维模式,对当下社会与人格的和谐发展有着极其重要的意义,因而有必要对传统乐教中的核心精神"和"进行温习与再研究、再发现。

其次,当下关于音乐教育的定位也存在着分歧,出现了对"和"的偏离。分歧之一方面认为,音乐教育就是教授高超的音乐技能,使学生将来成为杰出的音乐家;另一方面则认为,除了技能之外,音乐教育更应该关注学生的成长过程。在上述争议中出现了第三种思维方式——技能的习得必须与学生身心的健康成长和谐、均衡地发展。这种思维方式表面看来似乎仅仅是针对音乐教育定位的思考,而实质上它和潜藏在中国传统文化中的习惯性"尚和"思维遥相呼应。

如前所述,在中国传统文化的语境中,自古以来"学音乐"和"学做人"是一个人从孩提时代刚进入音乐学习的时候就被作为一个整体联系在一起的教育内容与对应范畴。并且,随着音乐学习的深入、音乐格调的提升,做人的修养功夫也被要求同步提升。换言之,理想的期待是作为对应范畴的"乐品"和"人品"会随着学习的不断深化而能够获得和谐、平衡的发展,这也正是中国传统音乐教育——"乐教"的精神所在。

2. 乐教"尚和"意识之哲学根基

"和",首先是二元统合心理活动的外部意象。在传统乐教中,首先是"乐和",然后是"人和",再者即为"人"与"乐""和"。在这种思维模式的统摄下,乐的属性和人的属性得以统一,人与乐的对应统一成为可能。

"乐和"之哲学根基。中国古代音乐首先抓住了音乐最主要的美学意味——"和谐",和谐的音乐有符合天地之美的"德性"。在中国古代,乐音的产生和音律的创造通常是基于对自然界的模仿和对阴阳和谐观的体悟与实践,体现着以"和"为意象,以"阴、阳"两极"互动、生成"为基本形式的心理活动方式。例如,《尚书》记载:"八音克谐,无相夺伦。""克"充分说明了相互制约、和谐共生的哲学意味。音乐的和谐是建立在按特定数比关系生成的、符合宇宙规则、具有相互关系的乐音和谐的基础之上的。众所周知,中国传统音乐中乐音的生成法之一是采用"五度相生法",即每一个音都是由另一个音按照一定数比关系生成而来,这是具有科学性的"五度相生法"。每个乐音既相对独立,更重要的是存在于相互的关系之中,这使得以阴阳相生相克为基本思维方式的古代音乐生成法具有了哲学的意味。因此"五度相生法"背后的阴阳观可以被视作乐音生成的基本哲学指导思想,我们由此也可以窥见原型心理的活动印迹。

从音乐的生成法则可以看出,乐之"和"代表了一种秩序性、有机性、生命性和发展性。这正是中国音乐文化传统在"和"的精神统领下历久弥新、富有生命力的关键所在。同样,"和"在人之为"人"方面,同样要求遵循伦理的秩序、身心发展的自然、有机和平衡。这也是人在生命特征的精神体现。

"人和",则包括了人与人"和"以及个体的自性圆满。但无论乐之"和"亦或人之"和",都要符合宇宙的生命精神——即上文所述之秩序性、有机性、可变性和不断生长性,这才是宇宙的生命发展具有可持续的能力。所以,基于"乐"的生成与"人"的生命发展具有相似属性,中国先哲以"和"为精神核心、以"天人合一"之宇宙观将"乐"与"人"统摄在一起。当然,这也是两极互动原型心理强大整合功能的显现。

3. 乐教"尚和"意识下的"乐、人和谐"论

音乐艺术的发展不可能脱离其特定的时代文化背景,而时代文化也不可能是无源之水,它必然地是对中国传统文化的继承或变化发展。传统音乐教育艺术领域的"乐品、人品论"隐含的文化心理也有着深厚的传统文化哲学根基,与中华民族传统乐教中的"尚和"心理原型遥相呼应,是其在新时代艺术人文精神中的瞬间闪现。

何谓乐品?"品"有品行、格调、耐寻味之意。乐品即音乐的格调。格调的高下决定乐品的高低。应该说,作为音乐自身并无品行之说,但音乐被赋予的社会性内容和情感指向是否符合一定的审美准则,或者说音乐被认为的"所指"——表现的内容和文化内涵是有一定评判标准的。

怎样的音乐才是有格调的呢?儒家认为,符合"礼""仁"的音乐才是格调高的"善"音乐。"礼"是先人根据天地阴阳相克相生之宇宙自然规律而推衍出来的一种社会制度和行为规定,"仁"是礼的精神核心之一,作为社会的人,要与天地宇宙同步、像敬畏和遵循宇宙运行规则和关系那样尊重人与人之间的社会关系,

且相互关爱、富有同情是"仁",与"礼"相比,"仁"不仅关注相互关系和规则,更多了一些人情的味道,这一点非常重要,因此才有"仁者爱人"之说。"仁"被孔子树立为最高的道德标准。

再看音乐,音乐的美学意味之一是"和谐",音乐的和谐是建立在按特定数比关系生成的、符合宇宙规则、具有相互关系的乐音和谐的基础之上。这一点前文已简要论述了原型心理如何与文化发生关联,进而生成这一独特的传统文化心理。

古人将乐音与阴阳五行对应,以强化音乐与宇宙规则之关联。虽然将乐音与五行一一对应会有机械对应的嫌疑,但我们恰恰可以从中窥见先人们的宇宙观。由此可以理解,先人为何会认为按照宇宙规律生成的音乐无疑是沟通人与自然的最恰当的艺术形式之一。

以上描述,再一次体现了先人们相反相成的原型心理所折射的整体性直觉把握的思维方式和特点。从一开始就将人与自然视为和谐统一的有机整体,并将观察天象所悟得的宇宙运行之规律内化为心理认知,再进而外推为人与各种事物、对象的关系准则,总是习惯性地将人和关系对象置于统一的、整体框架之内进行考察。宇宙的四时轮替不是孤立、外在的,而是按照一定关系相克相生、相互关联、自觉有序地在宇宙整体性秩序下运行,那么作为宇宙一部分的人,其行为准则应该顺应宇宙规律,这样才能和宇宙融为一体。因此,人的行为、交往的礼仪要像宇宙运行那样有节奏、有规律、有节制、重和谐。人们用来沟通宇宙的音乐也应该同节、同度,即所谓"大乐与天地同和,大礼与天地同节"(《礼记·乐记》)。这种文化心理、思维模式的产生不正是原型心理的文化显现吗?

基于这样的哲学基础,古人提出了"乐"与"仁"在人文精神层面的统一与相互关联。"人者仁也","仁"首先是相互关系(即所谓二人),"仁"者,善也,"尽善"才能"尽美"。仁者之乐,是要有节制的、符合礼仪、体现出某种道德指向的。不能有情绪性宣泄,这正是古代认为"韶乐"高于"郑声"之原因所在。乐与"仁"的合一,这是否是原型所生发出来的"尚和"审美心理指向?

符合"礼"的音乐也因此被赋予了规定性。音乐时刻要保持有条不紊、"平和""执中"之审美状态,如"哀而不伤""乐而不淫"等才符合"礼",而过于注重情绪宣泄的音乐之格调是不高雅的,所以孔子批评"郑声淫",而闻"韶乐"则"三月不知肉味",显然,在孔子那里,与"郑声"相比,"韶乐"是格调高雅的音乐。

何谓人品？人品，即一个人的自我修养、社会品格、道德品行。古人认为，一个文化素养高、品行高尚的人应该是喜欢"高雅"音乐的，反之，则其品行修炼还没到火候。这样，古人将乐品和人品联系起来并画上等号。因此，喜欢并坚持格调高雅之音乐的人，对音乐的理解，其自身的文化修养、社会节操——或者说其人品的格调才是高的，才能够"文质彬彬"、具有儒雅的风度。这样的人，具有"仁"和"善"的和谐品格，其表现出来的音乐也会是经由其内在的价值判断和审美标准过滤的、与其个人品格一致的高雅的音乐。孔子曾说："兴于诗，立于礼，成于乐。"又说，"乐其可知也，始作翕如也，从之纯如也，皦如也，绎如也，以成"。诗是感性而浪漫的，礼是有节制和约束的，而乐，恰恰可以中和诗与礼的特性，使人格的养成达到情与理的和谐与平衡。孔子认为，"在美的音乐中，有最和谐的结构和最动人的节奏"，但是，"孔子对艺术的审美体验，并不仅仅在于某种人类内在情感与艺术形式、节奏或秩序的盲目的统一，他还进一步看到了其中暗示的人格和特定的社会内容。"[①]从这个意义上说，乐教可以导人向善，常怀仁爱之心，最终形成和谐人格，创造优美的、艺术化的人生。"礼乐并重，把乐安放在礼的上位，认定乐才是人格完成的境界，这是孔子立教的宗旨"，孔子由此奠定了"为人生而艺术"的典型[②]。

事实上，不仅是古代先哲重视人品与乐品的关系，现当代许多曾受到过传统文化浸润的德高望重的音乐家们，也一直秉承和追求"人"与"乐"的和谐。如中国音乐最高奖"金钟奖"终身成就奖获得者、音乐家张锐先生就认为，音乐不是目的而是一种手段，借以明心见志。他的《品——我的十二面雨花石镜》中体现了其独立的精神境界："艺品反射人品，人品现于乐品；人品自有高下，优劣又现于乐品。"[③]他总是告诫年轻的演奏家们：学习艺术首先要学做人（即有德性的、人格健全的人）。张锐先生等一批老艺术家们之所以能达到极高的艺术造诣，正是因为他们十分注重艺术与人生的内在关系，注重生命的流动与自然节奏的合拍，时刻关注而又能适度过滤社会的部分信息，使自己可以在一定阶段内、于艺术的浸润中保持心性平稳，做到心境平和，达成与社会、自然的

---

① 滕守尧.审美心理描述[M].成都：四川人民出版社，1998：9-10.
② 徐复观.中国艺术精神[M].上海：华东师范大学出版社，2001：4.
③ 张锐.琴弦语丝[M].德宏：德宏民族出版社，1992：95.

和谐。

4. 乐教"尚和"意识是教育价值、生命力之动能

人的生命发展富有节奏性、有机性和生长性，中国人历来崇尚人格的发展符合宇宙精神。宇宙四时交替、寒暑代往，自然有序、超越功利，于无言中滋养万物，使世间万物和谐生长，即所谓"大道无言""厚德载物"。音乐与人的和谐，都要符合宇宙的自然美——根据自然规则和谐生成、自然发展，才会具有鲜活的生命力。这也是宇宙的"德性"，如果符合了这一"德性"，人和音乐就契合了宇宙生命精神。

宇宙生生之"德性"是超功利的，而教育的最大价值也是超功利的。使人获得生存的基本能力并不是教育的全部功能，教育应当使人成为"人"，在于使人能够获得超越生存技能，在无论顺境还是逆境中都能够尽量把握很好的节奏和保持平衡的心理能量。通过音乐，通过经由音乐的实践或审美教育活动，人们可以领悟中国传统文化中基于"天人合一"思维而产生的"尚和"之艺术精神，成为"培养人的一种有机和整体的反应式的教育"[1]。因此当下之"乐教"关注传统艺术精神及其当下价值，应当通过持续的音乐教育活动"分享着过去和现在的艺术家、作曲家、作家和哲学家们的意识"[2]，联通古今、充盈心灵，并且进一步形成能够从容调节和应对自身与社会变化发展之张力的心理能力，从而使生命的丰富性从有限达到无限。

三、"和"在当下乐教中之价值

"和"意象隐含着"度"的内涵。无论历史上的"平和""淡和""中和"，还是当下所讲之"和谐"，均包含着某种尺度标准。儒家讲"中庸之道"，当下美育中讲"和谐"，都涉及人与自身、人与他人、人与社会的或内或外各种关系的处理与平衡问题。"和"注重两极之间的平衡，平衡不是机械的"均衡"，它是一种状态，更体现了一种动态，是一种主动的选择。乐教应当使人获得对这种状态的正确认

---

[1] 滕守尧.审美心理描述[M].成都:四川人民出版社,1998:333.
[2] 理查德·加纳罗,特尔玛·阿特休勒.艺术:让人成为人(人文学通识)[M].舒予,译.北京:北京大学出版社,2007:10.

识,获得把握动态平衡的能力,使人自身成为一个温润的、具有丰富的精神上的获得感和幸福感的人。

如前文所言,宇宙的和谐、乐音的和谐以及人格的和谐,都蕴含着一个"和"字,"和"贯穿并联系着人生、音乐和宇宙。因此有学者认为:"和"的观念不仅是一种审美法则,而且它也是中国艺术思维的某种潜在规定性[①]。本文进一步认为,"和"不仅是艺术的内在规定性,它已然成为中国传统音乐教育的集体无意识。近百余年中西方交流日益频繁,近40年,尤其是21世纪前后很多西方教育理念和价值观涌入国内,在吸收其中有价值的教育观念的同时,也出现了某种与传统乐教断裂的倾向,工业化进程中的教育过于注重实用和功利也使部分人的人格出现异化。重温"和"意象统摄下的传统音乐教育精神对于和谐人格养成之价值指向,以及其对秩序性、有机性、均衡性、发展性的内在规定性,无疑会激发其对于当下语境中音乐教育的正向价值,体现其旺盛的生命力。

结　语

本文认为,"和"作为传统艺术精神的重要内涵,它是音乐艺术教育的价值和生命力之所在。中国传统音乐教育的"尚和"意识,以及"以和为美"的文化精神,生成于二元统合的原型心理结构和文化哲学根基。传统乐教中人与音乐、人与宇宙精神的对应与和谐统一,正是基于这种心理模式。立德以树人,和谐的人有"德性",人的"和谐"成长是人之为人的重要准则。这恰恰是可以通过以"和"为精神内核的传统音乐艺术教育可以达成的。

（林东坡系南京师范大学教授,博士生导师;陈静系南京师范大学生命科学学院党委人事秘书）

[①] 金丹元.中国艺术思维史[M].上海:上海文化出版社,2005:39.

美术

为中国式现代化描绘山河新貌[①]

楚小庆

人们对于傅抱石的认知和理解,一般是从北京人民大会堂会客大厅墙壁上绘制的巨幅山水画作《江山如此多娇》开始的。这件由傅抱石与关山月共同合作完成的作品,是根据周恩来总理和陈毅副总理提议,依据毛泽东《沁园春·雪》词意创作的表现祖国大地旭日东升、莽莽神州磅礴气势的新中国山水画作品,也是毛主席一生中唯一亲笔题写画名的绘画作品,不仅创下了中国历史上山水画作尺幅面积之最,而且其画面构图、笔墨语言和程式风格也共同成为了描绘新中国区别于两千多年封建社会的山河新貌、人民群众彻底翻身当家作主、社会主义建设事业万象更新欣欣向荣的里程碑式的美学标志。1972年中美开启破冰之旅,周恩来与来访的包括尼克松、基辛格在内的美国代表团全体成员在这幅山水巨作下集体合影,以兹纪念,更使其成为了一个影响世界经济政治发展格局的新的历史转折和时代开端的缩影。但是,这件作为历史巨作的《江山如此多娇》并非凭空诞生,而是经过长时间的积淀构思和不断尝试实践而来。近日,《江山如此多娇》创作工程前期筹备中的一幅小稿,在南京博物院《转折与对比——傅抱石东欧写生的回望与重估》展览中向公众开放,形象展示了当时这段波澜壮阔历史

---

① 本文为2023年度国家社会科学基金重大项目"中华文明精神标识的艺术呈现与传播研究"(编号:23ZD02)阶段性成果;2021年度国家社会科学基金艺术学一般项目"中国艺术意境观念变迁研究"(项目编号:21BA021)阶段性成果。

过程的细节与足迹。

该展览共选取了57件作品，以傅抱石1957年率领中国美术家代表团访欧期间创作的"东欧写生"系列作品为核心，以其他各个历史时期创作的不同风格中国画作品为参照，两类作品一一对应，将尺幅相近的画作间隔成组排列，意在向观众形象说明"东欧写生"的重大意义。"东欧写生"不仅是傅抱石个人笔墨语言与绘画风格的转折点，更是中国传统绘画从封建社会旧中国向社会主义新中国美学风格与价值追求新变的转折点。以"东欧写生"为标志，傅抱石在此前后一段时间带领以江苏省国画院为主体的一批青年画家走遍祖国大好河山，领导了中国艺术史上开天辟地的"两万三千里写生""韶山写生""东北写生""江西革命老区写生""浙江写生""金陵写生"等一系列创作实践活动，不仅形成了在中国传统绘画已有三十多种"皴法"之外的新创笔墨形式语言"抱石皴"，而且以崭新绘画风格开创了描绘新历史、新时代、新社会的时代美学风范。从其作品中我们可以清晰看到，傅抱石时时面对名山大川、描绘山河新貌，又时时都在构图借鉴、运笔思考，每件作品都透射着一种强烈的责任感和使命感。傅抱石在绘画创作上的成功经验，在于他始终督促自己用喜欢的画笔描绘钟爱的生活，作为其作品艺术张力之主要构成部分的勤奋与热情，也同样是其艺术创新创造力和解决难题能力的动力源泉。

在艺术领域，要真正贯彻落实"以人民为中心"创作理念和社会发展成果也即作品"为人民所共享"的创作目标及价值追求，就要把精彩的艺术形象描绘并呈现给人民群众，这就要求不仅仅要"画"人民群众，使人民群众成为艺术创作表现的主要人物与主体核心；而且更要把这个伟大的新时代用画笔"画"给人民群众看，让人民成为艺术作品的欣赏者、接受者和评判者。傅抱石就是这样一位忠实的"人民艺术家"，他不仅在《人民日报》发文猛批在1953年仍然"坚持不与俗人看"、与劳动群众截然划清界限的一批"自命清高"的上海画家，而且坚持自己带队深入水利工地、厂矿基层、林海雪山，把明清以来僵化套用、抄袭模版的"师法古人""迷信古人"风气加以批判遏制，对当时流行的"现代人物加唐宋山水"创作拼接模式予以坚决反对，力推将绘画风气重新回转到"师法自然"的晋唐传统创作路径上来。傅抱石亲身走过二万三千里大好河山，带领"新金陵画派"创作群体重现了元代黄公望经历十数年观察临摹富春江方才创作《富春山居图》以及明代王履《华山图序》强调"吾师心，心师目，目师华山"的现场写生创作方式，只为尽心描绘以人民群众为艺术表现主题的祖国万里河山。傅抱石在探索中国传统绘画实现"中国式现代化"创新发展道路上,坚守了中华优秀传统,创新创造了绘画艺术程式,保留了中华民族特色,吸纳了西方绘画的优秀营养,丰富了中国绘画技法形式,铸就了独特的绘画笔墨语言,充实了中国传统绘画美学内涵,在推动中华优秀传统文化向现代文明的社会文化形态转型中做出了无法替代的贡献。

正如习近平总书记强调,"中国式现代化是中华民族的旧邦新命","在新的起点上继续推动文化繁荣、建设文化强国、建设中华民族现代文明,是我们在新时代新的文化使命"。作为中华传统艺术的重要组成部分和民族精神表达的重要途径,中国传统绘画在20世纪初经历了重要的历史转折,出现了一批致力于探索传统绘画改革、创新、发展的艺术大家,傅抱石是其中的杰出代表。傅抱石主动探索新的笔墨形式语言和引领实现新时期绘画美学风格之变,铸就出了独特的绘画艺术程式,在塑造中华民族文化共同体和描绘、构建民族精神家园的绘画实践中,做出了历史性贡献。傅抱石的绘画实践弘扬传统,实现了传统与现代的结合、理论与实践的结合;创新创造了新的绘画形式语言,实现了从"传移模写""临摹画谱"到突破传统模式、创造个人绘画语言的重大转变,开创了崭新艺术程式;用现实主义风格表达新思想、表现新时代,引绘画技法之变,领时代风气之先。傅抱石以其富有创造性的探索和实践,融会形成了自身独特的绘画风格,也推动当代中国山水画创作形成了属于这个特定历史时期的审美文化特征,成就了该阶段特有的绘画美学新面貌。

"对历史最好的继承就是创造新的历史,对人类文明最大的礼敬就是创造人类文明新形态。"傅抱石的"写生"创作,通过其个性化的理解,促使中国传统山水审美意趣在新的社会环境中实现了价值转向,描绘出了新时期的"山河新貌",满足了新时代、新阶段中的多方文化诉求和价值表达愿景。傅抱石的改革创新符合时代发展的历史要求,适应社会变化需要,从无"为新而新"的个人冲动,只为真情回报人民,尽心尽力描绘祖国大好河山,精彩展现和形象反映人民群众真正翻身解放、当家作主、自信豪迈的如歌岁月。傅抱石创新的绘画语言和崭新美学风格,是文化传承、文明延续、社会进步、民族兴盛的艺术必经之路,不仅改变了延续两千多年的绘画艺术程式和语言美学风范,而且开启了中国传统绘画实现创造性转化和创新性发展"中国式现代化"道路的先声。

(作者系江苏省文艺评论家协会副主席,南京博物院研究员)

江南意境
——太湖画派的当代性

朱宗明

一

近代的无锡,是民族工商业的重要发祥地,经济繁荣,文化昌明,造就了无锡艺术的开放意识和创新理念,创新变革的绘画意境成为无锡近现代美术的一个显著风格特征。从这里走出去的艺术家,都能秉承太湖"包孕吴越"的博大胸怀,以开放并蓄的视角看世界,按照时代的需要,吸收外国艺术的良规,与时俱进地丰富民族艺术的内容与形式,开宗立派。"江南老画师"吴观岱,早年在京城清宫如意馆当供奉,为光绪皇帝绘制课本故事,又专事临摹宫内的历代名画,饱览历代名迹,悉心揣摩,画技日精,声誉鹊起。1898年又在京师大学堂(今北京大学)讲授画学,细析画坛时弊,告诫学生务求真功。他又广交时贤,笔耕不辍,画风画艺精进,他博大雄健的新锐艺术风格,直接影响了早期的"海上画坛";并且,吴观岱在1906年回到无锡后,开宗设坛,为家乡画坛培养了诸健秋、秦古柳、顾坤伯等一批精英画家,传承画脉。晚清画坛,社会显要和画家都尊崇"四王吴恽",而吴观岱却独具慧眼对石涛等的"野逸画风"推崇备至,竭力学习借鉴石涛的绘画技法和创作思想,以致形神兼备,有"石涛再世"之美誉,因此,吴观岱无愧为近代中国美术史上倡导石涛绘画创新精神的先驱,终成独步江南的一代名师。徐悲鸿,中国国画改革先驱者,他把西方艺术手法融入中国画中,创造了新颖而独特的风格。他的素描和油画则渗入了中国画的笔墨韵味。他的创作题材广泛,山水、花鸟、走兽、人物、历史、神话，无不落笔有神，栩栩如生，充满了爱国主义情怀和对劳动人民的同情，表现了人民群众坚韧不拔的毅力和威武不屈的精神，表达了对民族危亡的忧愤和对光明解放的向往。他常画的奔马、雄狮、晨鸡等，给人以生机和力量，表现了令人振奋的积极精神。华君武，是开创了人民内部漫画的大家。张光宇、张正宇，是集绘画、工艺、装帧、动画、展览、团体操等美术设计的大家和最早探索金石书法现代样式的艺术大家。贺天健，与张大千、吴湖帆齐肩的海上山水画大家，他独创"秃笔法"，山水国画作品以大气雄浑著称，傅抱石称誉贺天健"是继四王后三百年又一个山水画的整理者和集大成者"。钱松喦，开创中国画革命圣地题材的一代大家。吴冠中，是开创了中国画半抽象诗意彩墨样式的大家。

徐悲鸿对于中国现代美术的推动作用是毋庸置疑的，他引入的现实主义艺术对中国画最伟大的贡献在于：通过倡导和普及现实主义，把其中内含的西方文化中最精髓的部分——科学精神，融入了中国画。实事求是、求真理的科学精神，引导中国画家走出对传统文化的冥想而转向现实生活，构架了一座从传统通向现代的桥梁。其时，由徐悲鸿引进的、更为适合时代需要的、富有科学精神的现实主义，逐步取代着中国画的儒道释文化精神。在现实主义精神的指引下，徐悲鸿及徐门一批弟子，缘于特定时代激情的感召，创作了许多优秀的现实主义作品，为唤醒和激励民众奋起斗争起到了不可磨灭的作用。在战争年代作为战斗武器的现实主义，新中国建立后，它通俗易懂的特性很快演变为协助主导社会意识形态的有效工具，许多艺术家以建设新中国当家作主人的现实主义，纷纷投入到讴歌社会主义建设新气象的作品创作中，充分传达了现实主义艺术的"当代性"。

回顾中华人民共和国成立至80年代初期的中国画坛，钱松喦先生是这一时期的一位至关重要的代表人物，他是处于中国现代历史转折时期的第一代山水画家之一。在家乡无锡期间，他和胡汀鹭、诸健秋、秦古柳等几位同时代的师友画家一起，奋力探索中国山水画创新的道路。1960年移居南京后，由于他和傅抱石等江苏画家的共同努力，终于冲破三百年来仿古风气的束缚，开创出江苏山水画的新风貌，被公认为"江苏山水画派"（或称"新金陵画派"）主要领军之一，堪称一代大师。积淀浓郁的太湖风物语境让他对"水"情有独钟，并融化在他的笔端墨彩中，鲜明地谱写着太湖画脉特有的韵律。他突破陈习百年的传统山水表现枷锁,吸收水彩画、油画乃至版画的色彩处理法,丰富了表现力,闯出水墨与重彩相结合的新路,基本解决了中国传统的山水画如何反映社会主义时代精神的问题。在钱松嵒先生的画中,新的内容、新的表现手法无论怎样多,却毫无牵强之感,仍旧被认为是地道的中国画。大自然的神韵,形式美的节律,心灵的流泻,诸种要素无不具备,这正是他的不同凡响的艺术"当代性"的样式。钱松嵒先生这种独有的承前启后、推陈出新的艺术成就,无疑是中国美术史上的一座丰碑。

吴冠中先生在他70年的艺术实践中,不断探索,不断创新,取得了非凡的艺术成就。吴冠中凸显于20世纪80年代中期以后作品中的鲜明的艺术"当代性"特点,是更加趋于抽象。他的抽象艺术,融合东方与西方、传统与现代、自然与心灵,求异质而同归,思不同而和谐,吴冠中创造了有别于任何前人的抽象。如果我们将二十世纪中国的艺术与以往任何一个时代的艺术相比,就不难发现,"融合"是二十世纪中国艺术最显著的特征。面对世界潮流,与异质文化的"融合"便成为二十世纪中国艺术的必然选择。也因为如此,真正能够代表这个世纪的艺术家,也必然是那些在东西融合中最富有建树、最具有成果的艺术家,是那些能以"兼容"的胸怀来回应时代潮流的艺术家。吴冠中深知他在艺术的这一转折关头所处的位置和承担的历史使命,所以,他在油彩与墨彩之间往返穿梭,"水陆兼程",从而成为二十世纪中国艺术走向现代的领军人物,在中西融合的道路上,成为最具有开拓精神和创造活力的艺术家。

上述艺术家们以各自鲜明的艺术意境和风格成就,在中国美术史的长河中塑造了足以彪炳后世的"太湖画脉",更为"太湖画派"拓印出一颗熠熠生辉的印记。

二

中国画的主题意境深深地植根于它的历史文化大背景和它所面对的现实生活土壤之中,这是它的优势。

为何主题意境对于中国画艺术有如此重要的作用呢?我们知道"意境"是中华文化的审美标准精髓,又是中国古代文艺理论独创的一个重要美学概念。"意境"即艺术形象,是对艺术的本质的一种最流行的看法,决定了中国画在特定历史时期的面貌与格局。时代变了,中国画的内容与形式也必定紧随时代变化。纵览中国绘画史,我们不难发现,在中国历代画论中也是注重强调"变革",历史上成功的画家都是"敢变"的,而"变"的终极目标是为了"更新、更美",这种"新"的结果正好完美地表达了"中国画的艺术时代特征",使中国画具有时代感的同时,符合特定历史时期下即"艺术当代性"的审美需求。

相对于全国其他重要美术地域,太湖画脉无疑是凸显"江南意境"这一地域艺术内涵的珍贵平台,其文化特征独立而典型,而且传承绵绵不息,为我们今天来探究太湖画派的艺术风貌提供了宝贵的资源。那么何谓"江南意境"呢?首先"江南意境"表达了一种宁静、典雅、清纯的地域气息和氛围,展现的是江南的小境山水、田园村庄,鸥鹭齐飞、渔舟唱晚,恰如小桥流水般的恬淡,让人抒情,如泉水叮咚般的让人神往,抒发的是一种对遥远、古老而幽静意境的向往。有的是一种浅唱低吟,有的是似在款款而谈,即使有时也会情绪波动,那也是秋色泛涟漪,表现出一派生机,风流蕴藉。进而"江南意境"赋予作品的语言要素和审美趋向是:一、精美的笔墨。学倪瓒者,皆以得其笔墨精神为最终目的,倪瓒笔墨精到微妙,唯美至极。二、相对内敛的章法结构,主要指基本没有过度夸张的章法构图、刻意境象的组合,主体图样程式相对稳定。内敛的章法结构也最能直接表达出作品的静谧气息。这种章法结构特征就直接体现在倪瓒的作品中,明代的王绂也是择善而从,尽得妙法。三、巧妙的赋色技法。这需要扎实全面的绘画功力和丰富的想象力,想象力是不断创新的动力,这正是太湖画脉绵绵传承创新的源泉。四、局部形象的"变异装饰"。这往往隐藏在作品主题形象的勾勒及赋色技法融合中,是画家对想象力的进一步表达,以传统画派为根基,融古纳新适当吸取西画的色彩、构图技法,直至达到视觉一新的效果,犹如诗中之"眼",提升作品的精气。五、清淡平和的整体格局。这是太湖画脉的一种鲜明独特的风格,它没有北派画风唯尊的那种笔墨倾泻、情感勃发,如黄河浩浩荡荡,奔流不息。"江南意境"往往在作品中抒发着细腻的情感,浅唱低吟。作品的篇幅无论是巨幛或小品,笔墨赋色不需浓墨重彩,更没有惊天动地、摄魂动魄的建构。只是刻意于行云流水,意蕴高远。六、不断变幻的境象。诗人注重"诗境",画家则讲究"画境"。这种境界是画家高尚人格在不同场景中的最直接的表达,是画家审美取向、品性修养在创新想象力的驱动下的综合体现,所以,它是根据场域、情感等不同的语境应时而变,臻入完美。至此,我们已经能够清晰地体味到"江南意境"的内涵了,其整体特点是:文人画艺术传统与现实生活相契合,清新的生活气息与灵性的笔墨气韵相交融,以秀美、柔美为主调,而秀中有雄、柔中寓刚;以传统画派为根基,同时不拒绝适当吸收外来技法,而且能不露痕迹,十分自然地融入到中国画传写性、倾泻性、书写性三者辩证统一的"写画"美学体系之中。这一特征又恰恰最真实地符合隐含着过往的无锡的地域文化特色,并且也与太湖画脉的艺术传统紧密相连。

三

太湖画派的文化精神特质有着鲜明地域特色,是受无锡人文地理环境所影响,是时代的选择。塑造太湖画派的艺术"当代性",要求我们研究中国美术史,立足无锡传承千年的绘画艺术传统,在梳理这些无锡籍画家在中国美术史学上的地位与作用的基础上,着重梳理出造就太湖画派画家谱系的精神环境,着重透析清楚可能构成太湖画派画家谱系的艺术当代性特征,凭借这些学术资源,我们就能把当下这些出生于二十世纪的无锡画家群体以及成就于全国各地无锡籍画家的艺术倾向一一捋清。

首先是"造境"式的画家。"出乎其外"是"造境",诗人如此,画家也是如此。"造化入笔端,笔端夺造化"是"造境",这类作品主要是现代的审美方式和传统文化趣味的一种倒换。我们要理解文人画艺术传统与现实生活相契合的具体形式,文人画艺术传统在现代社会的拓展和延伸的具体表达体现在一部分意象化趣味标题的艺术作品中,这种意象化趣味表现方式不是单就艺术美感而言的,而是就现实社会的生活环境及审美需求的进步程度而言。从中国画创作本身看,早已经由传统的再现性特征向艺术时代性的表现性转化,传统文人画的历史成分在淡化,更加注重通过语言表达独特感受与个人经验,使艺术语言的意义建构功能大大增强了。在这个基础上,我们可以得知意象化趣味标题的艺术作品首先包含着两个因素:修行和禅悟。首先,修行需要心理因素,宇宙万物原本就没有标题,从某种意义上讲,标题象征技巧,而技巧不能出自自然界,因为自然界的物质不存在什么技巧,所有的技巧不仅是人工性的,而且是超出普通人工技巧的,艺术品的标题就属于被人复制的物品。因此,意象化趣味标题是一种禅悟风格表达出来的世界观。

我想在这些画家眼中,意象化趣味标题是一种特别的风格,这种风格要求无标题趣味的艺术作品,就是艺术家对可视世界的热爱,是对处于禅悟状态的无我的热爱。假如我们去仔细地审视品味这些画家的所有作品,本身就散发着文人和禅人的艺术感觉,不是对山水花鸟的简单模拟、感悟、回归自然的行为,是以近乎符号图式的形态,在似断还连的递进空间中重组感知的自然形象,以虚求实,以神写形,随意打散,随意挪用,既成功地反映出一种摆脱困扰浸淫于自然怀抱通往精神超越的渴望,又流露出致力于东方与西方、传统与现代、自然与理想、宗教情感与自然造化的融合。所画山水,境界奇异,如梦如幻,现实与梦境交融,如画花鸟即以一种近于空间构成的方式给以重新组合,纵横交错的线条和黑白块面切割着画面,加强了黑白反差对比,干、湿、浓、淡的笔墨与技法在不同层次中互为表里,运用了现代性的整合与结构手法,使花鸟画创作体现为一种思维上的创造性和笔墨的直率表现,把自然界的万物峥嵘产生的生命活力与形态美感给以"感觉性"的归纳与表现。试以客观视角观之,这些画是一种对于工业化进程与现代文明带来的物欲泛滥的逃离,是自由灵魂挣脱压抑不安寻找清静安顿的渴求,是对放下自我与宇宙冥合的智慧的讴歌。这种智慧不是一切归于虚无,而是把旺盛的精力和终极的渴望,纳入空明朗彻的自由境地之中,是静中的极动,是直探生命的本原的了悟。惟其如此,他们的作品才能与古代的不食人间烟火的绘画样式拉开了距离,融入超出自我修炼的普泛意义,增加了接引灵魂、实现人文关怀的现代性。

其二是"写境"式的画家。"入乎其内"是"写境",吴道子"穷玄妙于意表,合神变乎天机"则是写实之境所达到的最高水准给予我们的感动。本文研究所述的"写境"式不是单以绘画题材而界定的,而是通过分析画家的风格语境将之分类。我们知道如要将"写境"臻入妙境,没有高超的笔墨造诣是无法可想的。当绘画唤起人类的审美情感时,作用于人们的是一种绘画所独有的语言形式。绘画语言由多种要素构成,这里涉及的最直接的主要视觉因素就是"笔墨"。笔墨由"点、线"组成,从物理形态上讲,是视觉聚焦的一个核心以及它的可视的行动轨迹;从观念形态上说,是思想呈现之源,一条线表现着划线的人或物的精神。观照绘画中的情态与语言形态,这类画家总是在寻求绘画观念和语言上的转型,不断地扬弃着自己绘画语言上那些不纯净的和停留在生活表面上的东西,从而在绘画语言、绘画图式、绘画动机等方面都出现了新的形态。完善和形成有个性的绘画语言成为画家们的孜孜以求,不停地探索绘画形象与象征符号的关系等问题。在这类画家的山水花鸟画作品中,写情高于写实,写意高于写景,写心魂高于写外貌,抒发着画外的诗性。在中国人眼中的山水、花卉和鸟虫之景物,坡冈的起伏，柳岸的转曲，幽篁的劲挺，芭蕉的肥绿，燕雀的凝眸，鱼虫的栩栩，总是蕴含着历史的积淀和人文的意义，同时更隐含着江南文人的情趣。仁者乐山，智者乐水。在当代太湖画派中，几位精擅笔墨的山水画家应是太湖山水的知音，他们所画的一批表现太湖风貌的作品，以创新的窄条高屏尺幅，大开合的章法构图，挥洒出了太湖山水的诗意，又在传统四方平衡的尺幅中，用似乎平淡的勾勒皴点手法，出奇妙构地营造了江南园林的神韵。这种构筑在传统技法之上的当代绘画语境，可以说是太湖画脉传承至今将山与水衔接包容得比较完美的作品。这样的艺术情态同样在花鸟画家的作品中表达得淋漓尽致，在花鸟小写意技法中融入了超脱自然景象的人文理想元素，也有在本已出新成熟的视觉构成样式下的风格体系中，复以传统的笔墨语言凸显着太湖画脉的当代特性。在这类"写境"式画家的作品里，我们能够很直接地解读到一种共性意境，他们的笔墨造型绝不套用传统程式，更多的是迹化山水性情，心领自然醇美，而体现出独到的审美见解和审美体验，把中国画的笔情墨趣发挥到理想极致。让人感悟江南意境对情景的提升，情景交融已升华为意境浑圆而深邃隽永，这也就意味着在作品中展开、流动、渗透、向诗交融的真情实感，实现了艺术情结与心灵情愫的对接聚合。

除了这两大类型的当代太湖画派画家，还有以擅长工笔画创作探索的个案艺术家。画家在中国水墨当代化的探索思潮中，以"新工笔"这一艺术风格演绎着"图式言说""观念视觉""图像重构"，众多"新奇"的视觉结构不断地消解、重构我们概念中的"工笔画"边界，并带来全新的言说方式：从"自然主义""审美主义"等既定逻辑的言说工具，转变为"视觉"与"意图"、"观念"重新互动，显现出"画种"自我激活的动力，并因此实现言说目标的开放。毫无疑问，画家的这种努力使"传统"成为重新体验的通道，而非古典情怀的悼念，也因此使看似传统的画种具备了"当下"介入能力，释放中国画对当下文化体验的表述能力，从而成为近年来中国画领域最引人注目的"当代化"运动。当我们解读此类作品后，就会为之感叹，敬佩画家既保持着较为纯粹的工笔语言，又受新艺术思潮的影响，使绘画创作走出了传统水墨形制、题材和范式的框架，强调当代社会精神表达，使工笔画呈现出蓬勃的生命力。更以本土绘画语言为基础，注重强调当代社会精神表达的现代转型。他们的艺术创造和尝试，喧诉着活泼的生命活力，无论从形式到画面传达给我们的文化甚至哲学层面的思考，都让我们感知"当代"在具有一种显而易见的现实性的特征以外,还有着另一种属性,即文化意义上的类型属性,从而感知中国画的艺术魅力与内在精神。

四

在我看来,石涛所说的"笔墨当随时代"的命题,在反映论的意义上是二十世纪的艺术赋予它的意义。艺术的演变和发展不仅在多层次上探讨了绘画的本质问题,同时也极大地丰富和创造了人类的视觉形象语言,深刻地影响和改变着人们观察世界的时代审美方式。绘画语言的构成除视觉因素外,在另一层面上看,绘画语言也是一种精神产物,绘画本身也传达了一种观念,绘画语言不应只是停留在技巧和形式的探索之中,它是将技巧、知识、直觉和感情与材料融合为一体而形成的。"笔墨当随时代"已经成为二十世纪以来讨论艺术问题的重要理论依据。在今天我们就可以将它解读为"艺术观",是清新的生活气息与灵性的笔墨气韵相交融的一种诠释。从理论上说,它一定是随着时代的不同而发展,也是一个被中国画史证明的事实。从另一角度看,中国画艺术所表达的对象,即自然环境本身是很少变化的,但是中国画的艺术观却是变化发展的,每一个时代都有不同。也许正是由于这一点,"笔墨"与时代所具有的自然而然的关系,就被石涛表述成了一种应当的要求,从而成为艺术家的一种自我意识:有意识地去创造与时代相关的绘画艺术。今天,我们就此链接到太湖画派的艺术当代性的学术视角,"笔墨当随时代"的落点也就是"江南意境"这个艺术的时代特征。它聚合了太湖画派的中国画创作的范畴,我们可以认为这些出生于二十世纪的画家们必将成为今后中国画艺术文化的主流组成,他们既推进了二十世纪以来中国画的发展和变化,使它取得了令人瞩目的成就,但同时也深深困扰着中国画创作的自我变革,使其常常陷入两难的困境。我这样说的原因是,即使在当下,我们也仍然要讨论全球化的资本时代与中国画艺术的发展问题,因为在这个时代,我们仍然觉得中国画的创作还面临各种困惑。如果要从文人画的角度来理解的话,确实有一个与时代的关系问题。一方面,是因为出生于二十世纪的画家,其幸运的人生经历,使他们可以不带任何思想包袱而获得新时期给他们提供的较大的思想解放空间,在他们文化成长的年代,因不断接受西方现代主义的洗礼而能够在思想方式、艺术语言上得到充分的吸纳和借鉴;另一方面,则是作为中国传统文化载体的水墨形式因其与中国文化本质精神的千丝万缕的联系，使得他们能够清醒地看到西方现代主义艺术形式中张扬的霸权话语，确有不尽"文化"或不尽"人文"的内涵。于是，在更高的文化层次，即在超越非西即中或非中即西的文化层次上，创造性地建构自己的文化模式即成为时代赋予这一代画家的历史机遇，而谁在艺术探索上把握了这一历史机遇，使自己的艺术创作吻合了这一历史使命，谁就能够做到像清代画家石涛在论及"笔墨当随时代"时所说的"出人头地"。

五

我认为当下这些出生于二十世纪的无锡画家群体以及成就于全国各地的无锡籍画家，相比较于上世纪的乡贤艺术家们，仍有着较浓重的中国传统知识分子的情怀，促使了这里的每一位画家的创作更重视江南意境的风格理念，更偏向文化的执着思考而相对弱于群体团队化的整合与唱和，在构建意境、展示、交流等资源方面也处于一种略松散的状态，这与无锡作为中国经济发展的重要引擎之一的状态是不太对称的。长期处于江南文化环境及渊源于此的这些当代画家们，在他们的单体创作行为和理想思维中，这种东方式的柔软似乎仍可以对接中国的文化传统。但是，在今天快餐文化背景下，在强调差异互补的现代社会结构面前，似乎显得有点一厢情愿，他们的这种理想意愿也正背离了"太湖画派"赋予无锡这个城市的画家们的艺术特征和创作行为。如何正确解读当下无锡城市文化艺术特征这一问题，以致去发现自己到底有多少的弱势？抑或可归纳出自身还有多少的优势？最简单而有效的就是必须舍弃那种不应带有的自慰式的地域性偏见，必须要自我考量聚集的必然性，而不是单纯的集合，必须要致力于相对明确地廓清一个艺术群体的意境语言和创作行为，从当代文化等角度去比较，来检阅"太湖画派"今天这个艺术群体的精神状态，并使"太湖画派"的艺术当代特性鲜明、学术创作力量聚合。太湖画派的当代美术创作需要有新的嬗变，艺术作品是文化、性情和创作具体行动的产物，创作的源泉就根植于太湖画脉和江南文化的传统这样的背景资源里，这些无锡画家群体以及成就于全国各地的无锡籍画家，应当通过作品从意境、符号和形式上，赋予地域文化以新的现代生命。依托于个人文化价值观和视觉经验，可以用所擅长的手段，阐释自己对江南文化的理解，创造出新的图式，去提炼和集中这样的共性，并将这样的共性放在一个更广泛的视域去思考。

就中国画领域而言，太湖画派的艺术特征是由自然环境、社会背景和文化积淀等多种因素所决定的，泛太湖地域有着无与伦比的厚实传统。千百年所积淀的文化渊薮、文人画笔墨传统和二十世纪上半叶西画东渐以来的新格调，都在潜移默化地滋养着当下的这些出生于二十世纪的无锡画家群体以及成就于全国各地的无锡籍画家，甚至这种滋养本身已经成为深入骨髓的"本能"，一旦与新时代要求相契合，便爆发出新生的火焰。再则，艺术的"当代性"实际上就是一种文化状态或情境，由于这些画家们各自经历、修养、性格、气质、师承关系的不同，因而他们的艺术个性有所差异，这种多姿多彩也许更能塑造出太湖画派的艺术"当代性"格局。改革开放以来，中国画各地方画派已呈多种流向，面临新的时代氛围，重振太湖画派雄风，在很大程度上有赖于我们身边的这些画家们对地域文化特征正面和负面影响做出全面的、深入而持久的探究和掌握，有赖于自觉地以现代人的心态感受进入具有历史文化内涵的艺术探索，更有赖于面向世界的吐纳化合熔铸，只有这样，太湖画派才可能产生二十一世纪的新一代代表人物。

（作者系无锡太湖学院艺术学院常务副院长，教授、博士生导师）

简洁蕴藉 古雅秀逸
——曹进花鸟画赏析

张春华

　　河南的曹进是一位深受古代经典绘画影响而又不固守传统的青年画家,他在当代花鸟画多元发展的现状下,经过多年的求索和奋斗,融合多种绘画语言,以简洁灵动的构图、幽远静谧的意境表达、古雅秀逸的绘画风貌活跃于画坛,令人印象深刻。

　　观曹进的花鸟画,以写求真、寓工于写、工写融合,兼顾笔墨的灵动韵致和造型的准确表达,意境悠远,情趣蕴藉,画风古逸,既显示出画家对传统技法的熟练运用和广泛汲取的追求,又体现了其审美意趣和以简练的绘画语言表达丰富内涵的技巧。

　　众所周知,画家的绘画思想与美学追求是和其成长环境及综合修养密切相关的。曹进自幼喜爱艺术,早在中学时代即随本地知名书法家学习书法,这为他日后的绘画创作打下了较为扎实的线条基础。为了实现自己的目标,在大学主修中国画期间,曹进针对花鸟画下了一番苦功夫。后来,他考入河南大学,攻读美术史论,获得硕士学位后,在高校从事写意花鸟画和美术史论的教学工作。积淀深厚的他于数年后进入文化部门,从事绘画创作和研究工作,从而开启了他花鸟画艺术发展的新征程。

　　曹进的花鸟画发展脉络,是随着他对中国绘画史的深入理解而逐步确立的。他从学习书法入手,画大写意花鸟画时,初学吴昌硕、任伯年,后来因为喜爱元明时期的绘画风格,又对林良、吕纪、张中、陈淳等人的作品进行过大量的临摹。从用笔、用墨到色彩,从造型构图到意境追求,他都将这些大师的风骨精华烂熟于心,融汇于笔端。

懂些中国画理论知识的人都知道,花鸟画作为中国传统绘画,经过五代"徐黄异体"到宋代院体花鸟、文人画思潮,再到元代墨花、墨禽,文人墨梅、墨竹的发展,至明代青藤白阳写意花鸟的成熟、清代文人写意花鸟画的繁荣,可以说一直深受人们的喜爱。但是,随着时代的发展,人们的审美观念也已经随之改变。由此,无形之中人们对花鸟画的要求也发生了转变——须在传统既定的语言模式上有所突破。

基于这样的理念,曹进对中国当代花鸟画语言进行了有益的探索。由于早期对书法、山水的涉猎和在读研期间对哲学、美学、美术史、画论等书籍的大量阅读,曹进有着较为全面的理论修养,也因此在创作实践过程中显得尤为得心应手。

在创作中,曹进从古人的花鸟画作品中汲取营养,将元明"墨花墨禽"的写实技法融入文人写意,打破传统花鸟画的固有模式,将工和写、形与意有机地融合在一起。因此,其花鸟画面貌有了不同于传统写意花鸟画的特质——既具文人写意画的笔墨意趣和精神意蕴,又具扎实的笔墨造型表现。观其作品,初看文人画气息浓郁,细看造型生动传神,整个画面生机盎然。

值得一提的是,在鸟的表现上,曹进尤为注重对造型的把握,由此,也看得出他十分重视写生、写实、写神。不难想象,曹进平时通过对各种鸟的观察,已经对它们的生活习性有了较为透彻的了解和把握。也正因如此,他

图1 水莲花尽木莲开 138 cm×69 cm

笔下的鸟雀形神兼备。

　　曹进在创作中极为注重对意境的营造,因为,他深知,意境是中国古典美学中非常讲究的一种审美观,没有意境的画是没有艺术活力和艺术生命力的。所以,为了追求花鸟画的高境界,他以树、石、水口、坡地等为配景,将山水画的构图、笔法、空间处理等运用到花鸟画中,画面既简洁明快又意境深远,给观赏者带来无限遐想。如《故园逸臻》、《归鸟》、《秋浦烟栖》、《寒栖图》和《秋林落寂图》等作品,作者以水墨或水墨淡彩为主,既注重笔墨的质量,又能在造型基础上强调写意性和抒情性,可谓内容题材与表现形式完美结合。

图 2　寒栖之二 65 cm×46 cm

图 3　寒栖之三 65 cm×46 cm

图 4　寒栖之四 65 cm×46 cm

展读曹进的作品,一种蓬勃的山野之气和清雅之气扑面而来,给观赏者带来一种心绪上的宁静感,同时彰显出作者的综合修养与技艺的融会贯通。

　　孔子曰:"志于道,据于德,依于仁,游于艺。"曹进在平时的生活中,除了坚持阅读史论著作外,还坚持临习书法,从书法中学习线条的美感和笔法。此外,为了体味自然美、寻找形式美,他每到一处必去当地的博物馆和名胜古迹游览一番。他认为,自己已经把绘画当作一种生活方式,在绘画中不断寻找内心的充实和宁静,追寻一种人生的忘我境界。

　　作为一名青年画家,曹进还在不断地自我完善,就目前的作品而言,还存在墨气不足的现象,尤其在用笔、用墨上尚不成熟。但是,他在艺途上执着地探索和创造,不断地提炼笔墨语言、完善作品图式、丰富作品内涵,力求使自己的花鸟画艺术更加完善、更加成熟。我对其充满期待,并祝他成功!(附图为曹进作品)

(作者系江苏省文艺评论家协会会员)

中国当代美术批评的理念更新与理性重建

吴彦颐

美术批评是整个当代美术发展机制中不可或缺的一环,它侧重于作者、作品、思潮、现象的分析与阐释,是一种理性的科学探究活动,其特点是直接引领和匡正美术家的创作与大众接受,促进二者良性互动与活性循环。从时间上来看,中国当代美术批评发端于20世纪80年代,西方现代、后现代美术批评观念的渗入,"85新潮美术运动"开展,《中国美术报》《美术思潮》《江苏画刊》《画家》等报刊相继创办,对整个美术界的理论发展起到了推波助澜的作用[1],尤其是一批中青年美术批评家纷纷登场,给中国当代美术批评增添了生机与活力。至20世纪90年代,多种作为"文本批评"的美术类刊物停办[2],批评家失去了传播载体,其身份开始向策展人转变。至此,中国当代美术批评与美术创作渐行渐远,其批评

---

[1] 1985年7月,由中国艺术研究院美术研究所主办的《中国美术报》创刊,主编刘骁纯。《美术思潮》创办于1984年10月,1985年1月试刊号出版,4月份正式创刊,主编彭德。《江苏画刊》创办于1974年,1985年1月改版。1985年,湖南美术出版社创办《画家》杂志。此外,中央美院主办的《世界美术》创办于1979年,以介绍西方现代艺术流派为特色。浙江美院主办的《美术译丛》创办于1980年,以介绍英美美术史家的理论文章见长。《世界美术》与《美术译丛》为青年艺术家思考艺术问题提供了理论资源,以及促进了对国外美术的了解。参见邹跃进、邹建林:《百年中国美术史(1900—2000)》,长沙:湖南美术出版社,2014年版,第290—291页。

[2] 《美术思潮》《中国美术报》《画家》停办,担任主编和编辑的批评家纷纷"下野"。《江苏画刊》虽然保留下来,但也承受着巨大的思想压力。参见贾方舟:《批评的力量——中国当代美术演进中的批评视角与批评家角色》,《文艺研究》2003年第5期,第109页。

话语越发显得微不足道,逐渐走向没落,甚至陷入失语境地。有鉴于此,需要从理念更新和理性重建两个方面展开论述,以此获得更为真切的体认。

一、中国当代美术批评的失语危机

回顾当代美术批评的发展脉络,我们发现,方法论的缺失和理论建构的缺乏是美术批评处于两难境地的主要原因。前者体现在过于依赖西方理论,后者体现在缺乏前沿意识和问题意识,没有形成系统的理论范式。加之商业资本与新媒体的影响,导致其发展相对滞后,由此出现失语危机。

(一)过于依赖西方理论,本土美术批评话语弱化

20世纪初期,一些学者以西方美术观念对标中国美术,认为中国美术不够发达,原因在于缺乏写实的技巧和能力。康有为在《万木草堂藏画目》中言:

> 若夫传神阿堵,象形之迫肖云尔,非取神即可弃形,更非写意即可忘形也。遍览百国作画皆同,故今欧美之画与六朝唐宋之法同。惟中国近世以禅入画,自王维作《雪里芭蕉》始,后人误尊之。苏、米拨弃形似,倡为士气。元、明大攻界画为匠笔而摈斥之。夫士大夫作画安能专精体物,势必自写逸气以鸣高,故只写山川,或间写花竹,率皆简率荒略,而以气韵自矜。此为别派则可,若专精体物,非匠人毕生专诣为之,必不能精。中国既摈画匠,此中国近世画所以衰败也。①

由此观之,借鉴西方标准衡量中国传统绘画已经开始。此后,一些西方美术批评术语便充斥于字里行间,诸如抽象、变形、表现、解构、隐喻、消解、后现代主义、后殖民主义、女性主义、行为艺术、装置艺术等,大量涌现出来。与此同时,对西方现代美术批评理论与方法的引介也令人眼花缭乱,如贡布里希的视觉心理学、阿恩海姆的格式塔心理学、弗洛伊德的精神分析学、潘诺夫斯基的图像学、克莱夫·贝尔和罗杰·弗莱的形式主义美学、沃尔夫林的艺术风格学、索绪尔的符

---

① 康有为.广艺舟双楫(外一种)[M].北京:中国人民大学出版社,2010.

号学等广受欢迎,引起诸多研究者竞相模仿与学习。

坦率地说,较之中国传统画论,西方美术批评话语在解读中国美术作品方面有较大的拓展。然而,一些美术批评者盲目崇拜西方理论,唯欧美马首是瞻,以谙熟西方理论体系彰显自身学术水平,在美术批评实践中,没有清醒的历史意识,断章取义,盲目借鉴西方艺术理论,将其奉为圭臬,似乎只有与之相合拍才称得上主流。在西化氛围的濡染下,我国传统艺术精神、审美观念和美术批评要么陷入无法选择或不能选择的境地,要么陷入穷于应付、疲于跟班的悲观。尽管我们对传统美术批评的精髓和智慧推崇已久,但无法将其创造性地转化为现实批评资源和批评武器。事实上,在中国当代美术家与国际"接轨"之时,除了将自己变成西方理论的追随者和传播者,似乎无法从中找到可以依凭的、稳固的新理论来丰富自我、强大自我。生搬硬套、堆砌辞藻、削足适履的批评并不是切中肯綮的"文本批评",其没有现实根基,更像是一种"外围战"式的"文化考察"。这种对于西方理论的模仿颇似盲人摸象,茫无定见,缺乏原创性和独立价值。

(二)缺乏前沿意识和问题意识,难以体现先锋性与新锐性

一般认为,批评离不开理论,美术理论的层出不穷会带来美术批评的革故鼎新。原因在于,理论家擅长总结艺术规律,他们可以通过当代艺术现象来拓展、延伸其理论。然而,传统美术批评通常把精英美术视为研究对象,而忽略了大众美术。在全球化背景下,随着美术创作领域的扩张和分化,出现了大众美术与精英美术分庭抗礼的情况,从而使中国当代美术理论与批评受到前所未有的挑战。一方面,美术批评与美术创作息息相关,不可分割;另一方面,美术批评需以前沿美术理论作依凭。但凡与美术创作实践或美术前沿理论相关的各种因素,都或多或少地以不同的途径、不同的方式投射到美术批评领域,直接推动并影响中国当代美术批评的发展。

值得一提的是,作为美术作品的载体,新兴材料的出现打开了我们的视界,若用传统批评标准来衡量则显得没有说服力。例如,波普艺术的发起者、美国艺术家安迪·沃霍尔(Andy Warhol,1928—1987)通过大胆尝试丝网印刷技术,无数次地重复影像,试图取消艺术创作中的手工操作因素来创作美术作品。1964年,他在首次个展上呈现出《布里洛的盒子》,作品看上去和商店里印有"Brillo"商标的肥皂包装盒并无二致。除此之外,还有代表作《玛丽莲·梦露双联画》《绿色可口可乐瓶》等,这些作品恰如画坛里的一股新鲜潮流,不仅颠覆了人们对于

传统的认知,同时也是向现成品艺术提出挑战。此后,诸如这类艺术创作现象,逐渐成为当代美术批评的焦点。再如,20世纪90年代兴起的实验水墨,既可以看作本土文化的一面,又可以视为现当代国际身份的一面。面对新作品、新现象和新问题,批评家不能视而不见、充耳不闻。

由于缺乏前沿意识和问题意识,当代美术的出现通常令批评者束手无策,无法找到一个合理的切入点提供精准的解析和学术上的判断,不能凸显美术批评的先锋性和新锐性。正如有学者认为:"当代中国的美术批评,基本上就是西方文艺理论的消费场所,这真是无可奈何的事,因为我们没有自己的理论支撑。谁不想有所建树,但理论建树又谈何容易。"[①]无奈之下只能以西方美术理论和概念取而代之,于是囫囵吞枣,给人消化不良之感。还有一种情况,一些批评者从业水平不高,视野不够开阔,缺乏良好的道德操守,在对待新的美术创作现象时搬弄概念,牵强附会,无法深入到艺术创作和艺术现象的实质说明问题,往往浅尝辄止,不能从美术创作的机制上分析其产生的内部规律,阻碍了当代美术批评的健康发展。

(三)艺术的市场化与新媒体的普及化,严重影响美术批评生态

随着时代的发展、社会的进步,商业化、市场化悄然涉足文化艺术领域。在艺术市场的产业链中,艺术家的劳动价值和艺术品的商业价值都得到了充分的体现,美术批评也随之受到影响。与美术批评相关的经济行为受商业利益驱动,其内容的优劣与美术作品商业价值的高低捆绑在一起,诸如拍卖、交易、买卖与收藏等,它们成为谋取利益的工具。一些美术批评者完全无视美术作品的艺术技法、文化内涵和审美趣味,只是一味吹捧。他们的评论无异于商业广告,通过美术馆、博物馆、画廊、互联网展销拍卖平台等机构营造艺术品市场的繁荣景象。美术作品作为一种精神产品,通过批评者这一"吹鼓手"进行宣传推介,以此推动其艺术作品的价值提升。可以说,若无批评者的参与,美术作品很难进入艺术市场。由此推论,美术批评与美术创作之间存在炒作与被炒作的关系,批评者和被批评者是利益共同体,这也是当下艺术品市场乱象丛生的根本原因。有学者认为:"从艺术市场巨额利润中分得一羹的美术批评,已难以抵制丰厚稿酬的诱惑,在市场的妖魔化中,美术批评能坚守多少真诚的理性判断、多少真理性的价值拷

---

① 郑工."美术理论批评化"的困顿[J].美术观察,2008,(3):5-8.

问,是我们今天值得警惕的职守沦丧。"①若能找出一条适合当代美术市场的发展之路,美术批评家需以"独立的精神"来保证其评论的真实性和公允性。

20世纪90年代以来,伴随着网络的普及,新媒体的变革与创新为美术批评带来了前所未有的发展机遇,亦给大众提供了广阔的参与平台。随之而来的结果就是美术批评的主体由精英转向大众,几乎人人都成为了批评家,于是,批评者在网络世界里众说纷纭,体现出强烈的主体精神。较之传统美术批评的学理性、严密性与思辨性,新媒体美术批评具有即时性、便捷性、简洁性,当然也存在碎片化。更为重要的是,数字化技术在处理图像、声音与文字方面有明显的优势,为美术批评提供了多样化、普泛化的表达方式。基于此,一些批评者面对时下的美术现象自由抒发情感、表达自己的个性,他们在语言上直抒胸臆,在某种程度上呈现出一种主体理念性。更有其者,他们并没有以客观的、理性的、严肃的态度参与美术批评活动,或者说根本没有深入细致地研读文本,而是以攻击性的话语否定文本,进而否定作者,火药味十足。由于批评主体缺乏审美趣味、理性思考和辩证分析,以至于批评完全与作品背道而驰,丧失批评立场,即便一些美术批评行为与经济利益毫无关系,也因审美趣味的低俗化而无法保持批评的公正性与权威性。在新媒体背景下,如何挖掘具有学术品格与责任意识的中国当代美术批评,增强媒介工具阐释效力,使批评话语学理化,此为亟需解决的问题。

二、中国当代美术批评的理念更新

中国当代美术因观念、形式、材料的不同,其范围正在不断扩容,诸如装置艺术、影像艺术、行为艺术等,已经跨越了传统美术的藩篱和审美范式。正因为此,中国当代美术批评需要观照中国近现代以来的创作实践,树立正确的批评观,具体从以下三个方面展开。

(一) 正视中西文化表现差异

比较中西哲学、美学、文学、艺术等学科,我们发现二者之间存在天壤之别。从宏观角度看,中国哲学主张"天人合一"的和谐关系,西方哲学追求"主客二分"的对立观念。中国美学重情,强调缘情言志;西方美学重理,推崇逻辑思辨。中

---

① 尚辉.中国当代美术批评与国家美术形象塑造[J].文艺评论,2008,(4):81-82.

国艺术尚单纯，偏于表现，讲究写意、求美；西方艺术重繁复，偏于再现，注重形似、求真。从整个大文化的视角来看，中国是线性结构，代代相传、薪火相承；西方是框架结构，否定前人、超越前人。正是因为中西方各自不同的特点，才出现了丰富多彩的艺术精品和代表性艺术家。

论及中西方艺术的差异，可以通过不同艺术门类比较进行观照。比如，中国戏曲讲究唱、念、做、打的综合，西方歌剧以演唱表现剧情。中国丝弦乐器音韵独特、空灵幽远、古朴含蓄，西方的交响乐雄壮浑厚、辉煌壮丽、富有激情。中国绘画以散点构图表现出循环往复的意象空间，以气韵生动建构形象；西方油画以焦点透视为中心，以明暗复杂变化追求物象的三维空间。无论是中国还是西方，每一个历史时期都有与之相适应的艺术形式。比如，中国文学中的唐诗、宋词、元曲、明清小说，中国书法中的篆、隶、楷、行、草五体，中国绘画中的绢本工笔和水墨写意，民间画、院体画和文人画的出现，都与不同历史时期的思想及思维方式相契合。同理，西方的史诗、歌剧、话剧、舞剧、交响乐、钢琴曲、雕塑、油画等艺术形式，也代表着西方寻求理想、表达思想的文明痕迹。由此观之，任何一个国家或民族，都有区别于其他国家或民族的艺术样式，即便是同一个国家或民族，在不同的历史时期，其艺术样式也有所不同。它们既不能重复，又不可替代。它们各自独立，毫无高低贵贱之别，即便是后人继承前人，若无创新，也仅仅是因袭与模仿，没有生命力。

吊诡的是，自20世纪初以来，随着西学东渐，西方译著大量传播到中国，掀起了一股国际化旋风。与此同时，西方的艺术批评概念、范畴、原理、方法、标准被介绍到中国批评领域，且被作为一种中心话语方式导引着中国艺术批评不断模仿与借鉴。西方艺术批评是基于其文化背景诞生的产物，是在西方艺术实践、审美价值标准和哲学美学思潮下形成的，与中国的艺术实践和艺术批评并不一致。若以西方艺术批评理论的学理思路分析和阐释中国艺术创作，采用西方意识形态、价值标准、话语方式评判中国当代美术，这样的批评有可能潜移默化地销蚀自身民族特征，特别是导致美术本体丧失。明乎此，我们应当正视中西方文化表现差异，汲取其他国家或民族的异质文化元素，但前提是不能脱离我们本土的民族习惯与传统文化。

(二) 坚持中华民族文化立场

立场是指认识和处理问题时所处的地位和抱有的态度，人的思想行为总有一定的立场,对待某一事物或者人作出价值判断,面对批评对象,如若缺乏自身立场,就不能与其进行有效的沟通。中华民族有着五千年的悠久历史,中国美术也同样源远流长,具有鲜明的民族性格和卓越成就,彰显出开放胸怀、创作精神和文化自信。在思想活跃、观念碰撞、文化交融的伟大时代,在改革开放"引进来"和"走出去"的过程中,中国当代美术批评要重视文化传统、坚持民族文化立场、保持民族文化个性。时至今日,诸多学人习惯援引西方学术话语,用西方理论和方法阐释、解读中国美术,甚至用西方理论导引中国美术批评,其结局是不仅丢弃了自身理论话语和研究方法,而且严重偏离当代艺术本质和规律。

仲呈祥曾言:"在文艺批评中,我们要坚守中华民族审美创造力表现上的特点不能变,坚守中华民族心理素质上的特征不能变,坚守中华民族独特的思维方式不能变,坚守中华民族价值系统中的核心概念不能变。倘若变了,中华民族就失去了自立于世界先进民族之林的文化根基。"[1]我们深知,中国艺术在历史长河的洗涤中凝成了中华民族独特的审美价值取向和独立的美学精神。美术作为这个时代的"名片",如何把中国形象塑造得更生动,如何把中国精神体现得更完美,需要我们站在中华民族文化的立场上发声。因为,中国美术深深植根于中华民族土壤中,在阐释或评判自己国家的美术时,用自己的理论才能解决实际问题。诚如有学者认为:"随着全球交往的日益频繁,每一个民族都应该明白,学习别国的前提是保存好自己的传统,保持自身文化的丰富多样才是对世界文化的真正贡献。欧美不是中心,每一个民族都可以以自己独特的艺术与文化成就成为世界的中心。"[2]可以想见,有良知的批评者必定熟谙本民族的文化传统,面对西方艺术的风起云涌,美术批评家要叩问时弊,反观内心,不能没有自己的立场和判断。无论是中国美术走向世界,还是让世界来观照中国美术,我们要有"独立之精神,自由之思想",以高度的文化自觉与文化自信,建立中华民族文化立场的当代美术批评体系。

(三) 回归美术创作实践本体

一般认为,美术批评建构的根本是对美术作品的评价,像南齐谢赫在《古画品录》中提出绘画"六法",并以此为标准来品评东汉末年以来的画家,如顾恺之、

---

[1] 仲呈祥.文艺批评:增强文化自觉和文化自信[J].艺术百家,2013,(2):11-16,10.
[2] 丁国旗.我们的文化自信从何而来[J].湖南社会科学,2012,(1):6-9.

陆探微、宗炳都位列其中。这种以形象的直观感和音韵之美对作品进行印象式批评在今天仍然非常流行。随着艺术批评学科化的发展，出现了一种旁征博引、深刻厚重的长篇大论式的美术批评，其内容通常也是以作品为核心。笔者认为，美术作品的文本离不开形式与内容两个要素。从形式上看，造型是美术作品的主要特征，也就是古代画论中强调的"象形"，这一特征使美术更关注外部形态的刻画，而美术作品的内容源自艺术家的情感，是艺术家在意识中创造出来的形象，即内容都是通过外部形态来表现的。然而，在当代艺术语境下，大量的美术创作实践不再局限于"架上绘画"，而是大大拓宽了其范围，例如将装置艺术、影像艺术、行为艺术、观念艺术等纳入"作品"的内容，基于此，当代美术批评不得不面临转型。有论者认为："从艺术内部的'自律'角度来看，当代艺术从架上的'形式实验'逐渐转向了综合材料所塑造的'观念'和'社会批判'的历史性转向，即艺术家更关注于作品背后的社会意义和文化批判的使命；而从'他律'的外部角度来审视，当代艺术创作模式、生产机制与传播方式领域所发生的种种变化，不可能不得到敏感的艺术批评家们的关注。"[①]

于是，一些美术批评侧重于从美术作品的外部视角进行分析，并未深入具体文本机制探索其产生的内部规律。除此之外，美术史中的文献研究与美术理论中的观念研究，促使美术批评的思维模式发生了急遽转捩。有必要指出的是，无论是基于美术作品的"外围式"思想批评，还是美术史论中的文献与观念批评，都不应该忽视对美术作品形式和内容这两大构成要素的考察与探究。如若忽略美术作品的文本、作者、接受者、文化意蕴、历史逻辑诸要素的话，即便是对美术作品的技术含量作充分评价，也不足以体现出美术批评的完整性与丰富性。因此，批评者应当回归美术创作实践本体，关注其内在逻辑，理解其发展规律，把握批评方向，要看到一般批评者眼光未触及之处，使美术批评具有穿透力。

三、中国当代美术批评的理性重建

当代美术批评若想在国际上发声，理性重建势在必行。那么，如何理性建构以当代意识为基点的中国美术批评视野，笔者从以下四个维度逐一论之。

---

① 祝帅.批评的危机[J].美术观察,2011,(3):28-29.

（一）注重批评者学术品格培养

学术品格是批评者的基本素养，彰显了一种对学术的道德感、使命感、责任感和敬畏感，主要包括人格意识、使命意识、问题意识和创新意识。郎绍君在《批评的自觉》一文中认为："批评的自觉须以批评家人格的独立为前提。"[①]批评作为一种学术行为，批评家应具有高尚的人格意识，其对于批评对象的阐释应该出于个人独立且深刻的思考，做到不从俗、不从众、不跟风，不断冲击传统的观念和模式，不断提出新的方法和见解，要有良好的道德操守，杜绝"红包批评""格式化批评"。使命意识要求批评家要勇于承担社会使命，肩负起弘扬先进文化的历史职责，与时代同呼吸，与民族共命运，与人民大众息息相通。通过对美术作品及现象的批评，帮助创作者理清创作思路，校正创作方向，帮助读者更好地欣赏优秀作品的精髓。问题意识要求批评家具备宏阔的学术视野，灵敏的艺术嗅觉和缜密的理性思维，面对艺术作品或艺术现象，能够迅速生成强烈的审美感受和艺术才思，能够发现别人尚未发现的问题，并能利用和借鉴其他艺术门类的原理和方法解决美术批评中遇到的实际问题。创新意识要求批评者具备敏锐的时代视角，把握当代社会、文化艺术的主流及审美取向，先进的艺术思潮和新观念，其思维方式能够使人们突破原有的视域，进入新的未知领域，获得新的发现。同时，批评家还要指出当代美术创作的发展方向，助力其向更高水平、更高层次迈进。

（二）推进美术批评学科化建设

要使美术批评走向新的时代高度，需要有自觉的认识，这种认识表现为系统性、学科性体格的获得和确立。笔者认为，中国美术批评学科建设包含两层含义：第一，从宏观上看，必然建立大美术批评体系，促成批评学科体系化。美术批评体系必须依靠学科，可以是交叉学科，也可以是跨学科，这是基于整个大文化背景下考察的结果。如段炼的《跨文化美术批评》（西南师范大学出版社，今西南大学出版社，下同，2004年版）就是基于这一点而展开的。第二，从微观上看，必须重视美术批评体系自身建构。如王林的《美术批评方法论》（西南师范大学出版社，2006年版）就是以"方法论"为核心深入分析美术批评。具体言之，首先，美术批评的学科化能够有效推动美术理论建设。中国美术批评理论资料浩如烟海，在其发展过程中逐步形成了"品、评、史、论"的整一形态。在中国古代美术文

---

① 郎绍君.中国当代美术批评笔谈 批评的自觉[J].美术,1989,(10):23-24.

献中,品鉴与批评、历史与理论相伴而生,使中国美术批评具有厚实的学术底蕴与学术价值。其次,美术批评的学科化有利于自身学术规范的培养和建立。规范性是行业的"门槛",当代美术批评需要有行业准入的"门槛",即广博的学术积累、科学的研究方法、精准的对象把握。唯有如此,当代美术批评才能够从印象式向学术化转变,为当代美术的发展保驾护航。最后,美术批评的学科化有助于形成自身理论体系。当代美术批评通常移植西方概念词汇或文学理论的话语形态和研究方法,有生搬硬套、亦步亦趋的嫌疑。加快推进当代美术批评学科的模式和框架,发掘研究课题和研究方向,有利于维护批评专业边界,提升批评专业水准。

（三）加强方法论的建立与优化

所谓方法论,即观察事物和处理问题的方式和方法。中国当代美术发展已经呈现出多元化格局,而过去的方法论已经不足以应对当下的需要。对于美术批评而言,在进行批评实践时,如何寻绎独特的研究视角,如何通过行之有效的方法揭示对象的意义,是至关重要的问题,需要加强方法论的建立与优化。

首先,以精读美术史论经典为基础。中国传统美术批评的精髓都散见于古代画论中,只有细细咀嚼才能深刻领悟其神韵和真谛。因此,在开启批评实践的过程中,熟谙传统美术史论显得尤为重要,关键是借鉴和融合中国文化特有的思维方式,学以致用,推陈出新。除此之外,还要广泛阅读哲学美学著作。哲学作为一定的世界观,在很大程度上对艺术创作产生积极的影响。正如方东美所言:"透过艺术看宇宙,透过哲学看艺术。不懂得中国哲学去欣赏中国艺术（文学、绘画）,是白费功夫的。"[1]可见,艺术和哲学之间的关系非常密切。认识到这一点,有利于我们理解纷繁复杂的艺术现象,从而把握美术作品的社会文化取向。

其次,以切合自身的创作实践为依托。批评者要有切身的创作体验,这是其理解艺术、从事批评的前提。具有实践经验的人对于艺术创作全过程了然于心,在批评时才能够有的放矢,精准解读艺术作品的思想内涵。试想,一个对焦点透视一窍不通的人,如何批评西方绘画的空间感? 一个对工笔画和写意画一无所知的人,如何分辨细节真实和追求意趣? 尽管流行于20世纪70年代的观念艺术冲击了传统意义上的艺术创作实践,若无对视觉形式、观念或

---

[1] 方东美.人生哲学讲义[M].北京:中华书局,2013:90.

蕴含深刻思想的理解,那么批评从何说起？一言以蔽之,只有把实践和理论联系起来的批评者,才能实现对艺术语言的理解和深刻感知,否则难得要领,显得空泛苍白。

再次,以深耕细作的文本挖掘为手段。美术批评要实现其价值,先要从阅读文本开始。也就是说,以文本为起点,从美术作品的形式与内容中索解其意涵。这不是单纯地把视觉语言转化为文字表述的"看图说话",也不是对美术作品外围诸如作者的生平和创作意图的研究与评析,而是以某种具体的观点剖析批评对象,用学理化的分析来阐释、评判作品。因此,批评者应秉持客观而又科学的态度,确立美术作品的文本存在模式,对其细致深入地阅读、分析、揣摩,关注视觉语言各要素之间构成的内在关联,通过自身的艺术感知力、审美判断力和理性的科学探究力挖掘作品的深层意蕴,阐释作品的意义和价值。

最后,以中西合璧的理论储备为支撑。当下是"批评的时代",在全球化语境中,批评者具备中西兼顾的美术理论知识储备显得尤为必要。中国美术理论资源丰富,有思想深度与逻辑力量,体现出其美学观念、审美经验和价值取向,与西方迥然有别。西方美术理论暗含西方思维方式和欣赏习惯,有利于开阔中国批评者的视野。习近平总书记说:"文明因交流而多彩,文明因互鉴而丰富。文明交流互鉴是推动人类文明进步和世界和平发展的重要动力。"[1]在现代化、全球化的今天,面对中西美术理论,我们应立足于全局,相互尊重、彼此借鉴、求同存异、和谐共生,从而完成新理念、新思想、新论断的提炼与传达。

(四)重视本土学术话语的构建

长久以来,我们惯于用西方逻辑思维传递审美理想,用西方话语方式参与批评实践,用西方价值标准评判中国美术,以至于当代美术失却传统解读方式而被边缘化。季羡林曾不无感慨地说:"我们东方国家,在文艺理论方面噤若寒蝉,在近现代没有一个人创立出什么比较有影响的文艺理论体系……没有一本文艺理论著作传入西方,起了影响,引起轰动。"[2]我们不得不思考,当代美术批评构建自身的话语体系,必须重视本土学术话语,把中国传统美术批评观念、批评范畴、批评方法、批评标准与当代美术创作中的创新精神、时代特质和人文内涵相融

---

[1] 习近平.习近平谈治国理政(第一卷)[M].北京:外文出版社,2018:258.
[2] 季羡林.《东方文论选》序[J].中外文化与文论,1996(1):242.

合，以此作为构建本土话语表达方式和学术规则的有益补充，从而展现民族精神和中国气派。比如，中国美术批评向来有重"品"的传统，魏晋南北朝时期，"品"作为批评的方法有品第、品鉴、品评之意，像南齐谢赫的"六法"成为品评中国画的经典标准"万古不移"。朱景玄在《唐朝名画录》中用"神、妙、能、逸"四品为唐朝画家分门别类加以评论。宋代黄休复在《益州名画录》中用"逸、神、妙、能"作为绘画的品评标准对应不同的代表人物……他们敢于直抒己见，表明立场，大胆评说，有思想深度与逻辑力量。再如，"意境"不仅是中国古代美术品评的基本支点，也是美术批评理论的最高范畴，其占有核心地位，而以西方文化建立的美学完全理解不了，也解决不了中国的意境问题。用"意境"窥探、阐释和评价当代美术，诸如以实验水墨、综合材料绘画、新媒体艺术等挑战传统艺术规则边界的作品，可以从传统媒材与实验手法、传统符号与图式拼贴、虚拟性电脑图像等视角，考察其在意境构成中的表现形态、表达方式等，这无疑是一个有益的尝试，可以在实践中不断改变和丰富。

结　语

综上所言，当代美术批评在失语危机下，从理念更新到理性重建实质上经历了一个从解构到建构的转变。笔者认为，我们要站在当代美术批评的中国立场，回归本土，回归内心，回归美术创作本体，坚守传统美术批评正脉。因为，在全球化、现代化背景下，真正作出既具民族特色，又具时代精神；既有独到见地，又有独立判断；既能上接传统文化血脉，又能下启当代艺术智性的只能是以学术为本位且植根于中国的美术批评家，而非来自西方改造并以此自得的评论者或策展人。从这一点出发，探索有本土特色的、有新颖维度的、有公信力的美术批评，最终跃升至当代美术批评的中国学派，任重道远，尚待学界同仁付出更多的智慧和努力实现美好愿景。

(作者系常州大学教授，中国文艺评论家协会会员)

小轮轻线妙无双
——漫说中国古代图像中的钓车

杨长才

在浩如烟海的古诗词中,我们经常见到"钓车"一词,有以"钓车"一词为诗词标题的,如唐代陆龟蒙的《渔具诗·钓车》《钓车》,唐代皮日休的《奉和鲁望渔具十五咏·钓车》,唐末五代徐夤的《钓车》;还有诗词的句子中包含"钓车"一词的,如唐代韩愈《独钓四首·其二》中的"坐厌亲刑柄,偷来傍钓车"。宋代陆游《灯下读玄真子渔歌因怀山阴故隐追拟五首·其五》中的"烟艇小,钓车腥。遥指梅山一点青"。元末明初高启《临顿里十首·其五》中的"斩伐凭樵斧,经纶在钓车"。明代王直《秋江独钓图》中的"钓车不用置在傍,此心宁羡鲤与魴"。清代曹寅《人日和子猷二弟仲夏喜雨原韵》中的"钓车秧马南郊外,共看灵湫彻底清"。用心赏读,我们或许能从这些古诗词中品咂出钓车的些许物象与词意来。

现如今,在人们日常生活和大众传播媒介中,很难再听到、见到"钓车"这个词,它的使用率已近乎为零。随着时间推移,"钓车"一词的概念也逐渐变得模糊不清。那么,"钓车"究竟是什么呢?在弄懂"钓车"词意之前,首先要明白"钓车"中的"车"为何意。这里的"车",并不是"陆上有轮子的交通运输工具",而是指"用轮子转动的机械",如水车、纺车、风谷车之类。《辞源》将"钓车"释义为:"钓具,有轮以缠络钓丝者。"即指安装有转轮以缠绕、收放钓线的一种钓具。

我国幅员辽阔,江河湖海纵横交错。从原始社会起,古人就对水充满无限的依赖和眷恋,逐水而居,下水捕鱼成为先民们重要的谋食方式与生存技能。早在旧石器时代,先民就利用树枝、石块、鹿角等物体制成最原始的渔具,采用"一击二突三搔四挟"之法，在河流、湖泊、池塘、溪沟中捕食鱼虾蟹贝。《周易·系辞·下》有"作结绳而为罔罟，以佃以渔"的记载，所言"罔罟"即为渔猎的网具。《诗经》与《尔雅》中提及的渔具渔法五花八门，多种多样，让人眼界大开，诸如网、钓、罛、梁、筍、罶、翼、汕、罩、椮、涔、眾等。目前我国捕捞渔业已逐渐由人工作业为主向机械化、自动化转变，按捕捞原理、渔具结构特征和作业方式，我国将渔具分为刺网、围网、拖网、地拉网、张网、敷网、抄网、掩罩、陷阱、钓具、耙刺、笼壶等12大类。可见，钓具几乎贯穿于整个渔具发展史，并在其中占得一席之地，独擅其名。

与其他渔具相比，制作钓具的材料、方法与技术相对简单些，且钓具使用起来相当便捷，容易上手，因而自古至今钓鱼活动一直深受人们喜爱。虽然垂钓的目的各不相同，但钓竿颤动、鱼漂沉浮所带给钓者的激动与惊喜大致相同，这种瞬间的感觉也是其他活动难以替代的。对普通者而言，无论黄发垂髫青壮，只需一竿、一线、一浮、一钩、一饵便可轻松钓得小鲜三五尾，以慰口腹之欲。但若要到深水区"放长线钓大鱼"，须得钓车之类的钓具上阵，还需要垂钓者的体力、心态、技术、经验及多种辅助装备加持，绝非常人所能为。

"钓车"一词最早见于何处？我们可以从典籍扑朔迷离的记述中寻找答案。《列仙传·陵阳子明》载述：

陵阳子明者，铚乡人也，好钓鱼。于旋溪钓得白龙，子明惧，解钩拜而放之。后得白鱼，腹中有书，教子明服食之法。子明遂上黄山，采五石脂，沸水而服之。三年，龙来迎去，止陵阳山上百余年。山去地千余丈，大呼下人，令上山半，告言溪中子安当来，问子明钓车在否。后二十余年，子安死，人取葬石山下。有黄鹤来，栖其冢边树上，鸣呼子安云：

"陵阳垂钓，白龙衔钩。

终获瑞鱼，灵术是修。

五石溉水，腾山乘虬。

子安果没，鸣鹤何求。"

其中讲到喜好钓鱼的陵阳子明，在山上大声呼叫山下的民众，让他们上到半山腰，并对众人说道，溪中的子安应当来此，询问子明当年使用的钓车还在不在。根据《列仙传·陵阳子明》的主要内容与故事情节推断，文中所说的钓车当是一种钓具无疑。

关于《列仙传》的作者与成书时代，历来众说纷纭，论者多认为是西汉末年刘向所撰。鲁迅先生也是如此认为，他曾在《中国小说的历史的变迁》中讲道："所以上举的六种小说（指东方朔《神异经》《十洲记》，班固《汉武故事》《汉武帝内传》，郭宪《洞冥记》，刘歆《西京杂记》），全是假的。惟此外有刘向的《列仙传》是真的。"钓车在现实生活中的出现时间，理应比《列仙传》的成书时间还要早一些。若《列仙传》确为西汉末年刘向所撰，那么钓车或许在西汉早中期就开始使用了。

虽然在古诗词与文化典籍中能经常见到"钓车"一词，但却鲜见对钓车结构、样式等方面进行详细描述，直观、具象化的图像史料更是踪影难觅。那么钓车究竟是什么样子？1 800多年前的汉代画像砖、石为我们窥见其奥妙打开了一扇门，让我们领略到古老钓车的意象韵味。

考古发现表明，汉代画像砖、石的内容十分丰富，有历史故事、神话传说、宗教信仰、现实生活及祥瑞图像等，捕鱼场景即是汉代画像砖、石中刻画当时社会现实生活的一种常见题材。江苏省徐州汉画像石艺术馆珍藏一块名为"胡汉交战"的东汉时期画像石。该画像石已残缺，高35厘米、宽62厘米、厚20厘米，画面可分为上、中、下3层，分别表现胡汉双方激烈争战、官员桥头恭迎凯旋将士、桥下众人捕鱼的场景。下层的捕鱼场景以桥墩为界，从左至右自然形成3幅相对独立的较小画面。此3幅画面呈现的捕鱼方式各不相同，左侧画面为"徒手抓鱼"：一位捕鱼者呈下蹲状，两只手分别从双腿的前后两侧下伸至水中抓鱼，在他身旁还停留3只或俯视或仰望的水鸟；中间画面为"以罩逮鱼"：位于前面的两位捕鱼者身体前倾、腰挎鱼篓，前者一手使罩，一手持鱼，后者蹚水前行，双手扣罩，而位于最后面的第三位捕鱼者则端坐于罩上，双手捧着鱼篓查看捕获情况，在他们的脚边，一群鱼在水里急速游动；右侧画面为"行舟钓鱼"：一位钓者端坐于船头，正扬竿提拉已经上钩的鱼，在他身后的船板上摆放着鱼筐及鱼获，船旁的水鸟探头伸颈，紧盯着水中的游鱼。令人称奇的是，钓者手持的钓竿中间竟然清晰地刻画了一个线轮，虽然线轮只用圆圈与"X"形的单线进行表示，但这简略的符号足以表明钓者使用的钓具就是钓车。

古籍在流传过程中，所记载的文字内容会由于某些自然或人为因素造成一定程度的错漏、误解、篡改等，导致与史实不符。不过，除文字表述外，古人也用图像记录储存信息。与文字相比，图像所反映的历史文化、现实生活等内容更具客观性与真实性。徐州汉画像石艺术馆所藏"胡汉交战"东汉时期画像石的出现，充分证明钓车的发明与使用不会晚于东汉时期，在中国文化史上无疑具有里程碑式意义。

除汉代画像砖、石外，我们还可以在中国传世古画中探寻钓车影迹，感受古人的生活情趣与精神追求。

首先看南宋马远的《寒江独钓图》。马远，生卒年不详，字遥父，号钦山，祖籍河中（今山西永济），生长在钱塘（今浙江杭州），任南宋光宗、宁宗两朝画院待诏，元人夏文彦在《图绘宝鉴》中称其"画山水、人物、花禽，种种臻妙，院中人独步也"。马远喜作边角小景，有"马一角"之称，与李唐、刘松年、夏圭在中国绘画史上被合称为"南宋四家"。《寒江独钓图》纵26.7厘米、横50.6厘米，绢本，现藏于日本东京国立美术馆。此作画面极其简约，寥寥数笔，在画面中间勾勒出一舟一翁和江面上荡起的数道波纹，其余部分皆大量留白。舟上搭有遮篷，篷顶上摆放箬笠与蓑衣，篷前舱内斜放着一支木桨。老翁独坐舟头，上身略微前倾，蜷缩肩膀，全神贯注，默然垂钓。江面浩淼无际，空疏寂静，萧瑟清冷。在此画作中，可以清晰地看出老翁手持的钓具确为钓车：在甚短的钓竿上，离手不远处安装有一个八辐条转轮，长长的钓线从转轮的凹槽中导出，穿过转轮前方和钓竿顶端的2个过线环后，抛入正前方的江水中。此情此景，让人不禁想起唐代柳宗元《江雪》中的诗句"孤舟蓑笠翁，独钓寒江雪"，《寒江独钓图》堪称是此诗意最完美的图像注解，营造出的孤寂幽僻、荒寒凄瑟之境，让人印象深刻难以忘却。

再看南宋梁楷的《八高僧故事图》。梁楷，生卒年不详，祖籍东平（今属山东），南渡后流寓钱塘（今浙江杭州），曾于南宋宁宗嘉泰年间任画院待诏，后来因不愿受画院规矩束缚，将皇帝赐予的金带挂在院内，离职而去，又因嗜酒自乐，举止疯癫，遂得"梁疯子"称号。梁楷擅画道释、鬼神及文人高士，兼工山水、花鸟，初师贾师古，有"青过于蓝"之誉，早期画风细密工致，"院人见其精妙之笔，无不敬伏"，后来演变为简括粗放、纵情挥洒的"减笔""泼墨"，对后世写意画发展产生了深远影响。《八高僧故事图》为手卷，卷中共有8幅画面，每幅纵26.6厘米，横尺寸不等，分别为64.1厘米、66.4厘米、64.7厘米、64.2厘米、67.1厘米、61.9厘米、57.9厘米、66.2厘米，绢本，现藏于上海博物馆。此卷描绘南北朝至唐代8位禅宗高僧的奇闻轶事，是梁楷由"繁"至"简"、由"工"而"意"画风过渡的典范之作。8幅画面分别为《达摩面壁·神光参问》《弘忍童身·道逢杖叟》《白居易拱谒·鸟窠指说》《智闲拥帚·回眄竹林》《李源圆泽系舟·女子行汲》《灌溪索饮·童子方汲》《酒楼一角·楼子参拜》《孤篷芦岸·僧倚钓车》。其中《孤篷芦岸·僧倚钓车》表现唐末五代玄沙师备禅师独自泊舟于南台江岸边的芦苇丛间,坐倚钓车,侧身遥视彼岸的情景。与卷中其他画面相比,《孤篷芦岸·僧倚钓车》的画面尤为精简,人、物、景所用笔墨甚少,意到即止,在虚淡空静中传递悠然禅意。在画面结构的处理与表现上,将主体物集中在画面的左下方,与右上方仅露一角的江岸形成对角实景,夹衬出中间宽阔无际的江面。而对篷舟、人物、钓车、芦苇则采用隐藏、遮蔽等方法,只对其局部着意经营与表达,予观者以无限的想象空间。画中的钓车置于舟头,有部分被禅师所遮挡,只露出渔竿与线轮。线轮应为木质,有8根辐条,结构细巧,做工精致。此画面中画家并未直接表现禅师"参悟"的时空,而是通过描绘人物的日常生活故事,表明生活中到处充满禅境、禅意与禅机,所有的参禅悟道最终都要回归到实际生活中去觉醒、去修正、去超越。

再看元代吴镇的《渔父图轴》和《渔父图卷》。吴镇(1280—1354),字仲圭,号梅花道人、梅沙弥,嘉兴(今属浙江)人,工诗文、书法,擅画山水、梅花、墨竹,尤以山水见长,其山水画师法董源、巨然,兼学马远、夏圭而另辟蹊径成自家面目,既有苍润沉郁之气,又有清逸淡远之风。中国绘画史上将吴镇与黄公望、倪瓒、王蒙合称为"元四家"。吴镇博学多识,性情孤傲,一生清贫守志,隐居不仕,好作渔父图、渔父词,以"渔隐"题材来寄托高逸旷达之情,国学大师饶宗颐称他"集以渔父为题一类词画之大成"。《渔父图轴》纵84.7厘米、横29.7厘米,绢本,现藏于北京故宫博物院。此作采用典型的"阔远"法构图描绘江南山水秀色。远景峰峦簇拥,峭拔崚嶒,绵延不绝;中景山岗上的2株老树横生斜出,姿态舒展,枝干虬曲苍劲,树叶或茂盛繁密或凋零无几。一条溪水从山间蜿蜒流出,缓缓汇入湖中;近景苍茫无际的湖面上,一位渔父随波泛舟其间,他头戴斗笠,一手扶桨,一手持着安装有六辐条转轮的钓车,盘膝垂纶舟首。小舟篷窗洞开,篷顶上铺放一件蓑衣,钩开的隔帘后悬挂着一个偌大的酒葫芦。舟边渚上挺立的2株高树枝叶扶疏,郁郁葱葱。浅滩中一丛丛水草傍水而生,随风拂舞,摇曳多姿。画面中所呈现的"峰峦""溪流""山岗""老树""湖泽""洲渚""浅滩""水草""扁舟""渔父""蓑笠""钓车""酒葫芦"等这些组成山水画的具体物象,成为契合画家自我精神状态的写照与象征,寄寓作者向往自然、避世遁隐的思想,也体现了吴镇作为一个隐逸文人清高超逸、孤标傲世的主观情致。

《渔父图卷》纵33厘米、横651.6厘米,纸本,现藏于上海博物馆(吴镇的《渔父图卷》共有2个藏本,另一藏本现藏于美国弗利尔美术馆)。此卷采用"平远"法构图,通过简练的笔墨描绘江南水乡渔人悠闲操舟于灵山秀水间的情景。卷中江面广阔无垠、水天相接,群山重重叠叠、连绵起伏。风微江水静,山缓视野阔。卷末山间、浅滩中的亭台楼阁与茅舍纯用线条写出,纤细工整,清爽劲利,而处于画面黄金分割线上的3棵老树,通过勾皴点染被表现得如蟠龙探海,奇态横生。卷中岸边、苇草间、水中央等处分散着15只渔舟,有些渔舟上载有斗笠、蓑衣、鱼篓、酒葫芦等物件,除画面左上方被苇草遮掩的那只渔舟外,其他14只渔舟上均有一位渔父,他们或摇桨,或垂钓,或仰语,或招呼,或静坐,或远观,或憩息,神姿各异,惟妙惟肖,尽显渔人悠闲惬意、逍遥自在的生活形态。在画面空白处还题有《渔父词》十六阕,"写景夹词",取得诗、书、画三者相得益彰的艺术效果。与此前《渔父图轴》相比,《渔父图卷》中4位垂钓者手持的钓车被描绘得更为精简、随意,仅凭几根线条概括而成,已近似于一种抽象的视觉符号。即便如此,观者结合画面其他构成元素,仍能一眼认出渔父手持的钓具乃钓车也。

　　接着看明代戴进的《渭滨垂钓图》。戴进(1388—1462),字文进,号静庵、玉泉山人,钱塘(今浙江杭州)人,曾于宣德年间被荐入宫,以画待诏仁智殿,后因同行妒忌谗而离开宫廷流寓京城,晚年回归故里,寄情山水,以画为生。戴进擅画山水、人物、花鸟,明代韩昂《图绘宝鉴续编》云其"山水得诸家之妙,神像人物走兽花果翎毛极其精致"。戴进的绘画风格在明代中叶影响甚大,备受人们推崇和赞誉,后世推他为"浙派"(中国美术史上第一个以地域命名的绘画流派)倡始人。《渭滨垂钓图》纵139.6厘米、横75.4厘米,绢本,现藏于中国台北故宫博物院。此图描绘西伯侯姬昌"渭水访贤"的故事。画面远处群山耸峙、层峦叠嶂,草木葳蕤、生机勃勃,烟气蒸腾、氤氲缦缈,一弯从山中缓缓流出的涧水将观者的视线引向主场景。画面近处,沧桑的老树、斧劈般的岩石、泛起层层波纹的磻溪水、平阔的河岸构建了故事中人物活动的三维空间,寻访贤人的西伯侯姬昌与隐居于渭水之滨的姜尚相会于此。两人相对而立,上身微俯,拱手行礼,成为主场景的视觉焦点。他们身后绘有随行人马、钓车、坐垫等,以烘衬主人翁身份、渲染故事氛围。图中钓车极其醒目,转轮、钓线清晰可见,长长的钓竿放置在树杈制成的支架上,半截着地,半截伸向水面。钓车入画,当属作者"以今度古",即以明人所见推想前代的钓具样式,而姜尚身处的商周交替之际未必真有钓车,大抵是收放自如的钓车更能衬托出隐士淡定从容的内心与逍遥自在的隐逸生活。

最后看明代蒋嵩的《渔舟读书图》。蒋嵩,生年不详,约卒于嘉靖初年,字三松,号徂来山人、三松居士,江宁(今江苏南京)人,擅画山水、人物,为"浙派"后期重要画家之一。《渔舟读书图》纵171厘米、横107.5厘米,绢本,现藏于北京故宫博物院。此作描绘山湖相依、轻舟漫渡的幽旷之景。画面近处岸滩上,丛丛萧疏的芦苇随风摇摆,在其掩映下,一块块大小不一的石头静立水中,其中较大者犹如相依而卧的群狮,默默地遥望着远方。画面右上方危岩绝壁处,杂树丛生,藤蔓悬挂,几株叶子或半脱或落尽的老树从悬崖边旁逸斜出,使画面中段云水淡出的大片空白顿时充盈活跃起来,形成空间上的虚实对比关系。画面左上方远景峰峦、汀渚仅用淡墨晕染出大体形貌,与近景浓墨粗笔形成强烈对比,使远远之势更为突出。在远山、汀渚、危岩、欹树、滩石、芦苇夹衬出的湖面上,一叶篷舟泛行其间。舟中共2人,舟尾之人用力撑篙,舟头之人静坐读书。舟篷上斜插着的钓车,物象约略,虽只取其意,但竿、轮、线仍清晰可见。它的出现,表明主人行舟静读之余,间或享受独钓山水间的乐趣。整幅画作构图简括深远,笔墨清新畅爽,主题鲜明突出,堪称表现文人雅士恬淡、闲适、安逸生活状态的典型之作。

此外,在唐代李思训《江帆楼阁图》(纵101.9厘米、横54.7厘米,绢本,现藏于中国台北故宫博物院)、南宋夏圭《梅下读书图》(纵19.5厘米、横22厘米,绢本)、元代赵雍《松溪钓艇图》(纵30厘米、横52.8厘米,纸本,现藏于北京故宫博物院)、元末明初王蒙《桃源春晓图》(纵157.3厘米、横58.7厘米,纸本,现藏于中国台北故宫博物院)与《花溪渔隐图》(纵124.1厘米、横36.7厘米,绢本,现藏于中国台北故宫博物院)、明代赵左《望山垂钓图》(纵132.3厘米、横38厘米,纸本,现藏于北京故宫博物院)、明代沈士充《寒塘渔艇图》(纵132厘米、横50.8厘米,纸本,现藏于北京故宫博物院)等山水画作中,我们同样能寻见钓车于"似与不似之间"的意象形态。它们虽然只有寥寥几笔,所占空间更是微乎其微,却能烘托人物情绪氛围,拓展画面意境空间,使作品更具情景感染力与艺术表现力,发挥着不可小觑的"小中见大"的作用。

"小轮轻线妙无双,曾伴幽人酒一缸。"唐代陆龟蒙这一诗句,道出了钓车绝伦之妙及其给垂钓者带来的非比寻常的愉悦心情。如果说古代姜子牙因"仕"、严子陵因"隐"、庶民因"食"而钓,那么今人则多以垂钓修身养性、陶冶情操,在亲近自然中寻求"乐"与"趣",尽享那份清静、悠闲、惬意的美好时光。时光悠悠,岁月无言,古式钓车早已淡出大众视野,如今的新式钓具可谓种类繁多,精彩纷呈,但在其造型、结构、功能及工作原理中,依然蕴含着钓车的因子,散发出古典的神采与魅力。我们在尽享垂纶之乐时,不禁为古人的智慧与创造力所折服,他们从人与自然的生命体验中获取造物理念,创造了无数承载着历史、文化、艺术信息的珍贵古物,给后人留下辉煌灿烂的文化瑰宝。历史是孕育当代文明之母。敬惮传统,致敬经典,延续中华民族文化血脉,吾辈当铭记于心、竭力为之。

(作者系江苏省文艺评论家协会会员,中国通俗文艺研究会会员)

意大利雕塑艺术的文化感知

陆晓云

意大利是世界上拥有文化遗产最多的国家,是研究世界美术发展不应忽视的一个窗口和维度。雕塑、绘画和建筑成就了意大利悠久的历史文明和杰出的艺术,与西班牙、荷兰、法国、德国、英国、瑞典和丹麦等国家的文明共同构成了欧洲人文环境的精神主体。其中雕塑艺术恢弘传神,为建筑空间环境增光添彩,展现了意大利人艺术生活的审美境界,是全人类精神文化的卓越代表。徜徉在意大利街头,眼睛随时可以感知到雕塑艺术的存在,无不被其史诗般的艺术作品和人文主义色彩所感染。在欧洲艺术之都,艺术家、学者和游客络绎不绝。品味雕塑作品,感知艺术魅力和文化气息,可使人们精神饱满、举止优雅,仿佛心灵也得到净化和升华。

一、意大利雕塑艺术的历史源流

古希腊是欧洲文化的摇篮,占有重要的艺术地位,是许多雕塑家创作的灵感来源和精神家园,对欧洲乃至世界的雕塑艺术和其他艺术门类的发展都起着引领和推动作用。意大利雕塑艺术作品大都取材于古希腊神话故事,表达他们的爱恨情仇、骁勇善战、重返家园等辉煌成就和强烈愿望。人物雕塑更注重人格特征和精神世界的刻画,主要表现为外在的形体美和内在的气质美[1],是人文主义

---

[1] 张顺.探究文艺复兴时期的意大利雕塑的美学风格[J].前沿,2014(2):236-237.

思想的回归，神性与人性的完美结合。

意大利南部的那不勒斯国家考古博物馆，是世界上极具有考古学价值的博物馆之一。其地理位置在当年希腊人建起的尼亚波利（Neapolis）城墙的西北角。这里收藏有庞贝古城（Pompeii）、郝库兰尼姆（Herculaneum）及斯坦比亚（Stabiae）等地的文物，以及古埃及、古希腊、古罗马及文艺复兴时期具有极高艺术价值的文物及艺术品。艺术作品用外在扎实严谨的造型表现内在的力量，以具有理想主义、典雅精致、庄严肃穆著称，在考古学上具有重大意义，在世界美术史上多有记载并闻名于世界。《美臀的维纳斯》（见图1）是2500年前的古希腊雕塑，羞涩的年轻女子用帷幔来遮盖其柔美丰硕的裸体。这件作品的魅力在于雕塑家通过雕像女子躯体的曲线变化，表现出人体本质的美。女子转身中的眷顾回眸，将内美和外美和谐统一，使作品艺术魅力更超越了人们对生命本真的感知。

那不勒斯国家考古博物馆收藏品的核心是"法尔内塞收藏"，其中《大力神海格力斯》创作于公元前四世纪，是镇馆之宝。它是古希腊时期的一尊青铜雕像，也是世界古典雕塑艺术的著名作品之一。原作尺寸不大，经过几次战争后流失。公元三世纪的雕塑家们复制放大了这尊雕像，他们通过雕塑作品定格了人们对

图1 古希腊雕塑《美臀的维纳斯》

神话中英雄人物的认知。海格力斯重心在右腿，人物呈中轴线倾斜站立，疲惫地倚靠在粗大的木棒上。木棒上挂着兽皮，是从刚杀死的狮子身上剥下的。大理石群雕作品《法尔内塞公牛》创作于2200多年前的古希腊，较为夸张地表现反抗的牡牛和动态人物的手臂、大腿。雕塑内容取自古希腊神话，两位底比斯国王的儿子将后母绑在牛角上，为生母复仇。这些体现了古希腊和罗马文化之精髓的"法尔内塞收藏"雕塑被后来的雕塑家研习与临摹，对意大利雕塑艺术的发展、人文精神的传承有着重要意义。

意大利雕塑给人强烈的体积感和生命的律动，也是情感与智慧的具象反映。与具有时代风骨、精神符号，注重气韵之美的东方画像、雕塑相比很不一样，两种

不同时空的艺术形式和风格值得我们思考。意大利雕塑继承了希腊雕塑的精髓,更注重细节的完美;而中国绘画抽象写意、气韵传神,汉代雕塑刀法简洁、沉稳概括,形象粗朴,更注重雄浑气势,两者的表达有天壤之别。[①] 意大利雕塑家继承了古希腊古典雕塑艺术成就,对于古希腊雕塑艺术的结构和透视有着深刻的理解和超常的重视,借助宗教雕塑图像,寻求精神安慰和思想光芒。意大利人浪漫感性的性格和创造力决定了意大利雕塑会融入更多的艺术气息和人文因素,并将精神思想、宗教信仰贯穿其中。

二、意大利雕塑艺术的精神取向

意大利的文化软实力和国家影响力由诸多方面构成,城市雕塑是重要的构成因素,见证了雕塑王国的民族历史、文化信仰。其内在的精神气质、时代特征与观看者产生审美经验、文化素养的和鸣,有鲜明的精神指向。追思敬仰意大利的雕塑大师,探究意大利城市雕塑艺术的精神取向,可为当代东西方雕塑艺术的创作方向提供思考和借鉴。

(一)记忆历史源流的城市雕塑

艺术的传承往往伴随着文化的传播,意大利拥有多元而厚重的历史文化积淀,因此广场群雕、教堂塑像壁画、建筑内外装饰等都能体现出每一座城市的精神气度和历史文化。

欧洲的学院派艺术产生于十六世纪的意大利。佛罗伦萨位于意大利中部,阿诺河从城市穿过,因此带来了艺术经济、文化和贸易的繁荣,它成为了意大利文艺复兴的发源地。当地的乌菲齐美术馆是世界著名的绘画艺术博物馆,因陈列了达·芬奇、米开朗琪罗、拉斐尔、波提切利等一批经典艺术家的雕塑、绘画作品而驰名。佛罗伦萨美术学院的雕塑《大卫》是雕塑巨匠米开朗琪罗·博那罗蒂(Michelangelo Buonarroti,1475—1564)的作品,堪称意大利文艺复兴人体艺术的典范。大卫是一位肌肉发达、体格匀称的青年裸体男子,双眼炯炯有神且凝视着远方,眼神犹在思考与抗争。米开朗琪罗通过惟妙惟肖、静中有动的雕塑语言,将瞬间定格为永恒,把大卫的英雄形象塑造得极富阳刚之气,使其充满精神

---

① 冯刚.意大利喷泉雕塑艺术探析[J].中外建筑,2010(3):69-70.

力量。《大卫》作品中塑造出的男性美让人回味。它不仅仅是一尊雕像,更象征着意大利思想解放运动在艺术上的表达,也诠释着文艺复兴巅峰时代艺术作品的文化内涵和艺术境界。

米开朗琪罗的创新理念广泛应用于绘画、雕塑和建筑,并且得到美第奇家族柯西莫等的赏识。在圣洛伦佐教堂美第奇礼拜堂中的陵墓群雕《昼》《夜》《晨》《暮》,是米开朗琪罗在 1520—1534 年创作的。四尊雕像呈斜倚半躺姿态,人物丰满健硕,刚柔相济,略带不安紧张和辛酸屈从的神情,是巨匠心灵深处的真实写照。《昼》表现蜷缩而扭转身躯的青年男子,外表刚健,内蕴空虚。《暮》是一位老年男子翘腿歇息呈思索的神态,沉浸在回顾中又惘然若失。《晨》表现一位身材丰硕的女子刚从梦中被惊醒,享受着梦幻的朦胧美。《夜》塑造的女子似乎有着白日的磨难和黑夜的解脱,是对悲惨命运之人的慰藉。米开朗琪罗用三维的视觉语言诠释出罗马帝国的文化内蕴和精神象征。

有的城市雕塑本身不唯美,但一定有温度、气度和历史厚度。母狼哺育婴儿的故事有关罗马古城的创建,因此古罗马的城徽雕塑是《母狼乳婴》(见图2)。据说罗马的创建人罗慕洛在婴儿时被仇人抛入台伯河后幸遇母狼,母狼用奶汁哺喂其长大,后被一猎人抚养成人并重登王位。传说罗慕洛杀死了仇人后,以自己名字命名帝都为罗马并确定城界。这一天是公元前 753 年 4 月 21 日,即罗马建城日。①

图 2 城市雕塑《母狼乳婴》

十七世纪意大利巴洛克风格雕塑家代表吉安·洛伦佐·贝尔尼尼(Gian Lorenzo Bernini,1598—1680)的雕塑作品取材于罗马神话故事,通过一系列恢宏的雕塑形象让人们敏锐感受到时代的气息和文化精神,被当时的罗马人们称

---

① 谢根洪."罗马城不是一日建成的",那么,罗马城是谁始建的?[EB/OL].[2017-07-26]. https://item.btime.com/m_9481221712e931582?from=haoz1t1p3.

为一位"与米开朗琪罗同样伟大的雕塑家"。走进罗马城就像到了贝尔尼尼博物馆，街头多处可见贝尔尼尼作品，令游人如沐春风，叹为观止。《圣德烈莎》是贝尔尼尼为罗马圣玛利亚教堂科尔那罗礼拜堂创作的祭坛雕像。这件作品表现了昏迷失神的修女德烈莎在幻觉中与天使共同沐浴在神圣又温情的万道金光中，气氛和情感表现极其生动。雕塑中信仰和真爱达到了高度互融，充满了巴洛克的浪漫激情和古典主义的典雅。①《抢夺帕尔赛福涅》是贝尔尼尼23岁完成的第一尊雕像，雕刻耗时一年之久。大理石在他的雕琢下似乎柔软可塑，人物肌肤细滑。他还创造出《四河喷泉》《圣彼得教堂广场柱廊》，以及《阿波罗和达芙妮》等经典雕塑作品。

（二）浸透文化气息的写实雕塑

14世纪是意大利文化艺术的黄金时期，涌现了一批永垂青史的艺术巨匠。文艺复兴思想运动席卷了欧洲文化艺术的多个领域，具体表现在文学、建筑、绘画、雕塑和音乐等方面。文学家、思想家和哲学家纷纷著书立说。在艺术领域，达·芬奇、多纳泰罗和米开朗琪罗，还有拉斐尔、吉贝尔蒂和瓦萨里等一批艺术家借助布面、石头和建筑等媒介，开始思考和探寻艺术的发展方向，企图让作品焕发时代精神，打造出时尚经典。天才艺术家们以不同的艺术语言、创作风格和传播方式，促进了艺术文化的建构和繁荣，取得了令人瞩目的发展。写实雕塑给人强烈的生命律动，唯美传神且注重细节，同时也借鉴了东方艺术的大气雄浑，开始注重气韵生动的意象美。一件件雕塑作品具有生动传神的展现方式与动人心弦的精神力量，在人们内心引起情感的共鸣和文化的认同。

佛罗伦萨圣母百花大教堂的洗礼堂东大门是一件兼备美学价值和特殊意义的雕塑，又称"天堂之门"。它是由天才雕塑家罗伦佐·吉贝尔蒂（Lorenzo Ghiberti,1378—1455）耗时27年雕刻而成，标志着文艺复兴的开始。吉贝尔蒂以圣经《旧约全书》中的十组故事为雕塑内容，汲取了古希腊罗马雕刻的外在形象和人文精神，借鉴了连环绘画再现故事情节的手法，表现人和神的生活状态和潜在联系。利用黄金浮雕的深浅凹凸、透视景深原理，塑造出人物位置、深度空间及建筑环境等。整个浮雕门渗透着艺术创造力和写实表现力，笼罩着一层金

---

① 王文娟.经典重读——贝尼尼的爱与痛[J].美术,2005(4):120-122.

色的光芒和宗教般玄秘的氛围(见图3)，原件现藏于佛罗伦萨圣母百花大教堂博物馆中。

佛罗伦萨巴杰罗博物馆，陈列有哥特式风格及文艺复兴时期(十四至十七世纪)的雕塑作品，收藏有意大利托斯卡纳地区的经典雕塑，这些作品是对意大利文化艺术的诠释。那里不仅有米开朗琪罗的《酒神巴克斯》《圣母和圣婴》等作品，还有多纳泰罗(Donatello, 1386—1466)的《大卫》。多纳泰罗是意大利文艺复兴前期雕塑家中的代表人物，他将中世纪雕塑精神内容与外在形式统一，将古典的雕刻理念和浪漫的艺术追求结合。《大卫》展现的是一位喜悦庄重、悠然自在、有血有肉的裸体少年男子形象。

图3 吉贝尔蒂的雕塑《天堂之门》

它是文艺复兴时期第一座不需支撑的青铜雕塑，也是文艺复兴时期第一件裸体雕像，蕴含着人体的曲线美和生命的能量感。大卫不再是圣经中的神，而是有血有肉、活灵活现的俊美少年，是对古典裸体雕像的复兴。雕塑的形体比例、面容表情和躯干姿态都塑造得十分生动精准，展现出一种神性和人性的永恒之美，它是多纳泰罗的艺术创作进入成熟期的重要标志。将《圣经》中神的形象塑造为可视可感、真实具体的人，显现出这个时期雕塑家对人性的崇尚。

雕塑作品蕴含着雕塑家的精神风骨，不仅是一个国家，更是全人类的灵魂。中国雕塑家吴为山(1962—)的作品《超越时空的对话——意大利艺术巨匠达·芬奇与中国画家齐白石》落户在意大利的文艺复兴之都佛罗伦萨，成为纪念达·芬奇逝世500周年相关活动的亮点。作品由齐白石与达·芬奇这两位艺术家的人物写意雕塑组成，是意大利艺术研究院首次收藏陈列的中国雕塑。吴为山将中国精神和智慧打造成神似和形似平衡的雕塑作品，是中国文化在雕塑创作中的凝结、融渗和表现。

(三) 承载精神寄托的宗教雕塑

欧洲文明的发展与宗教密切相关，建筑、雕塑、绘画都可以从宗教那里追根溯源，民众对圣母、圣徒和圣物的崇拜具有普遍性。宗教信仰和世俗文化融合，创造出文化繁荣和艺术兴盛。

在文艺复兴时期出现了大量的宗教题材的雕塑作品，并且留下了一批取自基督教题材的雕塑作品。《哀悼基督》依据《圣经》故事表现基督被从十字架上卸下后被圣母玛利亚抱起的画面。作为基督教主题，许多艺术家的雕塑作品中所呈现的是将基督钉在十字架上，或者是圣母将他的尸体抱在怀中痛哭。然而在米开朗琪罗1498年创作的写实大理石圆雕《哀悼基督》（见图4）中，圣母表情凝重、典雅娴静，默默地注视怀中去世的基督，悲痛哀悼都隐忍在心，用全身的力量想将儿子托起。基督身挂伤痕，仰头向后、右手下垂，闭眼沉睡，失去生命的躯体似乎特别沉重。裸体的基督雕像表现出的肌肤弹性和着衣圣母雕像展示的衣裙褶皱质感形成鲜明对比，圣母绶带上还刻着米开朗琪罗的名字。

该作品现收藏于梵蒂冈圣彼得大教堂，在宗教的氛围中展露了人文主义的精神，人们朝拜宗教圣像的同时更是对雕塑家米开朗琪罗充满景仰。

图4　米开朗琪罗雕像《哀悼基督》

三、意大利雕塑艺术的当代传承

意大利雕塑家和设计师来自多种职业，他们创意载体多元，有不同寻常的观察力和执着的创造力，为意大利当代审美生活注入了诗意的气质。

（一）充满轻松惬意的生活雕塑

意大利是一个充满创造力的国度，当代雕塑更加充满生机童趣、贴近生活，传承了传统雕塑的写实语言却打破传统雕塑沉郁厚重模式，用活态化的多重视角、轻盈简约的语言表达了艺术观念和思想锋芒。

面具是意大利威尼斯的象征。艺术家法比奥·诺文布雷（Fabio Novembre，1966—）于2010年创作的面具椅（见图5），灵感来源于威尼斯狂欢节的"面具文化"。精巧的面具、舒适的座椅在雕塑家的创意中连接。座椅的使用功能与雕塑形式巧妙糅合,彻底改变了传统单一的座椅样式,呈现出一种古典雕塑的风格语言,又传达出一种自由理想的生命存在。使用者在功能性雕塑中获得完美的感官享受,领略艺术作品的清新欢愉。

图5 法比奥·诺文布雷的《面具椅》

"意大利后现代主义设计之父"亚历山德罗·门迪尼(Alessandro Mendini,1931—2019)长期致力于生活用品的雕塑设计和艺术表现,具有诗人的情怀和天才的特性。他设计的红酒开瓶器使用方便,造型经典,成为意大利人生活的必需品。有人说他是仿玛丽莲·梦露(Marilyn Monroe)的相貌特征来设计的,赋予雕塑对象人体外观,也有人说门迪尼的灵感来自女朋友伸懒腰的姿态,是将雕塑从神坛上解放的一次践行,成为趣味艺术、智慧生活的可视化感知。[①]

(二) 传递情感色彩的门扉雕塑

意大利雕塑创作常以不同的方式走向大众的视野。与博物馆、画廊中展示的雕塑不同,门扉雕塑在建筑物的入口处,具有实用功能并且直接面对不同年龄、不同职业的人群和审美大众,为意大利人的浪漫生活带来了崭新的气象,建构出有艺术格调的生活图式。一方面是真实的现实生活,一方面是高远的审美理想。

意大利有深厚的雕塑生存土壤,所以门扉雕塑有不同于其他雕塑的语境,更注重雕塑与空间的对话。雕塑家或者主人拒绝规则与典范,勇于寻找时代表达方式,不断地超越与探索,使雕塑作品具备内涵与生命力。

---

① 陆晓云.意大利家居设计中的艺术感知[J].南通大学学报(社科版),2018(04):106-111.

门扉雕塑(见图6)可以让人直观地感受到意大利文化生活中深层的价值和意义。门扉雕塑体现了主人的态度,传递出雕塑家的创意,改善了人与物的体验和互动,给生活注入了活力。意大利引领了门扉雕塑的艺术潮流,创造了一个个有情感、有温度的门扉雕塑作品。从生活的角度来看,意大利雕塑家有更多的居家体验,善于与人相处沟通,甚至了解初次拜访交往时人们的心理,这些使得他们将门扉打造得更加诗意化、个性化、雕塑化。

图6 门扉雕塑

(三)追求概括简约的环境雕塑

公共空间中的雕塑作品大都为某一特定环境设计,且与环境(日光、灯光、空间、街景、建筑等)有着密切的关联,即便是很小的雕塑也可以放置在一个大空间。在艺术对话中,雕塑作品不仅为环境增添光彩,且让观众产生审美启迪和情感共鸣。

意大利环境雕塑不仅有肃穆的神像,还有世俗的人像。雕塑家运用彼此毫不雷同的话语讲述意大利故事,通过几何造型、分割比例和透视法则等基本理念,呈现出秩序感、线条感、空间感,使观众更加理性地赏析雕塑作品。艺术家 Ernesto Michahelles(别名 Thayaht, 1893—1959)在雕塑创作中注重概念、精神与意象的追求。在菲拉格慕博物馆的雕塑作品《泳女》中,他用优美的人体线条塑造简约的形象,将人体美与抽象美进行有机整合。作品通过跳水瞬间的细节,捕捉生命的真实,洋溢出艺术家的情韵,为意大利人的艺术审美带来了崭新的气象。简约轻盈又天人浑融,仿佛具有勾勒雕塑作品灵魂的能力。作品运用现代雕塑语言表现其内在力量,青铜材质流畅、结构平衡坦诚,从而形成自己的艺术风格,让人们的视觉、心灵和精神得到净化(见图7)。

图7 Ernesto Michahelles 的雕塑《泳女》

通过概括简约的艺术手法，雕塑家删繁就简，留下雕塑的筋骨与精华，呈现出一种艺术情怀和精神追求。

（四）展露艺术风标的原木雕塑

雕塑艺术涵盖了人们在生活空间中的所有。自20世纪六十年代波普艺术兴起，西方雕塑艺术的观念也发生变化，显著特征是对传统雕塑的反叛。雕塑艺术离异于它的传统形态，开始与观念艺术结合、与生活时尚同步，改变了传统雕塑的面貌。人们在生活中随时可以发现、感悟雕塑的美，并与之同化。

意大利雕塑家布鲁诺·瓦尔伯特（Bruno Walpoth，1959—）把实木雕塑与当代艺术连接起来，使历史雕塑与当代雕塑相融合。他更专注于人物精神层面的表达，从宗教雕塑蜕变成当代雕塑，达到形似与神似的平衡。他将木材自然干燥后掏空，创作了一批人体雕塑作品。2019年3月在中央美术学院展厅举办的"沉默的邂逅——布鲁诺·瓦尔波特作品展"，是其在亚洲的首次巡回个展。《消失的视野》（见图8）、《脆弱的灵魂》《坐》等雕塑、绘画、铜雕和纸雕作品，全方位地展示了艺术家的创作之路。他将人物木雕的表层刷白，再涂上眼睛、嘴唇、头发和衣服的色彩，虽然木雕人面无表情，却承载着深厚的精神性内涵，折射出观

图8 Bruno Walpoth的木雕《消失的视野》

者的内心世界。朴实无华的木质肌理和斑驳做旧的色彩赋予了作品强烈的绘画性。原木雕塑作品既有生命力又有内涵美，可见布鲁诺·瓦尔伯特的写实功力。他被誉为本世纪最伟大的木雕艺术家，备受尊崇；他的人物木雕打破了人们对现代雕塑的认知，契合观者的精神体验，展现了他对艺术本质的理解和认知。

四、结　语

意大利雕塑艺术作品是民族文化的结晶，是欧洲艺术的代表，经过国家更替、战争洗礼，在上千年的历史长河中散发着不朽的魅力。意大利雕塑艺术虽然

主题多元、样式庞杂,然而在线条变化、形态组合、色彩搭配和材质选择上具有典型古罗马时期的文化特征,以及亚平宁半岛和西西里岛人的审美取向和时代精神。以上所举各类多例雕塑作品,尽管呈现主题和内容不同,作品的角度取舍也各有差异,而雕塑艺术中所浸润着的人文关怀、精神生活和价值取向是相通的,也是意大利民族性格命运、精神气度和文化风貌所在。

随着中西文化的碰撞、日益深入的国际艺术对话和文化融合,中国也迎来了文艺复兴的黄金时期。中国雕塑艺术追求创新的同时接收传统范式的滋养,对中意雕塑经典作品以及人类共同的文化遗产必须有全面的认知和审视。让雕塑艺术文脉在承传中彰显东方文化的自强自信及精神特质,提炼构建人类命运共同体、文化艺术共同体,走向未来是我们当下的共同目标。①

(作者系南通大学艺术学院教授)

---

① 吴为山.用经典作品推动构建人类命运共同体[N].中国艺术报,2018-3-4.

徐州地域文化与"彭城画派"的构建

张尊军

艺术与地理密不可分。流派的形成基于风格、地域、艺术思想、师承等前提条件,而从地理学的角度来说,任何一种风格、艺术思想的产生无一不是受地域影响的结果。因此任何一种风格流派首先是基于地域基础上的划分,然后才是风格、艺术思想的差异。笔者拟以文化认同概念为理论依据,以"彭城画派"这一地方性艺术流派为研究对象,分析"彭城画派"的文化认同现状,并基于探讨传承策略,以期为"彭城画派"的培育提供建设性路径。

一、徐州地域文化特征

地域文化一般是指特定区域源远流长、独具特色,传承至今仍发挥作用的文化传统。作为完整意义上的地域文化一般具备以下四个特征:第一,鲜明的地域性。它在相对稳定的地域环境下形成,受地理环境制约。第二,文化外观与内涵上的特殊性。它的形成和发展是众多要素综合作用的结果,但起决定作用的是特定地域的自然环境因素和社会人文因素,因而与其他地域文化有明显区别。第三,比较完整的体系。它的构成是全面系统的,涵盖该地域的各个层面,而不是个别特殊的文化现象。第四,文化特征基本稳定。经过长期的孕育、发展、完善,其文化特征一经形成,就具有较强的稳定性和传承性。积淀丁地域文化深层的文化个性和遗传基因,持久地发挥作用,影响和规范该地域人们的价值观念、性格特征、风俗习惯等,在与其他文化的交融中,较长时间保留着这些基本特征。

纵观徐州地域文化,上述地域文化的四个基本特征皆都兼而有之:

一是雄秀兼备的包容文化特质。徐州是东西南北五省通衢要道,是中原地区的核心地带,是淮海地区的中心。这里地处平原,紧邻黄河,属北温带季风气候,一年四季分明,适宜生存和农业生产,是传统农业的主产区。五省通衢的重要位置和丰富的山水资源,不仅使之成为历来兵家必争之地,而且也促进了各种信息和文化、经济的交融。这里与孔孟故里为邻,儒家文以载道、中庸和谐的思想对徐州的影响也很大。所以,徐州文化包容性很强,具有雄秀兼备的文化特质。

二是源远流长的历史文化特质。徐州最早的称谓源于上古时期的"九州"之一。徐州古称彭城,源于四千多年前的大彭氏国,黄帝六世孙彭祖因"善斟雉羹"侍帝尧而受封于彭地(今徐州),建大彭国。彭祖是中国最早的史学家、哲学家,是世界上第一位文化名人,是对中华民族传统文化创造最多、贡献最大的声名不朽的杰出代表,正如毛泽东所言"彭祖在历史上影响很大"。同时他也是中国第一位长寿之人、第一位养生家,还是与舜齐名的政治家、卓有功勋的军事家、令孔子自愧弗如的教育家。他创造了集中国古文字文化、哲学文化、和谐文化、伦理行为文化、人体生命文化、养生益寿文化、饮食烹饪文化和导引武术文化等多种文化于一体的彭祖文化。其实当时的大彭国,只是古徐国区域的一座城邑,于殷末被灭。推究文化渊源,徐州的远古文明就是本土的东夷文化与西来的中原文化的融合。东夷氏族部落又称徐夷,繁衍生息在淮河、泗水流域,早在尧舜时代东夷氏族皋陶就是掌管刑法的大臣,皋陶之子伯益又是辅助大禹治水的有功之臣。夏朝建立后,伯益之子若木受封为古徐国的开国之君。因仁义爱民厌战而失国的徐偃王为古徐国第 32 代国君。古徐国历经夏商周三代,历时 1600 余年。古徐国人民创造了灿烂的徐文化,形成了淳朴仁义的徐国民风。后来徐州成为西楚霸王的国都和汉高祖刘邦的故里,又是道教始祖张道陵的故里,成为历史上中国汉文化的发祥地和集萃地及中国道教文化的发源地。楚风汉韵,汉风道韵,给徐州抹上了楚汉文化、道教文化的浓墨重彩。汉墓、汉画石、汉兵马俑并称"汉代三绝"。有史学家提出"明清看北京,先秦看西安,两汉看徐州"的观点。徐州因其丰富而独特的两汉艺术资源而成为国家历史文化名城。

三是相对完整的人文特质。人是地理环境的产物,地域文化更是与地理环境有着千丝万缕的关联。俗话说,一方水土养一方人,正是这个道理。徐州是江苏省最古老的城市之一,也是座历史文化厚重的文化名城。历史景观与人文景观都兼而有之。诸如一代霸王项羽的戏马台,一诺千金、生死不渝的季子挂剑台,重情重义的艺人关盼盼的燕子楼,与徐州太守苏东坡有关的苏堤、云龙山放鹤亭、云龙湖等等。唐代大诗人白居易曾客居徐州多年,留下了许多脍炙人口的诗篇。历史悠久的徐州,民间文艺土壤格外深厚而肥沃。这里有耀眼的"汉代三绝",有拙朴而生动的剪纸艺术和泥塑玩具,有美轮美奂的糖人贡,有大鼓、渔鼓、扬琴、梆子、柳琴、坠子等多种民间戏曲。徐州作为文化昌明之地,其独有的徐文化、彭祖文化、楚汉文化、农耕文化、军事文化、山水文化、儒家文化、道教文化和民俗文化以及宋明清文化、现代情义文化等文化因子,塑造了徐州人敦厚朴实、耿直坚韧的性格,徐州人既崇文尚武、重情重义,又务实通变、敢作敢为。

四是深厚的书画艺术底蕴特质。中国最早文字甲骨文的发明者是商代的巫师,彭祖是商王智囊团中发明甲骨文的重要成员,任商王"守藏史"。相传隶书始祖秦朝狱史程邈为东海郡下邳(今江苏邳州)人。程邈,字元岑,秦代书法家。据传他首先将篆书改革为隶书。而西汉国相丰县人萧何是宫廷榜书(署书)始祖。中国第一幅榜书作品是西汉未央宫匾额,由西汉开国功臣萧何题写。明费瀛《大书长语·署书》曰:"秦废古文,书存八体,其曰署书者,以大字题署宫殿匾额也。汉高帝未央宫前殿成,命萧何题额,覃思三月,乃以秃笔构隶体书之,时谓萧籀。又题苍龙、白虎二观。此署书之始也。"元郑杓《衍极》卷四《古学篇》刘有定注:"萧何作未央宫,前殿成,覃思三月,以题其额,观者如流水。何用秃笔书,时谓之'萧籀'。"以民初书法大家张伯英为首的"彭城书派"更是将徐州的书法水平彰显尽致。徐州由五千年前的古陶彩绘起步,经历先秦青铜熔铸、汉画像石雕镂、汉碑唐幢宋帖明画清卷的层层演进,直到20世纪形成以出生在徐州的刘开渠、李可染、朱德群等为代表的近现代徐州籍艺术家流派。同时,徐州汉画像石已成为徐州一张传承千年文化的历史"名片"。作为一种富有特质的美术作品,汉画像石包含了太多的可资借鉴的元素。书画同源,从广义上说,书法史是美术史的一个分支,而书法亦是画派的一个方面。"彭城画派"是一个宽泛的概念,其中不仅包括绘画,而且涵盖书法等艺术。进入20世纪以来,以书法为引领,徐州不仅打造了"新彭城书派",徐州现在共有中国书法家协会会员140余名,江苏省书法家协会会员590余名,已经形成了一个以中青年为主体力量的创作群体,向着集团化、学者化、多元化的发展趋向迈进。徐州书法南北兼济，碑帖相融，虽各成面目，但逐步形成了雄浑、厚重、恣肆、昂扬的地域书风特征。徐州成为首批"中国书法名城"，而且涌现出了享誉全国乃至世界的书画领军人物，为"彭城画派"的形成和发展奠定了坚实基础。

二、"彭城画派"的构建

纵观中外美术史，在特定的时代背景下，某个区域内会有一些画家对绘画产生相近的观念。其作品风格可能大同小异，也可能大相径庭，但这不影响到这些画家群在题材选择、表达方式及情感的抒发上连结成内在的共通，这种整体的绘画倾向，可谓"画派"。十多年来，中国画坛掀起了"画派"打造热，大有"占山为王""各立门户"之势。就江苏而言，南京的"金陵画派"，苏州的"吴门画派"、"太湖画派"，扬州的"扬州画派"，镇江的"镇江画派"均在全力造势，业已形成。古彭徐州在江苏"吴韵汉风"中占有半壁江山，提出打造"彭城画派"，正是适逢其时，大有作为。当然，对于画派的打造，争议较多，有人认为，画派不是随便打造的。但徐州的地域优势、人文优势、历史底蕴、文化传承等诸多方面因素，特别是近年来"书画徐州"的有效实践，已经证明"彭城画派"已逐渐进入人们的关注视野，并成为徐州一张亮丽的文化名片。

一是"彭城画派"现象不容忽视。中国美术馆公共教育部主任、《中国美术馆》杂志执行副主编徐沛君，在评述"彭城画派"的现象时说，徐州这么短的时间内出现这么多的艺术家，走出这么多的艺术家，究其原因有两个方面：一个是自然环境，一个是人文环境。徐州处在南北交接地带，向南是吴文化，向北是齐鲁文化，向西与中原文化有联系，中原文化又是中国文化的摇篮，这样一来就显示出一种兼容并包的趋势。从地缘文化的角度来说，凡是处于不同文化交接的地方，文学和艺术都比较活跃，徐州恰好就处在这样一个位置。徐州艺术家本身接触的教育都是兼容并包的，视野是宽广的。"兼容并包"与"视野广阔"正是彭城画派艺术风格形成的基因。这一基因从汉代到今天，接续不断，而诞生在这块厚土上的"彭城画派"的画家们，其艺术风格也便一脉相承。江苏省文化厅副厅长、著名画家高云指出："徐州能出这么多画家是一个值得研究的现象，我认为徐州是交通枢纽地区，文化的交融使徐州形成了一种开放包容大气的人文环境。这种人文环境，对人的成长是极其有利的。在这种情形下，培树'彭城画派'是有根据的，因为它凭借着丰厚的历史底蕴和众多的艺术家，为'彭城画派'的提出奠定了坚实的学术基础。所以说，今天徐州提出构建'彭城画派'，正当其时。"

二是"彭城画派"名副其实。按照美术界的传统说法，要有资格被称为"画派"，起码应具备以下几个基本条件：第一，相同或相近的地域性。第二，有能在艺术史上影响深远的标杆式领军人物；第三，前后相承的艺术思想或艺术主张。第四，在相同或相近的艺术思想基础上形成风格相近的画风。第五，从艺术史来看，"画派"是后人对前代画家的评定，而非活着的人的自我标榜。

从上面的五个条件来看，"彭城画派"名正言顺。仅从"李可染暨'彭城画派'书画作品展"推出的徐州籍画家而言，其数量之多，影响之大，足以使"彭城画派"名震四方。若以传统划分方式来界定"彭城画派"，可能会存在很大的争议。但是提出"彭城画派"并非无据可依、无证可寻。

首先，"彭城画派"的画家群体都有相同地域；其次，这一画派已有能在艺术史上影响深远的标杆式领军人物——李可染先生；再者，他们拥有大致相同的价值取向与艺术风格。当代著名工笔画大师喻继高先生说，界定"彭城画派"要有领军人物，因为这个领军人物很重要，一个画派的形成，大家就把它当作一个旗帜来学习。无疑，开创了中国山水画新里程碑的一代宗师李可染先生是众望所归的"彭城画派"的领军人物。李可染是地地道道的徐州人，他的故居就在离彭城书院百米之外的广大巷。李可染是中国现代杰出的国画大师，是20世纪中国文化复兴在美术界的一代托命之人，是当今中国画坛以及将来中国画发展取向的革新派中最有成就的一代宗师，其独具一格的笔墨特征已经成为中国美术史和绘画史中的一座丰碑。李可染从20世纪40年代初开始从事中国画教学和创作工作，后来师从齐白石、黄宾虹，潜心于民族传统绘画的研究。20世纪50年代，国画界变革的呼声日高，提倡新国画。于是他以造化为师，以"可贵者胆""所要者魂"的精神，屡下江南，万里写生，探索"光"与"墨"的变幻，为中国画发展开辟出一条充满生机的新路。他的国画作品以"黑""满""崛""涩"来彰显个性，为水墨世界开创出新的格局，将中国画艺术提升到一个全新的境界，成为中国美术史上划时代的事件。以李可染在中国画坛的地位与影响力，被推为彭城画派的开创者与领军人物，正是名副其实。不仅如此，李可染的艺术风格与艺术精神对当代的徐州画家影响巨大。很多徐州画家都承认自己的绘画风格、语言、构图等或多或少都曾受到过李可染大师的影响。

一个画派的形成不能只有领军人物,既然是"派",重量级的人物愈多愈好。在徐州可谓群星璀璨,风格一脉相承。近百年间,徐州籍书画群体令人刮目相看。李兰、张伯英、王子云、朱德群、朱丹、王肇民、王青芳、刘开渠、刘德文等,这些名字都名扬天下,他们对中国美术史艺术和理论实践都有贡献,足以让"彭城画派"光华四射。当前活跃在书画界的徐州籍艺术名家数不胜数。北京有张立辰、程大利、李小可、王为政等,南京有尉天池、喻继高、赵绪成、贺成、李睌、徐培晨等,陕西有江文湛,安徽有郭公达,浙江有马世晓,湖北有朱振庚等。他们都是从徐州走出,在国内有影响的名家,可谓群星璀璨。仍然生活在本土的徐州书画家同样功底深厚,藏龙卧虎。近年来佳作迭出,已有数百件作品应邀赴多国展出,数十件作品获奖,并被国家及江苏省美术馆收藏。

盘点"彭城画派"艺术家们的艺术风格,我们发现无论他们从事的是中国画还是油画、水彩和雕塑,不论他们的艺术旅行有多么遥远,艺术的华盖有多么繁茂,他们汲取艺术养分的根须都深深扎于养育了他们的故土徐州,血脉里永远奔涌着"大风起兮云飞扬"这样豪放的汁液。故而,他们的艺术风格呈现出大致相同的取向:豪放、热烈、粗犷、写意。而这一风格渊源于徐州汉代艺术的滋养。徐州汉画像石的艺术表现方式、汉兵马俑的写意手法,无疑是"彭城画派"的艺术滥觞。

三是"彭城画派"实力凸显。近年来,徐州市委市政府高擎建设"书画徐州"的大旗,先后成功在南京举办了"汉风墨韵——李可染暨'彭城画派'书画作品展",在北京举办了"汉风墨韵——李可染暨'彭城画派'美术作品晋京展",在上海举办了"汉风墨韵——徐州美术的历史与今天暨'彭城画派'作品展",还在韩国等国家和地区举办"汉风墨韵——李可染暨'彭城画派'书画作品展"。特别是在上海的展览,从挖掘徐州美术历史内涵、梳理徐州美术文脉以及徐州美术在东西美术交流中的特殊地位等方面着手,呈现徐州美术两千余年的文化积淀,展现"彭城画派"的坚守与创新,产生了重大影响。

四是"彭城画派"的精神实质。李可染、张伯英、王子云、王青芳、刘开渠、王肇民、朱丹、朱德群八位近、现代艺术家,他们在国画、油画、水彩、版画、雕塑、书法理论、艺术考古等多个领域,担负起中国美术民族化的历史使命,并以民族文化的独立姿态创作出了一批具有时代特点和历史意义的艺术作品,与中国美术的发展紧密相连。原徐州市美协主席朱天杰说:"我们希望通过对徐州百年文化轨迹的梳理,寻找人文精神传承关系,增强地域文化的认同感和自信力,自觉地构建起徐州地域文化核心价值。"从李可染这位由古彭徐州走向全国,进而走向世界的艺术大师的身上,可以看出诸多"彭城画派"画家们的成功路径,也可以看到彭城书画的精神底蕴。在中国山水画史上,李可染是公认的黄宾虹以后不争的伟大存在。他的绘画作品风格奇特,中国现代山水画史若没有这位大师,将会是黯然的。不难看出,李可染走上艺术道路,源于徐州无处不在的艺术气息,而作为回馈,李可染又为徐州书画抒写出浓墨重彩的一笔,让古城的色彩更加斑斓。谈及李可染大师之所以能取得如此成就,人们常常提起他的那句名言:"用最大的功力打进去,以最大的勇气打出来。"而这几可作为所有"彭城画派"画家的座右铭或个性签名。无论是之前的张伯英、王子云、刘开渠,还是之后的王肇民、朱丹、朱德群,他们皆师心而不蹈迹,不落陈套,自成一家,别具一格,在中国现代美术史上产生了深远的影响。北京大学教授、博导、美术史评论家翁剑青说,这些"彭城画派"的杰出代表把艺术作为人生寄托,对艺术有着强烈的爱和执着的追求。他们在画中拷问的是生命的意义之所在,以此来达成内心的充实和平和。他们对于艺术的追求超越了功利的思想。在各种政治和物质条件的动荡中,他们始终有着自己的文化追求,在这一方面,对我们后来者的艺术人生和情感体验,有直接或间接的启迪作用。同时"彭城画派"富有现世担当。自李可染、王肇民、刘开渠以来的徐州,艺术人才辈出,文脉不断,香火继起,当前活跃在画坛的徐州籍画家,足以令世人刮目!中国人民大学教授、稳坐中国美术史论研究第一把交椅的陈传席;原江苏省国画院副院长、工笔花鸟领军人物喻继高;中央美院教授、中国美协理事、写意花鸟画家张立辰;西安中国画院副院长、一级美术师江文湛;江苏省国画院人物画创研室主任、一级美术师贺成;中国美协理事、中国美术出版总社总编辑程大利;安徽美术家协会名誉主席、著名山水画家郭公达;江苏省花鸟研究会会长,南师大美术学院教授、博士生导师徐培晨等等,"徐州籍"是他们共同的特征,他们实则是"彭城画派"的一个个微小缩影。评论家高天民认为,"彭城画派"的艺术家们不仅承传着相同的艺术风格,而且张扬着相同的艺术精神。首先是朴厚强正的气质,这在画家的作品中表现得非常明显。尤其是李可染大师的厚重,表现得更为明显。其次是积极进取的精神,徐州画家能够走到今天都是进行了一番拼搏,而且克服了很多困难。

三、"彭城画派"的传承与发展

在当今艺术教育规模化,艺术传播媒介化,审美都市化、时尚化与离散化发展的过程中,区域艺术传统的共同化、共性化已成为一种潮流,区域艺术同质化的问题已成为一个事实,如果没有深厚又特质化的艺术资源,培育画派工作可能更多的是一个愿望。"彭城画派"目前面临着打造与培育、传承与发展的问题。

(一)培育"彭城画派"的现实意义

一是培育"彭城画派"是培育徐州精神的重要举措。徐州市委市政府提出建设"书画徐州",培育"彭城画派"。培育"彭城画派"是一项文化工程,是一种文化精神的再提升、再提炼、再整合的过程,是徐州文化精神的又一次擦拭。培育"彭城画派"也是一个寻找精神旗帜、培养与树立领军人物、整合发展团队的过程,更是发现价值、培育价值、整合价值、传播价值、实现价值的过程。二是培育"彭城画派"是发展文化艺术产业的一个战略举措。培育"彭城画派"是一项独立的文化艺术资源的挖掘、整理与发现的工程,也是挖掘、发现与整合徐州文化艺术资源的一种有效手段与方式。三是培育"彭城画派"是提高徐州文化软实力的需要。这是创造徐州文化符号、打造徐州文化品牌、聚合文化艺术要素及市场要素的一支动员令,有利于推动区域文化艺术的影响力,形成区域文化艺术的核心竞争力。

(二)"彭城画派"的传承主要是精神传承

著名画家赵绪成认为:"把李可染的艺术追求和艺术精神作为'彭城画派'的灵魂,应该要把这种思想观念亮出来。"李可染的精神是什么呢?就是既尊重传统又尊重时代,既尊重中国也尊重西方。所以,继承传统,不是技法传承,主要是精神传承。"彭城画派"的当代徐州书画家要不遗余力地对可染精神、可染风格、可染品格及徐州本土的文化传统等予以继承与发扬,还要特别关注徐州人的当代生活,表现当代徐州人的精神世界。

(三)培育"彭城画派"的关键举措

一要重视"彭城画派"对徐州文化的研究、梳理与传承作用。重点开展汉画像石、徐州八大家、徐州美术史、徐州艺校四个个案研究;徐州区域文化,特别是楚汉、道教乃至儒家文化对徐州绘画艺术理念、创作、审美心理结构及审美文化取向的影响研究；新时期都市文化及区域时代文化对区域审美文化的影响机制与分析研究。二要重视"彭城画派"在整合徐州文化艺术资源过程中所形成的新的创造能力。要重视"彭城画派"对徐州文化艺术资源的整合作用。要积极探索政府公共投入与市场机制相结合的新路径，发挥徐州市彭城画派研究会的作用，加强与外地艺术馆的沟通协调，依托江苏师范大学博物馆学术研究力量，开展"彭城画派"理论和徐州美术史研究工作。三要正视市场在价值形成与传播中的重要作用。要积极发挥徐州艺术品市场和徐州画廊协会在培育"彭城画派"中应有的作用，促进艺术金融产业发展壮大。积极实施"书画徐州"国际化战略，真正让"彭城画派"走出国门。

综上所述，徐州地域文化对"彭城画派"的影响是积极而深远的。

（作者系徐州市文艺评论家协会副主席，中国评协会员）

浅笑如莲
——观青州博物馆佛教造像

范 勇

此刻,我站在这尊北齐"贴金彩绘石雕佛立像"前。佛像目光低垂,充满悲悯,上翘的嘴角微吐着盈盈笑意,如一朵盛开在娑婆世界的青莲,清净无染,香远益清。我端视良久,感受着一种绵恒但坚定的力量,这种力量如暖阳沐身,又如轻羽拂面,这是世间最美的微笑。有一刹那,我似乎陷入一种无边的虚空——无我世界,甚至无眼前的佛像。转瞬,我意识到,我在这里——青州博物馆。

青州博物馆是中国首批"国家一级博物馆"中唯一的县级博物馆,地位可见一斑。而成就其地位的正是青州龙兴寺窖藏佛教造像。

或许是因缘和合未至,对于这批青州造像,虽久慕其名,也曾规划过几次青州之行,但终究未能面捂,一直引为憾事。2020 年 7 月,成都博物馆举办了一个佛教造像特展,有数尊来自青州博物馆的造像赫然在列。那天,我几乎在成都博物馆盘桓了一整天,当然,端详最久的还是那几尊来自龙兴寺的造像。即便从图片上看过无数次,但当我直面这一尊尊熟悉又陌生的造像时,我竟深感震撼,呆立当场。

照片再清晰,也无法和实物相比,目光只有投射在造像的实体上,才能感受到造像的内源力和温度。这也是我不喜欢线上博物馆的原因,甚至我也不喜欢高科技对佛教造像的还原。我曾经参观过浙江大学用 3D 技术还原的云冈石窟第 12 窟,我承认,确实精美宏大,让人叹为观止,也感叹高科技在场景运用上的创新,但这些毕竟是假的,我无法感受到造像内在的力量和温度,目光所及,皆是冰冷的科技。唯有心怀愿力，再经过一雕一刻、一凿一钎而成的造像方有生命和温度。

龙兴寺所在的青州，是华夏古九州之一，有着七千多年的人文历史，北朝时期，这里就是中国东部的佛教中心，曾经梵音袅袅，伽蓝林立，石窟遍布。史书记载，龙兴寺初建于北魏，唐宋之际已然成为皇家甲等寺院，不知为何，这样一处重要的佛教丛林，竟然被朱元璋的儿子齐王朱榑拆寺建府了，延续了800多年的香火就此断灭。又经数百年，王府随着大明王朝一起湮灭，人们忘记了王府所在，更忘记了龙兴寺所在。1996年，这批造像被偶然发现，人们赫然发现，龙兴寺遗址竟然就在青州博物馆的围墙的外面。我不相信巧合，宁可相信这是因缘际会。

百年来，齐鲁地区陆续有不少窖藏佛造像出土，如博兴、诸城、昌邑等，每尊造像的再次面世都引起学界震动，信众轰动。但当龙兴寺这批造像抖落千年的尘土，重回阳光下的时候，犹如朗月悬空，使得诸星暗淡。龙兴寺窖藏造像，数量之庞大、种类之繁多、造像之精美、彩绘之富丽、特色之鲜明，迄今为止，唯有2012年河北临漳县北吴庄出土的佛教造像方有一比，不过，依我个人浅见，虽同属北朝后期，但就艺术性而言，龙兴寺的造像犹胜邺城造像一筹。龙兴寺窖藏以高浮雕背屏式和单体圆雕造像为主，采用线刻、浮雕、透雕、平雕等多种技法，辅以贴金、彩绘等装饰工艺，具有极高的艺术水准，有西方学者甚至认为，这是一次"改变东方艺术史的发现"。

从造像题记看，龙兴寺造像的时间轴从北魏晚期延续至北宋初年，其中绝大多数属于北朝晚期。

如果历史是一本书，当你打开北朝晚期那段章节，你会惊恐地发现，这段历史是沾着鲜血写成的，那是个战纛猎猎、血雨腥风、波澜壮阔的时代。

提及北齐，总有一个身姿伟岸，却蓬头散发，裸身骑马的形象挥之不去。在我心目中，他是那个时代的意象，他就是北齐文宣帝高洋。按史书的描述，高洋的北齐就是一个禽兽王朝，他嗜血如命，酷爱杀戮，即便对自己的亲人、臣工、近侍、宠妃也随心杀戮，毫无怜惜之心，甚至对母后也污言相向。

然而，你能想象吗？祭祀孔圣、鼓励办学、劝课农桑、轻徭薄赋、善待降俘、西御北周、北征戎狄，这些文治武功都是高洋在短短十年内的功绩，这分明是一个开国明君之所为啊。

究竟哪个才是真正的高洋？

想起几年前的那个午后,我在邺城博物馆佛教造像馆里,被那批 2012 年出土的北齐窖藏造像吸引着,内心充满震撼,感叹这世间竟有如此美妙的造像,由此对龙兴寺的造像愈加向往。那天黄昏,我徘徊在湾漳高洋的大墓遗址上,聊发怀古的幽思,远处,霞光如火,地平线好像在燃烧,那一刹那,我似乎看到行将溅落的夕阳里,蹦出两个硕大的问号:何以是北齐? 何以是高洋?

现在,我置身于青州博物馆的造像中,被一尊尊含蓄沉静的佛像、衣饰雍容的菩萨、灵动欲出的飞天包围着,我似乎找到了答案。

有齐一朝,享国虽区区 28 年,但如果从 534 年高欢专权算起,高氏父子掌控东魏、北齐也有 40 多年。高欢及其二子,高澄和高洋,都极度崇佛,响堂山巍巍皇家石窟就是最好的证明,这就为佛教在中原的兴盛、佛教造像艺术走向巅峰奠定了政治基础。

佛教自进入像法时代以来,造像艺术从犍陀罗地区由西向东逐步传至汉地。南北朝早期,犍陀罗风格已渐渐为新兴的印度笈多风格所取代,如云冈昙曜五窟,出现了薄衣贴体、宝相丰腴、精神和肉体和谐统一的笈多式造像。但从北魏孝文帝始,造像风格突变,汉人的形象和服饰被运用到佛教造像上,一时间,"褒衣博带""秀骨清像"的汉式造像风吹遍南北。不过,就我个人审美而言,这种繁复且柔弱、失去雄健感的南朝汉风我并不喜欢。也许当初孝文帝也并非真心崇尚这种风格,只是政治需要罢了。

高氏父子是汉人,但却鲜卑化了,他们的政治野心和诉求决定了他们必定要站在鲜卑传统势力一边,所以,政治、经济、军事,乃至宗教再次鲜卑化是一种明智的选择。造像汉化之风如潮而至,又如潮而退。从此,佛像褪去"褒衣博带",贴体的薄衣再次上身,笈多风格似乎又出现了。但和百年前的笈多风格相比,有了更多的审美意趣,而且,这个时期龙兴寺的造像表现出和同时期其他地区造像不同的风格。

这个时期的青州造像,背屏式少了,圆雕成为主流。造像的面容丰满圆润,身形颀长,脸上笑意浅含,清淡却深邃,给人一种开悟的启迪。我想,能钎凿、雕刻出这样面容的工匠一定心怀虔诚,他们被一种力量加持着,这种力量就是信仰带来的愿力。

这个时期的青州,造像的衣纹也有了新的变化,或用凸棱或用阴刻表现出衣纹,或者,干脆毫无衣纹皱褶,如刚刚出水一般,衣衫紧贴身体,尽显人体的健硕和优美。这种艺术风格是从西域传来的"曹衣出水"样式，而这个样式正是脱胎于印度的笈多风格。

这种风格从何处传至青州？学界争论不休，莫衷一是。但有种观点我比较认同，那就是青州样式的造像在很大程度受南方造像艺术的影响。就风格而言，青州的独特性似乎能从南朝时期栖霞山以及成都万佛寺的石刻中找到影子。当然，这种影响从逻辑上也能自洽，毕竟自刘裕于公元410年灭了南燕后，青州在南朝治下长达60年。

历史的吊诡之处就在于迷雾重重。龙兴寺这批造像究竟于何时、又因何故被埋入地下呢？当考古人员将碎成数千片的造像残块从地窖里取出，又花费了数年的时间去修复、拼接、还原的时候，这个谜团一定如同魅影般挥之不去。有一种观点认为这批造像埋于北周武帝的灭佛；也有人认为是毁于南宋初年的宋金之战。但我宁可相信，两次兼而有之，瘗埋并非一次行为。

对佛家而言，塑像是为了"观像"，"观像"可帮助冥想，像即是佛陀的化身。即便残破成千万片，那也如同佛陀化身千万，片片佛性依旧，瘗埋入地，只不过换了一种存在形式而已。粉碎即死亡，也即新的生命形式的诞生。

整整一个下午，我在博物馆里凝神观像，感受着愿力的力量，感受着艺术的力量，感受着残缺的力量，我忽然想，如果我能把这些力量瞬时糅合在一起，那会迸发出一种什么力量呢？也许，那是一种举重若轻的力量，一如佛像嘴角挂着的如青莲般的微笑，虽无声，却直指心性。

（作者系镇江市汇杰资产管理有限公司总经理）

但替河山添彩色
——吴作人艺术馆系列展览展陈解读

倪　熊

以美术名家捐赠作品为基础的名人美术馆、艺术馆、纪念馆,在中国也已经有了三十多年的发展历史。它们与城市整体艺术与文化的格局组成,一并形成了一道靓丽的艺术风景:以"公共教育"的价值取向,传播文化与艺术品的价值与内涵。

苏州吴作人艺术馆正是在这样的历史背景下应运而生。在苏州出生并居住达二十年之久的一代艺术大师吴作人先生是继徐悲鸿之后中国美术界的又一领军人物,原为中央美术学院院长、中国美术家协会主席。为颂扬吴作人先生对中国美术事业的贡献,并感谢他对苏州的厚爱,1993年,在苏州定慧寺巷88号建造了占地1 430平方米的吴作人艺术馆,馆藏包括油画、中国画、书法、速写水彩等其捐赠作品90幅和家人作品20幅。

以怎样的方式去更好解读和表达,如何让艺术作品资源得以更好地研究、展示,彰显其职能?苏州公共艺术文化中心吴作人艺术馆近年来的一系列的展览,不仅关注作品本身的意义,还关注艺术家及其作品在美术史上的地位,以及创作的时代背景和思想脉络。其以点串线、以线带面的思考实践,为名人艺术馆的持续发展提供了一条新的思路。

2017年,"但替河山添彩色——吴作人、萧淑芳《佛子岭水库》研究展"展出作品34件,以及相关文献资料20余件。

20世纪50年代,正值盛年的吴作人最多的活动就是下基层采风。他去的第一个地方,就是被誉为"新中国第一坝"的佛子岭水库,这是响应毛主席"一定要把淮河修好"的号召,综合防洪、灌溉、发电、航运等功能的治淮第一骨干工程。吴作人携夫人萧淑芳不远千里来到水库建设工地,在大量速写和多幅油画基础上创作了油画作品《佛子岭水库》,参加了1955年第二届全国美展,并在其后两年分别作为宣传画两次单独出版发行。

2018年,恰逢吴作人诞辰110周年,特别策划的"此身犹未出苏州——吴作人与苏州研究展",通过80余件书画作品、信札及文献资料、实物等,细细梳理了吴作人与故土苏州的不解之缘:"吴氏家风"对其艺术和人生成长的影响;在历年频繁而密切的交往中,对文脉昌盛的苏州书画艺术群体的激励;三次回苏时以苏州园林和太湖风光为内容的各种艺术创作。

2019年,"但替河山添彩色——吴作人《黄河三门峡》研究展"展出120多件作品和文献资料。黄河水患,是新中国成立后萦绕在党和国家领导人的心头痛。1952年10月,毛泽东主席考察黄河后向全国发出了"一定要把黄河的事情办好"的伟大号召,三门峡黄河水利枢纽作为新中国第一个五年计划156个重点项目中唯一的一个水利工程,在新中国水利史上具有里程碑意义。吴作人两次赴工地考察,雄伟的景色和改造山河的宏图让他心潮澎湃,曾有一个"黄河三部曲"的宏大创作计划,还充满热情地赋诗三阕《三门峡歌》。其后完成的三部曲之一、之二和另外四幅速写作品收藏于中国美术馆。

2020年,"艺夺天工——吴作人中国画金鱼作品研究展"匠心独运地"小题大做",深入浅出地把中国画的题材表现、门类技巧、风格流派等诸如此类老生常谈的学术研究课题演绎得通俗易懂且让人喜闻乐见。展览标新立异地引入了中国金鱼的科普简介,又慧眼独具地撷取了近现代中国画金鱼题材的创作精品,和吴作人在半个世纪里不同时期创作的42件金鱼题材作品,清晰明了地在比较中呈现了吴作人中国画金鱼题材作品从早期探索到后期风格形成的心路历程和艺术成就的整体发展轨迹。

2021年,"但替河山添彩色——1961年吴作人东北旅行写生研究展"是吴作人与萧淑芳、郁风等人分赴祖国各地进行"旅行写生"所获成果的部分展示。他们历时两个多月,在美丽富饶的哈尔滨、伊春、牡丹江、长春、延边等东北各地流连忘返,写生采风的创作成果丰硕:各种形式的艺术作品48件,附以报纸、书刊、画册、照片等30件文献资料。正是此行之后,吴作人在萧淑芳的一幅作品上即兴题诗："边陲奇卉遍山生，风野霜寒志更贞。但替河山添彩色，不争谱上百花名。"

不管是无意打破的因缘际会，还是有意为之的双重螺旋，亦或顺理成章的再接再厉，如此一中一西的交叉轮替，让这几个彼此之间既有内在联系又有相对呼应的展览形成了一个完整系列，印证了吴作人始终围绕深入生活扎根现实的艺术创作的主线，代表着他在中国画的推陈出新和油画的民族化这两个领域的全面探索和收获。

在某种意义上，《佛子岭水库》研究展和《黄河三门峡》研究展是异曲同工，通过截取吴作人在众多反映新中国成立初期人民群众以崭新精神风貌，投入社会主义建设及其建设成就的代表作品，进行深入解析。而《东北旅行写生》研究展，以其题材的日常化和创作的平常状态，作了有血有肉的补充。滴水映辉，以微见著，诠释了吴作人"艺为人生"的时代价值和现实意义。

这既是其一以贯之的现实主义艺术创作主张，也与文艺为人民服务为新时代立言的核心与主导心心相印。上个世纪三四十年代，吴作人就曾有两次珍贵的累计长达近一年半的"西部写生"之旅。他认为"艺术要反映生活，反映环境，反映一个时代，反映一个民族"。新中国成立后，吴作人对新中国美术的发展方向有着清晰的认识："在我们的社会主义国家里，美术是人民的战斗武器，是建设者的鼓手，是生活与美的赞歌。"1960年，江苏省国画院为期三个月、历经六省十余市、行程二万三千里的史诗性活动，以及其后在北京举办的"山河新貌"主题展览，无论在内容题材和形式表现都体现出了"笔墨当随时代"。"一石激起千层浪"，一时之间，全国各地的画家纷纷深入到如火如荼的劳动生产一线采风写生。而吴作人则有更早更自觉的身体力行和身先示范：20世纪50年代初开始，他就马不停蹄，走进工厂、农村、建设工地、部队、矿场，足迹遍布祖国大江南北。其意义不仅在于在认识生活、认识自然过程中积累了丰富的创作素材，更为重要的是，面对新时代的新生活、新风貌、新成就，他在"民族化""时代性"与油画艺术创作本体语言表达上作了具有典范意涵的积极探索。《黄河三门峡》和《佛子岭水库》以及《镜泊飞瀑》等，不仅是现实主义题材的丰碑之作，也是致力油画民族化创作实践的代表性作品，熔思想感情、艺术修养、绘画技巧于一炉，从容不迫地挥写了对祖国母亲的拳拳之心，传达了为新时代立言的殷殷之情。这是对当代中国油画的发展作出的"承前启后"的巨大历史性贡献。

吴作人先生的文化底蕴既受到江南文风和中国古典传统文化的影响,也有来自吴门独特的人文、山水、气候等的培养。故乡也始终是他浓浓的乡情和心灵的归宿,骨子里养成的东西对人的一辈子都有影响,比如他的书法诗词和中国画等,对家乡思念之殷,对同乡敦勉之切,历历可见。这既是个"为有源头活水来"的答案,也是"问渠那得清如许"的起因。说小,这是任何一个成熟的艺术家都应有的用个人语言表现独特题材的风格,吴作人的中国画金鱼作品的创新之处在于造型精准生动,笔墨精湛凝练,意境平和清远,风格鲜明,不仅深受广大人民群众的由衷喜爱,而且在中国近现代绘画史上矗立起了一座艺术高峰。说大,他把貌似游戏笔墨的雕虫小技提升到"乘一总万,举要治繁"的艺术主张,让熟知对象的"结构解剖"成为其中国画的"笔墨塑造",强调以艺术家修养的"有我"成就作品的艺术境界。吴作人的水墨画创作给画坛带来了一股刚劲质朴的新鲜空气,给中国美术带来了新鲜的血液。对于在全球化语境下如何提振中华民族的文化自觉和文化自信,如何把握艺术与生活的关系,其现实性和当代性的价值意义不言而喻。

名人艺术馆普遍受制于编制、人员、资金等因素,藏品有限,研究力量薄弱。如果没有新的研究视角或成果的导入,那么就只能流于挂挂作品的传统展览模式,无法引起受众的兴趣。但通常而言,与艺术家本人及其家人有着与生俱来天时地利的亲近和亲切,在一手资料的收集及其不为人知的具体生活、创作状态的背景和细节了解上反而也有着得天独厚的天然优势。最早提出要做《佛子岭水库》研究展时,吴作人先生的家人曾经还很疑惑:仅凭一张画做什么展览,又能做出个什么样的展览?事实上不仅多虑了,而且一发不可收,效果还特别好。名人艺术馆的优势,显然在于人尽其才物尽其用的因势利导,从而保障藏品、展览、出版及其艺术教育功能的较高质量。

吴作人艺术馆最重要的一点或许就是"螺蛳壳里做道场",以一幅作品、一项专题、一个活动、一类题材、一次行程为研究的样本对象,通过一次次不厌其烦的资料查寻,一趟趟孜孜不倦的对有关人员的采访,以有限能力在拮据资源上深耕细作,让看透岁月篇章的瞳孔,拨开历史风尘的睫毛,从而完整详细地展现了吴作人艺术创作的前因后果、时代背景和思想变化,并将作品解析、艺术阐述和深远意义等等的诸多元素融汇于此。虽为沧海　粟,却也可窥见　斑。

艺术作品和研究成果同时呈现,让时代的图像记忆回归到艺术系统的建立,将文化历史与生命象征的可视内容转为明白晓畅的有效感知,表述记忆和立场,以此引发当代艺术家对社会担当的思考。这在某种意义上或许让吴作人艺术馆找到了一条符合自身定位的破圈发展之路,别开生面而摇曳生姿。

(作者系苏州科技大学客座教授)

中国笔墨文化元素在国画创作中的应用

王 文

传统的笔墨文化绵延至今,内涵丰富。作为古往今来文人墨客喜好的创作方式之一,具有中华文化传统审美的文人墨客洞悉其散发独特魅力,饱含深邃的文化内涵。而笔墨在国画的创作当中又被赋予新的涵义和灵魂,无论是从广义还是狭义的角度来看,笔墨文化和国画的创作之间都呈现出相辅相成的关系。中国画是以墨为主要原料,以水为调和剂,以毛笔为主要工具,以纸和绢为载体的具有民族特色的画种,是东方艺术的代表和典范。随着社会和时代的发展,传统笔墨文化的内涵和表现形式不断丰富,在国画创作中的运用也越来越符合当代大众的审美特色和发展规律。

一、中国传统笔墨文化概述

(一) 传统笔墨文化元素的内涵

传统笔墨文化元素塑造了中国画的神韵与灵魂,其内涵丰富又广泛。简单理解,笔墨文化就是用笔和墨进行写和画的创作形式,即笔墨文化是书写和绘画艺术的结合。通过"点、线、面",其所体现出的造型、写意、意趣等凝聚着中国传统文化独有的气质和性格,表现了笔墨文化的重要特点和艺术特征,对创作者思想的传达以及深层意象的表现具有十分重要的意义。在国画的创作中,古人常借画来表现所见所闻和心中所思,而笔墨则是其绘画表现的基础,承载了创作者的思想和作品的内涵。相较于西方的创作手法和绘画技巧,国画更注重意境的表达和韵味的刻画。中国画讲究点、线、面的运用,将传统与现代,东方文化与西方文化结合在一起,通过情与景的交融,营造作品想象空间和场景变换,用以承载其中的深意和内涵。笔墨文化和国画的完美融合,赋予了国画深邃的艺术气息和悠远的意境,形成了独具特色的创作方式,为中国传统文化的发展提供了推动力。

(二)传统笔墨载体工具的类别

中国画传统笔墨载体工具,我们常说的有文房四宝,即笔、墨、纸、砚。它们是中国独有的书画工具,是中国文化的载体,起源于南北朝时期。历史上,"笔、墨、纸、砚"所指之物屡有变化。国画对其相关联的工具材料有极高的要求。必须充分注重其工具材料的"纯天然性",才能诠释其中蕴藏的思想和内涵,更精细地对其细节进行表达。就笔而言,毫毛的材质、出峰长度、口径宽度的细微出入差之毫厘,谬以千里。如同样是羊毫,最高级别的细嫩光锋羊毫虽软,但是更能展现"万毫齐力"的表现方式。紫毫中又按照花色分为六种类别,其中刚硬程度各不相同。在纸中,按厚度可分为超薄、扎花、绵连、单宣、夹宣、二层、三层等;按原料配比可分为棉料、料半、净皮、特皮、全皮等;按照加工方式又有生玉版、豆腐笺、蜡染笺、洒金、云母等等。墨又分三大类,即松烟墨、油烟墨和漆烟墨。松烟墨是松木制成的,黑而无光。油烟墨的原料是桐油,乌黑而发亮,能够画出细致的浓淡变化,作画时常用。漆烟墨的原料是漆,较名贵,是最黑的一种墨,不常用。选墨以质地坚细,气味清香,能泛出一种紫色光亮的墨为好。磨墨时要磨得慢,磨得匀,磨得浓。创作时根据画面需要,浓墨加水调成。现在市场上出售的高级书画墨汁也可使用,画面效果也好。

总体而言,精品创作的前提必须深知笔性、纸性、墨色。每支笔、每张纸、每种墨的个性均不同,软纸用硬毫、硬纸用软毫,驾驭好笔墨纸,才能生动描绘,展现作品的刚柔相济。

(三)笔墨文化元素的审美价值

从先秦时代开始,国画就逐渐展现出其特有的审美价值。从古到今,国画在每一个时期,结合当时政治、经济、文化,都有其时代的特点,既细密瑰丽,又粗犷豪放,内容丰富,形式多样。国画发展研究通常以宋元为界限展开,从宋元开始,宋画中的笔墨情趣出现了逸笔草草的特点,以少胜多,以简化繁,不求形似,多为戳锋后点缀，或者用点子笔，多用来画树叶。这种随性的笔墨表现方式体现了创作者的内心感受并且蕴含了明显的时代气息，因为当时的创作风格多注重体现作品与生活的联系。明末清初后，纸张由全部皮料改为加入稻草成分混合，并引入砑光等技艺手段。画纸有生纸、半熟纸、熟纸之分。所谓熟纸，即在生纸上经过胶矾加工而成，熟纸遇水不易渗化，而生纸遇水易渗化，半熟纸遇水亦能渗开，但较生纸渗化得慢，面积也较小些。不同种类的画纸，在画国画时对水分墨色的运用不同，所画的效果也不尽相同。

从国画的创作历程和发展特点来看，国画对于写实和写虚有虚实、远近、主次、偏正、随意和刻意等方面的结合，多是以物写意、以景传情。由于时代的变迁和国人审美方式的转变，对于笔墨结构的不同看法使国画中笔墨的运用价值无法得以真正体现，而一幅优秀的艺术作品要求创作者将不同元素进行衔接和协调，最终形成充满韵味和灵性的画作。每一种笔墨风格都体现了创作者的内心感受及时代气息。而"诗中有画，画中有诗"以及"润物细无声"这种境界，无论在哪个时代，都是创作者所追求的。因此，笔墨文化的审美价值不仅在于点线间，更在"似与不似"间，创作者只有体会到了其中的精神气质，才能对笔墨元素在国画中的运用得心应手，正如齐白石先生所说的那样："国画创作是一种游走在似与不似之间的巧妙性。"

自古以来，国画里表现得较多的都是山水闲情，处处流露出创作者当时的心境。国画重在对意象的表现，既不看重写实，也不追求抽象，大多数时候都是处在一种似与不似之间，这也正是国画的精妙之处。太似恐是简单的景物复制，显得无趣，不似又恐有欺世之嫌，正是这似与不似的虚实之间，才让人能体会到景情之趣。国画中审美意识的最高形态就是意境和气韵，其产生得益于对笔墨结构的创造。意境是中国艺术审美的高度概括，国画创作者通过自己的主观感受来领悟自然的真谛，通过笔墨进行描绘，形成自己独有的风格。通过笔墨来进行点、线、面的描绘，以此流露出创作者的性格、气质和学养，给人以美的享受和情感的升华。国画中的山水不同于现实生活中的山水，它表现出更宽广的境界，不只局限于一山一水。

（四）国画中的笔墨语境

笔墨作为国画创作中不可或缺的元素，让从古至今的文人墨客无不重视"笔墨"二字在作品中的重要作用。一幅中国画画得好与否，常常有用笔墨如何如何的说法，可见评论一幅中国画，实际上就是在评价画面上的笔墨。中国画离不开笔墨元素，只有笔墨俱佳，才能称得上画中佳作。我们可以从四个层面来理解笔墨的含义：一是指作画时使用的笔和墨；二是指作画时的表现手法；三是指国画中的艺术语言，包括形态、节奏和韵律等方面的美感；四是指国画创作中蕴含的笔墨精神。国画的创作不断融入新的元素，给人以中国文化独有的审美体验。在中国绘画发展的历史中，笔墨是最主要的运用元素之一。画梅、竹时只需几笔就能将竹的气节和梅的傲骨展现出来，同时也将我国的传统文化思想淋漓尽致地表达出来。笔墨体现了画家的艺术修养和美学追求，国画创作能激发我们热爱祖国、热爱大自然的崇高感情。山水画家黄宾虹曾说："中华大地，无山不美，无水不秀。"然而，黄山之雄，华岳之险，雁荡之奇，漓江之秀，都可通过国画艺术来表现。国画创作时倾注了强烈的爱国主义热情，而这些艺术珍品也会激发观赏者更加热爱我们伟大的祖国。一幅优秀的中国画，其每一个组成部分，无论是奇峰异壑、森林峡谷、江河湖泊、花草树木，还是亭榭楼阁、飞禽走兽，都是那样的富有生机，能启发人们珍爱生命，热爱大自然、保护生态环境，与大自然和谐相处。

（五）中国笔墨文化元素的特征

线的特征。国画中的基础组成部分以及笔墨文化中的基本特点都是"线"，是用笔顺锋和侧锋的交互用笔带来的线条特征。线是国画造型存在的基础，墨流于笔尖，落于纸上便为线，若无线则无形，无形即无物，无物即为空，因此没有了线的存在，国画造型也就无从谈起了。国画中的线与书法中的线是有所不同的，但如果在国画的创作过程中，没有对书法中的线进行吸收运用，就难以创作出能入大雅之堂的作品。在国画创作的过程中，各种线条起着构成国画的框架的作用，增加国画的活力。国画中有金碧山水、青绿山水、泼墨山水、没骨山水四种类型，通过不同绘画方式，充分传达出创者要表达的意思与所描绘的场景特征。

写的特征。对于书法和国画，"写"都是不可缺少的一部分。国画中的"写"指的是写意，写意又分为大写意和小写意，在国画的创作过程中有着十分重要的作用。"写"需要在握笔之时，运用手腕的灵活与力量，对事物进行传神的描绘。书法和绘画有着十分深厚的渊源，擅长书法的人基本上也都能进行绘画，所谓画中有书、书中有画、书画同源，就是这个道理。

二、中国笔墨文化元素在国画创作中的应用

(一) 审美价值在国画创作中的应用

对于国画而言,笔墨比物象更加重要,笔墨是国画创作中的灵魂,而物象仅仅是一个载体。笔墨具有很高的灵性,在创作过程中,笔墨表现更多的不是技巧而是创作者的才情与心境。假如在国画的创作过程中,只是一味地追求物象的逼真以及画面的构成,而忽视了对于自我情感的传达,整个作品就只是对物象简单的复制粘贴,缺乏情感,难以给人以美的体验或让人产生情感上的共鸣,成为了一副失败的作品。在国画的创作过程中,画家应该注意将自己对美的认识和对美学的追求融入到作品的创作当中,对具体的物象进行提炼和相应的艺术加工,再通过笔墨技法的应用将其在画纸上表现出来。"只有民族的才是世界的",笔墨元素在中国画中有各自的艺术特点,有着不同的作用,笔墨共同丰富了绘画创作。笔墨在应用中不断完善、不断发展,丰富传统技法,吸收创新理念,这样才能更好地继承和发展民族的艺术风格。只有这样,创作出来的作品才能称得上是形神兼备、能显示出创作者独特个人风格的好作品。

(二) "点、线、面"在国画创作中的应用

国画的题材大体上分为人物、花鸟、山水。在国画创作中对于这三种题材内容的具体创作描绘需要借助各种不同的笔墨技法来完成,其中"点、线、面"这三种方式在国画的创作过程中运用得最为广泛。潘天寿说:"画事用笔,不外乎点、线、面三点,然线实由点连接而成,面也由点扩而得,所谓积点成线,积点成面是也。"一切表现形式都是以点为开端的,点是绘画艺术中的视觉元素和语言元素,也是笔墨文化中的一个十分重要的元素。在国画的创作过程中,点的表现形式、大小和浓淡无不影响着国画整体的风格,这体现出点在中国笔墨文化运用中的独特关系。在国画创作过程中,对点进行合理的运用,对于充分表达创作者的思想情感有着很大的帮助。同时,点的运用好坏也是评价一幅作品优劣的重要指标。线是点的累积,是构成国画创作画面的形,以线条来完成国画的构图,与点有着相似的意义。线对于事物的组成也是不可缺少的一部分,是最基础的绘画表现形式。国画中线的运用,有助于对国画的基本结构进行展现,完善各种构图。线的不同变化形式和组成方式都能对国画进行不一样的表达。国画创作者

要对景物的意象有着深刻的认识和领悟,才能认识到线条的重要性,在运用线条时做到简单与复杂相辅相成,使线条具有更高的价值。面是点、线的延伸,是画面的整体,通过点、线形成的画面,浓中有淡,淡中有浓,浓淡适宜,干湿结合,远近大小富有变化,达到气韵生动的审美效果。

"画留三分白,生气随之发",这是在绘画艺术中的一句老话,却暗合着传统与现代一流绘画的艺术观念。留白得当,可以使画面生动活泼、空灵俊秀,当然,空白与实体之间相互映衬,才可以形成独特的联想和情调。画面"留白"在国画的创作中运用的频率很高,也是国画创作过程中的一个重要特征,对于国画中的思想表达有着重要的作用。留白就是在创作过程中,在画面上留出一些空白的地方。在国画创作过程中,在进行整个画面的设计和布局时,应注意笔墨与留白之间的平衡。一幅作品中留白位置与大小的选择,都能对整幅画的中心思想发生影响。只有兼顾留白与笔墨,将两者有机地结合起来,才能更好地对深远意境进行表达,使作品能体现出画外有画的艺术境界,给观赏者留下无限的想象空间和愉悦的审美感受。意境是国画创作中强调的重点,是笔墨之美的高度统一。国画创作者,在意的统领下必须努力完善和掌握高度成熟的具有自律美感的形式技法。创造意境,营造意境,是表达国画创作者内心世界的重要内容。对于境的强调,可以为国画增加活力,体现出其内涵。在进行国画中的动景创作时,想要用背景意境衬托出动植物的活泼,在用墨上就需要浓重一点,突出一种灵动的感觉,使创作者思绪与心境能和谐地表现出来。

(三)用笔和用墨在国画创作中的应用

在国画的创作过程中,对于用笔是十分讲究的。首先,在握笔时要注意姿势是否正确,最好采用拇指、食指、中指捏住笔管,其余两只手指抵住笔管的科学握笔方式来进行用笔,但每个创作者的创作习惯可能存在着较大的差异,因此在握笔的方式上可以灵活选择,找到最适合自己的方式。在进行线条的创作过程中,用笔的方式是否科学和正确对于作品整体的效果有着很大的影响,如果用笔的方式不正确,线条就达不到应有的效果。用墨在国画创作中有着和用笔同等重要的作用。在国画创作中,墨的用法是十分多样的,主要有泼墨、染墨、破墨等,不同的国画创作对于用墨的方法也有不同的要求。在国画的创作过程中,不同的用墨方式,会在整个画面中呈现出不同的表现效果。通过多种用墨方式,能让整幅作品更具有层次感,显得灵动活泼。在国画创作过程中,运用泼墨、皴擦、白描的方式,能使画面表现出有墨泼在纸上的感觉,加重了色彩的变化。在创作中,用墨对画面进行反复的渲染,能够很大程度地加重画面整体色彩的厚重感,使画面的层次更加丰富。在国画的创作过程中,应该做到熟练地掌握各种用墨方法,并进行合适的应用,进一步提高国画的表现力。

  在国画创作的历程中,墨是不可或缺的重要元素。墨分五色,五色有两个概念,一种是浓淡的"焦浓重淡清",另一种是淡墨的"青赤黄白黑",继而又有泼墨、宿墨、渍墨、积墨等多种墨色运用,不同的墨色在创作中也会呈现出不同的效果。优秀的绘画作品要求创作者在笔、墨、线、水等多个方面都具备高妙的技巧和娴熟的把握。古人有云:"干裂秋风,润含春雨。"国画讲究浓淡干湿的变化,我国从古至今的画家无不深谙国画创作的要旨,十分注重画面中的干湿之道。画面过于枯燥,则燥气过剩;画面过湿润,则又无生气;用墨缺乏变化则画面会僵硬死板,故要以淡墨化浓墨,以浓墨破淡墨,以湿墨润枯墨,以枯墨点湿墨。

(四) 笔墨文化技巧在国画创作中的应用

  在国画的创作过程中,创作者运用笔墨对具体的物象进行提炼描绘,展现出国画的精髓。"一千个人眼中有一千个哈姆雷特"这句话在国画的创作中也有所体现,不同的人眼中对于同样的花鸟鱼虫、山水人物有着不同的看法,因此在笔墨的用法上也有所不同。国画创作者对于笔墨技法掌握的熟练程度、对于事物理解的不同,都会影响创作者对于笔墨的应用。国画笔墨除了技巧的应用之外,还讲究气势、风骨和立意在国画创作中的应用。笔墨中的气势主要体现在笔迹的完整以及构思的严谨上,在创作中不拘泥于小处,给人以飘逸潇洒的感觉。创作者通过不同的走势和笔法,表现内部心灵世界的差异,根据不同的表现法则,对自己的生活环境、文化阅历和成长经历进行描绘和塑造,形成属于创作者独有的、不同的艺术风格,成为国画艺术独特的创作理念。

(五) 笔墨的精神内涵在国画创作中的应用

  笔墨具有有形性与无形性对立的特点。其有形性表现在对于具体事物全貌的逼真描绘,而无形性则表现在笔墨对于创作者内心世界的描绘,是看不见摸不着的。普通人的笔墨和大师的笔墨有着很大的不同,其不同不止表现在技法掌握熟练度的不同,更在于精神的不同。国画创作要有韵味,要反映出笔、纸、墨、水和颜料等绘画材料所产生的特殊效果,给人以艺术感染力。没有笔墨就不成中国画。中国画的笔墨和情感表现有最直接的联系,笔墨成为感情真实流露的轨迹。通过观察一个人的笔墨，我们可以看出他的经历、学识和修养。在中国的历史长河中，无论是书法还是绘画作品，无不以笔墨的形式进行描绘和展现，通过笔墨传承中国传统文化及思想，将中国的民族精神和民族特征不断发扬下去。从古至今无数的优秀作品都成为独特而珍贵的遗产流传至今，在世界民族之林中熠熠生辉，可见笔墨在我国的历史文化的传承过程中的重要作用。

三、结　语

国画是我国传统艺术文化宝库中的珍贵宝藏，其基本表现形式就是笔墨，蕴含着传统笔墨文化。在进行国画创作的过程中，需要更多地发挥笔墨的工具性，将笔墨文化融入创作，只有这样才能真正体现出国画所具有的精神内涵，赋予国画新的生命力。"笔""墨"两者在一定程度上是互通的，既相互联系又有所不同。随着时代的不断发展进步，笔墨文化也在不断地进行探索和吸收，国画的语言也得到了进一步的丰富，逐渐从传统向多元化发展，具有了更多的时代性和创新意义。因此，在国画的创作过程中，要注意在学习继承传统笔墨文化，增强自身笔墨修养的同时，对外来的文化艺术进行相应的学习，不断对笔墨进行创新，只有将笔墨的技法与审美价值灵活地运用于国画创作，才能使国画作品更具有魅力和独特的风格。

（作者系江苏省文艺评论家协会会员）

曲艺

吴宗锡与新中国评弹
——兼谈评弹艺术的传承发展及理论建设

陈承红

评弹作为一种地方曲艺,虽然在历史上经历过多次重大发展,但是即便在最辉煌的年代,也很少有人对它的一些基本问题作深入思考,理论形态的"评弹观"的建设始终是评弹艺术发展中的薄弱环节。然而,任何艺术的发展都离不开理论的支撑,只有上升到"观"的高度,艺术创作与鉴赏才能真正做到充分自觉。《文汇报》刊发了一篇题为《吴宗锡的评弹观》的文章,从评弹艺术本质论、创作论和鉴赏论三个方面对吴宗锡的评弹观做了初步述评,再度引起业界人士对评弹理论研究的关注与热议。评弹艺术的创作和研究长期缺少理论的引领,吴宗锡的评弹观正好填补了这一空白。吴宗锡评弹观是当代评弹艺术实践的一份宝贵的理论总结,值得引起理论界的重视,并开展深入的研究。

一、吴宗锡对新中国评弹的主要贡献

吴宗锡先生在新中国成立后长期担任上海评弹团团长,又是江浙沪两省一市评弹领导小组的组长,还担任过上海市文联副主席和党组书记。他在组织、发展评弹艺术实践的同时,开启了评弹理论研究之门,并在构建评弹系统理论上大有建树。更可喜的是,吴宗锡以其对新中国评弹的卓越贡献荣膺"第七届中国曲艺牡丹奖终身成就奖"和"上海文艺家终身荣誉奖",被誉为新中国评弹的开拓者和建设者。

(一) 在吴宗锡的领导下创造了评弹发展史上的一个艺术高峰,留下了一大批传统和现代经典

1949年,新中国成立前夕,地下党联系人把吴宗锡约到一个僻静的公墓里,提出新中国要有一批党的文艺工作者参与到对旧民族艺术的改造和提高工作中,要他参加地方戏曲工作。在分工的时候,他选择了苏州评弹。上海解放的第二天,吴宗锡以上海市军管会文艺处成员组织了规模空前的迎解放特别节目在电台播出,上海滩的评弹"响档"全数登台出演。参加演出的老艺人后来回忆说,这次演出是个标志,旧评弹开始走向新评弹,老艺人以崭新姿态迈进了新社会。1951年,上海18位单干评弹艺人成立了上海市人民评弹工作团。1952年,吴宗锡调任上海市人民评弹工作团(上海评弹团前身)担任团长。在这个岗位上,他干了34年,评弹竟成了他一生的事业。

自1952年任上海评弹团领导后,他贯彻党的文艺方针政策,领导并积极推动评弹的创新、整旧、书目建设及艺术革新,研究总结评弹艺术的特征及发展规律,推动指导评弹流派的发展,迎来了20世纪五六十年代评弹发展的新高潮。

吴宗锡强调成立上海市人民评弹工作团的宗旨是"实验、示范",组建评弹团有利于将演员集中起来学习文艺方针和文艺思想,但更重要的是出新书,成为新人。所谓新书,当然包括对旧书的整理、改编。同时,十分重视现代书的创作,这符合时代精神,满足观众需要,又丰富了评弹的艺术宝库。而新人,包括艺人以新面貌投入改革和创新。这段时期,吴宗锡帮助艺人提高艺术素养(情趣、格调),发扬艺人的优长和风格特色,受到艺人的爱戴和敬仰。他既对传统长篇《玉蜻蜓》《描金凤》《白蛇传》等作了推陈出新的整理提高,更对《玄都求雨》《庵堂认母》《抛头自首》等选回,《老地保》《厅堂夺子》等中篇提出原创性的修改意见,并组织加工,使之成为经典性的精品。

对于上海评弹团的团队建设,吴宗锡当时就提倡强强联手。在演员搭档方面,坚持优化组合、各取所长,为了使评弹双档的说唱音色契合得更为和谐,让朱慧珍和蒋月泉一起拼档,结果诞生了评弹史上为人称道的最优美的一对双档。蒋月泉弹唱细腻抒情,讲究韵味,而说表又以温文飘逸,注重结构、修辞见长。朱慧珍在评弹听众中向有"金嗓子"之誉,拼档时,二人正值盛年,一心扑在艺术上。吴宗锡为他们配备了作家陈灵犀,合力整理传统长篇书目《玉蜻蜓》和《白蛇传》,

三人团结合作,可谓"珠联璧合"。他们又在吴宗锡的策划、辅导下,完成了《玉蜻蜓》《白蛇传》中的菁华选回《庵堂认母》《端阳》《合钵》等的加工整理,对文本和表演艺术都作了精心的创造,成为传世的经典书目。这样音色两相匹配的搭档,后来就成为评弹双档的一种主要模式延续至今。

评弹有史以来始终是传统长篇书目占主导地位,新中国成立后评弹听众的结构起了变化,每天都有时间听一回长篇的听众少了。由吴宗锡同志执笔整理的《一定要把淮河修好》,不仅使评弹首次有了反映新中国社会主义建设的新作品,而且产生了一个晚会的时间可以说完的新的演出形式——中篇评弹。它是评弹界第一个国家剧团反映新时代、新生活、新人物的成功示范,也是评弹在体裁、形式方面革新的摸索尝试,适应了新时代的审美需要。在吴宗锡的推动下,评弹书目开创了两三个小时把书说完的中篇评弹新形式,使评弹艺术的发展从新中国成立前到新中国成立后有了一个质的飞跃,达到了评弹艺术的最高峰。

吴宗锡良好的文学底子发挥出作用。我们从1959年出版的《评弹丛刊》第一集中,就可看到吴宗锡在整理旧戏剧本中亲自做的努力,他在整理《描金凤》的《求雨》和《老地保》后写的"前言"中,对原剧本的长处和缺陷加以分析,对删略和添补的内容说明原因,还谈到了改编后的演唱效果。以后他的文章一贯如此,紧要处写得十分具体清楚。吴宗锡又带头亲自动手创新,他把南北朝诗歌《木兰辞》改写成适合评弹演唱的《新木兰辞》,在1958年上海市第一届曲艺会演中,徐丽仙首唱的这个开篇以明朗刚健流利的格调引起轰动,此曲促成了"丽调"新一轮的创新。"痴心总如我,人远天涯近,故乡烟水阔,满怀愁绪深,俯仰添惆怅,日落正黄昏,荷锄归去掩重门。"这是吴宗锡早在1962年所作的《黛玉葬花》唱词,如此优美,委婉动听。此外,他还写有短篇《党员登记表》,与人合作的中篇《白虎岭》《人强马壮》《王孝和》《芦苇青青》《晴雯》等,经过演出加工,均成为艺术上的精品。

可以这样说,整旧的过程是吴宗锡所代表的新文艺思想对传统评弹艺术实行渗透的过程,是令评弹艺术去陈腐、去低俗、趋高雅化的过程。这一过程使上海评弹团整体风格逐渐鲜明,并提升了评弹在文艺界的地位,而吴宗锡本人也在整旧过程中,对评弹艺术有了更深刻的领悟和把握。所以整旧也是吴宗锡对评弹的重要艺术实践活动之一,对繁荣上海的文化事业、发展评弹艺术、出人出书作出了重大的历史性贡献。

(二) 探讨和总结评弹艺术规律,形成了较为完整系统的评弹理论

苏州评弹在全国400多种地方曲艺中一枝独秀,一个很重要的原因就是评弹拥有自己的理论。相比相声、评书、大鼓、快板书、坠子等,评弹的生存和发展状况在全国是最好的。评弹有完整的理论是从吴宗锡开始的。吴宗锡出生在苏州的书香门第,幼年曾在苏州生活、学习,从小受到吴文化和中国传统文化的熏陶,而后又长期与评弹艺术家同事共处,熟谙作为吴语核心的苏州方言,是这方面的专家。基于吴宗锡良好的文化修养、扎实丰富的实践经验和不断的完善提升,评弹拥有了较为完整的理论表述系统,也因而从一门实践的艺术上升为非常有理论意味的艺术。

吴宗锡一生笔耕不辍,潜心钻研评弹理论建设。他自新中国成立初期受命从事评弹事业,便肩负起这一优秀民族文化遗产的传承发展的使命。在长期实践中,他和众多造诣精深的艺术家共同探讨切磋,进行书目建设、艺术改革创新,又长期浸润于排练演出的现场,感受艺术名家的艺术创造和观众的现场反映,从中总结提炼,加以提高,形成理论,并用理论来指导实践,使前辈的经验得到继承发扬。他著有《怎样欣赏评弹》(1957年)、《评弹艺术浅谈》(1981年)、《评弹散论》(1981年)、《听书谈艺集》(2000年)、《评弹谈综》(2004年)、《走进评弹》(2010年)、《弦内弦外》(2012年)等书,其中《走进评弹》获得中国文联第八届文艺评论奖著作类一等奖。另有一批理论文章散见于各报刊。他是《中国曲艺志》及《中国曲艺音乐集成》上海卷、《评弹文化词典》、《评弹小辞典》的主编。1959年起,吴宗锡受到评弹知音陈云同志多次接谈,三十余年间陈云同志致吴宗锡指示及议论评弹的信件数十封。1983年,吴宗锡参加了《陈云同志关于评弹的谈话和通信》的编辑工作并写《编后记》。1993年和1996年吴宗锡曾赴美国加州大学伯克利分校和俄亥俄州州立大学讲学。

数十年来孜孜不倦在评弹理论领域耕耘,探讨和总结评弹艺术规律,进而形成自己的评弹观的,唯有吴宗锡先生。他以一丝不苟的治学态度和思考不止、笔耕不辍的精神,论结构、论叙事、论语言、论表演、论趣味、论曲调、论唱篇、论弹唱、论风格、论美术、论关子、论噱头、论口技、论书品、论书场、论听众……从审美角度细论评弹的"理、细、趣、奇、味",从而总结出整套的评弹理论来,最终成为一位为评弹艺术做出杰出贡献的、有成熟的"评弹观"的文艺理论家。

吴宗锡除了在评弹理论方面的造诣,在文学方面也有扎实的功底,这使得他

在注重评弹艺术表演性的同时关注评弹艺术的文学性。他一生创作过诗歌、进行过文学翻译、写过文学评论和散文(出版诗歌散文集《心影弦吟》),这使得吴宗锡在从事评弹理论研究时,以文学之眼观书目、以文学之理(尤以其现实主义理念)构艺理,揭示了评弹艺术的本质审美特点,进而将评弹创作的品位与格调提升起来。

二、以吴宗锡评弹理论为指导,繁荣发展评弹艺术事业

长期以来,吴宗锡以深厚的学术功力、丰富的创作经验,亲身参与了评弹作品的创新、整旧和评弹艺术的改革、发展,积多年实际工作经验、理论研究成果形成的"吴宗锡评弹观",引领评弹艺术的发展、繁荣,在海内外都产生了影响。

(一)坚持理论引领,进一步推动评弹界出人、出作品

吴宗锡评弹理论中最具价值的是他对评弹艺术中现实主义创作方法的高度重视,提出了一门艺术反映生活的基本立场和创作法则,对实际创作具有指导意义。

长期以来,流传于艺人的一些口头诀谚,比如"说、噱、弹、唱","理、细、趣、味、技"等,这些艺人的实践总结,虽然有一定的理论意义,但不成体系。评弹艺人说书把"理"放在第一位,而吴宗锡明确指出:"对理的尊重也便是对现实主义的尊重"。他还建议评弹五字艺诀中的"技"应该改为传奇的"奇"。这一字之改,表明了吴宗锡一方面对现实主义给予高度重视,另一方面也重视"奇"在评弹中的"浪漫主义因素"。吴宗锡把评弹的无奇不传、无巧不成书的特点,提升为浪漫主义的创作思想和方法,使之成为同现实主义紧密结合、相辅相成、互为表里的艺术因素,确实是以科学的艺术论概括了评弹的根本特征。

从事评弹的创作实践(编书、说书),关键就在建立评弹的艺术创作论,把握评弹创作的内在规律。对此吴宗锡的观点是,评弹艺术属于现实主义艺术,评弹艺术创作遵循的是现实主义创作原则。现实主义是一种真实地再现现实,是严格地按照生活逻辑进行艺术创作的文艺思潮。吴宗锡指出:"真实是艺术的生命,也是艺术的前提。"评弹艺术正是把反映生活真实置于创作的最高原则。按照这个原则,现实主义创作以表现人物为中心,真实地再现典型环境中的典型人物,重视描述现实关系、人物、性格、环境、事件发展等细节的真实,并从中体现出

创作者(表演者)的倾向性和爱憎态度。吴宗锡认为:"现实主义是大多数评弹书目的一个显著特征,现实主义的创作方法也成了评弹艺术的一个可珍贵的传统。"吴宗锡关于评弹的艺术创作论,曾经也将继续对评弹创作发挥积极的引领和指导作用。

自上世纪90年代以来,为什么叫得响传得开留得住的作品很少?最主要的原因是评弹的创作演出不尊重评弹的规律,忽视、轻视理论对实践的指导作用。目前,一些评弹作品热衷于所谓"为艺术而艺术",只写一己悲欢、杯水风波,脱离大众、脱离现实。有些评弹团把作品在评弹艺术节或曲艺节上获奖作为最高追求。评弹的创作如果"以奖为尊""唯奖是从",把作品在国内获奖作为最高追求,这样的作品绝对没有生命力,也是没有前途的。投入几万、十几万或几十万排一个作品,等获奖以后便束之高阁,不再演出,会造成极大的浪费。当前评弹书目中也不乏一些闭门造车之作。即使下基层体验生活,也是作风漂浮,走马观花、蜻蜓点水。因此,要在广大评弹从业人员特别是青年演员中开展吴宗锡等老一辈评弹人的理论学习活动,使宝贵的理论财富得到具体落实、具体体现,进一步推动评弹界出人、出作品。

毋庸讳言,时下在各类评弹票房与书场里,处处可见"白茫茫一片"的老听客,很少能见到年轻人的身影。对此吴宗锡认为:"评弹不是没有人听,恰恰是我们没有好作品、好演员,听众才感到不满足。评弹是面对观众的艺术,关键还在演员自身的艺术含量,光讲故事不够,必须发挥评弹的艺术特点。"

评弹艺术"艺随人在",现在学评弹的年轻人不少刚学会唱,就当了演员,缺少"中间环节"的锤炼。评弹艺人从出校门到真正成才,还要经过非常细致的调教过程。随着评弹老艺人逐渐减少,评弹艺术的精华也随之人亡艺绝。许多传统书目如今的演员虽然都在说,但精华尽失,就像一杯掺水太多的咖啡,滋味早已寡淡了。所以,作为国家级非物质文化遗产的评弹,传承的关键还在人。靠印刷成书的"脚本",是传承不了真正的艺术的。比如,评弹名家杨振雄的《西厢记》已印刷出版,但如果只是把文字本给青年演员,他们肯定没办法登台说《西厢记》。评弹艺术必须通过老艺人的口传心授,其精华才可能得以传承。理论建设无疑对艺术传承是一种保障和促进。传承不光是学技巧,还要懂得这门艺术,要有理论支撑。

吴宗锡评弹观是一个评弹艺术的理论富矿,是目前为止评弹界最系统、全面、完整地对评弹艺术的理论梳理和理论认识,是当代评弹艺术实践的一份宝贵的理论总结,值得引起理论界的重视,并开展深入的研究。这将对繁荣和发展今天的评弹艺术具有重大的引导和推动的意义。

(二) 推进评弹学科建设和专业设置,谱写评弹艺术传承发展新篇章

具有400多年历史的苏州评弹未能进入现代高等教育序列,仅靠师父带徒弟、口传心授的传统教育方式,导致评弹创作乏力、研究滞后、人才断层、门户之见、口传有误、专业无法归口、成果难以评价等"卡脖子"问题出现。2022年,恰逢国务院学科目录调整和全国高等院校本科专业申请之际,文化界、教育界、曲艺界强烈呼吁,社会各界人士高度关注,教育部明确表态支持,为曲艺学科建设和专业设置提供了难得的历史机遇,更为曲艺行业持续健康发展开辟了广阔空间。

1. 建设评弹独具个性的基础理论——"评弹学"

加强曲艺学科建设,将曲艺纳入现代高等教育序列中的顶层设计,对于曲艺行业健康有序、可持续发展具有十分重要的战略价值。近年来,中国戏曲学院新建"京剧学"学科,并建立京剧艺术研究所,申请获得专门拨款,使得理论研究付诸实施,有了强大有力之依托后盾。此举完全可以成为评弹立学的参照先例。评弹研究,除了本身艺术外,还必须要有各方面跨界的理论修养,不能仅仅就评弹论评弹。要从文艺学、社会学、民俗学以及接受美学、传播学、比较文学、发展学、表演学等多门学科中加以总结研究、探寻规律。支持个别高校文科建立"评弹学"专业,培养本科以上学历的理论研究与创作人才,从事"非遗"发掘、整理、保护、传承工作;师资以现有理论专家、艺术传承人与高校有关专业教师为主;时代发展需要新一代吴宗锡、陈灵犀那样的理论创作专家。

2. 支持有意愿有基础的高校积极开设评弹本科专业,着力培养高素质复合型曲艺人才

评弹界教育界专家需要系统研究这门传承400多年生生不息的中华传统艺术,挖掘其创新发展的内在规律性,提炼中国特色曲艺话语体系,提升在国际说唱艺术交流中的话语权和影响力,研究人民群众喜闻乐见的表演传播方式,升华评弹艺术所蕴含的智慧、思维和哲学。评弹界专家艺术家应积极支持高校开设评弹专业,勇于从舞台走上讲台,将艺术实践转化为教育教学,将崇高的职业追求和优良作风带进课堂带给学子,为实现评弹艺术人才培养的规范化系统化科

学化奉献智慧和才情。

3. 广泛开展评弹通识教育，在青年学生中大力弘扬曲艺

青年是未来，是希望。评弹事业代有传承、发扬光大既需要培养一大批青年评弹工作者，也需要培养一大批评弹的爱好者、传播者。在青年学生中传播评弹知识，展示评弹魅力，播下一颗颗评弹艺术的种子，让青年学评弹懂评弹爱评弹，评弹事业方能形成人才辈出、氛围浓厚的生动局面。各高校应注重结合曲艺进校园、大学生曲艺社团活动，广泛开设评弹通识课，展示民族艺术、讲述中国故事、赞颂英雄人物、传扬中华哲学，大力弘扬评弹蕴含的中华审美风范，充分发挥评弹艺术在校园文化建设、高校美育德育和思想政治教育过程中的独特优势，为培育和造就担当民族复兴大任的时代新人贡献力量。

评弹是江南人民的伟大文化创造，是成熟的文艺形式，其发展会受到主观客观多种条件的制约，可能会有起伏，但总体趋势必定是上升的。现在正应该总结过去兴衰经验，提升到理论层面，用以指导今后的走向。吴宗锡为当代评弹理论构建了一幢大厦，大厦的每一个房间不仅有丰富的理论含量，而且包含了中国的传统文化和西方先进的文化理念。吴宗锡评弹观是高度的理论自觉的产物，它是吴宗锡一生热爱评弹艺术、献身于评弹艺术的最高结晶，是从肥沃的评弹土壤中生长出来的靓丽花树，对推动评弹艺术健康发展具有重要的意义。

（作者系无锡商业技术学院教授）

温良君子　耿耿风范
—— 我所"认识"的唐耿良先生

孙　惕

纪念苏州评话表演艺术家唐耿良先生百年诞辰——唐耿良苏州评话艺术研讨会暨《唐耿良说演本·长篇苏州评话〈三国〉》苏州首发式,2021年6月8日在中国苏州评弹博物馆隆重举行,我有幸应邀参加。

我对"唐三国"评话艺术的了解与喜爱,主要来自改革开放之初沪苏两地的"广播书场"以及之后的若干现场观摩;后来随着网络的普及,又有机会下载保存了全部100回的电台录音。而与唐耿良老师比较直接而集中的相处则是在20世纪80年代初苏州评弹研究会多次举办的江浙沪评弹中青年演员讲习班上,其间有幸亲耳聆听了他深入浅出、娓娓道来的评话艺术系列讲座,至今仿佛还在眼前。2008年11月,唐老师特地将他亲笔题赠的最新版《别梦依稀——我的评弹生涯》一书送给我留作纪念,我也得以再一次重新"认识"这位深为仰慕的艺术前辈。当然,最让我难忘的则是2009年2月6日(农历正月十二),我和金团一起去上海华东医院看望他老人家。当时的唐老师已步入了生命的晚期,躺在病床上打着吊针,但是他双眼依然有神,思路依然敏捷,口齿依然清晰,口吻依然亲切,笑容恬淡而真诚,待人和蔼而礼遇……

唐耿良先生作为老一辈表演艺术家,苏州评话《三国》杰出的代表性人物,20世纪40年代即跻身于"七煞档""四响档"之名家高端阵容。在长达七十余年的艺术生涯中,他继承和发展了长篇评话《三国》及其表演艺术,形成了语言精练顺达、说理详尽缜密、人物角色鲜明、手面飘逸洒脱的"唐三国"评话艺术风格。而

"唐三国"在强手如林的苏州评话界占有如此重要的艺术地位,我认为最为显著的特色还在以下两个方面:首先,之所以业界内外都觉得"唐三国"始终是那样的如数家珍、那样的好"听",我想就在于他的说书语言传递给听众的是惜墨如金、洁净勾勒的精炼,删繁就简、明白晓畅的精到,形象描摹、引人入胜的精妙,用词考究、表情达意的精准,给人享受、让人联想的精湛,以致于达到了一般评话演员难以企及的艺术高度。第二,之所以业界内外都觉得"唐三国"始终是那样的与时俱进、那样的耐"听",包括听他讲述如何去中国女排集训基地体验生活做一线采访的点点滴滴,以及关于"《三国》用人与企业管理"这样由此及彼、由表及里、从艺术到学术的真知灼见等等,都能够如此紧紧地抓住听众,使听者身临其境,感化于心,也正是在于唐老师一生爱学习,勤读书,身为评话表演大家又兼任着上海评弹团副团长和艺委会主任,这种独特的身份定位、视角思维和职务使命,成就了他的说书艺术必将兼具着形象与逻辑的双重美感、感性与理性的交相辉映,从而在本质上提升了苏州评话作为典型的"讲故事的艺术"的美学境界!

在党的文艺方针指引下,唐耿良先生追求进步,为捐献飞机大炮参与义演;参加革命,18位艺人率先组建工作团;下到工地,积极投身治淮工程;慰问前线,深入抗美援朝战地说书。他在艺术上继承传统,又善于创新;既能够潜心钻研,从书本上学习,更注重深入生活,向工农兵学习。在那个火红的年代里,他创作演出了一系列长、中、短篇新书目,如《太平天国》《空军英雄张积慧》《黄继光》《王崇伦》《穷棒子办社》《王铁人的故事》《大寨人的故事》《焦裕禄》《红雷凯歌》等,成了如他自我戏称的"写作现代评话的专业户";包括由中国曲艺出版社出版的长篇评话《三国·群英会》、由商务印书馆出版的回忆录《别梦依稀——我的评弹生涯》、上海人民广播电台录制的100回《三国》录音,直到此次首发的(全本)《唐耿良说演本·长篇苏州评话〈三国〉》等等,无一不凝聚了他毕生的智慧和心血,也是他为江浙沪评弹界留下的极其厚重且弥足珍贵的艺术财富。

今天,我们纪念和缅怀德高望重的唐耿良先生,我想其目的就是要激励晚辈学习和继承他追求进步的思想品质、忠于传统的丰厚积淀、与时俱进的创新实践、繁荣评话的执着信念和温良君子的耿耿风范,在长三角一体化发展的进程中,共同为苏州评话的传承和发展而砥砺奋进。

(作者系中国曲协苏州评弹艺委会秘书长,江苏省曲协副主席)

舞蹈

取象摹情,舞赋红楼
——评江苏大剧院原创舞剧《红楼梦》

许 薇

江苏大剧院原创民族舞剧《红楼梦》以诗意的舞蹈形式实现对原著的叙事进行重构,充分诗化的舞台时空打破了文学文本的叙事逻辑,将观众的想象力邀请到舞剧建构的一场旖旎梦境中来。作品叙事融入当代的审美倾向,通过戏梦互渗的视听呈现、身物互喻的隐喻策略、情舞互契的肢体表达传递出原著中象征性的、深邃的思辨,同时在大众熟悉的情节中加入了对青春、情感、生命的追问。幕起梦始,是怀金悼玉的黄粱一梦;幕落梦终,仍觉余意彷徨犹在梦中。

图1 舞剧《红楼梦》(江苏大剧院运营管理有限公司演出,祖忠人摄影)

戏梦互渗：重构叙事编织蜃境幻梦

"开谈不说《红楼梦》，读尽诗书也枉然"，《红楼梦》作为中国古典文学的高峰，一直被舞台艺术所关注。由其改编的舞剧至今已有 8 个不同版本。2021年，江苏大剧院版舞剧《红楼梦》惊艳首演，引起轰动。如何使古典文本展现当代意义，如何使鸿篇巨著转化为舞蹈语言，如何为观众描绘一个红楼世界，是笔者分析的着眼点。

诗化、自由的舞台时空是此版舞剧化解改编原著难题的主要叙事方法。这既是创作者们基于原著特点的考量，也是编导尝试将年轻人对名著的解读融入舞剧的创作魄力。因此，人们看到的是具有当代审美性的"青春版"《红楼梦》。首先，在舞美设计方面，舞台被三层帷幕通过组合、分割、移动、遮挡等手段分隔成不同的叙事空间，观众伴随帷幕移动观看舞台景象时的体验感，如同在欣赏一幅"散点透视"的工笔画，要通过眼光的不断挪移补全画面的全貌；其次，写意的舞台时空打破原著叙事逻辑，蒙太奇式的叙事手法将厚重的事象体量通过本体叙事手法言明；其三，多重空间带给人如梦似幻的迷离之美。正如场刊所言："只为借此书，叩开此门，唤出此人，邀您入梦。"随着贾宝玉身后三重帷幕落地，琉璃门扉轻启，观众神思已随大观园众佳丽步入一场幻梦。

作品将两条叙事线交织并行，从而表现出文学文本中隐喻性、象征性的内容。一条明线以宝黛钗三人的情感纠葛为叙事核心，一条暗线通过呈现不同时空情境中十二钗的状态而暗喻荣国府的衰亡之路，并且十二钗在不同情感氛围的齐舞也成为舞剧特有的形式感，增加了作品梦幻般的观感体验。首先，开场时通过背景屏上的"判词"介绍了金陵十二钗，让观众初步了解大观园中各女子的命运。同时，舞剧也依据判词，为十二钗设计了隐喻其各自结局的"宫花"。昙花之于贾元春、杏花之于贾探春、罂粟之于王熙凤、海棠之于秦可卿、梅花之于妙玉、芙蓉之于林黛玉、牡丹之于薛宝钗……暖场的片段中，她们手拿宫花兀自观赏着、叹惋着，仿佛在诉说内心的无限悲凉。接着"幻境"这一章中，贾宝玉梦入太虚幻境，再次引出金陵十二钗的人物形象。原著中封建社会的影响使得十二钗逃脱不开命运束缚，十二名女子在幻境中起舞，看似是虚幻的情景，但从中不难窥见真实的悲情。真假相融、虚实相伴的意象不仅营造了虚幻的情景，也让金陵十二钗的青春蒙上一层缥缈的白纱,在隐喻的叙述中直指悲剧性的人物命运。随后的"游园"一章,则是借刘姥姥的视角集中展现了大观园中十二钗各自的人物形象。此段群舞比之"幻境"更具生活气息,少女们在园中玩闹、吟诗、习字、品茶,与刘姥姥玩笑,喧闹繁华的氛围也隐喻此时贾家在朝中的炙手可热。直到"葬花"时,十二名女子立于舞台之上,身着十二种颜色服饰的女子不仅代表金陵十二钗,更是一种隐喻:或是少女多彩的内心世界,或是梦幻中不同人物的命运状态,或是时间、花蕾、季节、枯荣、生死等符号暗码。打破封建社会加诸十二钗的枷锁,使观众看到十二个生命本真的样子,并通过生命去描绘那个"假作真时真亦假"的梦幻世界。

身物互喻:通感隐喻深化人物悲剧

《红楼梦》原著内容博大精深,其象征性、深邃性与包容性均极为令人惊叹,而舞剧艺术改编做到面面俱到非常难。另外,小说原著中人物矛盾和戏剧冲突多是隐性的,可以说,它最大的魅力是细节之处传递出的言说语境、情境氛围与人物情感。舞剧如何表现出这些"细节"则极度考验改编者的功力。

江苏大剧院版舞剧《红楼梦》试图在繁复的情节表达中,考虑原著作为文学巨作之于读者最本质的魅力。舞剧运用了多种隐喻手法赋予空间、场景、道具等视觉符号以意义的延伸,从而形成情感层面的意义建构。在由视觉域向情感域迁移的隐喻过程中,呈现出主创们对于情感、青春、生命的思索,让故事情节与思考解读共同展现在舞台之上,既保持了传统文化内涵,也赋予作品与现实生活展开对话的空间。

将符号的视觉特征与人物的情感特征合二为一,身物互喻的叙事策略贯穿于作品始终。细节之处的刻画将观众的想象力邀请至作品的意义建构之中,从而使观众更深地体会作品的意义延伸与情感表达。如"轿子"这一道具,成为编导塑造人物形象、表达情绪的重要载体。舞台上出现的每一处轿子意象都是有意味的。如"入府"一幕中,轿子先以侧视视角展现在舞台之上,使观众可以通过外聚焦视角看见轿厢全貌。黛玉几度掀起轿帘向外探视又怕坏了礼数匆匆放下。轿子具有的"遮蔽感"的视觉特征与黛玉此时既好奇又不安的内心情感形成互喻。随后轿子转为后视视角,使观众得以看见黛玉全貌。此时更像是观众以黛玉的第一视角步入这繁华热闹的荣国府。黛玉一人坐于轿中,轿外展现的则是荣国府中的热闹忙碌之景,家丁仆妇各司其职,穿行交错又井井有条。轿子正是利用自身"封闭感"的视觉特征将舞台分割成两个空间,观众得知此时黛玉并不能瞧见轿外景象,视线的遮蔽使她只能靠听觉去"想象"。在视听双重感官特征的引领下,观众将黛玉之孤独与荣国府之繁华两个信息"连接—组合—扩展",完成对通感隐喻意义建构过程的感受和认知。

当华服成为讽刺的暗喻,是编导对于封建秩序的批判,也是对封建秩序下女性命运的怜悯。作品在表现元妃省亲的舞段时,将官袍的华丽视觉特征与元春空洞落寞的内心情感形成强烈对比,真实地刻画出一幅"鲜花着锦时,偏偏最凄冷"的图景。元春身着明黄色的官袍在众人之中格外显眼,彰显着她高贵的皇室

图2　舞剧《红楼梦》(江苏大剧院运营管理有限公司演出,黄凯迪摄影)

身份。而此华服在设计上使用了坚硬的材料做内部支撑,使衣服可以立在地上,同时服装也被设计得格外宽大,如同一个"外壳"将元春裹挟其中。身着如此特殊服饰的元春在侍从簇拥下行省亲之礼,坚硬巨大的"华丽外壳"使她动作如同提线木偶,欲舞不能、欲言不能、欲哭不能,身为象征天家威严的贵妃,她不得不收敛起心中几欲决堤的悲切之情。直到礼毕后,侍从退去。元妃褪下宽大的长衣,她终于得以抛却君臣之礼以亲人之面目与家人相聚。此段群舞中,元春一一与其姐妹、黛玉、宝钗、宝玉起舞,仿佛回到了她未入宫时的悠闲光景。"省亲"舞段中以华服这一视觉符号为核心意象,通过"着衣""褪衣"这些有意味的形式表达,烘托了封建社会的循规蹈矩与顽固不化,同时用现代的表现形式对贾母携众人向元妃行礼一事表达了讽刺。

图 3　舞剧《红楼梦》(江苏大剧院运营管理有限公司演出,黄凯迪摄影)

情舞互契:取象摹情凸现角色形象

舞剧叙事时,舞蹈演员的身体是多义的。通过舞蹈语言对戏剧情节、人物形象、人物情感等进行阐述的同时兼具象征、隐喻意味。江苏大剧院版舞剧《红楼梦》正是将"身体"本身的意义进行多层次的阐释,使用了象征主义的手法使舞者身体与红楼世界中人事物之变迁形成互文——舞者的身体不再是简单的叙事工具,而成为故事本身。

取角色之"核心意象",摹画出各具特色的人物形象。舞剧从原著中大众熟悉的情节提取角色之"核心意象",编导设计了标志性的舞台语言传递人物之情思。如"入府"一章中宝黛初识的场景,为表现出原著中宝玉见面便脱口而出"这妹妹我曾见过的"的宿缘,舞剧使用了超现实的"定格"策略,使宝黛二人由现实空间进入静谧的虚幻空间。随着二人眼神的触碰,时间仿佛凝固,周遭的喧嚣皆不闻,身边的众人都不见。此段双人舞通过大幅度的舞台调度表现出宝玉对黛玉一见倾心的欢喜,不断追随着黛玉想与其亲近。随后二人逐渐退回众人之中。"定格"结束,舞台恢复为现实空间的喧闹。

江苏大剧院版舞剧《红楼梦》同样重视调度叙事,舞剧的调度叙事在营造戏剧情境和塑造人物性格、形象方面都有着极强的阐释力。首先从叙事效果来看,调度关系将直接影响舞剧的叙事时空与叙事聚焦的呈现;其次,舞群间的调度关系将形成空间层面的织体关系,舞台空间呈现的视觉样式与其质感张力将得到大幅提升。如宝黛二人初识舞段之后"凤姐登场"的舞段,为表现出"凤辣子"之精明实干,编导先是在王熙凤登场前设计了一段家丁仆妇的群舞。众人手拿屏风道具穿插交错,表现出荣国府家丁虽多却被管理得井然有序。在纵横交织的调度中,忽地从中"簇拥"出一个指挥众人的明艳女子——正是"彩绣辉煌,恍若神妃仙子"的王熙凤。此舞段通过群舞与舞群间的调度关系形象地勾勒出王熙凤泼辣精明的性格,以及她在府中之地位。

舞剧因"情"设境,在淡化情节的同时营造原著描写的情境氛围,从而使"知觉系统倾向于在没有延伸的地方设想出一种延续"。舞剧虽然打破了原著的叙事逻辑和情节呈现,却并没有让观众产生"断层"的视知觉感受,反而在观看时不自觉地对其情节予以补充。该剧在塑造林黛玉与贾宝玉的人物关系时,着重在"葬花"一章中设置了大段的双人舞表演,这一舞段的设置不仅推动"含酸"段落的情节发展,也是林黛玉与贾宝玉二人之间解除误解的重要环节。不难发现,在这两个章回之间并不是连贯的,"葬花"设置在"省亲"与"游园"之后,编导并没有对情节的发展予以急切的回应,而是让这一"中断"打破了观者的"秩序感",提醒也刺激了观者的知觉系统,让其在观看时,自动将舞剧情节与剧中情感予以延伸与补充。不仅如此,作品通过将超现实的梦幻空间与现实空间交织并置,丰富舞台空间的"信息量"的同时使情感张力更丰满。这种方式使得空间的功能更加丰富,双重、多重空间的叠加与并行使得对比更加鲜明,另一方面也实现了情节的铺陈,使得剧情自然而然地展开,同时对比的场景也使矛盾冲突更加丰富。如"冲喜"一章,宝黛二人近在咫尺,却阴阳两隔,大喜大悲在同一时空上演。又如"游幻境指迷十二钗,饮仙醪曲演红楼梦"对应剧中的"幻境""团圆"片段,可谓开始就把结局做了预解,将"过去"与"现在"重新组合,对即将全面展开的故事进行预叙。

结　语

江苏大剧院版舞剧《红楼梦》在极大程度上丰富了舞剧的叙事效力,并运用新媒体全景式的视觉化叙事语言,充分调动起观众的各种感官参与品读,使观众身临其境,具有清晰的"在场感"。作品中充分诗化的舞台时空、写意的舞蹈语言将原著庞大厚重的事象内容予以言明,在传递出原著中深邃思辨的同时,加入编导个人对青春、情感、生命的追问。可以说,该版《红楼梦》之所以能够成功创演,是源于青年舞蹈家对艺术创新的热情与执着,同时他们也用作品有力回答了舞蹈在叙事功能上的疑问,为我们提供了舞与剧关系的新的思考方向。

(作者系南京艺术学院舞蹈学院院长)

民间文艺

当代手工艺类非物质文化遗产的审美取向

季中扬

人类进入工业社会之后,手工艺遭遇了前所未有的危机。民众的日常用品不再由匠人亲手制作,而是由机器批量生产,诸多传统手工艺由此消失了。然而,恰恰是"危机"引起了人们对手工艺的深度思考,使人们意识到了手工艺对于人类的独特意义。威廉·莫里斯认为,机械化大生产虽然是创造理想生活条件必不可少的手段,但是,"机械化生产的必然结果就是人类劳动所涉及的各个方面都存在功利主义的丑陋",而"手工艺能够在劳动中创造出美与欢乐"。[1] 柳宗悦强调,手工艺之美是不言自喻的,它不依赖天才,也不依赖文化修养,普通人在日常生活中就能领会这种美,他认为手工艺"是最具有国民性的事物"[2],"给予凡夫俗子以美之通途,只有工艺之道"[3]。

在现代工业社会中,手工艺赖以存在主要凭借其审美价值,而不是实用价值,尤其是被列入各级非物质文化遗产名录的手工艺,更着力彰显其独特的审美价值。问题是,当代手工艺虽然强调其艺术性,但与精英艺术不同,它不可能以

---

[1] 威廉·莫里斯.手工艺的复兴[M]//奚传绩.设计艺术经典论著选读.南京:东南大学出版社,2002:136-143.
[2] 柳宗悦.日本手工艺[M].张鲁,译.徐艺乙,校.桂林:广西师范大学出版社,2011:20.
[3] 柳宗悦.民艺四十年[M].石建中,张鲁,译.徐艺乙,校.桂林:广西师范大学出版社,2011:88.

个性与创新作为核心审美原则。[①] 事实上,作为非物质文化遗产的当代手工艺往往有着显著的古典主义趣味,大多重视"材美工巧",喜欢制作仿古形制。在当代社会,手工艺为何会有这样的审美取向呢?

一、"材美工巧":传统手工艺核心审美原则

柳宗悦提出,日本手工艺之美体现于日用"杂器"之中,以平凡、朴素、单纯为美,它来自匠人千百次重复劳作所达到的自然纯熟之境,"是无心之美"[②]。如"井户"茶碗,如果不是日用的杂器,绝不会成为备受后人推崇的"大名物"茶器。与柳宗悦所言的日本工艺不同,普通百姓的日常用具,如柳编、竹编、草编、陶器等,虽然其中不乏审美意识,但并不能代表中国工艺之美。相比较而言,上层社会所用的礼器、日常用具,赏玩的摆件、把件,如上古的玉器、青铜器,汉代的漆器,宋代的瓷器,明式家具、宣德炉等,更能代表中国的工艺之美。就审美观念而言,中国手工艺自古就讲究"材美工巧"。

《考工记》最早提出了"材美工巧"的审美观念,其"总叙"中说:"天有时,地有气,工有巧,材有美。合此四者,然后可以为良。"[③]在这四者之中,天时、地气是工艺优良的外在保障,材美、工巧是工艺优良的核心标准。古人极其重视选材,铜、木、皮、玉、土"五材"之中每一种材料等级都有细致的区分。以毛皮为例,不仅要区分不同动物毛皮的品质,同一动物还要区分不同部位毛皮的品质,同一部位还要区分头层皮、二层皮。如此细致的区分,就是为了挑选出上乘材料。所谓"工巧",首先是要做工合理。要想达到做工合理,就必须善于辨析、处理材料。《考工记》明确提出:"审曲面势,以饬五材,以辨民器,谓之百工。"[④]其次是要做工精细,工艺精湛。《礼记》对手工艺提出的要求是"功致为上"[⑤],"致"通"緻",细密、精细的意思,就是强调做工精细。古人虽然主张"工巧",但并不褒扬独出

[①] 季中扬,陈宇.论传统手工艺类非物质文化遗产的创新性保护[J].云南师范大学学报(哲学社会科学版),2019(4).
[②] 柳宗悦.民艺四十年[M].石建中,张鲁,译.徐艺乙,校.桂林:广西师范大学出版社,2011:67.
[③] 闻人军.考工记译注[M].上海:上海古籍出版社,2008:4.
[④] 闻人军.考工记译注[M].上海:上海古籍出版社,2008:1.
[⑤] 王文锦.礼记译解[M].北京:中华书局,2001:228.

机杼的创造性,反而批评"奇技淫巧"[1],认为手工艺人的本分是"守之世"[2],也就是世代遵循。其"巧"来自技艺传承过程中千百次的反复操练,是熟能生巧。

"材美工巧"说对后世手工艺审美观念影响颇深。《说文解字》对"工"字的解释是:"工,巧饰也,象人有规矩也。"[3]所谓规矩,主要指做工合理。《髹饰录》认为,"美材"是"工巧"的必要前提,其开篇即说:"利器如四时,美材如五行。四时行、五行全而物生焉。四善合、五采备而工巧成焉。"[4]明代沈春泽进一步提出,"巧"的目标是自然,他在为《长物志》所作的"序"中说:"几榻有度,器具有式,位置有定,贵其精而便、简而裁、巧而自然也。"[5]

古人之所以讲究"材美工巧",并非仅仅为了耳目之娱,其原因是多重的。其一,上古时期精美的器物大多是礼器,是用来礼敬祖先与神灵的,所以不惜工本,务求精良。其二,精美的器物大多是为上层社会制造的,无需考虑市场因素,工匠能够专注于技艺,而且一旦做得不好,甚至有性命之忧。其三,人们期待这些"物"能够传世。"物"之传世不仅意味着财富可以世代累积,而且意味着通过"物"作为媒介,可以让后人念想自己。当宋人发现了三代之器器后,更是领会了"物"之传世的意义。刘敞在《先秦古器图碑》中说:"三代之事,万不存一,诗书所记,圣贤所立,有可长太息者独器也乎哉。"[6]吕大临《考古图》上说:"观其器,诵其言,形容仿佛,以追三代之遗风,如见其人矣。"[7]也就是说,通过先人遗留的"物",后人可以想见先人使用这些器物时的音容笑貌,而且,唯有通过这些"物",才能凝结时光,唤起后人的记忆。

毫不夸张地说,"材美工巧"是中国传统手工艺一以贯之的审美观念,是核心审美原则。且不说三代之礼器,就是明清时期日用与赏玩之物,也格外重视"材美工巧"。如明式家具,范濂在《云间据目抄》中说:"隆、万以来,虽奴隶快甲之家,皆用细器……纨绮豪奢,又以椐木不足贵,凡床橱几桌,皆用花梨、瘿木、乌

---

[1] 尚书[M].王世舜,王翠叶,译注.北京:中华书局,2012:439.
[2] 闻人军.考工记译注[M].上海:上海古籍出版社,2008:1.
[3] 许慎.说文解字[M].北京:中华书局,2013:95.
[4] 王世襄.髹饰录解说[M].北京:生活·读书·新知三联书店,2013:3.
[5] 文震亨.长物志[M].南京:江苏凤凰文艺出版社,2015:序.
[6] 翟耆年.籀史[M].北京:中华书局,1985:16.
[7] 吕大临,赵九成.考古图 续考古图 考古图释文[M].北京:中华书局,1987:2.

木、相思木与黄杨木,极其贵巧。"①

笔者调研中看到,不管是苏绣、云锦,还是扬州玉雕、东阳木雕、嘉定竹刻,当代手工艺人无不格外重视选材与工艺。以宜兴紫砂壶制作为例,首先要精选材料,即从普通的陶土原料夹层中选出紫砂矿料,然后进一步将其分为紫泥、红泥、缎泥三大类,红泥有老红泥、嫩红泥之分,其中以朱泥、大红袍为精品泥料,紫泥又分为红松泥、底槽清、红皮龙等,缎泥有本山绿泥、清灰等类型,从这细致的分类与命名就可以看出紫砂艺人对材料的把握多么细致、深入。每一位紫砂艺人都格外重视材料,为了保证材料的质量,时至今日,纯粹、优质的紫砂原材料仍然采用人工拣选的办法。紫砂艺人对材料的重视还体现在制作与烧制过程中。紫砂矿料经由水的介入才能成为泥料,泥料的含水率对制作是有关键影响的,因而,在制作过程中,紫砂艺人必须掌握泥料的含水率,还要时刻关注干坯过程中含水率的变化。在烧制过程中,紫砂艺人还要掌握不同泥料的烧制效果,尤其是制作绞泥壶时,即使是同一种泥料,稍许温度变化都会使成品的颜色大不相同。材料固然很重要,工艺更为重要。宜兴紫砂壶的制作工艺是相当精良的,就拿泥板粘接成型方法来说,看起来只是用了一般陶瓷生产中的围合与镶嵌方法,但是,不同器型有不同的围合与镶嵌方式,可谓千变万化,手段极其丰富。紫砂壶坯体表面与细部的精加工尤能显示紫砂壶制作之"工巧"。众所周知,宜兴紫砂壶使用之后会形成如玉般的光泽,俗称"包浆",而这"包浆"厚薄、色泽,全赖坯体表面的打磨工艺,而这打磨手艺要靠心领神会与手上功夫,没有三五年学习,是很难掌握的。

二、仿古形制:历史长时段的审美风尚

"仿古"是一种自觉地重新使用古老形式的行为。② 在手工艺发展史上,"仿古"观念与实践很早就出现了。据罗森研究,在安阳妇好墓出土的玉器中,有一些玉器虽制作于商晚期,其形式却仿效早于其2000多年的新石器时代的原

---

① 王世襄.明式家具研究[M].北京:生活·读书·新知三联书店,2013:10.
② 巫鸿.时空中的美术[M].梅玖,肖铁,施杰译.北京:生活·读书·新知三联书店,2016:8.

型。[①] 人们为何会制作仿古器物呢？巫鸿认为，其发生有两个语境：一是礼仪的需要，大量出土于周代的仿古器物都是专为葬礼特制的明器；二是为了满足收藏的需要，在妇好墓中，就有一些史前玉器藏品，意味着早在公元前13世纪，人们就已经有了收藏古物的兴趣。[②]

"仿古"观念，以及追求古意的创作实践虽然具有悠久的历史，但直到宋代才在手工艺的审美文化史上产生重要影响。魏晋之后，葬礼中已经罕见仿古器物了。到了宋代，在诸多礼仪活动空间，如朝廷太庙，各地学宫、文庙，都格外重视仿古礼器的陈列。宋人强调格物致知，对出土的上古时期的青铜器产生了浓厚的研究兴趣，由此形成金石学，进而激发了收藏与鉴赏的趣味。礼仪与收藏的需要无疑大大刺激了仿古器物的制作。人们在大量仿制古物的过程中，逐渐在复制品中领会了一种新的审美趣味，进而改变了这些复制品的功能，将其作为纯粹赏玩的对象，如鼎、鬲、簋被改造为香炉，古代玉琮被仿制为插花的盛器。[③] 这也就是说，宋代开始出现了主要服务于审美目的的仿古手工艺的生产。起初，这些仿古器物大多是青铜器，不久之后，就影响到了其他类型手工艺的制作。尤其到了南宋时期，官窑瓷器仿制青铜礼器很是盛行，而且这些仿古瓷器既非祭器，也不是礼器，而是宫中用于插花、熏香、摆设的。[④] 尤为值得注意的是，这种追求古意的审美趣味甚至影响到了整个宋瓷之审美，清人许之衡在《饮流斋说瓷》中写道："宋代制瓷，虽研炼极精，莹润无比，而体制端重雅洁，犹有三代鼎彝之遗意焉。"[⑤]

到了明清时期，崇尚"仿古形制"、追求古意之风更甚。一方面，明清时期中国传统手工艺的艺术风格发生了很大变化，"呈现出可类比于欧洲罗可可式的纤细、繁缛、富丽、俗艳、矫揉造作等等风格"[⑥]，大明五彩瓷、清代珐琅瓷，华丽精美的织锦、刺绣，最能见出其时艺术风格与审美趣味的转变。之所以出现这样的转变，一是满足新兴的市民阶层的审美趣味，二是手工艺品大量出口，不可避免地

---

① 巫鸿.时空中的美术[M].梅玖,肖铁,施杰译.北京:生活·读书·新知三联书店,2016:11.
② 巫鸿.时空中的美术[M].梅玖,肖铁,施杰译.北京:生活·读书·新知三联书店,2016:10-11.
③ 巫鸿.时空中的美术[M].梅玖,肖铁,施杰译.北京:生活·读书·新知三联书店,2016:12.
④ 唐俊杰.祭器、礼器、"邵局"——关于南宋官窑的几个问题[J].故宫博物院院刊,2006(6).
⑤ 许之衡.饮流斋说瓷[M].杭州:浙江人民美术出版社,2016:6.
⑥ 李泽厚.美的历程[M].北京:生活·读书·新知三联书店,2009:214.

受到了外来审美趣味的影响。另一方面,文人阶层在审美观念上并不认同富丽俗艳,其而有意识地以"好古博雅"来对抗富丽俗艳,因而格外推崇仿古器物,视为文雅生活必备之物,使得仿古制品成为手工艺制作的一个重要门类。高濂的《遵生八笺》就记载了多家仿古铜器作坊。此外,不管是木雕、竹刻,还是紫砂,无不透着一种古典主义趣味,崇尚古朴雅致,如紫砂壶上的陶刻,就标举金石之气。明代王士性说:"斋头清玩、几案、床榻,近皆以紫檀、花梨为尚,尚古朴不尚雕镂,即物有雕镂,亦皆商、周、秦、汉之式。"[①]在清代,"纯粹服务于赏玩之心的仿古器物极为流行,其中以玉、瓷、掐丝珐琅、竹木仿制的古铜器、古礼器最为常见,如清内廷'玉兽面纹鼎',仿自《重修宣和博古图》中的'商父乙鼎','雕竹仿古络纹壶',则是以竹材模仿战国铜器"[②]。

总而言之,"仿古"、追求古意作为一种审美风尚历经了宋元明清时期,已经积淀在民族审美意识的深处了。试看当代的紫砂壶、根雕、玉雕、折扇等,不仅讲究"材美工巧",而且大多透着古意。当然,与宋元明清时期文人雅士所追求的"三代鼎彝之遗意"不同,当代之"仿古"、追求古意往往仅是沿袭明清时期的形制、图案而已,二者背后的审美观念、文化精神实在是霄壤之别。

三、传统审美理念主导当代审美取向的原因

由以上考察可见,讲究"材美工巧",崇尚古意,这两种审美观念影响极其深远,其而主导着当代手工艺之审美取向。何以如此呢?推究其原因,主要有三个方面。

其一,传统手工艺的特质不仅在于手艺,而且在于"传统"。美国民俗学者布鲁范德指出,研究民间手工艺品的关键,也是研究所有民俗的关键,就是"传统"。[③] 手工艺扎根于传统生活,或者说,它本身就是一种传统。从文化遗产角度来看,传统是其作为非物质文化遗产的内核,失去了传统,也就不再具有文化遗产的价值。当然,作为非物质文化遗产,传统手工艺的技艺既要活态传承,又

---

① 王士性.广志绎[M].北京:中华书局,2006:219-220.
② 石炯,严海晏.从礼器、明器到清玩兼及古物观念的生成[J].中国美术学院学报,2016(9).
③ Jan Harold Brunvand. The Study of American Folklore: An Introduction[M]. New York: Norton, 1968:274.

要与时俱进,但技艺革新不能脱离传统的审美观念。一旦完全脱离传统的审美观念,背离其内在的传统美学精神与审美趣味,就可能走向自我否定。譬如现代陶艺,虽然是手工制作的,但是,它已经完全是一种现代艺术,在审美观念上与传统手工艺大相径庭。每一种传统手工艺,都有历史形成的总体风格与独特的艺术语言,其接受群体对于其总体风格与艺术语言也都心照不宣。譬如宜兴紫砂壶,每一位制壶艺人固然可以有自己的艺术个性,但是,他不会背离宜兴紫砂壶的审美传统与总体风格,所以,即使是一位普通的宜兴紫砂壶的使用者,也能够很容易地在各种陶瓷壶中识别出宜兴紫砂壶。正因如此,柳宗悦甚而说:"工艺之美是传统之美。只有恪守传统,才能把握工艺的发展方向。"[1]

其二,当代审美风尚并不排斥古典主义趣味,消费群体的审美观念有着较好的历史延续性。一般认为,"五四"之后,中国传统文化发生了断裂。殊不知这种明显的"断裂"主要发生在社会思想层面,民众的日常生活表面上变化极大,深层次的观念并没有出现断裂性的变化,如人情观念、家庭观念、养生观念等。有意思的是,对玉雕、木雕、核雕、竹刻、刻瓷、紫砂、铜炉、铁壶等传统手工艺的赏玩观念,在现代社会居然也没有断裂。就消费群体的绝对数量而言,甚而达到了历史新高。如江苏扬州弯头镇玉器企业有三百多家,宜兴丁蜀镇紫砂注册从业人员就有六七千,浙江青田石雕从业人员有三万多人,东阳木雕企业有一百四十余家、家庭作坊两千余家、从业人员两万余人,山东日照东港黑陶从业人员有两三万人,如此庞大的从业人员队伍足见社会需求之旺盛。[2] 笔者曾访谈过一些传统手工艺爱好者,发现大多数爱好者仍然秉持着传统的审美观念,重视材质、做工,崇尚古意。

其三,讲究"材美工巧"暗合了当代审美资本主义的文化逻辑。奥利维耶·阿苏利认为,在消费者的审美品位成为推动工业发展动力的审美资本主义阶段,一个人的衣着、技艺、装饰等,能够标志其社会地位。[3] 20 世纪 70 年代末,国家开始评选"中国工艺美术大师",当代手工艺由此得以登大雅之堂。近十来年,一件出自国家级、省级工艺美术家的"材美工巧"的手工艺品少则几万、几十万,多

---

    ① 柳宗悦.民艺四十年[M].石建中,张鲁,译.徐艺乙,校.桂林:广西师范大学出版社,2011:88.
    ② 我们过去对手工艺现代危机关注较多,而对其仍然存在的社会基础却研究不足。
    ③ 奥利维耶·阿苏利.审美资本主义:品味的工业化[M].黄琰,译.上海:华东师范大学出版社,2013:48.

则上百万，顾景舟的一把紫砂壶更是高达千万元。很显然，购买者不是为了日常使用，而是凡勃伦所说的"夸示性消费"，即主要是为了展示自己的品位与身份，因而格外重视材质、工艺与制作者身份。我们调研发现，几乎所有热衷于收藏、使用玉雕、木雕、核雕、竹刻、紫砂、铜炉等当代手工艺品的人，都是有闲阶层，既有钱，又有充裕的自由时间，而且都有各自基于"趣缘"的圈子。

四、传统审美精神的现代再生产

消费群体的审美观念有着较好的历史延续性，这并不意味着人们的审美趣味不会发生变化。一个时代有一个时代的审美趣味，观念的更新可能会滞后一些，但时代变迁，手工艺的审美观念不可能不随之而变。事实上，手工艺的审美观念也并非一成不变的，它是在历史中形成的，也必然在历史中发生变革。因而，当代手工艺如何转变审美观念并制造出合乎现代审美趣味的作品，这可能是每一位手工艺人都要面对的问题。

就当代手工艺作为非物质文化遗产而言，它不仅要活态传承手艺，而且要"守正创新"。所谓"守正"，是指要保持传统工艺的基本语汇与核心精神；所谓"创新"，就是要以传统手艺进行现代表达。二者看似矛盾，其实不然。以现代美学精神重新审视古典趣味，在古典趣味中注入现代精神，就可能调和二者之间的矛盾，实现"传统"审美精神的现代再生产。事实上，已经有一些手工艺人进行了卓有成效的探索。如葛志文的石雕，既讲究"材美工巧"，在审美观念上又能与时俱进。他的《枯竹砚》《荷塘拾趣砚》《树桩壶》《一竹清风壶》《凌寒留香笔筒》《竹韵·文房十三件套》等作品，真是迁想妙得，让无生命的石头有了生命的气息，而且富有现代性的形式意味。再如邹英姿的刺绣，不仅在技法上大胆创新，创造性地设计了滴滴绣针法，而且在审美观念上同步于先锋艺术，其作品《我的眼睛》《秋水》《荠》《快乐的豆子》《缠绕》，或写实，或想象，几乎脱尽了工艺品的装饰气息，完全是一种自由创作的当代艺术；她的《敦煌观音像》《阿难》《孔子六艺》《长乐未央》《司母戊大方鼎》《子龙鼎》等作品更具有创造性，以刺绣来表现敦煌壁画、汉画像石、青铜器，不仅纤毫毕现，得其神韵，而且利用了时空意识的错位，让人产生一种非常奇特的审美体验。即使在手工艺品行情不太理想的时候，葛志文的石雕与邹英姿的刺绣仍为藏家追捧，究其缘由，无疑是他们的作品在"材美工巧"方面不亚于古代大师,在审美观念方面又能与时俱进。

当代手工艺人既要有意识地转变审美观念,又要尊重传统手工艺审美观念历史变迁的内在规律。传统手工艺审美观念的历史变迁是极其缓慢的,只有从几百年甚至上千年的长时段考察,才能看到其变迁。与书画等文人艺术不同,个体因素对其变迁的影响是微乎其微的。其变迁是在社会、历史、文化多重因素合力影响下才发生的,而且这种变迁发生于无意识之中,并非某个人或某个群体有意为之。就此而言,个体手工艺人未必要有意识地改变传统手工艺整体性的审美观念,相反,鉴于手工艺审美观念整体性变革的复杂性,个体手工艺人审美观念的现代转变应该审慎些,并不宜过于激烈,否则,可能会面临丧失手工艺本来面目的风险。试看葛志文的石雕,只是在古典主义的清玩趣味这个传统之内注入了些微现代审美意味而已。

总而言之,对于手工艺而言,传统审美精神是其内在特质,不能完全丢弃,也不能固步自封。传统审美精神具有不断再生产的潜力,应以当代眼光重新打量、审视,不断发掘其审美再生产的潜力。

(作者系南京农业大学教授,博士生导师)

《天上有个月》和《天乌乌》
—— 比较镇江与闽台的儿歌

裴 伟

儿歌,又称童谣,是自古至今流传下来的"口头文学",亦是中国文化的宝贵遗产。儿歌是一种形式短小、语言简单、适合儿童心理和行为的歌谣。儿歌有孩子自编自传的,亦有成人拟作编造借孩子的口来讽喻时事的。儿歌是口头文学,但也是民俗,而且是很重要的民俗。有些民俗能流传至今,与儿歌、民谣的世代传唱有关。

"硕鼠硕鼠",是我国长期流传的在正月举行的祀鼠活动,亦称"老鼠嫁女""老鼠娶亲"。具体日期因地而异,有的在正月初四或初七,有的在正月二十五,不少地区如江苏镇江是正月初十。这一日忌开启箱柜,怕惊动老鼠。前一天晚上,儿童将糖果、花生等放置阴暗处,并将锅盖、簸箕等物大敲大打,为老鼠催妆,第二天早晨,将鼠穴闭塞,并认为从此以后鼠可以永远绝迹。还有的地区于老鼠娶妇日很早就上床睡觉,为了不惊扰老鼠,俗谓"你扰它一天,它扰你一年"。

各地的"老鼠嫁女"或"老鼠成亲"年画,画的是一群老鼠穿着红绿衣服,抬着个妙龄少女,少女坐在轿中,轿前还有旗锣伞扇,器乐鼓吹,很像传统社会结婚娶亲的仪仗。流传各地的老鼠嫁女的歌谣有:

> 大红喜字墙上挂,老鼠女儿要出嫁。
> 女儿不知嫁给谁,只得去问爸和妈。
> 爸妈都是老糊涂,争来争去才定下:

谁最神气嫁给谁,女儿自己去挑吧!
鼠女听罢仔细想,最神气的是太阳,
太阳高高挂天上,光芒万丈照四方。
鼠女求嫁找太阳,太阳急忙对她讲:
乌云能把我遮挡,嫁给乌云比我强。
鼠女又去找乌云。乌云说:
大风能把我吹散,大风来了我胆颤。
鼠女又去找大风。大风说:
围墙能挡我的路,我见围墙心打怵。
鼠女又去找围墙。围墙说:
老鼠打洞我就垮,见了老鼠我害怕。
鼠女听罢猛想起,老鼠的天敌是猫咪,
看来猫咪最神气,我要与他定婚期。
婚期定在初七夜,鼠女出嫁忙不迭,
大红花轿抬新娘,群鼠送亲喜洋洋。
新娘刚到猫咪家,猫咪一口就吞下。
猫说新娘怕人欺,为保平安藏肚里。

据说"老鼠嫁女"故事最早源于印度,在日本和朝鲜半岛都有流传变异。有学者研究,老鼠嫁女其实是"照虚耗"习俗的一个反映。给老鼠嫁女点灯,其意义在驱除"虚耗"。一种观点认为老鼠为害人间,使老鼠嫁女也有"送"和"出"之意,"以礼相送,化灾害为吉祥",是一种求平安的传统思想。另一种观点认为"子鼠"一词可能就是寓意"生命繁衍"哲理,"以鼠嫁女"喻"人丁兴旺,多子多孙",是来源于鼠的生物特征。老鼠迅而强的惊人繁殖力,实在令渴望多子多孙的人家向往。因此,老鼠嫁女便成了如鼠一般多子多孙的象征,因此被赋予了求子的内涵。某地的"老鼠嫁女"故事中老鼠为了将女儿嫁给最强大者,进行层层筛选,结果出人意料,选中了自己的天敌猫,既表达了人们的愿望,又带来了娱乐。在荒诞故事完成闭合结构的过程中,鼠女没有直接出场,她的使命由准媒人的大老鼠执行。大老鼠要为女儿寻找一位强大的女婿,经过层层二元相克的筛选,最后找到了老鼠的天敌——猫。这里,没有出现类似"猫怕谁?猫怕太阳"的情节,故事没有继续新的循环,相反,跳出了这个循环:老鼠决定把女儿嫁给猫。新婚之夜,猫把老鼠新娘给吃掉了。民间剪纸中表现最多的老鼠女儿出嫁时的热闹场景:张灯结彩,吹吹打打地去"完婚"(其实是送死)。人们无意识地选择这大喜中蕴涵大悲的特写镜头,恰恰透露出对生命本质的深刻认知:花谢了还会再开,太阳落了还会升起,春天走了还会回来……

1922年北京大学《歌谣周刊》创刊号上发表了"平和子"搜集,并注明"通行镇江"的歌谣《天上有个月》:"天上有个月,地下有个阙。打水虾蟆跳过阙,我在苏州背砻码。看见老鼠嫁女儿:龟吹箫,鳖打鼓,两个刚虾朝前舞。乌鱼来看灯,鲢鱼来送嫁。一送,送到桥顶上,一跌仰把叉,一路哭到家。告诵吾妈:吾妈要骂。告诵爹爹:爹爹要打。"

这是一首记录镇江正月初十"老鼠嫁女"习俗的儿歌,后载入《中国儿歌》传承至今,弥足珍贵。久居镇江南门大街的年近八旬的镇江方言发音人盛木兰,生于丁卯桥,出生后随养父母在南门大街长大,她记忆力过人,面对笔者采访,兴致勃勃地背诵她回忆深处的儿歌,与平和子记录文本略有差异:"天上有个月,地下有个阙。背水的虾蟆跳过阙。我在苏州背聋妈妈,看见老鼠嫁女儿:龟吹箫、鳖打鼓,两个钢虾朝前舞,乌鱼来看灯,鲇鱼来送嫁。一送,送到桥顶儿上,一跌仰把叉。一路哭到家。告送姆妈,姆妈要骂。告诵爹爹,爹爹要打。"

镇江老鼠娶亲儿歌,文词活泼可爱,老鼠嫁女时许多动物都来帮忙,看起来就像皮影戏一样,栩栩如生,生动活泼,热闹非凡。此画和故事曾给鲁迅留下不可磨灭的印象,正如鲁迅说的那样"不但唤起成年人的兴趣,对儿童的艺术感染更为强烈"。这首镇江儿歌用拟人的手法描述了老鼠嫁女儿的情景,从送嫁队伍的成员来看,似乎更符合龙王嫁女,尤其是"钢虾",就是青黑色的大虾。镇江本地作家格非小说《望春风》写到过:"夏日的拂晓,他趿拉着木拖,光裸着精瘦精瘦的上身,有时穿一件薄薄的黑色鞣革对襟马夹……手执长长的钩竿,胳膊上挎着几十张纱布竹篾网,在薄雾笼罩的池塘边时隐时现,怎么看,都像是一只成了精的大钢虾。"钢虾即虾兵,是龙宫的常见兵种,由于法力低微,还没有完全变成人形,虽有四肢,但总要露出一些虾的影子,头上有须,手持长矛做击刺状,这长矛是它的头顶针变化而来。儿歌中把内陆江河的动物安置到东海龙宫,用农耕经验架设的海底世界,遭遇何止尴尬,从中可看到一个古老的农业国对海洋的隔膜。如同皮影戏《闹龙宫》的角色中亦有虾兵蟹将之类,外形却是河虾、河蟹,甚至还有虾蟆和鳖。龟的形象颇滑稽,它的背后还顶着龟壳,一望即知其身份。鳖与龟类似,都是同族亲眷,不过鳖是淡水中的,出现在龙宫,似是得益于龟的提携。乌鱼、鲇鱼,如《西游记》中写到的两个小妖精,"一个叫做奔波儿灞,是个鲇鱼怪;一个叫做灞波儿奔,是个黑鱼精"。其实,就文本而言,与镇江儿歌文本最接近的是成书于清康熙初年,杭州文人郑旭旦辑录《天籁集》第42首:"一颗星,半个月,虾蟆水里跳过缺。我在扬州背笼儿,看见乌龟嫁女儿。鼋吹箫,鳖打鼓,一对虾蟆前头舞。"《天籁集》收吴越儿歌48首,以杭州地区居多,儿歌的乌龟嫁女颇不雅驯,不及镇江儿歌的内涵意义。

无独有偶,福建南部各地及台湾有略有相似的儿歌。围绕海龙王娶亲这件喜事展开,介绍了娶亲过程中各种动物参与其中并分工合作的过程,充满童真童趣,将带你进入一个奇妙的童幻世界。

惠安儿歌:

天乌乌,卜落雨,天乌乌,卜落雨,海龙王,卜娶某[①]。龟吹箫,鳖打鼓,水鸡扛轿目凸凸,山蚓举旗叫艰苦,火萤挑灯来照路。螳螂媒人穿绿裤,鲑鱼送嫁大腹肚。

华安儿歌:

天乌乌,要下雨。拿锄头,巡水路。碰着一群鱼仔虾仔要娶某。三关做新娘,土塞做阿祖拿灯,虾打鼓。水鸡打轿大北肚。

泉州儿歌:

天乌乌,卜落雨。海龙王,卜娶某。龟吹箫,鳖打鼓。水鸡扛轿眼睛鼓。文萤担灯来照路。蜻蜓举旗喝辛苦。虾姑担盘勒腹肚。

晋江儿歌:

---

① 闽南话中"某"即老婆,本字为"姥",发音 bou 和普通话的 mou 不同。

天乌乌,卜落雨。海龙王,卜娶某。龟吹箫,鳖打鼓。水鸡打轿目凸凸。田蛉举旗叫辛苦,火萤挑灯来照路,蟑螂媒人穿绿裤。依舞依啊隆咚。

福州儿歌:

天乌乌,要落雨。虾吹箫,鱼打鼓。水鸡打轿嘴凸凸。虾蝶做媒人,草蟠提灯笼。接亲长长阵,拜堂两个人。

闽南儿歌用儿童的语言和其天真的想象,唱出动物迎亲的场面,近十种动物串在一起,或具体,或虚构,形态各异,足以令许多儿童浮想联翩。这可算是浪漫主义与现实主义创作方法的结合。与镇江儿歌比较,同时唱迎亲场面,只不过是迎娶者换为海龙王,其中情节也有同有异,把水中动物个个拟人化,唱来诙谐风趣,有的歌末尾还加上奏乐之声,营造了热闹气氛,也增强了现实感。

再看,台湾儿歌:

天乌乌,欲落雨,夯锄头,清水路,清着一尾鲫仔鱼。欲娶某。水鸡打轿目珠吐,蜻蛉举旗叫艰苦,遇到四妞婆仔,食一碗白米饭。

此歌内容也是说动物迎娶之事,是福建儿歌移植到台湾之后,继承了福建《天乌乌》的原版,又有所创造。

儿歌大多数是多人集体创作的,属于民间口头文学,即可能是某人因某件事有感而发,脱口而出后,其他人即予以增删补充而形成的结果。此外,它在流传过程中具有变异性,同一题材的内容往往有不同版本。在周长楫所编写的《闽南童谣500首》中,《天乌乌》有17个版本,其中篇幅最短版本只有6句,篇幅最长的版本56句。

读着跨越千百年的儿歌,忽然想起意大利历史学家贝奈戴托·克罗齐克曾说:"当人们又重新拾起旧日的宗教和局部地方的旧有的民族风格时,当人们重新回到古老的房舍堡邸和大礼拜堂时,当人们重新歌唱旧时的儿歌,重新再做旧日传奇的梦,一种欢乐与满意的大声叹息、一种喜悦的温情就从人们的胸中涌了出来并重新激励了人心。"

大家再来揣摩镇江儿歌《天上有个月》与闽台儿歌《天乌乌》的意象同构。古人对不能战胜的自然现象，除了祈祀，还要讨好它们，即献媚，最好的方式是婚配，这与我国用于祭神的娱神活动中多宣扬男女之情如出一辙。因为在人们不能战胜鼠害时，是将老鼠当成神物的，这就有了"老鼠嫁女日"的产生。"天乌乌"衍生而来的海潮，被视为"海神"的意志支配的结果，"海龙王"产生以后又被认为是其威力所致。而洪灾则被视为"海龙王"对人类的惩罚。其实这类儿歌简单的线性叙事中充满浓郁教化色彩的寓言符号，这些符号承载着理想，寄托着美好愿望，隐藏在潜意识里，是人类内心深处共同的秘密。我们可以说，这些儿歌所构建的美学精神归根结底都是一个充满着万物灵性、艺术信仰、文化象征、寓言模式的世界。

（作者系镇江市教育局《镇江教育》编委会办公室主任，镇江市文艺评论家协会副主席）

摄影

变革时代摄影的激荡与沉淀

孙　慨

10年可以很平常，也可以纷繁激荡。

新技术与新工具的诞生，一直是摄影史狂飙突进的向导。兼具摄影与传播功能的智能手机的普及，可视为社交数字化的标志，也可认定为摄影在激荡中变革的重要推手，而时间差不多正好是10年。世上的第一部智能手机在1993年横空出世，沉寂20年后于2013年在中国普及，但短短3年，中国就完成了智能手机的换代高峰。2016年，从都市到乡村，从精英到平民，人们发觉自己生存的世界已然变化：包括照片图像和动态视频在内的视觉信息，越来越密集，越来越频繁，越来越深入地介入了我们的日常生活和精神世界。2021年中国新闻出版研究院发布第18次国民阅读调查结果显示，从人们对不同媒介接触时长来看，成年国民人均每天手机接触时间为100.75分钟。手机带来的讯息事关工作，也联系生活；它提供认知，也协助人们做出选择和判断。

10年间，随着社会进入数字时代，摄影的功能释放与价值实现进入了新的境域——摄影，从概念到意义，从角色到功能，都发生了革命性的变革。

2022年8月，佳能和尼康先后停止了单反相机和卡片机的开发。此前的一个事实是，从2010年至今，数码相机的年销量已经从1.2亿部下降到了836万部，锐减93%。在智能手机面前，人们眼睁睁地看着专业的数码相机从鸡肋变成了鸡骨头。如今，全球每年生产照片约300亿张，这其中有相当一部分通过智能手机出现在社交网络上。智能手机让许多不可知变得触手可及，它改变了这个世界的模样与状态,也改变了置身其中的人们的身心。我们甚至可以发出这样的感叹:2016年以来的日子,在体感上如同经历了20年。

智能手机的普及直接带来了时代性的民众摄影。在某些特殊情境或者突发社会事件中,手机摄影的传播价值和社教功能已然凌驾于相机之上。由于民众摄影师基数庞大且无处不在的分布特点,专业摄影者的作品常常逊色于手机摄影的现象已不足为奇。2016年6月24日,北京地铁遭遇特大暴雨,部分站台成了水帘洞。乘客杨迪将此场景拍摄后分享到了朋友圈,随后新华社、《中国日报》等130多家报刊和数百家网站以此照片发布了北京地铁遭暴雨侵袭的新闻,微博转发3万6千余条,评论5千6百余条。除了国家通讯社发布的重要的时政新闻摄影作品,这个数字是许多报刊媒体常年发表的绝大多数的照片都难以企及的目标。摄影的偶然性因为"在恰当的时间和恰当的地点遭遇恰当的事件"这样的机遇增多而渐显平常。一般的新闻事件如此,重大新闻事件的摄影报道同样如此。2020年武汉封城期间的疫情报道中,有一张老患者欣赏日落的照片来自非专业人士的手机摄影。照片中孱弱的患者与可信赖的医生彼此契合,画面自然又真切,在关于新冠疫情的海量照片中,这幅照片以其独树一帜的情感渲染和思想内涵,在各大媒体的疫情报道和各类关于抗疫的主题摄影展中备受青睐。在对作品的价值评价中,专家和媒体编辑包括读者受众,没有人在意这只是一幅手机摄影作品。

手机摄影不仅介入了社会热点与重大事件的摄影报道中,也参与到了对公众事务的"干预"。2015年11月,一位年轻母亲在地铁上为孩子哺乳的情景被网友拍摄并传至网上,某微博在转发时竟以哺乳者"裸露性器官"为由予以指责。此举立即引发热议,读者非但不同意转发者的无端指责,还对转发者明显涉嫌追求点击量的观点以及不当用词给予了严厉的谴责。社会各界就此展开的话题讨论,既有文明、道德、法律法规的范畴,也有公共服务设施的缺失等现实问题。照片在引发社会伦理和价值观探讨之外,也涉及公共场所中偷拍行为必须承担的法律责任,以及照片拍摄与公共传播中的公民肖像权、隐私权、人格权等一系列问题。

在由网络构建的世界里,摄影成了一种类似于文字、语音一样的社交媒介。而网络传播中摄影的社交性特征,常常能够起到敦风化俗之效。

民众摄影以其强大的参与者基数、旺盛不竭的传播力以及内容的极其丰富性,正在确定性地影响着中国摄影的现实生态、价值评估以及功能实现。不仅如此,作为一种时代现象,民众摄影也正在介入于中国社会和中国文化的建设与改造——它参与了一代人个体心理和集体记忆的重塑,也介入了国人价值观的改造和奠立。随着手机摄影及其传播在社会上的影响越来越大,传统的新闻摄影正面临历史性的转型——无论其表现形式还是社会功用。

巨大的改变,同样源于技术革新引发的数字化传播方式的出现和媒介生态的改观。其直接表现为智能手机的普及带来了传统媒体的衰落和移动端新媒体的兴起。

21世纪以来,中国报刊摄影的变革中有一个不容小觑的现象是都市报的兴盛与消亡。兴盛于21世纪初的中国都市报群体,曾经以贴近百姓服务民生的办报理念和市场化的营销手段,在中国的新闻出版界创造了一个奇迹,每城一报或一城数报,可见其阵容之强大;它们风靡街巷,关注民情,疏解民意,发行量与广告创收节节攀升,知名度与影响力比肩起飞,名利双收10余年。新闻摄影借此获得了前所未见的发展。对矿难、海难、抗议暴力拆迁以及重大的环境污染等事件的揭露常常见诸报端,一幅幅来源于事件现场的照片,将受众带入了感知时代进程艰巨性和复杂性的新境地。新闻摄影突破了社会的表层,揭示社会问题,丰富了报刊摄影的内容,开辟了新闻摄影的一段崭新历史,也培养和塑造了一个致力于将摄影作为事业目标和人生追求的年轻摄影师群体。当然,重大的热点新闻和社会关注度高的作品得以在公共层面的传播,并不完全依赖于摄影师和媒体的单向努力,而是与突发事件本身有关。2015年后,纸媒衰落的趋势已经无法抵挡,都市报引领时代风潮的辉煌历史随之瓦解;兴之于市场,衰之于市场,短短10余年都市报就完成了近乎清场的萎缩,摄影直面现实并积极参与社会改造的那份理想终于成为令人追怀的曾经。

在今天,纸媒呈现出奢侈化发展趋势,纸媒上的摄影却并未显现其应有的价值。

同样源于新技术和新工具的诞生,摄影图像中新的媚俗风潮就此出现。无人可及处,无人机可及。摄影无人机的出现极大地改观了摄影的图像形态。无论是报刊版面还是各类摄影展览,这种鸟瞰以至于垂直俯视的照片比比皆是,其表现主题,有宏大的建筑工程、现代化的城市建设新貌、辽阔的田野或丰收场面、喜庆的节日风貌,摄影师特别青睐的,还有因俯视而呈现的几何状图案结构以及群众性聚集活动被囊括的热烈场景。报刊摄影的主旨在于弘扬与表彰，其正面宣传的目的决定了所有照片的出发点和归结点，亦即从拍摄到进入版面传播都必须确保"正能量"，照片是完美的，主题是积极向上和催人奋进的。俯视带来的多重信息聚合体现了视觉元素的丰富性，图像边际在无人机高度的调整中无限延展，从而体现了"大"这一概念（相对于"小"，大还有"强"的内涵），"强大"本身就是正面意，也是宏大主题在摄影图像中得以安放的殷切期待。在俯视的照片中，色块、明暗、线条带来的层次、结构，是平视所不具备的异常，但一切异常都切合了画意摄影中"美"的塑造，而美，正是秉持正面立场的宣传摄影尤为推崇的支撑点。所有的主题一旦与"美"建立了联系，其形象就具备了正确乃至崇高的内涵。俯视赋予了拍摄者和观看者铺展视界一览无余的掌控感和主动权，进而获得类似于"上帝视角"的假象，这种假象又赋予了观看者以虚拟的自大和满足。技术总是在怂恿人们追求更加美完的自我，哪怕这种完美是虚假的，与之相关的还有对于照片的过度美化和虚化几成定律。据《中国人时尚生活审美报告》，美颜类软件下载量迄今已超过了2亿人次。另据某社交软件统计，在用户原创的笔记里，中国至少有63个城市拥有"小圣托里尼"，62个城市拥有"小京都"，80个城市拥有"小镰仓"。有人按图索骥实地徜徉美景，常常遭遇失望。美，在这里成了光影再造的替代词，虚假是可以被默认或容许的手段。如同手机摄影美颜功能的滥用，在各地各级别每年数千场以摄影之名展开的比赛和展览中，绝大多数作品仍在秉持唯美和浪漫主义的世俗旨趣，这种摄影图式迎合了地方政府的品牌宣传、旅游推广和城市形象再造以及美誉度提升的功利化企图，现实与真实之间亲密无间的关系，转化为美化的真实和拔高的现实。

艺术层面理解的摄影，在最近的10余年间水到渠成般聚焦于当代摄影。摄影是具象的，作为艺术，它理当致力于问题的发现、本质的探索和规律的传播这些思想性的人类活动探寻。

与社会纪实摄影家群体直面现实的作品所不同的是，当代摄影作品中的现实是含蓄和委婉的，也是残酷和尖锐的。年轻一代摄影师不主张客观，相反，他们努力将作品打上鲜明的个人标志，如同所有的艺术创作那样追求属于艺术家个体的不可复制的独特痕迹。当代摄影作品对现实中国表现出一种高度个人化的观看，其中有评价，有观点，也有立场，更有基于时代进步、国家发展和社会文明这一良好祈愿的建设性诉求。在表现特征上，当代摄影呈现出不规则的多样性：一是在摄影主题上与中国社会转型期各种问题与矛盾紧密联系，有的也借鉴了纪实摄影的表现手法，摄影家以此表达自身对于环保、城市扩张与乡村凋敝等等问题的审视和疑问；二是在作品理念上自觉与后现代理论等当代艺术形式发生关系，追求一种摆脱了物象控制的思绪蔓延、情感宣泄以及心性揭露，以期获得基于现状和现实抱持疑问的高层次精神反省；三是在现实问题中寻求历史的切合点，在历史题材或者营造的历史镜像中赋予明确的现实针对性，摄影作品中蕴含的时空对接所折射的，是艺术的批判思想。这些并不能穷尽当代摄影的类型，可以确定的是，问题意识、思想性和批判性是当代摄影的主要倾向，许多作品体现了创作者宽阔深远的家国情怀和艺术家怀抱的基于时代进步与社会发展的深层忧患。与宣传摄影施加于观看者现成和确定性的观点不同，当代摄影为受众提供的是一个个引人深思的现场：可以由个体的经验介入，也可以由普遍的认知抵达确定的目的地。

总体上，严肃的摄影家在这个时代里实现了两个转向，即从公共视角的重复、替代，转入个体视角的发现、审视；从客观视角的呈现，转入主观意志的表达。摄影成为他们自我精神与个体价值存在感的表现手段，也成为他们展开艺术探索的视觉媒介。随之而来的负面情形是，滥竽充数、东施效颦、哗众取宠之作的泛滥，尤其在最近10余年间，当代摄影从孤寂冷清的境地步入热闹风光的厅堂，小众的孤傲感依然存在，独立的精神气质却在纷纷扰扰的市场与资本的侵蚀下大打折扣，触目可及的是简单复制与跟风抄袭。

进入这个时代的中国摄影师，面对世界摄影以及大师级人物，渐渐萌生出一种摒弃了单纯崇拜和盲从之后的理智，但祛魅的使命需待整体意义上的理性认知建立之后才能完成。这导致绝大多数摄影家的作品缺乏原创性，对探寻中国问题的根本缺乏方法与路径。他们有热情，有献身摄影艺术的意志，但不具备明确的目标、方向和坚定的信仰与毅力。在本质问题上有两方面的局限：一是对作为艺术的摄影，在认知与理解之外缺乏真切深刻的内在体悟；金字塔耸立于前却难觅门径，未入堂奥。二是对中国现实问题的观察易于被公众表达所牵制，也易于受到西方影像与历史影像在范式上的经验诱导。因此在对当下中国问题的影像表现与揭示中，大众话、普通话甚或巧妙的官话、投机取巧的套话较多，属于自己的真言私语少；能够在国际层面和世界意义上表达立场的"外语"少。"方言"倒是并不稀缺，却呈现出一种偏狭的倾向：普遍性问题在一个地方、城市、区域的复制式出现，而非对一个地方、城市、区域的问题提炼出在普遍性上的独特意义。他们习惯于在同行或者外行面前，在想象中的官方文化和艺术体制面前，在日渐式微的纪实摄影等其他摄影形态面前，表现出一种倨傲、不屑以及自以为是式的志得意满。

此外，摄影在现时代的处境，危机与威胁同步，它们既来之外部也来源于内部。互联网时代的视频生产与传播，再一次改变了摄影的处境：在流量决定了一切的视觉争夺战中，视频尤其是短视频超越了游戏和社交软件，占据了人们有效时间前三名的首位，许多优秀照片沦为视频素材的一部分。照片表现的是"那是"，是过去时；而视频表达的是"这是"，即时性和在场感喻示着正在进行时。与照片相比，视频可以记录事件的发生与发展过程，附加了意见和观点的影像通过互联网的技术渠道，打破了固定时间、地点等观看条件的局限，实现了即时、随意的观看与讨论；并且，动态影像突破了事件的保鲜期，也延长了事件"正当时"的保质期，事件的虚拟性在"现场"的影像中依然可以成为一种随意取舍且无须阐释的言论依据。"影像现场"和"意见场"的出现，意味着影像比单纯的照片对于民众言行的驾驭和调控、驱使与盲从，更胜一筹。就此，作为同样拥有观看者身份的摄影者，必须厘清"观看"的边界并确定图像意志的重心所在，进而探寻视频影像与定格照片二者间的融合增值。

社会进入数字时代，照片在可见和有形的现场之外，互联网的传播又形成了一个个变动不居的无形现场。如何更加诚实、准确地呈现这个世界？并在呈现中获得摄影的尊严与价值？这是此前时代的摄影者从未考虑过的问题。对于致力于摄影并将摄影作为人生追求的有志者来说，在错综复杂的社会面前，在幽远曼妙的艺术面前，在伟大的时间面前，只有保持一种谦卑、虔诚和恭敬，以"静为躁君"的定力、独立与超然，始可凭借摄影抚慰人心，触及直抵人性的境地。

在这一面，摄影理论界对摄影史、摄影现象和摄影与社会的关系问题以及摄影家个案的研究，包括对西方摄影理论成果的译介与传播，这些年的路径却走得踏实又严谨。青年学者毛卫东凭一己之力翻译出版了近10部西方摄影史论著作，并引领了一批年轻学者专于此道，开一代风气，功绩卓著，惜乎其英年早逝。女摄影家王新妹致力于摄影文化的传播，个人出资创办国内规模最大的摄影专业图书馆——影上书房，并与《中国摄影》杂志联合评选年度"中国摄影图书榜"业已持续了六届，在鼓励摄影出版的基础上还与相关机构联合，定期举办高校青年摄影教师短训班,奖掖并扶持新生力量。摄影研究和出版亦渐入佳境。摄影史学家晋永权继《红旗照相馆》之后出版的《佚名照》,开启了影像介入社会演进特征研究的新领地,也为文化风俗史的影像书写提供了新的视角;其独辟蹊径之举,以照片串联成了一部民众精神史,也为一个国家在特定时代里的主流影像宣传投射在普通人群体的身心汇聚了一个独特样本。摄影史研究学者王保国的《东方照相记:近代以来西方重要摄影家在中国》梳理考察了170年间西方20位摄影家在中国的拍摄经历,首次勾勒出西方人拍摄的中国照片中潜伏的"东方学影像链条",并综合运用东方学、历史学等领域的多种研究方法,研究其史学价值和现实意义,拓展了摄影史研究的学术视野。摄影评论家李楠积累了10余年摄影思考,将她对于时代性变革施加于摄影在传播形态与功能表达上的深刻洞察,凝结在《从"观看"到"观念"》这一专著中,让摄影的思考担当起独立的思想价值。著名摄影史家顾铮的研究既有对重要史实的钩沉,对重要摄影家个案的评析,也有对当下摄影发展中存在的种种现象与问题的深刻洞察,成果丰硕。其中《中国当代摄影景观》一书汇集了他近10年来致力于中国当代摄影的持续观察和深入研究,观点独到启人心智。此外,一些省市以摄影工作坊和导师制的形式展开小班化近距离培训,在传授实操经验的同时,注重思维的启迪和理念的更新,一改过往单纯重技艺而轻慢理论的局面。

激变中的摄影,应当如何作为才能无愧于变幻的现实,无愧于纷繁复杂的时代?

艺术本身有其生发演进的规律与脉络,摄影亦然,但一个时代的思想风潮、一个国家的政治气候、一个社会的文化土壤,才是决定其生发规律、演进脉络的根本性原因。就摄影的角色定位和未来发展而言,作为媒介,其意义在于表达真;作为艺术,其价值在于创造美。在现实中揭示真、发现美,才是媒介和艺术赢得受众、抵御时间侵蚀的根本依赖。唯有那种常常让人不敢正视的真,唯有那些触动了思绪激荡并回味无穷的美,才是有价值的摄影。反之,如果艺术不能让人感到忧伤或疼痛,不能让人激荡与沉思,那就意味着它远离了现实,也就不再有美。

(作者系中国摄协理事及理论委员会委员,江苏省摄协副主席)

虚拟景观
——风景的现代性与人工智能的融合
蒋　澍

近来，AI 图像生成技术发展迅速，一些人接受了这项新兴技术，但更多的人对其真实性表示怀疑和担忧。虽然有些人将其视为复制现实的工具，但它的真正潜力在于突破艺术创作的界限。本文将继续深入探讨 AI 图像生成的特点及其作为艺术表达催化剂的用途，通过中国传统山水美学与超现实主义艺术风格在使用 AI 生成作品中融合的具体案例，探索如何利用 AI 图像生成的潜力，开启艺术表达的新可能性。

"工欲善其事，必先利其器"，为了在我们的创造性工作中有效地利用 AI 图像生成，了解其基本特征至关重要。

首先，AI 图像生成不应仅限于复制现实或回顾历史，因为这可能会导致虚假新闻或不完整的陈述的产生。相反，AI 图像生成的最大特点在于它能够创造无限的虚拟世界，这些人类看不到的虚拟世界为创意过程提供了新奇和吸引力，为曾经看不见的想法注入了生命。AI 擅长实现以前无法实现的想法，或者探索我们的未知领域，通过利用这种优势，我们可以利用 AI 的潜力提升我们的艺术表现力，促进创新并扩展人类智能的界限。

其次，可以利用 AI 图像生成中固有的不确定性和偶然性进行艺术创作，这一特点使我们能够采用全新的视角，进行意想不到的并置，并运用富有想象力的融合来促进创作过程。这往往会产生超出我们最初预期的结果，使我们能够摆脱传统的束缚。

再次,通过与人工智能算法的协同,将专业知识与人工智能图像生成能力相结合。我们可以超越时间和文化的界限,为尝试不同风格、视角和构图的融合提供可能性,培养突破传统艺术创作局限、重塑审美范式的探索精神。

前段时间,因受郎静山先生的影响,我开始思考中国传统山水美学对中国摄影的影响。我们都有这样的经验:去旅游,看到了山川美景,几乎瞬间就会掏出手机拍照,似乎只有拍了照,才真正代表自己去过了、看见过了。日后我们回忆起来,要唤起当时的视觉感受,也大多还是会通过照片。我们说的山川美景,不光是需要我们亲眼所见,还要用特别的艺术方式记录下来,这就是生活和艺术的关系。在常人看来,"山水"或许只是一类题材、一门艺术,比如山水画、山水诗、山水园林……然而在中国的文化传统中,"山水"不是对自然的摹仿,而是对自然的观察和想象,以及人与自然之间的对话,寄托着一种超越日常世界的精神追求,蕴藏着丰富的人文思想,是中国古代文人表达内心思想、情感和精神体验的一种方式。山水的概念超越了单纯的物理风景描绘,不是忠实地再现每一个细节,而是以一种能引起观者情感共鸣并唤起静、远、空之感的方式描绘自然世界的本质和情绪。另一方面,超现实主义艺术深入潜意识领域,探索象征性和梦幻般的视觉语言,通过生动的想象、细致的技巧、非理性的并置和幻觉效果传达挑战传统的现实观,进而更深入地探索人类心理和存在的精神层面。中国传统山水艺术和超现实主义都旨在传达一种崇高的感觉:超越世俗并在浩瀚的宇宙秩序中寻求自我实现和内在启迪。

AI 图像生成代表了现代科技的进步,但这项技术如何与中国传统文化、当代的艺术理念相结合?是否有可能通过 AI 图像生成来弥合这两个世界?如何用算法将超现实主义与中国传统山水美学相结合,解读我们的内心视觉并转化为象征性的风景,从而突破传统美学的界限,挑战物理现实的局限性?有了想法和相应的专业知识,在充分尊重 AI 图像生成基本特征的前提下,我通过大量的摸索与实践,生成了类似于国画风格的摄影风景,又同时融入了超现实主义元素的图像,这种风格的融合展示了一种独特的艺术创新形式。

在这些由 AI 生成的艺术作品中,山峦重叠,飞瀑流淌,茂盛的孤树生长在高耸的山峦上,风景呈现出一种梦幻般的神秘境界。中国传统山水美学与超现实主义手法的融合提供了一个独特的机会,让我瞥见了经常在梦中遇到的风景。

图 1　AI 图像作品

中国古代艺术家明白引导观众的眼睛创造空间幻觉和唤起不同情感的重要性。绘画中元素的战略布局有助于引导观众的目光,营造一种深度感和运动感,让他们踏上视觉之旅。

图 2　九层香炉

出土于河北的西汉中山靖王刘胜墓里的九层香炉就是一个例子。香炉以仙山峰叠为特征,下碗绘水波纹,想象当使用香炉的时候,熏香的烟就会从炉中间隐蔽的孔洞里升起,在奇峰之间绕旋。这种状态就融合了仙山的三个基本要素:山、水、云。这种观念很早就出现在汉代器物中,成为后来山水画的基本元素。

山在中国文化中具有象征意义,代表稳定、智慧、超越、威严和敬畏,它们充当天地之间的交汇点,弥合凡人与神之间的鸿沟。山与道家哲学密切相关,强调与自然的和谐、平衡和内在美德的培养,道教去掉了"野"的概念,取而代之的是"仙",将人迹罕至的地方视为仙人居住的境界——一个更好的地方,一个乌托邦。所以很多深山密林都有一种非常积极的文化属性，与正能量和神仙存在相关联。画家郭熙强调从不同的角度观察山，有时候，为了特别强化高山的高耸特质，会刻意阻断观者的视线，观者仿佛想尽办法也无法穿透面前高山的阻隔，从而产生仰视的压迫感和空间的阻隔感。高山成了绝对主角，人变得渺小，神圣感便会油然而生。所以在中国山水中，体会这种山水之间的精神"距离感"，可以让心灵产生一种深刻的游离。山和水是连在一起的，水体现了生命的动态和流动性，代表着变化、适应和存在的周期性。河流对于维持生计至关重要，在中国的文明发展中发挥了至关重要的作用，它们象征着万物的相互联系和时间的永恒流动。此外，高山孤树的写照具有象征意义，与中国古代文人的精神追求相呼应。孤树传达了一种韧性和毅力，正如这棵树经得起严酷的考验，屹立在浩瀚的山峦中，体现了文人在精神道路上不畏挑战、不畏艰险的决心，代表了个人对自我发现、孤独和精神启蒙的追求，表明脱离世俗的干扰、专注于内心成长和反省的旅程。同时，对高山孤树的描绘唤起了一种敬畏、宏伟和崇敬的感觉，它突出了个人在大自然的浩瀚面前的渺小，培养了一种谦逊的感觉。中国山水艺术和超现实主义都利用这些元素来传达深度、情感和崇高感，探索自然、人文和宇宙的相互联系。

AI生成的图像将中国古代山水传统与超现实主义相融合，引入了一种全新的艺术表现形式，这种融合展示了AI弥合文化鸿沟和扩大艺术探索的潜力。这些AI生成的图像提供了对精神探索的当代诠释，邀请观者思考自然的深邃之美，反思自己的内心世界，从而踏上自我发现和精神觉醒的个人旅程。

在我们现代快节奏的社会中，脱离了传统的生活方式，山和水似乎失去了意义，风景的概念也因现代性的到来而发生了重大变化。当我们穿过熙熙攘攘的地铁系统，在高耸入云的办公楼中工作，周围环绕着闪闪发光的建筑时，山水的意义在我们的日常生活中可能会被淡化甚至遗忘。然而，当我们发现自己置身于自然景观中时，我们内心就会发生微妙的转变，有一种明显的放松感和轻盈感弥漫在我们的身上，重新唤醒了一种较慢的、沉思的节奏。这些时刻提醒我们，尽管我们的社会发生了变化和进步，但人类体验的基本方面仍然没有改变：对自然之美的欣赏、宁静中的慰藉，以及对我们与世界相互联系的认识——当我们遇到山和水时，会在我们内心产生和谐的共鸣。因此，即使在我们现代快节奏的生活中，山水的意义依然存在，它们提供了一座将我们人类共同的遗产联系起来的桥梁。

　　AI与艺术的融合为无限的创造力提供了一个平台，它使我们思考不同艺术传统的融合和跨文化的艺术探索，并重新定义我们对世界的看法。通过将技术作为艺术表达的工具，我们可以继续突破创造力的界限，在不断发展的艺术领域开辟新的道路。

图3　AI图像作品

（作者系中国摄影家协会理事）

历史、影像与声音——评汤德胜《逝去的脚影》

杨 健

一部人类史，某种意义上也是一部身体改造史。从2000多年前的"楚王好细腰，宫中多饿死"的宫廷时尚，到当代女性的隆胸、削骨、割眼皮；从东方的缠足到西方的束腰；或因封建父权，或因时尚审美，古今中外的人们（主要是女性）对自己的身体大动干戈，以迎合某种制度或文化的期许。

在所有的身体改造行动中，历时最长、规模最大的莫过于中国的缠足。自北宋至1949年前后，有无数妇女曾遭遇这一陋俗。这种中国所独有的文化，通过将女童的脚部骨骼强行掰弯压折，使之变形缩小，最终长成堪可盈握的粽子形状的小脚，来传达一种社会公认的审美。一双成功的小脚被美其名曰"三寸金莲"，它是古代女性外貌最重要的美学标准和规范，是她们获取社会认可乃至幸福婚姻的重要条件。

时移世易，清末民初之际，随着西方文化的引入，"天足"运动兴起，缠足被看作一种落后的文化陋俗，不仅受到知识精英的口诛笔伐，也成为政府进行社会治理的目标。中华人民共和国成立之后，束缚女性上千年的缠足习俗，伴随着以"健康""独立"为核心的新的身体美学的建立，已经被彻底"扫进历史的垃圾堆"。当然，仍有许多双脚已然定型的缠足女性带着这一象征"野蛮""落后"的身体印记进入新的历史时期；迨及新世纪，随着这批女性逐渐离世，曾经的缠足已经难觅踪影，只在一些中老年人的记忆里还残留着小脚女性踽踽彳亍的身影。对于今天的年轻人来说，他们已经难以想象一名女性的脚曾经变成怎样的畸形。

幸好，摄影帮我们留下过往的一切。

几十年来，摄影家汤德胜从拍摄身边的小脚女人开始，开始有意识地关注并记录"缠足"这一文化现象，并拿出了颇具分量的作品。出生于20世纪40年代的汤德胜，从记事起就处在小脚女性的环绕中，祖母、外婆、母亲、大姐、二姐都是标准的"小脚"。童年时代的汤德胜在与家人的朝夕相处中，对于小脚有了最初的感性认识。参加工作以后，游走于各种摄影创作题材之间的汤德胜很自然地关注起缠足女性，并且在其后数十年的摄影生涯中拍摄了大量的小脚女性照片。可以说，汤德胜拍摄的小脚照片不仅是一段已经消亡的历史的记录，也是一种个体生命体验的释放。

这部纪实作品《逝去的脚影》是从汤德胜历年所摄的8 000多张小脚女性照片中精选出来的100多张照片构成的。这些照片中，最早的一张合影照可追溯至1959年，其时汤德胜只是个10多岁的孩子，但他用玻璃底片和木质座机拍摄的照片已经初步显露作为一名优秀摄影家所拥有的视觉天分和技术才能。从1969年到2001年，汤德胜对缠足题材的关注长达30余年，这几乎贯穿了一名摄影家的整个职业生涯，也足以反映他对这一题材持之以恒的热情。而他的足迹所至亦不限于出生成长的江南，还有安徽、江西、山东、浙江……拍摄地点几乎遍及整个东部中国。可以说无论从时间的深度还是空间的广度，汤德胜的作品均可以称得上这一题材的代表之作。

一般而言，纪实摄影专题的形成有两种主要方式：一种是确定选题后有针对性地展开拍摄的"项目式"，一种是在长期的创作中逐渐积淀成型的"酝酿式"。两种方式各有其特点，而老派的摄影师如汤德胜大多采用后一种。《逝去的脚影》与汤德胜之前的两部重要作品《知青：穿越时间的重量》（下文简称《知青》）和《大运河》一样，都属于在长期拍摄中自然形成的专题，是一种"自然而成的酿酒式的拍摄"。正如评论家顾铮所言，这种拍摄"没有急于完成某个项目的急迫感"，因而"拥有某种难得的从容"。这种"长期观察、日积月累地拍摄所形成的摄影观看，反而从时间和空间两个方面综合性地形成了一个规模与体量"[1]，自然而然地呈现出小脚女性的整体面目。

透过汤德胜的作品，小脚女性的日常生活渐次展现在我们眼前。与千百年

---

[1] 顾铮.运河之光的永恒记录[J].文明,2019(3):58-60.

来的中国女性一样,她们相夫教子,内外操持。她们不但从事煮饭刷锅、织布纳鞋、缝补衣裳之类传统上归于女性的日常事务,在女性地位得到历史性提升的新时代,还要承担那些需要相当的体力和灵活性才能完成的工作,如挑水、送肥、脱粒、推碾、放牛等。新时代的生活似乎并未顾惜她们的行动不便,在"男女都一样""同工同酬"的口号下,她们必须克服种种不便,从事几乎与男性同样的体力劳动。

在汤德胜的镜头下,小脚女性们勤劳质朴、乐天知命,似乎看不到因旧时代加诸自身的困厄而显露出的忧戚之色。无论是《哼着小调泡水去》《慈母手中线》《寒冬腊月》,还是《老夫老妻》,画面中的老太面容平静,乐天知命。她们操劳一生,当然也享受着作为长者应得的尊重和关心:被搀扶着过马路、参加敬老院组织的体检、殷勤的小辈打来洗脚水……她们劳动、休息、娱乐,日子一如大运河的水波,静水深流,波澜不惊。而在一些显然拍摄于改革开放之后的照片中,她们跳起集体舞、玩起柔力球、吹响迎宾的长笛、乘坐飞往北京的飞机,这是她们平静日常中并不多见的高光时刻,其中所展现出的勃发的精神状态,不得不令人感叹女性生命力之坚韧顽强。

虽然汤德胜的《知青》《大运河》和《逝去的小脚》都属于长期酝酿、自然形成的专题,但在风格表现上,这几部作品仍然呈现出稍许不同的样貌。作为文化部门的体制内人士,由于题材的原因,他的前两部作品更倾向于某种宏大叙事的风格——知青与河工集体劳动的场面呈现的显然是一种集体主义美学,响应着时代的节拍,共鸣着时代的脉搏,画面充满内在的张力。而小脚作为旧时代的"腐朽文化",与新时代的社会主义风尚格格不入,不仅已经失去了被观看的急迫性和必要性,甚至作为一种民族"恶俗"而被刻意回避。因此汤德胜的影像并非为了迎合主流或达到某种功利目的,而更多出于个体自发的兴趣和一种以影像留存历史的责任感,是一种更为遵从内心的摄影。诚然,正如任何艺术家都有一个由青涩走向成熟的过程,对于一组跨度达 30 余年的照片来说,其早期作品如《学雷锋的日子里》《三代人读报》等仍难免带有那个时代的影像图式的痕迹,但整体上看,由于汤德胜摆脱了现实的种种束缚,能够更为自由舒展地展开拍摄,因而这部专题也就更能体现他的个人风格和趣味——诚实、简洁、自然、不事造作。

专题名称中"逝去"二字所昭示的,是一种对即将消逝的事物的抢救性记录。摄影的主要特性之一是建立在真实性基础上的记录性,这是摄影区别于其他艺术门类的重要特征。毫无疑问,作为一种历史现象,小脚是行将灭亡的事物,而汤德胜的作品则义不容辞地承担起将之记录在案的责任,这使得这组作品同时具有很强的文献性质。这是《逝去的脚影》的另一重价值所在。在见证历史、记录史实的意义上,它具有了超越仅仅作为艺术作品的价值,而进入到更加广阔的保存人类记忆的层面。

无需讳言,就题材而言,聚焦"小脚"的纪实作品并非独此一家。21世纪以来,已有数位摄影家展示了这一题材的出色作品,如秦军校的《终结小脚》[1]、李楠的《绝世金莲》[2]、胡力的《末·小脚》、任琴的《最后的"金莲"》等。这些作品各具特色,可以与汤德胜的作品形成意味深长的对照。

秦军校和李楠的摄影集均出版于21世纪初的2005年,是颇具体量和影响力的两部同题材作品。前者17年来寻访拍摄了山西、河南、陕西等中原地区以及云南各地的400多位小脚女人,而后者更以24年之久追踪报道山东、云南等地的小脚女人。他们的作品集有诸多相似之处,比如都采用了传统的纪实摄影手法,在抓拍中注意凸显影像的纪录性功能;整部作品均由一个个小故事组成,图文结合,反映了小脚女人日常生活的方方面面;都将影像与考证研究相结合,具备一定的学术性质。胡力的《末·小脚》与前两者不同,他采用了"标本"式的摄影手法为小脚女人建立影像档案,以冷峻客观的立场精确描绘,既放弃了阐释评价,也排除了感情色彩。照片的展示方式亦与众不同,它通过肖像、双腿和双脚的交叠并置呈现由整体到局部的层层递进,不动声色地展现缠足对女性的戕害。

在纪实摄影领域,这类英雄所见略同式的"题材撞车"可谓屡见不鲜,如侯登科和胡武功的"麦客"、吕楠和袁冬平的"精神病人"、王福春和钱海峰的"火车"专题等,都是同类题材在不同观念或风格下诞生的佳作。因此,题材相近或相同并不是主要问题,关键在于摄影家对被摄对象是否有自己独特的观察、体验和理解,是否在观念或表达方面有自己的独到之处。

由是观之,虽然汤德胜的作品与秦军校、李楠的作品同为纪实性摄影专题,都是对小脚女性日常生活的旁观式的全方位记录,都因记录行将消逝的事物而

---

[1] 秦军校.终结小脚[M].杭州:浙江文艺出版社,2005.
[2] 李楠.绝世金莲[M].石家庄:花山文艺出版社,2005.

具有超越艺术的文献价值,但作为从自身生命体验出发展开拍摄的汤德胜,其作品仍呈现出不同于他人的鲜明个性。

从展现形式看,汤德胜没有对镜头下的小脚女性展开个案研究,而是以一定数量的图像的累积形成关于小脚女性群体的整体形象。他舍弃了烦琐的文字说明,也舍弃了对小脚女性的过往和背景的介绍和解释,而代之以简短的标题对图像内容加以"锚固"。这种方式虽然淡化了小脚叙事的故事性甚至戏剧性,却使观众对小脚女性的印象更为完整。

这部作品的影像风格,既与汤德胜之前的《知青》和《大运河》相异,也与秦军校等人的不同。它较少强调画面的冲突与张力,也较少突显豪迈激昂的气势,而是在看似平淡自然的画面中蕴藏着一种清淡而悠长的诗意。它不是用富于冲击性的视觉感受打动人,而是以平和自然的气氛包围人、感染人。法国文艺理论家丹纳曾在《艺术哲学》中强调环境对艺术家风格形成的重要影响,汤德胜作品中的诗性或许与他生长于江南吴越之地,具有融入骨髓的柔和细腻的感情有关。与北方的几位摄影家相比,这种诗性更为深入而潜在地影响着他的影像风格。此外,这种诗意也与汤德胜对形式的重视密不可分,这尤其表现在他对光线的迷恋和自如操控上,像《古镇小巷》《爷爷奶奶的卧室》等,正体现了他对光线的这种自觉意识。

在小脚环绕下长大的汤德胜,亲历过无数次小脚对女性造成的不便和痛苦。他最初的拍摄,亦带有揭露和批判此种"恶俗"的意味。然而随着拍摄的持续深入,他渐渐跳脱个人狭窄的视角和体验,开始在更宏观的视野中审视这一现象。在这一过程中,汤德胜的作品摆脱了通常的苦难叙事视角,不以某种凄苦的形象引发同情、悲悯或作政治正确的昭示,而是以平等、乐观的心态表现小脚女性的日常生活。将小脚女性作为一个真正的人,而不是一个脸谱化的"受害者",依我所见,其实是这部作品最为可贵和动人之处,也是最值得详加分析的地方。

"小脚女性是缠足制度的受害者",这一论断是 20 世纪初以来深具影响力的认知框架,美国学者高彦颐将之称为"五四妇女史观"。这种认知叙事常常伴随着对早期女孩缠足过程的考察与缠足女性成年后"形同废物"的话语修辞,同时辅之以对父权封建专制践踏女性尊严的控诉。仅仅考察缠足过程,这种认知可以说具有不容置疑的正确性。正如俗谚所云:"小脚一双,眼泪一筐",一部缠足史往往也是一部妇女血泪史。论及"女德"的养成,缠足无疑是最严厉的规训:四五岁的小女孩,正是天真烂漫的年纪,很快就要遭受一段持续数年的伴随着无助哭号与模糊血肉的身体改造——四个脚趾被折叠至脚下,再被裹脚布层层封起、密缝固定。从此自由成了奢望,她们只能眼巴巴地看着同龄男孩在街巷中奔跑。数年之后,小脚终于形成,但对小脚耐心细致的保养又成了一个贯穿终身的过程,在此后的悠悠岁月里一日不可松懈。这一过程的痛苦不堪,非亲身经历者无以言说。

然而,高彦颐等对"五四妇女史观"提出强烈质疑,认为这种论述将传统女性的主体性与能动性一笔勾销,将她们化约成某种凝滞不变的非历史同质性客体,而漠视了两性权力关系与女性个体在社会、经济地位上的差异。[①] 她甚至认为,中国女性的三寸金莲与《欲望都市》中女主角凯莉的四寸高跟鞋并无本质区别。女性身体审美叙事因时代、区域反复变化,其中原因较为复杂,如果仅仅将其视为性别权力的体现,视为外部力量的规制,这是完全无视女性心甘情愿的主动参与。

"五四妇女史观"无法解释的是为何在缠足如此痛苦的情况下,女性仍前赴后继地参与其中?甚至还在缠足中形成了一种独特的审美意识?高彦颐认为:"缠足不是一种负累,而是一种特权"。明清以来,只要中国女孩家庭经济条件尚可,家人就会为她缠足。单单男性对女体的欲望并不能让这一"恶俗"延绵千年,对于古代女性而言,缠足也是一种对美的追求,是一种时尚文化。

当我们以今日普遍的人性自由与健康发展的观念来评判"缠足"时,显然将之视为戕害、腐朽、充满恶趣味的文化。但若考之以几千年以来的女性身体改造史,我们或许应该重新审视这种文化,认识其内在的复杂性。比如西方文艺复兴以来流行的束身衣,轻者挤压内脏造成子宫下垂等各种身体伤害,重者甚至导致女性呼吸不畅死亡,但束身衣作为一种时尚至20世纪初才彻底消失,并且在当下又以某种类型的紧身衣的形式卷土重来。当今世界,为迎合某种时尚文化而进行的身体改造从未停止,隆胸、隆鼻、抽脂等如今被广为接纳的医学美容,某种意义上不正是缠足文化在当下的延续?那些为了看上去"更健康"而过度进行的日光浴不是已经被证明是诱发皮肤癌的罪魁祸首?如果说每一种戕害身体的"时尚"都是"野蛮"的,那为什么单单将缠足视为腐朽的文化?如果说女性的容

---

① 高彦颐.缠足:"金莲崇拜"盛极而衰的演变[M].苗延威,译.南京:江苏人民出版社,2009:2.

貌修饰都是彻底的取悦男性的男权文化的体现,那么对一个真正的女性主义者而言,难道应该永远放弃这种修饰?

高彦颐的观点确实有点惊世骇俗,但她绝不是为"缠足"张目,而是试图从女性主体出发,强调女性在文化建构中的主动性和能动性。从思想史的角度来看,她的观点正是缠足史研究从"男性书写的文本历史"向"女性历史的身体书写"的范式转向的典型代表。

回到小脚照片上来,在传统分析框架下,研究者通常认为这是摄影家通过图像方式控诉封建专制为受害女性发声,以达到警醒世人的目的,正如冯骥才在《终结小脚》的序言中所言:"艺术家的职责是提醒人们,诘问生活,走出荒谬的惯性,神清目朗地面对未来。"[①]然而在这一过程中,人们不应忽视女性自己的身体感受。我们不仅应该对她们的生活抱以同情性理解,更应学会侧耳倾听。正如汤德胜的照片中所表现的,小脚女人们不动声色地展示自己的物质文化、日常生活和社会关系,展示平静而又富于张力的种种瞬间。在由照片构成的影像世界中,她们不再是"无声的从属者",而是具有能动性与创造力的生命主体。

我们不妨听听法国哲学家鲍德里亚的意见,他同时也是一位摄影家。他说,不是"我拍照片"而是"照片拍我",摄影师与被摄体之间的主客体关系应该反转过来,"你认为你只是因为喜欢某个景色而把它拍摄下来。可是,希望被拍摄成照片的其实是这个景色自己"。[②] 如果把这里的"景色"换成"小脚女人",恰恰可以用来理解汤德胜的影像。从这个意义上,汤德胜固然是在拍小脚女性——其实不过是小脚女性在吸引他拍摄自己,而她们正是凭借这些影像发出属于自己的声音。

(作者系扬州大学新闻与传媒学院副教授,硕导)

[①] 秦军校.终结小脚[M].杭州:浙江文艺出版社,2005:9.
[②] 让·鲍德里亚.消失的技法[M]//顾铮.西方摄影文论选.杭州:浙江摄影出版社,2007:124.

书法篆刻

创《书学》筚路蓝缕 传书艺力挽颓风
——沈子善先生的书法事业

周善超

一、人物生平

沈子善(1899—1969),又名沈六峰,我国现代著名的书法家、书法理论家和书法教育家。生前任南京师范学院(现南京师范大学)教授、江苏省书法印章研究会副主席。他祖籍江苏六合,世居南京。曾祖与祖父有功名,做过莲幕、文官,父亲还设过塾馆。家藏经、史、子、集各类典籍与名人字画之丰厚,远近闻名。他从小耳濡目染,喜读书,爱临池。这些为他日后从事书法事业打下了良好的基础。

沈子善中师毕业后当了两年小学老师,后考入南京高等师范学堂文科,次年转入东南大学教育科学习。大学期间主攻教育学专业,毕业后先后执教于江苏省立第四师范学校、中央政治学校、第一联合大学、中央大学(今南京大学)、南京师范学院(今南京师范大学)。教学之余浸淫于书法研习,在实践创作与理论研究上均取得了相当的成就。抗战期间,他于重庆发起成立"中国书学研究会",创办了《书学》杂志,其筚路蓝缕之功在中国现代书法史上留下了重要的一笔。

二、书法实践与理论研究

1. 临摹与创作

沈子善出生于书香门第,幼承庭训,尤好翰墨。他书宗"二王",在帖学上溯源导流,挖掘既深,探索又远,故造诣很高。其中对《十七帖》《书谱》及赵孟頫手札用功最勤,正如他在临《十七帖》后所云:"右军草书如龙跳天门,虎卧凤阁,势似奇而反正,意若断还连……虽临逾百通尚不能窥山阴之堂奥于万一。"仅临写《十七帖》就超过百余通,可见他在书法上要花费多少工夫。他在临孙过庭《书谱》云:"右军草书无不多见,因辗转摹拓,真形已失。惟孙过庭《书谱》全法右军,草法笔致俱全。""孙虔礼草书用笔专法右军,唐以后书家莫之及也"(图1),若临摹不到千数百遍是无法有此体悟的。沈子善一生致力于孙过庭草书研究,建树极高,时人誉为"沈书谱"。

沈子善书法专攻王字,然又不拘于"二王"之形貌,终身遍临"二王"一脉书帖,可谓神形兼备,遗貌取神。如他创作的毛泽东词《蝶恋花》(图2)用笔刚柔相济,结字摇曳多姿,其书风秀雅飘逸而兼有雄强苍茫之势,是少有的大家手笔。

沈子善精于行草,写"二王"参以欧、褚,中年后醉心于孙过庭《书谱》,用笔洒脱,品格高雅,深得魏晋风流。如书杜甫诗《李潮八分小篆歌》立轴,徐徐书来,不温不火,平中寓奇,不故作惊人之语,不布险绝奇纵之局,宛如山涧流水,舒展欢畅,自然天成。由于沈子善先生在书写实践上有超群的水平,与当时的沈尹默先生齐名,故书坛人士往往以"二沈"并称。南京师范大学著名教授常国武先生说:"二位前辈功力相当,风格接近,但论清新妩媚,则沈子善先生尤有过之。"可谓评价之高。

2. 理论研究

沈子善的书学理论在吸收古代优秀书学思想基础上有所发展与创新,先后写出了《孙虔礼书谱序注释》《王羲之研究》《十七帖疏证》《中国书学论文索引》等论著。与此同时,他还在自己的书论中大量引用中国优秀书学理论精华,如在《孙虔礼书谱序注释》有"所谓涉乐方笑。言哀已叹"一句,他释义后,接着用元代陈绎曾的话补充解释:"喜怒哀乐,各有分数,喜则气和而字舒,怒则气粗而字险,哀则气郁而字敛,乐则气平而字丽。情有轻重,则字之敛舒险丽亦有浅深,变化无穷。"再如"虽学宗一家,而变成多体,莫不随其性欲,便以为姿"一句解释完后,接着用南唐李后主的"善书法者,各得右军之一体,若虞世南得其美韵而失其俊迈。欧阳询得其力而失其温秀。褚遂良得其意而失其变化。颜真卿得其筋而失于粗鲁,惟献之俱得而失于惊急,不得其蕴藉之态"作补充解释。

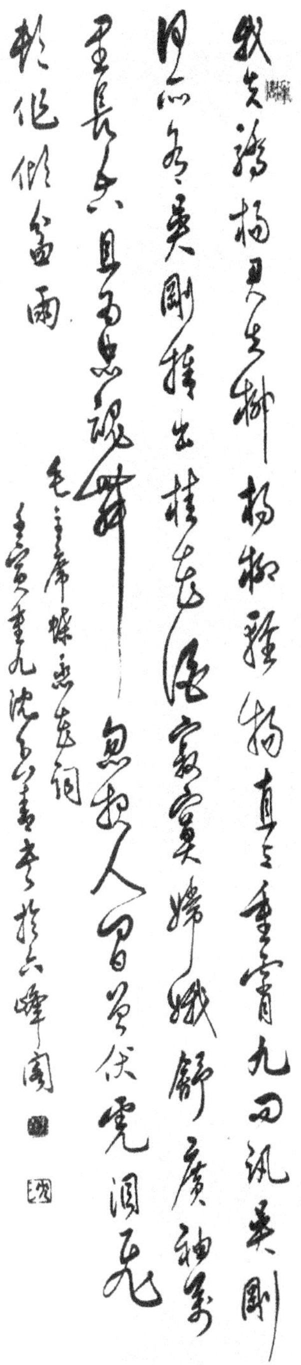

图 1　沈子善　临《书谱》

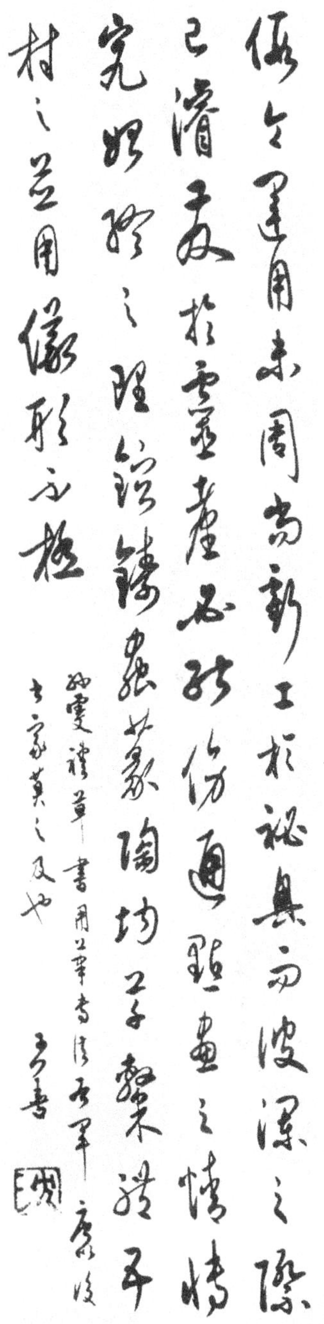

图 2　沈子善　草书
毛泽东词《蝶恋花》

沈子善的书学理论来源于传统,正如他在《学书捷要》中所说:"古今论书专籍,浩如烟海,然大都立言太高,初学者读之,莫不有'难明''难学''难成'之感。子善未闲握笔,何敢论书,特于前贤论书之编,窃尝留意。摘其简明切要,陈义较低便于初学者,复参以学书所得,及教授经验。"沈子善还出版《怎样写毛笔字》《怎样写钢笔字》《怎样教学写字》等多种书法教育专著。

三、书学观念与教育主张

(一) 书学观念

1. 学书从唐楷入手

沈子善认为,学书可以从欧、颜、柳等唐楷入手,但尽量按各人自身条件选择拓本。欧字笔力险劲瘦硬,奇巧间发,愈到晚年体力愈完备。其淳古处乃植根于篆隶,习此字者当审度本人资质,不必轻率为之。对于颜字,他认为已是唐楷进入规范化的标志,一是因为颜字堂宇宽博,笔画刚劲,不袭前规而能挺然奇伟,与其气节、人品相契合,二是此体四平八稳,学者容易入手,故历代以此入门者最为常见。但不必每人皆仿《多宝塔碑》,亦可参照颜氏不同年龄的作品如《夫子庙堂记残碑》《东方朔画赞碑》等,找出异同为己所用。关于柳字盖其法虽出于颜,而加以遒劲丰润,用笔结字之法略胜颜,虽健劲而势松然绝不散,有北齐造像墓志遗韵。但无论你初步涉及哪一家,仅仅是入门途径,意欲"入室操戈"必须"上溯"。他以为"上溯"不仅是提高品位,也是追寻源头。

2. 竭力推崇《兰亭序》

沈子善明确无误地要求学生学王羲之。他认为上述诸家皆不同程度自王字入手,然后感悟其神采,实践于笔墨,方能自立门户。他竭力推崇《兰亭》,有学子问学"神龙本"好,还是"定武本"好,答曰:"皆精到又各有特色,悉心揣摩便有领会。"他曾在不少习作上题写"古人作书落笔一圆便圆到底,各成一种章法。《兰亭》用圆,《圣教》用方……"又"正锋取劲,侧笔取妍。王羲之书《兰亭》,取妍处时带侧笔"。并告诫学生侧笔不是不可用,而是要有分寸。他最反对学书法走"终南捷径",即模仿今人。他说这样既无扎实功力,又会落入"依样画葫芦"的邪门旁道。

3. 重视书法神韵

神韵又称气韵、神采。中国书画历来重视神韵问题。南齐时代杰出的评论家谢赫提出了中国画的六大准则——"六法",即气韵生动、骨法用笔、应物象形、随类赋彩、经营位置、传移模写。后来成为中国画的品评依据,其中"气韵生动"成为品评第一标准。沈子善非常重视书法的神韵。他在《学书捷要》中多处写到神韵,如"临写时不仅注意法书之用笔,尤须注意法书之神韵","法书名帖,除临写外,宜时加观摩,始可得其神韵"。他在《怎样写毛笔字》中亦云:"要想把成篇的字写得好,除遵循上述各要点勤加练习外,还要从碑帖、名人法书中细心观察,多多揣摩、领会,日久自然能够学到写成篇字的气韵。如果不在这一方面下功夫,只是一个个字练习,绝不能写好成篇的字。"

沈子善的书学观论与他的书法创作和教育主张是一致的,也是相辅相成的,其中最能系统地体现他的书学理论思想的是《学书捷要》和《怎样写毛笔字》这两部书籍,这也是沈子善先生书法教育思想的集中体现。

(二) 教育主张

现代书法教育的开展有赖于具备现代书法教育观念。沈子善的书法教育观是全方位的,是颇具现代意识的:既重视学校教育,又重视社会教育;既重视个体行为,又重视群体行为;既重视普及,又重视提高;既重视班级教学,又重视师徒授受;既重视在基础教育阶段,又重视在高等教育阶段开展书法教育。下面侧重谈谈他对小学和中等学校的书法教育的观点。

1. 小学书法教育

沈子善在编辑《小学生应用写字范本》中说"在抗战前与抗战后,我们要想找一套便于儿童学习而合乎教育原理的写字范本,其困难实为每一个小学老师、每一个儿童家长所深切感到的。子善从事教育研究近卅年,此一问题无日不在脑海中悬而未决。近年因主持中国书学研究会,一心提倡书法教育,益感此事之迫不及待,乃决心从事于小学写字范本之研究与编辑。"在范本的选取上,他主张既要适合儿童学习,又要符合教育原理。他认为:

(1) 利用历代优良碑帖上之字迹,选取可以为儿童效法者,编为新范本。

(2) 凡旧字帖上"帖写"字及"避讳省写"字,均为不正确之字,应一概不取。

(3) 所选编之字,应顾及儿童之学习能力。

(4) 儿童写字速率,依年俱进,故范本中之字数,亦应先少后多。

(5) 范本所选之字,其排列应依各种笔画之学习难易程度,排其先后。易写之字,排在范本之前面,难写之字排在范本之后面。字体相近或笔画相似之字,宜设法排在一起。

(6) 全部小学写字范本,应包括"笔顺""影写"(即映写)、"临写"(即仿写)、"结构"等练习。

(7) 小学生写字,除范本练习外,并应注意"执笔""运腕""写字姿势""毛笔使用"及"用墨""用砚""选纸"等指导。

沈子善还特别注重小学写字教学方法研究,他认为,儿童学书重在指导,指导得宜,不致走入歧途,而终身受用不尽。他曾约请对书法有研究的小学教育专家共同从事小学写字教学方法的探讨,同时亲自撰写《小学写字教学法》。新中国成立后,他继续进行小学写字教学方法研究,并于1958年6月出版了小学写字教学研究专著《怎样教学写字》。

2. 中等学校书法教育

沈子善在《学书捷要》里主张"初中以上学生,除注意小字练习外,其书写能力可以深造者,宜就其笔姿相近,任择一体从事于大字及行书之练习"。他对中等学校书法教育要求是:在小学书法教育基础上的温故和提高。温故指执笔、运腕、毛笔之使用、墨之使用、纸之使用、砚之使用、写字之姿势;提高指写字之大小、写字之方法、选帖、学书宜忌要点等。他主张:

(1) 选临法书不可见异思迁,宜就笔姿及性情相近之优良碑帖,选择一种,作长时期之临写,始见功效。

(2) 临写以前,宜晨夕观摩,悟其笔意点画,所谓"读帖"。学者宜切记"多读胜于多写"之秘诀。

关于选帖,他认为,古来碑帖之多,浩如烟海,选择临摹,不可草率,因一堕歧途,则终身难返。至于草书、篆书、隶书,虽非一般学生所宜临写,但如学者感觉有兴趣,亦不妨加意练习。

关于学书宜忌要点,他认为:

(1) 写字时须心气和平,聚精会神。

(2) 写字须先求笔画平正,结构稳当,不可欹侧草率。

(3) 写字必笔顺合法,毫无颠倒。

(4) 写字不可或作或辍,更不可用力纷杂。

(5) 写字不可求速,致失规矩。

(6) 初学写字,宜用九宫格或米字格练习大字(或中字)正楷,用小字格练习小楷。

(7) 写字不仅注意临摹法书,更须观察书家作书。

(8) 历代碑帖,往往因时间较久剥蚀不清,学者宜选其字迹清爽,原形未失者临写。

(9) 法书名帖,除临写外,宜时加观摩,始可得其神韵。

(10) 写字忌俗,凡字有妇气、兵气、市气、匠气、腐气、伧气、江湖气、酒肉气者,均谓之俗。

四、创办《书学》与培养后学

1. 创办《书学》

沈子善在书法上最大的贡献是创办的《书学》杂志和他的书学教育。1943年4月,沈子善先生在极端艰苦的条件下与于右任、陈立夫、沈尹默、胡小石、张宗祥、潘伯鹰等政界、书坛名流共60多人在重庆联合成立"中国书学研究会",他为主要发起人,并任书学研究会总干事。他在《中国书学会成立记》中说:"书学为我国特有之艺术,近年则日见衰落,远不如日本朝野之努力提倡。有感于斯,乃思联合国内学者及书家,力挽颓风。"沈子善遂被推为研究会会刊《书学》杂志的社长兼总编辑,这在中国现代书法史上是一件大事。沈子善在中国书学研究会和其《书学》杂志社做了很多开拓性的工作,对推动中国书法事业发展具有重大而深远的意义。著名书法家,南京艺术学院教授季伏昆先生撰文说,"中国书学研究会"是中国文化史上第一个书法团体,《书学》杂志是中国书法史上第一份理论刊物,并盛赞沈子善先生是"中国现代书法事业的开拓者"。

2. 培养后学

沈子善先生主编《书学》杂志的同时,还致力于书法教育事业。受当时的教育部委托,他编写了小学至中学全套写字教学范本,可谓倾注了大量心力。他还主持中国书学研究会主办的书法竞赛,这些虽是基础教育的工作,但对提高青少年儿童书写水平和民族文化素养、培养合格人才起到了重要的作用。当时沈子善还计划成立"函授学校,拟请沈尹默、朱锦江、吴雅鹤为指导教师",成立"书法研究咨询部""书学人员培训班""中国书学研究之国际宣传"等书法机构,全方位推广书法事业。新中国成立后,沈子善在大学教书仍心系基础教育,对中小学书法教育提出很多思考,《关于提高小学写字教学质量问题》《中小学的写字教学问题》《教师的文字书写》等一系列文章先后发表于1959年、1961年、1963年的《江苏教育》。沈子善先生于书法教育方面做了大量而卓有成效的工作,对后世影响极大,朱兴邦先生评价沈子善是"现代书法教育的先驱"。

沈子善是一位教育学专家,又精通书法,所以书法课开得十分生动引人。他在教学中还强调练好毛笔字的必要,他认为"就是不想成为一个书家,如果练一练毛笔字,对于写好钢笔字或是铅笔字、粉笔字都是有较大作用的"。他特别强调书法与人民教师的关系,认为教师在日常工作中应用书法的地方很广泛,把字写得正确、美观、迅速可以提高威信和工作效率。他认为语文教师学好书法尤其重要,美术教师"除一般性需要书法外,更需要利用书法基础画好画"。他认为"教师以好的字展示在学生面前,可以从形式美达到内容美的教育价值"。他曾语重心长地指出,人民教师还有"培养下一代学好书法的任务"。为了帮助学生练好书法,他更加注重碑帖临摹环节,指导学生学会读帖,从理论上把握碑帖的特点,收到事半功倍之效。数十年来,经他指导的学生不计其数,后来成名的也很多,如尉天池、赵绪成、冯仲华、季伏昆、孙洵、王冬龄、王宜早、李百忍、齐昆等。

五、超拔的人格

沈子善先生一生淡泊名利,不求闻达,具有超拔的人格气象。据他的子女们回忆,20世纪四十年代,沈子善在重庆筹建"中国书学研究会"期间,得到了国民党元老于右任、陈立夫等人的热心支持,于是不时有机会接触到他们。有一次为发起成立"中国书学研究会"之事去拜访于右任,于右任丢下一屋子正在等候接见的官员,而与沈子善海阔天空谈书论道,然后亲自送他离去。回来后沈子善感慨地对家人说:"幸亏我不是国民党的官员,否则,我也得排着队等候他的接见。"抗战爆发前国民政府有人推荐沈子善出任江西省教育厅长,被他坚辞。沈子善常常不无自负地说:"我是书痴,而不是官迷,振兴书法艺术才是我的正业。"

为推进"中国书学研究会"的工作和《书学》杂志的刊行,沈子善殚精竭虑,身体力行,多次举办个人书法展,并将作品销售的全部款项作为杂志筹办基金。当时他的长子沈南园一直帮忙照料书展,曾私下请求父亲准许在销售作品的收入中拿出一点钱买件衬衫,却遭到了沈子善的拒绝,并说"这些钱已不属于他个人所有了"。沈子善用自己办个展得来的几十万元钱支持书法事业,而不允许儿子买一件衬衫,其精神令人感佩。

(作者系宿迁高等师范学校艺术系主任,江苏省评协理事)

复古的风度
——王澍篆书审美生成逻辑与实践意义

杨东建

翁方纲评价王澍书法"篆书得古法,行书次之,正书又次之"[①],综观王澍的书法各体,翁评是符合客观事实的,所以欲研究王澍书法及判断其书学价值,应该将其篆书置于冠冕位置进行研究。进一步讲,研究王澍篆书也不能仅仅停留在对王澍篆书技法和风格的一般性阐述上,王澍篆书复古思想与时代学风、书风有何关系?王澍篆书复古审美是如何生成并发展的?王澍篆书的复古实践以及在实践过程中审美观念的衍进与"前碑派""金石学"是如何互动的?梳理清晰这些问题的"因",才能准确地把握王澍篆书风格呈现的"果"。本文不特研究王澍篆书风格,更注重王澍仕进宦职、学术思想、书学观念的考察,在此基础上,结合清初的学术思潮和书法风气,进一步阐发王澍篆书审美的生成逻辑与实践意义,以期完善对王澍篆书的立体研究。

一、清初书法思潮影响下的王澍篆书

1. 清初篆书与金石学、前碑派的渗透

清初王朝统治下的文字狱政策呈高压态势,知人论世的时文易触时忌,学者容易引来杀身之祸,从而钻进故纸堆中"尚友古人",实际权作明哲保身之举。金

---

① 赵尔巽.清史稿[M].北京:大众文艺出版社,1999:4501.

石学和文字学的复古风气自此缘起,进而复古之风弥漫在各类文艺形式之中。梁启超一言以蔽之——"以复古为解放",可谓一语切中肯綮。

清代篆书的复兴是在金石学、前碑派的碑学运动背景下完成的。书法界对金石碑版的重视实际上是在金石学的推动下引发的,因此,金石学领域所取得的进展和成果始终对书法界起着直接影响作用。同时,书法界的风气和反应也渗透介入到金石学界,使金石学者越来越将更多的精力投注到碑版石刻的书法上。[①]

清初帖学式微,刻帖仅存结构"型模",不见笔法来龙去脉,刻帖与真迹风神天壤悬隔,有识之士皆意识到刻帖积弊,纷纷积极探寻书学新出路,于是,"前碑派"书家将目光转向新出土的篆隶金石碑版,并尝试从师法名家碑刻转向师法无名古碑,复古思想首先是在隶书的复古实践中体现,继而扩展到篆书的复古运动中去,篆隶书法创作找到了突破口,创造出新风貌。篆书作为金石学和前碑派活动的一个重要内容,王澍也敏锐地捕捉到这股潮流,独具胆识地提出"江南足拓,不如河北断碑",并积极从事复古观念下的篆书临摹与创作。

2. 王澍篆书复古与全面复古的互动

王澍是清代第一位以篆书知名的书家。王澍的篆书主要取法于"二李"的玉箸篆,对传为李斯所作的《峄山刻石》、李阳冰的《谦卦碑》用功尤勤。其楷书在欧褚之间,得晋唐正脉;隶书先学文徵明,又直追汉隶;其行草于《兰亭》《圣教》《书谱》用功最勤,其作品落款常署"琅琊王氏",又有"右军子孙"一印,足见其倾心王羲之。

王澍每一种书体,总是取法正统,追本溯源,颇具全面复古的意味,从这点看,王澍是很有审美主见和思想追求的书家,在清初的"崇董""谷口贼隶""寒山贼篆"等各种书坛时风中坚持自我,八风不动。

如果说"作一字,需笔笔有原本乃佳,一笔杜撰,便不成字"[②]是其崇古的思想准备,那么"自朴而华,由厚而薄,世运迁流,不得不然。盖至思白兴,而风会之下,于斯已极。末学之士,几于无所复之矣。穷必思反,所贵志古之士,能复其本

---

① 刘恒.中国书法史·清代卷[M].南京:江苏教育出版社,2009:246.
② 陈涵之.中国历代书论类编[M].石家庄:河北美术出版社,2016:541.

也"①则可视为其全面复古行动的宣言。

在四体书法的全面复古中，王澍倾向认为篆、隶书是学习其他书体的基础："作书不可不通篆隶，今人作书别字满纸，只缘未理其本，随俗乱写耳。通篆法则字体无差，通隶法则用笔有则，此入门第一正步。"②因而对篆书高度重视："篆籀之书，自古为难。笔不坚不瘦，不圆不劲，不瘦不劲，不能变化。余作篆书，必心气凝定，目不旁睨，耳不外听，虽疾雷破柱，猛虎惊异，不能知也。"③王澍之所以在各体书法都能取得非凡成就，张照称赞其"执海内金石书牛耳"，与其重视篆书并夯实篆书之基有必然关联。

二、王澍篆书审美生成逻辑

1. 学者书家：王澍身份的自我认同

王澍于康熙五十一年(1712年)中进士，其人生总体遵循的是"学而优则仕"的科举道路。为准备科考所做的学识积累决定了他首先是个儒生，从其所著《大学本义》《中庸本义》来看，他对经学造诣很深。

王澍任翰林院编修，其太史的身份对其为文从艺也自然会产生潜在影响。深明大义的经学造诣和学富五车的太史身份都共同指向其学者书家的定位。

王澍篆书结字匀称端庄，规整森严，盘屈缭绕，又匀圆清秀，气息清纯，与其"为人天真烂漫，不急名位，人与之交如坐春风"的性情相吻合。因为强调篆书的文字学属性，他极其注重字法的准确性和篆法的规范性，因此，笔下篆书出规入矩，法度严明。王澍因善篆书充五经篆文馆总裁官，受到康熙皇帝的特别赏识，遂终生与篆书结下不解之缘。

篆书创作固然需要学问作支撑，但它绝非仅仅谙熟《说文解字》那么简单，尚需以此为基础去表现篆书之美、创造篆书之美，并融汇升华为风格。若仅具识字功夫而作篆，不思风格之化合，那是卖弄学问；若徒事风格之翻新，尽书错字，向壁虚造，那是空疏浅陋。王澍从京城告归后，筑室于无锡，醉心书法，以学者身份

---

① 陈涵之.中国历代书论类编[M].石家庄：河北美术出版社，2016：542.
② 陈涵之.中国历代书论类编[M].石家庄：河北美术出版社，2016：279.
③ 崔尔平.历代书法论文选续编[M].上海：上海书画出版社，1993：668.

兼采书家理念,又能很好地融通,这正是其能在清初的书学际遇中成为篆书复古风尚的倡导者和标志性人物的原因所在。

2. 复归于朴:对明末清初篆书的矫枉过正

明末清初,革故鼎新,出于对明代"阳明心学"影响下的空疏学风的矫枉过正,饱含浓厚民族情感的学者自觉调整为实事求是的朴学风气。"无证不言"的学术态度促进了清初金石学、文字学的发展、繁荣。继而形成了一定数量的金石学著述和以《说文解字》为主要学术内容的文字学研究学者群体。

受明末篆书"个性解放""尚怪斗奇"的书坛风气影响,赵宧光的"草篆"呈现出行笔勾连、飞白烂漫的个性面貌。赵氏"草篆"用笔为行草法,植入大量飞白;转折衔接处多用方接;结构因字赋形,不拘一格;章法上则采用有行无列的布局。在笔法、结字、章法三方面都是对传统篆书的反叛。

而由明入清的傅山、朱耷、石涛,追求篆书正统,格调高古,作品中融合先秦篆书元素。但在其遗民身份和个性审美的双重作用下,他们的篆书一定程度上表现出野逸的特征。

王澍意欲恢复篆书的庙堂气和庄重典雅的风格体征,以"追摹二李""溯源秦汉"为宗旨的复古成为其篆书审美与创作的总基调,这种复归于朴是对明末清初篆书时风的矫枉过正,这也让其成为清代篆书发展历程中扭转风气、兴灭继绝的典型人物。

3. 师古——师心:王澍篆书审美的调适

王澍篆书最终形成清秀古雅的主体风格,而呈现丰富多姿的面目,这与其深植"二李",又不断拓展篆书的取法对象,开拓篆书的表现形式是紧密相关的。他近参赵孟頫、吾丘衍、吴叡,远绍秦汉诸家,甚至上溯先秦吉金碑版。王澍《竹云题跋》中认定《石鼓文》为篆书之宗:"《石鼓》操纵在手,从心不逾,篆书之圣,不敢仰攀。"王澍虽然取法李阳冰,但按照个人的取舍观念,必然知晓阳冰篆书的不足,不如《石鼓文》变化自然,不具"化工肖物"之趣。从现存的王澍临摹的多个通临《石鼓文》墨迹,不难看出其对《石鼓文》的钟爱。王澍意在取《石鼓文》自然的体式调适"二李"篆书程式化的结构,为其不断衍进的篆书审美探索新的表达形式。

从现藏于台北故宫博物院的王澍《积书岩帖》和宋拓本《麻姑仙坛记》的篆书题耑可以看出其取法曹喜悬针篆;从《临诅楚文》册页可以看出其涉猎先秦大篆;

然并非亦步亦趋、惟妙惟肖地临摹,而是自出心裁,以轻松的笔触、行书的笔意临写上古碑版,这种"师古"的临摹,更像是"师心"的表达。如汉代尚方镜铭的篆书呈现出结字方整,转折处笔画衔接方中带圆的特点,王澍在多幅临摹汉代尚方镜铭的作品中,根据自己的审美取向,部分遵循镜铭篆书的结构,而将笔画的衔接全部变为圆通,呈现出婉转腴润、清劲秀丽的风格。

于是王澍说:"古人学书,皆有师传,密相指授。余学之五十余年,不过师心探索,然古人之指可得而窥。又年来纵意模古,心所通会。"正是其篆书审美由"师古"到"师心"的调适。

4."篆书三要":王澍篆书审美的确立

最能代表王澍篆书审美确立的是"篆书三要"的提出:"余尝说篆书有三要:一要圆,二要瘦,三要参差。圆乃劲,瘦乃腴,参差乃整齐。三者失其一,奴书耳。"①

"圆乃劲",不难理解,王澍篆书用笔追求中锋用笔,蘸墨饱满,以状如玉箸的圆润的线条传导入木三分的力度。这属于笔法层面。

关于"瘦乃腴",王澍对细瘦的笔画有独到的追求,特别欣赏《缙云城隍庙碑》"特为奇瘦""瘦细伟劲",并认为"古人作书无不始于瘦劲,后乃迁流,渐归肥硕"。其甚至认为"李怀麓(篆书)伤肥",李东阳篆书线条,王澍仍觉得肥。如此,不难理解其追求的是春蚕吐丝一样细挺而富有弹性的线条。用细瘦修长的笔画分割出更大的内部空间,计白当黑地看,会给欣赏者带来丰腴的视觉感受。这属于结构层面。

至于"参差乃整齐",是在探讨自然变化与刻意整齐之间的辩证关系。王澍曰:"结字须令整齐中有参差,方免字如算子之病。逐字排比,千体一同,便不复成书。作字不须预立间架,长短大小,字各有体,因其体势之自然与为消息,所以能尽百物之情状,而与天地之化相肖。有意整齐,与有意变化,皆是一方死法。"②根据"参差乃整齐"的要求,作篆时不应追求程式化的工稳,而应自然书写,因字赋形,这样作品达到自然相成、和谐统一的高度。这属于章法层面。

---

① 崔尔平.历代书法论文选续编[M].上海:上海书画出版社,1993:632.
② 王澍.淳化秘阁法帖考证卷二十,文渊阁四库全书:第684册[M].台湾:台湾商务印书馆,1984:634.

王澍的"篆书三要"分别从笔法、结构、章法三个层面总结了其对篆书的理解,确立了其篆书审美。

三、复古的风度——王澍篆书复古的实践意义

后来者对王澍的篆书赏誉有加,当然也有异议。赏誉是王澍篆书价值的彰显,异议同样也可视为王澍篆书影响的体现。

在异议中,以梁章钜《退庵随笔》中的"王虚舟篆体结构甚佳,惟用剪笔枯毫,不足以见腕力"最具代表性。认为"剪笔枯毫"是王澍最大的失败。即便如此,梁章钜还是不得不由衷地服膺"我朝以小篆名者,自推虚舟为巨擘"。[①]

事实上,王、梁二人相隔百年之久,随着长锋羊毫的使用和篆书领域的全面取法,到梁章钜时期篆书创作已经进入鼎盛时期,以"后世眼"作"前世评",所论不免有失偏颇,附带求全责备之嫌。要知道,自宋代以来,"剪笔枯毫"已然是一种书篆传统。正是由于剪毫、烧毫作书,锋尖钝秃,墨水下注均匀,笔中墨饱则重若崩云,厚实黑亮;笔中墨少则薄若蝉翼,淡雅秀逸。起笔和收笔处往往持重含蓄,饶有古意。[②]

笔者以为,正如明代的"篆书三圣"李东阳、徐霖、乔宇的篆书,异于时人之风,即从了无生气的中书舍人篆书群体中脱颖而出。若以现在的眼光审视"篆书三圣"篆书技法与格调,与"圣"的高标很难相称。这就带给我们这样一个启示:考量一位书家的贡献,既要关注其在完整的书法史中的影响与意义,又要视其在当时的时代影响:"一代之文艺固由一代之功令推激而成,书道所系亦重矣哉。"对王澍篆书复古的价值和意义也应该置于这样的双重考量体系之中。

经历明末赵宧光篆书的荒疏简率,明清之际傅山、朱耷、石涛篆书的狂卷和徘徊,清初王澍从自身学者身份出发,提出"篆书三要"审美理念,引领篆书复古风气。在篆书取法对象尚不丰赡,书家视野尚不开阔,创作思路和理念尚不融通的清初篆书书坛,王澍这种"回到原点"的主动回归,有"蛰伏待变"的学术思考的意蕴。经过学者书家的篆书实践,在规范了篆书字法、重塑了篆书经典理念后,

---

① 丁福保,周云青.四部总录:艺术编第2册[M].北京:文物出版社,1984:9.
② 朱友舟.中国古代毛笔研究[M].北京:荣宝斋出版社,2013.238.

以一种"重新出发"的姿态迎来乾嘉时期邓石如引领下的篆书中兴,一直延续到清代中晚期赵之谦、吴昌硕为代表的篆书的鼎盛,这是清代篆书的内在发生规律,也是历史发生的必然。

王澍完成了清初篆书的复古,是对明末篆书的荒疏简率风格的矫枉过正,将篆书审美扭转到典雅静谧的轨道中来,完成了时代和历史交付的传承古典篆书美学风格的历史任务。王澍的篆书审美生成逻辑模式和具体的实践路径为清初篆书复古运动辟出了一条康庄大道。不仅为钱坫、洪亮吉、孙星衍、张惠言等学者型书家提供了照搬取用的模板,也为艺术型书家邓石如、吴让之、杨沂孙、赵之谦、吴昌硕提供了理论的支撑、反叛的基点、创变的依据!

(作者系中国书法家协会会员)

铜山张伯英跋《汝帖》三段考说

耿广敏

近见故宫博物院藏《汝帖》影本，汝州市政协所编，即翁方纲旧藏本。其后有铜山张伯英跋三段（见图1、图2）。关于张伯英其人其跋，施安昌先生在《宋刻汝帖故宫博物院藏宋拓本（翁方纲旧藏）》一文中有所涉猎。然而施文对该

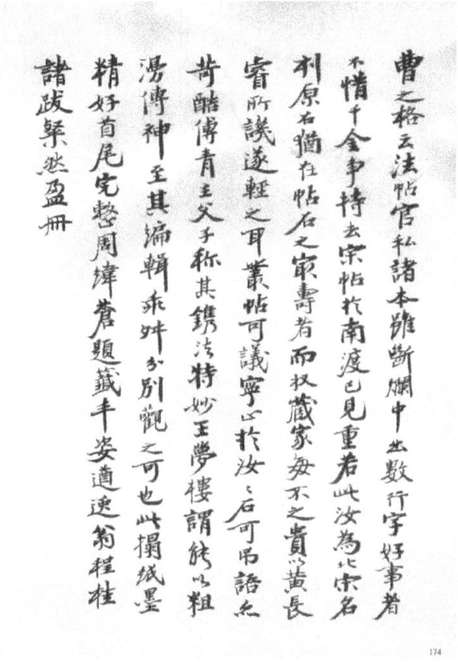

图1　张伯英跋《汝帖》一 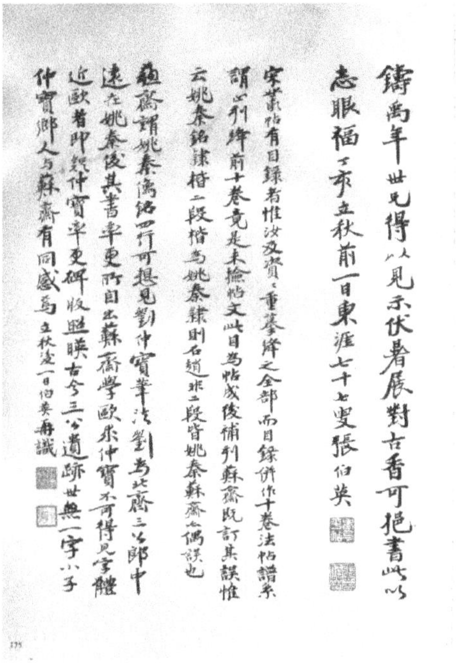　　　　图2　张伯英跋《汝帖》二

《汝帖》的流传及张氏的介绍略显粗疏,亦有谬误,另外对张氏跋文施安昌先生未及详说。本文拟补遗张氏生平,更其误说,考说其三段跋文,增其流传故实,并请教于方家。

一、关于张伯英

关于张伯英的介绍,施安昌先生原文如下:

> 张伯英(一八七一——一九四九),江苏铜城人,光绪二十八年恩科举人,曾于段祺瑞政府任秘书,后执教北平成达中学。书法独树一帜,碑帖尤精评审,亦富收藏,有《阅帖百卷》《张伯英碑帖论》。[1]

张伯英(图3),原名启让,字伯英,后以字行,更字勺圃[2],一字少溥。他是江苏铜山人,而非铜城人。张氏有带有"铜山"二字的印章多枚,如"铜山张氏小来禽馆"(朱文)、"铜山榆庄"(朱文)、"铜山张氏小来禽馆金石书画"(白文)。[3] 另外张氏书墓铭(碑)署款亦多写为"铜山张伯英",如《段芝晋墓志铭》《贺苏生先生墓碑》等。[4] 其出生于清同治十年(1871)辛未年七月二十四日,1949年元月卒。出生地为江苏铜山三堡榆庄,张氏印"铜山榆庄"即指其在铜山居所。张伯英于光绪二十八年(1902)壬寅三十二岁补行庚子辛丑恩科中举。

图3 张伯英先生像

民国元年(1912)为第一军秘书。[5] 民国四年(1915)三月,徐树铮创办正志中学,

---

① 中国人民政治协商会议汝州市委员会.汝帖[M].北京:文物出版社,2008:6.
② 曾宪通.容庚选集[M].天津:天津人民出版社,1994:464.
③ 徐州博物馆.张伯英先生书法选集[M].北京:北京燕山出版社,1991:109,103.
④ 张伯英.二十世纪书法经典张伯英[M].石家庄:河北教育出版社,2001:123,128.
⑤ 张伯英.二十世纪书法经典张伯英[M].石家庄:河北教育出版社,2001:123.

受正志中学校长徐树铮聘,张伯英在该校教授国学、书法。① 对于这段历史,徐树铮的后人徐樱在回忆中讲到:"我父民国四年创办正志中学,伯英公应聘为国学兼文字教席,协助我父作育人才。"正志中学在民国九年(1920)更名为成达中学。民国十五年(1926)二月二十二日,张氏辞去政府秘书长职②,之前先后任过秘书、帮办等职。本年任成达中学经史古文及书法教习。③ 辞职以后的张伯英寓居什刹海"东涯老屋"鬻字卖文为生。他是民国时期著名书法家、碑帖鉴定家、诗人和方志学家。其著述颇丰,现述录如下:《诸帖刊误》,1939年连载于《古学丛刊》。《小来禽馆帖跋》于1940年7月发表于《中和月刊》。《法帖提要》写于1935年1月,到1938年5月讫,但未刊印,1996年《法帖提要(稿本)》经中国科学院图书馆整理,由齐鲁书社全部刊印。④ 1945年3月容庚借去《法帖提要》稿本七册,连续抄录月余⑤,并在其《丛帖目》所述帖目后以"张伯英云……"的形式全部转抄录用。⑥ 启功先生认为《法帖提要》是近现代最有系统的评帖专著。⑦ 施安昌先生在《宋刻汝帖故宫博物院藏宋拓本(翁方纲旧藏)》一文中曾两处引用容庚《丛帖目》,居然失录张氏鸿著,确实令人费解。《小来禽馆诗草》《阅帖杂咏》两著述,张氏生前均未出版,经后人整理散见于《徐州明清十人文萃·张伯英集》《碑帖论稿》等。其甄选编纂的《徐州续诗征》,编讫于民国二十二年(1933),次年由北平文岚阁承印。⑧《黑龙江志稿》的编纂始于民国十八年(1929)二月,成书于民国二十一年十月。张伯英著《碑帖论稿》为其孙张济和等编纂,将先生《帖平》《说帖》《庚午消夏录(碑帖部分)》《阅帖杂咏》《〈右军书范〉校记本》等结集出版。至于施安昌先生所录《阅帖百卷》《张伯英碑帖论》,究竟是何著述,则不得其解。

---

① 张伯英.二十世纪书法经典张伯英[M].石家庄:河北教育出版社,2001:135.
② 1926年2月23日《申报》第五版。
③ 张伯英.二十世纪书法经典张伯英[M].石家庄:河北教育出版社,2001:136.
④ 张伯英,吴元真.增补法帖提要[M].北京:商务印书馆,2019:4,5.
⑤ 容庚,夏和顺.容庚北平日记[M].北京:文物出版社,2019:581.
⑥ 张伯英,吴元真.增补法帖提要[M].北京:商务印书馆,2019:6.
⑦ 同⑦。
⑧ 桂中行,张伯英,徐东侨.徐州续诗征[M].扬州:广陵书社,2014:12.

二、关于张伯英跋《汝帖》三段

跋语第一段：

> 曹之格云，法帖官私诸本，虽断烂中出数行字，好事者不惜千金争持去。宋帖于南渡已见重若此。《汝》为北宋名刻，原石犹在，帖石之最寿者，而收藏家每不之贵，以黄长睿所讥遂轻之耳。丛帖可议宁止于《汝》，《汝》石可吊，语亦苛酷。傅青主父子称其"镌法特妙"，王梦楼谓"能以粗漫传神"。至其编辑乖舛，分别观之可也。此拓纸墨精好，首尾完整。周纬仓题签丰姿道逸，翁、程、桂诸跋粲然盈册。铸禹年兄得以见示，伏暑展对，古香可挹，书此以志眼福。丁亥立秋前一日，东涯七十七叟张伯英。钤印二，一"老勺平帖"（白文），一"张伯英印"（朱文）。①

曹之格，宋人，曾任无为通判。②《书史会要补遗》云："曹之格尝摹古帖刻石，曰《宝晋斋帖》是也。"③"虽断烂中出数行字，好事者不惜千金争持去"一语，出自曹之格所摹刻《宝晋斋法帖》自跋。④ 所谓"原石犹在，帖石之最寿者"，系指大观三年八月(1109)《汝帖》辑刻，至今帖石犹存于汝州。对此施安昌先生于文中已有详考。

黄长睿，即黄伯思，长睿其字，别字霄宾，号云林子，邵武人，官至秘书郎。天资警敏，长于考古。⑤ 张氏所谓"以黄长睿所讥"即指黄氏之《汝州新刻诸帖辨》：

> 顷在洛中，闻汝州新镌诸帖谓之汝刻。及见之乃杂取《法帖》《续帖》，又珉玉闲篚不能辨也。此犹无害，至集古帖及碑中字萃为伪帖，并以一帖

---

① 中国人民政治协商会议汝州市委员会.汝帖[M].北京：文物出版社，2008：174.
② 梁披云.中国书法大辞典[M].香港：香港书谱出版社，广州：广东人民出版社，1984：606.
③ 陶宗仪.书史会要[M].杭州：浙江人民美术出版社，2012：296.
④ 见上海图书馆藏的宋本《宝晋斋法帖》。
⑤ 陶宗仪.书史会要[M].杭州：浙江人民美术出版社，2012：166.

省其文别为帖语及强名者甚多。……世尚多古帖,极有未传者,自可刻其全篇,何必区区作伪以误后学,但贻识者嗤笑耳。汝州既以石十余刻之,而越州复传其本又刻之。二州之石殊可吊也。信知识真者少,何足怪云。……①

"珉玉闲箑"即指汇集真伪,而"集古帖及碑中字萃为伪帖"便是无中生有,强为之帖。至于"作伪以误后学,但贻识者嗤笑耳",可谓讥语之"苛酷"。可见张伯英跋语俱有所本。

傅青主父子,即傅山、傅眉。王梦楼,即王文治。张伯英所引"能以粗漫传神",即出自王文治《快雨堂题跋》,施文已录。

周纬仓,即周铨,此本《汝帖》题签者。桂馥云其为"上海布衣,卖字终其身。"②翁方纲跋云:"题签者周纬仓铨长于诗,尤工长短句,在康熙间已名重艺林。杜太史诏以小周郎目之。《上海县志》称其书法神似钟王。家贫卖字以自给。此签盖其晚年笔也。"③张伯英跋云"周纬仓题签丰姿遒逸",或出于此。至于"翁(方纲)、程(晋芳)、桂(馥)诸跋粲然盈册",施安昌先生已详及之,不复赘言。

"铸禹年兄"即《汝帖》翁方纲旧藏的收藏者,"铸禹"是何人,对于该《汝帖》流传研究极为重要,而施文无考,实在遗憾。"铸禹年兄"见于张伯英跋,"铸禹先生"见于容庚跋,可见张伯英、容庚与"铸禹"有过从。《容庚北平日记》有注云:"朱鼎荣(1904—1981),字铸禹,号小潜采,江苏淮安人。1922年毕业于南开大学。善美术史论、古书画文物鉴定。"④《容庚北平日记》记载容氏与朱鼎荣交往有16次之多,可见"铸禹"即朱鼎荣。细考此《汝帖》第一册"汝帖目录"下,有"鼎荣墨缘"(白文印)一枚(图4),第一册第二卷尾左下角空白处钤"山阳朱鼎荣字鼎济亦字铸禹"(白文印),第六册第十二卷尾钤"山阳朱氏小潜采堂考藏金石图籍"(朱文印)、"铸禹眼福"(朱文印)(图5),《汝帖题跋》一册翁方纲跋语前空白处有"山阳朱氏"(白文印)和"小潜采堂"(朱文印)(图6)。或有不可考释与重复

---

① 中国人民政治协商会议汝州市委员会.汝帖[M].北京:文物出版社,2008:216.
② 中国人民政治协商会议汝州市委员会.汝帖[M].北京:文物出版社,2008:215.
③ 中国人民政治协商会议汝州市委员会.汝帖[M].北京:文物出版社,2008:215.
④ 容庚,夏和顺.容庚北平日记[M].北京:文物出版社,2019:581.

之印不录。由此可下定论：朱鼎荣，字鼒济，亦字铸禹，山阳人，室名小潜采堂。山阳即今淮安的别称。《容庚北平日记》朱鼎荣条注"号小潜采"或为斋号小潜采堂之误。此考确证宋拓《汝帖》翁方纲旧藏为朱鼎荣所得，并见示于张伯英与容庚，而张、容则跋于后。

图4 "鼎荣墨缘"（白）

图5 "山阳朱氏小潜采堂考藏金石图籍"（朱）、"山阳朱鼎荣字鼒济亦字铸禹"（白）、"铸禹眼福"（朱）

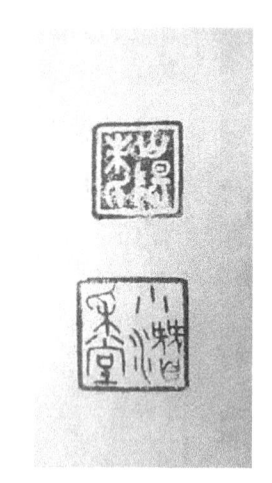

图6 "山阳朱氏"（白）、"小潜采堂"（朱）

张伯英第一段跋语，书于"丁亥立秋前一日"，即1947年农历六月二十一日，时年张伯英已七十七岁。

跋语第二段：

> 宋丛帖有目录者惟《汝》及《赀》，《赀》重摹《绛》之全部，而目录并作十卷。《法帖谱系》谓止刻《绛》前十卷，竟是未检帖文。此目为帖成后补刻。苏斋即订其误，惟云《姚秦铭》隶、楷二段，楷为姚秦，隶则《石赵》，非二段皆《姚秦》，苏斋亦偶误也。[1]

---

[1] 中国人民政治协商会议汝州市委员会.汝帖[M].北京：文物出版社，2008：175.

《汝》即《汝帖》；《资》即《资州帖》；《绛》即《绛帖》；而《资州帖》为《绛帖》复本。故张氏云"《资》重摹《绛》之全部"。《法帖谱系》为曹士冕所作，叙述宋帖十几种支派源流。苏斋，即翁方纲，施文亦详及之。"惟云《姚秦铭》隶、楷二段（图7），楷为《姚秦》，隶则《石赵》，非二段皆《姚秦》"是指《汝帖》中《姚秦铭帖》，张氏指出其楷书四行者为《姚秦铭》，而隶书二行者为《石赵》，为之检出，以为翁方纲之偶误。

跋语第三段：

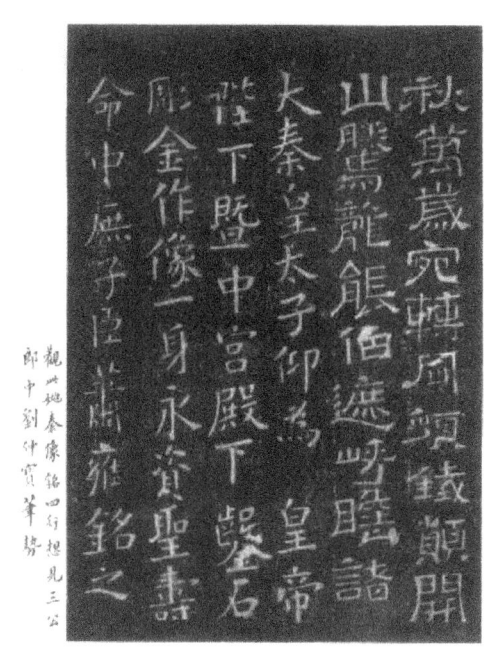

图7 《汝帖》之《姚秦像铭》

苏斋谓《姚秦像铭》四行，可想刘仲宝笔法。刘为北齐三公郎中，远在《姚秦》后，其书率更所自出。苏斋学欧求仲宝不可得，见字体近欧者即疑仲宝。率更碑版照映古今，三公遗迹世无一字。小子仲宝乡人，与苏斋有同感焉。立秋后一日伯英再识。"钤印二，一"张伯英印"（白文），一"勺圃"（朱文）。①

所谓"《姚秦像铭》四行"，是指《汝帖》之《姚秦铭》中四行楷书。刘仲宝，即北齐刘珉。窦臮《述书赋》刘珉条云："刘珉，字仲宝，彭城人，彦应子，北齐三公郎中。"而于欧阳询条云："（询）书出于北齐三公郎中刘珉。"②欧阳询官率更令，人称率更。而刘珉官至三公郎中，这里以"三公"代指之。之所以张氏在该跋中独述刘仲宝书，其中的缘故在于刘仲宝为彭城人，即今徐州人氏。张伯英祖张达有论书诗一首，诗云："彭城书派启唐欧，仲宝惜无一字留。因忆茂谦同北体，儿曹讵可薄毡裘。"

---

① 中国人民政治协商会议汝州市委员会.汝帖[M].北京：文物出版社，2008：175.
② 张彦远.法书要录[M].上海：上海书画出版社，1986：160-162.

诗注云：袁海观观察宰吾邑。儿子从仁游其门，以《醴泉铭》为赠。谓率更其乡先辈书体独创，前所未有。予曰："此彭城书派。"海观愕然，因拣《述书赋》同阅之，而慨仲宝无传书也。《赋》又谓刻拟猛夫格兽，亦无传书。英孙习北碑，时人以为怪。予谓："彭城书派自是如此。"①

此诗与注所言"彭城书派"，一是指北齐三公刘珉，二是指欧阳询父子，三是指其孙张伯英的北碑书法。"彭城书派启唐欧"是指唐欧阳询父子书出彭城。为此，张伯英对刘珉的书法也格外在意，多次题及三公书法。跋语中"小子仲宝乡人，与苏斋有同感焉"，张氏谦称"小子"与刘仲宝同乡。而在历代书帖中已经无法找到其一字。所以每次见到与欧体相近的北朝书，就有"想见三公郎中刘仲宝笔势"之慨，故而与翁方纲有共同的感受，是十分自然的事情。

第三段跋语写于"立秋后一日"，与第一段跋语相隔一天，即1947年农历六月二十三日。一个月后的农历七月二十四日，是张伯英七十七岁寿辰，儿孙辈前来贺寿，全家在东涯老屋前面合影(图8)。

图8 张伯英七十七岁寿辰，全家在东涯老屋前面合影，中间端坐者为张伯英与夫人段端书

① 桂中行,张伯英,徐东侨.徐州续诗征[M].扬州：广陵书社,2014：64.

三、跋《汝帖》三段的价值

张伯英《法帖提要》成书于1938年,述有《汝帖十二卷(宋石本)》。[①] 张氏于1947年得见《汝帖》翁方纲旧藏宋拓本,已相距近十年,其所跋《汝帖》三段,可以补《法帖提要》之阙。特别是第二、第三段有关《姚秦像铭》跋语数行,张氏在《法帖提要》中没有涉及,则显得尤为重要。另外,近来出版的《增补法帖提要》《二十世纪书法经典·张伯英》《张伯英碑帖论稿》等张氏所著,亦未收录此跋《汝帖》三段,所以汝州市政协所编《汝帖》并张氏所跋,对于收集、整理张伯英散佚文稿,以及对张伯英碑帖评鉴研究,都有重要意义。

张伯英跋《汝帖》三段时,已七十七高龄,次年底张伯英即病重,遂于己丑元月逝世,年七十九。笔者所见张氏的最后的帖跋,是在戊子(1948)四月十二日在影本《右军书范》后的题记:

> 余七旬后方能深知此帖,往所题评未尽适当,因书此数行。庶无一语泛设,无一语过量,非遇真识又孰解余言之是非哉？右军字势雄强,于此见之,他刻无能传者,苍浑可媲篆籀。韩退之讥其俗媚,真不知书之尤者。戊子四月十二日,病起阅之。[②]

此题记距张氏跋《汝帖》三段仅十个月,正是其积累毕生阅帖之得失,慧眼独具的巅峰时刻,以"无一语泛设,无一语过量"来评价跋《汝帖》三段,可算是恰如其分。

从书法的角度来看,张氏跋《汝帖》三段,正是人书俱老之时。第一段与第三段跋语,以行楷小字为之,第二段则纯细楷。通篇章法完整,错落有致,行气充足,布白恰当得体,钤印规整清晰,无丝毫懈怠应付。用笔斩钉截铁,沉着率性,挥洒自如,笔力千钧,一扫老年书家抖颤柔弱之病。结体以北碑为基,又有苏、黄意味而兼之鲁公,化而为一,熔铸古今。平正中奇崛频出,峻利遒媚,开张恣意,一任自然,绝无造作之气,内容与形式结合完美,是难得的张氏妙品。另外,跋

---

① 张伯英,吴元真.增补法帖提要[M].北京:商务印书馆,2019:112.
② 张伯英.碑帖论稿[M].石家庄:河北教育出版社,2006:281.

《汝帖》三段,共钤四印,其中"老勺评帖"(白文)为方介堪刻,"张伯英印"(朱文)为金拱北刻(图9)①,此二人俱为篆刻圣手。"张伯英印"(白文鸟虫)、"勺圃"(朱文)不知刻者(图10)。张氏对自用印要求极高,他在《庚午消夏录》中言道:"近日制印亦无好手,新觅佳石数通,乞佳篆不得,为之怊怅。"②斯言出其六十岁时所记,足见张氏用印必"乞佳篆"。《张伯英信札书法集》刊有张氏手钤自用印数纸,自题印之刻者有齐白石、金拱北、陈师曾、赵古泥、黄少牧、王福庵、贺孔才等③,可见"张伯英印"(白文鸟虫)、"勺圃"(朱文)定是名手佳篆。有此四印与跋书交相辉映,可谓珠联璧合。

图9 "老勺平帖"(白)、"张伯英印"(朱)　　图10 "张伯英印"(白)、"勺圃"(朱)

(作者系徐州市文艺评论家协会顾问,中国书法家协会会员)

---

① 张伯英.张伯英信札书法集[M].杭州:西泠印社出版社,2008:151,148.
② 见徐州博物馆藏张伯英《庚午消夏录》手稿。
③ 张伯英.张伯英信札书法集[M].杭州:西泠印社出版社,2008:150,151.

传统书论"反刍"现象的审美缺失

嵇绍玉

传统书法理论有个现象,就是后期书家喜欢对前代要旨和观点反复咀嚼,犹如某些动物"反刍"一般。生物学上讲,每轮"反刍",食物虽磨细研碎,但所获食物能量并未增加。书论史不乏其例,譬如"书如其人"说,最早见西汉扬雄《法言》中"言,心声也;书,心画也",后晋卫铄到六朝钟嵘、庾肩吾,到唐张怀瓘、孙过庭,到明项穆、董其昌等都作出相近诠释,一直到清刘熙载《艺概·书概》,仍在说"书,如也。如其学,如其才,如其志,总之曰如其人而已"。如此热衷"反刍",有其进步意义,但一定程度上也会改变原有理论内质,在审美上出现诸多缺失。

异化叛逆导致失其初衷

对传统书论"反刍",往往容易生发原本没有的外延与内涵,甚或改变原本概念属性。"力势"是书论上经常阐述的话题之一,早期书论对此理解相当朴实而简明。唐韦续《墨薮》记载秦李斯话"夫用笔之法,先急回,后疾下,鹰望鹏逝,信之自然,不得重改。送脚如游鱼得水,舞笔如景山兴云。或卷或舒,乍轻乍重,善深思之,此理可见"。明冯武《书法正传》记载汉萧何的话"书者,营也,力也,通也,塞也,决也,依此遵妙矣",汉蔡邕在《九势》中说:"藏头护尾,力在字中,下笔用力,肌肤之丽。故曰:势来不可止,势去不可遏,惟笔软则奇怪生焉。"受民族崇尚自然思想影响,他们对"力势"论述并无多少技巧与匠心,认为书法是软笔与帛宣互相作用的结果，"力势"自然就内藏于行笔绞转提按进程中，几乎所有书写者都自得此道，并各其效，有功夫深浅、天赋高下不同，但对"力势"掌控并无原理、本质和方式的差别。

围绕"力势"，后世书家理论上行数墨寻、字集句掇，不厌"反刍"。晋成公绥《隶书体》、索靖《草书势》、王羲之《用笔赋》、王珉《行书状》和南朝萧衍《草书状》等等，在秦汉"力势"理论上都采用华丽辞藻连绵铺陈其特征与意义。但此时，他们所述不同书体"力势"有着不同要求、不同书家的"力势"呈现不同风貌，"力势"作为书法活泼生命意趣的外现形式，可视为"反刍"过程中的增益与拓展，自有新意丰富其中。但唐后特别宋明开始出现"反刍"异化现象。如唐林蕴在他《拨镫序》中说"殊不知用笔之力，不在于力，用于力，笔死矣"，宋米芾在他《海岳名言》中说"学书贵弄翰，谓把笔轻，自然手心虚，振迅天真，出于意外"，同时代黄庭坚在他诗中说："世人尽学兰亭面，欲换凡骨无金丹。谁知洛阳杨风子，下笔便到乌丝栏。"一定程度上无视"力势"的价值与地位，强调书法重在书家心悟意会，以神使笔，不再受"力势"颐指气使、听其派令。这种理论异化，失去"力势"本原宗旨，使得帖学逐步走上靡俗阴柔、以愉悦感官的甜熟之途。细观明代诸帖，多有此弊端，以馆阁书体为盛，妍媚有余，凌厉不足，笔画单调毫无变化，结构固化枯瘠疲软，时时为社会所诟病。

取其一端导致失其真谛

书法是主观与客观、感性与理性、情感与理智相统一的艺术，魏晋形成书法"中和"审美理想。卫恒在他《四体书势》中说字要"势和体均""平正安稳"，王羲之在他《笔势论十二章》中提出"夫字贵平正安稳""务以平稳为本"，皆强调书法须平和自然、含蓄委婉、刚柔相济。作为一种尽善尽美的审美境界和典范，"中和"风格成为后世书家的不懈追求。

"中和"审美理想一经形成，后世书家奉若神明，后世历朝历代热衷、奉行"中和"论者嗣响激荡、蔚成气象。有唐一代，欧阳询在他的《八诀》中说："四面停匀，八边具备，短长合度，粗细折中。"徐浩在他的《论书》中说："字不欲疏，亦不欲密，不欲大，亦不欲小。小长令大，大蹙令小，疏肥令密，密瘦令疏，斯其大经矣。"忠贞虔诚般在"中和"窠臼中来回捣鼓。但在实际上，唐朝书法失却"晋韵"衣钵，旁逸斜出构建出充满现实主义意味的"楷书"和浪漫主义情怀的"狂草"两座顶峰。

作为一种书法理想,本身是时代际遇、地域风貌、文化思潮和书家禀赋多重因素相综合的产物,世易时移,风水流转,古书有言:"橘生淮南则为橘,生于淮北则为枳,叶徒相似,其实味不同。"任何一种审美倾向都打上了深深的时代烙印,后世书法"反刍""中和"理论,仅取其不偏不倚、无过不及一端,而忽略魏晋那种"越名教而任自然"的时代艺术氛围与意境,这正是难以原汁原味吸收魏晋"中和"理论的根源。这亦导致唐代书法并未循规蹈矩于魏晋模式,而在泱泱大国气度下尽显阳刚之美。个体书家风格上亦与"二王"风格庭出别径,有所缺失,正如南唐李煜在他的《评书》中所说:"(书家)各得右军之一体;若虞世南得其美韵而失其俊迈,欧阳询得其力而失其温秀,褚遂良得其意而失其变化,薛稷得其清而失于拘窘。"

繁琐雕琢导致失其要领

楷书发展至隋,开始出现系统讨论结构法则理论。释智果著有《心成颂》,篇幅不长,但对文字结体分析含章可贞、别开户牖,共列举47个模范字体以总结出结体"十八法",如"回转右肩,长舒左足""峻拔一角,潜虚半腹""间合间开,隔仰隔覆"。这些结体基本规律,具有始创意义,对后世书法艺术有着重要指导作用。尤其是结体辩证关系,分合、繁简、紧松等等,由技而生,趋近先秦哲学所谓平淡、简约之"道"。先秦哲学认为,技巧熟悉后就能明白事理中的"规定性",这"规定性"就是"道",高于"技"的层面,隐藏在事物现象的背后。理解"道",便可融会贯通、举一反三于任何"技"。释智果"十八法"作为"书道",统摄、驾驭着文字的所有结构组合,触类旁通于诸多"技",所以成为后世书写法则的根本遵循。

释智果抓住结体中那些最突出最主要的审美元素,而省略掉那些多余的、隐含的、次要的、边缘的特征,因为从技法层面上讲,笔墨蕴涵着无限的多样性、复杂性、灵活性。无以穷尽,撮其纲要便是最理想选择。智果以后,书家着意于对结体法则详加解读,有唐欧阳询《三十六法》、明李淳《八十四法》、清黄自元《九十二法》等,越分越细,越析越程式化,越构建越走向琐碎枯索。如此"反刍",其缺失在于:过多关注次要信息,将次要信息等同于主要特征来成就新的结体法则理论,这等于将"由技入道"反向转为"由道入技",对"道"多重剖剥缕析,必然会冲淡事物现象"规定性"的内质。黄自元《九十二法》就完全出于解析目的,网罗列尽众法,具体到"有几个钩提的字,有的要挑起钩,有的要藏笔锋""上下有钩提的字,下钩明显而上钩要隐藏""有俯钩和仰钩的字,俯钩要短,仰钩要长"等等,不厌其烦,使得阐述从高屋建瓴回归饾饤攒簇,拾着前人之涕唾,新鲜滋味就难以横空弥漫而出。

(作者系盐城市书法家协会副主席,中国文艺评论家协会会员)

非佛非仙人出奇
——任中敏书法简论
王白桥

就像石涛的到来开启了三百年的扬州画派一样，任中敏先生高龄归扬也昭示着扬州文学研究之复兴。书法，在任中敏先生的文化成果中并无显赫且令人瞩目的地位，但亦极可观，特别在今天的书法语境中，更有其发人深省的元素。一切历史都是当代史，当任中敏先生的书法对于当代书法具备相当的借鉴意义，就值得关注和研究。

先生一生，以学术之研究著称。而以先生盐商殷实之家，加上成长过程中扬州固有的文化氛围，于书法、篆刻、绘画、漆器、盆景、戏剧等生活中的艺术时有留意也是理所当然。《瞿秋白年谱详编》记载："1914年，任乃讷曾赠瞿秋白锭形小漆盒，刻有'涤梅玩此，讷赠'字样，这些均是购买时由漆店代刻，此盒现收藏于常州瞿秋白纪念馆。瞿秋白回赠一幅父亲所绘的山水画，以及一套晚清赵之谦的印谱，以红木盒装，装帧考究。"任乃讷即中敏先生，时18岁，在常州第五中学与瞿秋白为同学，交谊深厚。瞿秋白这套赵之谦印谱乃至山水画的馈赠，当是投其所好，也正可证明中敏先生于赵之谦一路书法篆刻的痴迷从青少年时代即已开始。

先生成长于碑学大兴的年代，康有为说："迄于咸、同，碑学大播，三尺之童，十室之社，莫不口北碑，写碑体，盖俗尚成矣。"他置身于碑学的洪流中，不能不受到影响，但他于书法的主要兴趣，多在小篆，历久弥坚。

目下所见先生传世作品，多是小篆，笔者所见最早为1929年他为"寒操先生"书《弟子职》,先生是年33岁,此作铺毫直取,意有近邓石如处(邓石如有《弟子职》十二屏并拓片存世),而笔墨中起止之顿笔,运线转折,结字大略,更多赵之谦风貌,并略兼徐三庚垂针之趣。尤需注意处在先生落款,运线自由洒脱,了无碑学迟滞之弊——这样的笔性,正是他晚年光华万丈的行书手札的重要基础。先生1975年4月曾为秦子卿先生作篆书中堂,名款下自绘二印,一曰"任",一曰"伯叔之间",伯即顽伯邓石如,叔为㧑叔赵之谦,盖谓书意在邓石如、赵之谦之间,可见先生篆书创作审美相当稳定。

先生于自己的篆书具备相当的信心,在1958年致胡忌信中说:"弟生平学书无成就,惟于小篆略有工夫,又笃好。他年颓废之前,天能假我一二年光景,仍愿好好写一百副篆联存世。"此语意味深长——学人以学为本,书法只是余事。先生于诸多生活中的艺术实抱有广泛兴味,在极度缺乏学术研究条件时,也曾寄情盆景等。他在1958年致胡忌信中曾说:"弟案头有扬州石菖蒲、上海螃蟹水仙、老根海棠杜鹃及南京雨花台螺子石若干,都可顾盼,已较一般人丰富。情怀所寄,不复郁郁,堪告远好。"且于盆景创作也多有心得:"布置一盆山景,不殊作一幅画,煞费构思。其有成就者,十难其一,余虽不沦于废品,亦不耐鉴赏耳。"但他终究是学人本色,往往陷入自责:"迷恋于盆景不辍,费时失'业',奈何,奈何!陷溺已深,拯救不易了!"基于同样的心理,他于书法也觉"更有时间闲情二端益难备耳。"他的一生,或在民族的危亡中艰难跋涉,或在时代的翻覆中困苦求生,当晚景回甘之时,更有与时间赛跑的迫切感,所以先生在学术的追索外,真正投入篆书创作的时间和精力就非常有限了!

先生八十岁以后的篆书,以现存扬州大学"客疑杜老何遥叹,我会渊明所谓高"联为代表。该作品笔力沉厚,平正洞达,由晚清风气而有上窥斯冰处,但若与乾嘉以下顶级小篆书家相较,还是有距离,究其原因,一在先生于时间取舍中之不得已处,二在先生学人本色,不以确立明显的个人书风为目标。至于1987年先生91岁所书篆书"唐杂言"三字,实在是一派烂漫天真,篆隶杂糅,自有生面,非小篆所可尽笼,深惜先生年高,为精力所限,不能多作。

如此说来中敏先生并非这个时代顶级的书家吗?决计不是!在我们中国的文化传统里,除了正规的书法创作体系,还有一个信札手稿体系的存在:以王右军论,《丧乱帖》的成绩未必在《兰亭序》之下,甚或过之!再比如民国以来,鲁迅先生的手稿,向为人珍惜,郭沫若说:"鲁迅先生亦无心作书家,所遗手迹,自成风格。融冶篆隶于一炉,听任心腕之交应,朴质而不拘挛,洒脱而有法度。远逾宋唐,直攀魏晋。世人宝之,非因人而贵也。"

中敏先生的手稿信札,也当作如是观。目下可见最奢者,为扬州大学藏先生致南师大唐圭璋先生手札多封。唐老和任老曾共同就学于吴梅门下,为毕生至交。任老归扬,与唐先生往还信札极多,且每札言辞繁密,满纸恣肆,实可看出先生高龄康健,情怀饱满坦荡。

先生手札所用纸张多为扬州师范学院稿纸,稿纸是很光滑的,稿纸上作书犹如熟纸,用笔清晰,细细分析先生"乱发团成诗"一般的信札,笔路秩序井然,可以从深层次体察先生良好的笔墨修养——目下尚可见先生早期文稿,横行竖列,多见规矩,行楷书流畅、平正、清晰。1945年日本战败投降,哪怕在如此"漫卷诗书喜欲狂"的情绪中,先生《展山凯歌》诗稿也还是清新流畅,多见帖学之妍美。

但是在他垂老归扬的信札中,那个清丽、婉转、平正的审美世界已经被完全推翻或者说升华了!我曾经尝试着诠释先生这些信札的艺术风格,总觉词不达意,直到看到先生《词曲通义·性质》中的一段话:"词静而曲动,词敛而曲横,词深而曲广;词内旋而曲外旋,词阴柔而曲阳刚;曲以豪放为主,别体则为婉约;词尚意内言外,曲意为言外意亦外。此词曲精神之所异,亦即其性质之所异也。"动、横、广、外旋、阳刚、豪放、意外……关于曲的这一切审美的论断,不是先生于自己晚年手札风格最好的注脚吗!

不错,曲只是先生研究的对象,但是我们亦当看到,凡一切抵达最高层面的研究,无不与自我的气质相辅相成,且在此过程中,研究的对象往往也会陶冶自我的气质,进而达到合二为一的境界。在这样的高度上,学术之研究与文艺中之柳敬亭说书并无二样,皆以天人合一、物我交融为最高境界。

任中敏先生于晚年的大量书写中,打通了从精神到笔墨的有效通道,书人合一而不自知。他"感受了发扬平民精神的时代思潮,从而将他的价值取向从文学研究中片面、狭窄的'古典主义',转向了真实、立体的'古代主义'",从瑟缩之高雅转向蓬勃之民间,实也同于碑学从帖学片面、狭窄的古典主义向真实、立体的古代主义的转变。当然碑学大兴的深层次原因,更有被压迫的学者们隐晦而苦涩的呐喊,艰辛而卓有成效的追寻!

任中敏先生大半生的际遇是苦涩的,作为一名战士,更是无暇回首的。当他晚年得以舒展之时,铭刻于他的生命印记中的呼喊和碑学的呐喊走向精神的交融。同时,他作为一名爱国知识分子从未失去内在的尊严和信心,决定了他的艺术并不陷入泥淖,并得以升腾而进入如散曲般美好的"动、横、广、外旋、阳刚、豪放、意外"的境界。

他的手札的笔墨源流,并非汲取于魏晋,而在唐人。虽在唐人,却丝毫不为唐人碑帖中森严的法度所囿,淋漓自由。这首先得益于他重视民间创造的审美态度。例如谈及八怪时先生曾说:"板桥之艺,都不出民间呼吸,何怪之有?"同时也得力于他的敦煌学研究——在这样的研究中,他得以大量浏览唐人民间墨迹。"1978年,在北京任中国社会科学院研究员之时,他借助北京图书馆的微缩胶卷对全书(《敦煌歌辞总编》)资料作了校订和补充。"这些以民间写手为主完成的敦煌遗书墨迹,对他晚年的书法产生内在的、深刻的,同时也是隐晦的影响,可以说是无疑的。

作为"一代文宗"的任中敏先生,其书法的经典背景和雅正气息是不容置疑的。同时,民间鲜活淋漓的生机也充分灌注到他的手札中,最终形成个性鲜明、包容万千的书法世界。今天国中貌似繁荣的书法现状中,套用陈丹青先生的一句话:"我们所看到的,是表达的过剩,而看不到多少真正的自我;是内涵的窘迫,而看不到多少精神的质色。"我们研究先生的书法,赞誉先生的书法,其目的无非在于批判当代绝大多数书法创作的浮泛苍白,致力于把我们的生命精神更多地贯注到自己的书法中去——当然前提条件首先在于:每个个体生命精神的健康丰厚。

(作者系江苏省江都水利工程管理处高级工程师)

吴让之研究二题

石剑波

吴熙载(1799—1870),初名廷飏,以字行,后又改字让之,亦作攘之,别号让翁、晚学居士、方竹丈人、言庵、言甫、难进易退学者,斋名为晋铜鼓斋、师慎轩等,江苏仪征人,在明清篆刻史上有着举足轻重的地位。

吴让之在自用印中基本都用"攘"而少用"让"。据孙向群考证,《说文》曰:"攘,推也;让,相责让也。"《小尔雅》曰:"诘责以辞谓之让。"两字本义不同,后来之义有相通之处,可以通用。也许是吴氏见"让"的本义不太好,故少用之!

关于吴让之的生年,似无疑议,为1799年,而卒年1870年(七十二岁),有学人撰文认为"让翁七十六岁尚在世"[1],1870年之说最先出自汪鋆,原文如下:

> 吾乡吴让之先生熙载,书名遍海内,小篆铁笔尤佳,盖先生为包安吴弟子,尽得其传,因能上窥秦汉六朝而于北魏,最近词章小学,不落古人后。余既刻词数首于《淮海秋笳集》,又搜辑所刊石印为之作序。同治庚午冬,先生归道山。[2]

---

[1] 江苏省文学艺术界联合会,苏州市文学艺术界联合会,西泠印社.吴门印风:明清篆刻史国际学术研讨会论文集[M].杭州:西泠印社出版社,2012:255.

[2] 汪鋆《十二砚斋随录》。

笔者近读吴让之赠幼节篆书联(图1),旁有逸耘行书跋云:此联虽非方竹丈人精意之作,然具方圆平直之妙,犹有三仓遗意。洵为小篆正宗,记已巳岁余归邗上,让老书"行云流水"四字以贻余。曰恐五年后难再见也。客冬果归道山,读此益动我山阳之感云。辛未秋日,逸耘识。(盖枝园主人印)

查辛未为1871年,"客冬"意为去年冬天,即庚午年1870年冬天。以此双证考订出吴氏卒年为1870年。

一、吴让之与泰州三藏书家交游考述

1853年,吴让之避兵乱流寓泰州,其《军城七夕》诗:"三年二月扬州破,七月今宵未解兵。鼓角星河空有梦,关山儿女不无情。织乌未稳风旌飐,扇月低是海岸晴。舞阁歌堂杳何许,可堪明远对荒城。"可见吴氏对流寓失所、难栖容身之地的悲愤与无奈。在吴让之寓泰的十年里,曾先后寓居姚仲海、岑仲陶、陈守吾、朱筑轩、徐东园、刘麓樵等人家中,并创作了大量的书画篆刻作品,目前所见的多数代表作,均是在这一时间段创作的,但因其留下的文字资料过少,又较为分散,笔者拟就吴氏与泰州藏书家夏荃、刘麓樵、朱宝善等人交往作一考述。

夏荃(1793—1842),字文若,号退庵,住泰州城铁炮巷,历任丰县桃源县训导。与魏茂林、刘宝楠、刘文淇、吴熙载等常相往还,有"辟蠹山房""春星草堂""宋石斋"(图2)等,生平覃精典籍,考订审评,尤致力于搜寻地方著述,于乡邦文献功莫大焉,著述有《退庵笔记》《梓里旧闻》《退庵钱谱》《海陵艺文志》《晋砖唐石斋诗文存》《淮张逸史》等。辑有《海陵文征》《海陵诗征》《辟蠹山房丛书》。刊刻《海陵文征》《陋轩诗续》等。据《退庵笔记》称,藏书三万卷一千一百部,编入《辟蠹山房藏书目》,藏籍中遗存有清初邓汉仪《慎墨堂笔记》,吴嘉记《陋轩诗》稿本,藏印有"海陵夏氏藏本""退庵""夏退庵所得金石文字"等。

图1

夏荃除"宋石斋"匾额篆书为吴让之书写外,其墓志铭篆额也出自吴氏之手(图3),碑现藏泰州图书馆。

图2

图3

刘汉臣,字麓椎,一字庚甫,泰州姜堰镇老庄村人,性嗜古,精鉴赏,聚蓄碑版甚富,所得宋元椠本及传抄秘籍不下百余种,晚年精研医术,撰有《还读堂诗稿》《卫青轩书目》《脉学指掌》《内经揭要》《经世日记》诸书,均未刊行。其所得善本,大多购自太平天国运动后,咸丰三年(1853),刘至扬州搜集阮氏积古斋、姚氏邃古堂及已经败落的藏书家散出之书,船载以归。筑"染素斋"以收藏,并请吴让之至其家居三年之久,吴氏曾朱书《说文》一部赠之,文末有"寄食三年,无以为报"的亲笔跋语。为刻藏书印约88方,刻砚一方,书画多幅。刘藏书约两万余册,其中有不少宋元旧椠及名人抄校本,明刻本也较多,藏书后分给四房,子孙不能守,陆续散出。

笔者从泰州图书馆找到民国泰州文史专家陆泰手钞《泰州公私藏书考略》一文,其中对刘汉臣家藏古籍善本有详细记载,并述及藏书印30方,摘录如下:

藏印:卫书轩(朱文椭圆印)、染素斋(朱文印及白文方印)、海陵刘氏染素斋

（朱文长印）、海陵染素斋藏书印（朱文长方印）、海陵刘氏（白文方印）、刘印汉臣（白文方印）、麓樵（朱文方印）、汉臣（白文小方印）、赞襄（朱文小方印）、泰州刘汉臣麓樵（白文方印）、泰州刘汉臣麓樵氏印（朱文方印）、刘汉臣麓樵父印（白文方印）、刘汉臣字麓樵（白文方印、又朱文方印）、刘汉臣字麓樵又字庚甫（白文大方印）、海陵刘氏鉴藏善本（白文长印）、泰州刘汉臣麓樵氏所藏书籍（朱文长印）、泰州刘汉臣麓樵氏读本（白文长印）、泰州刘汉臣麓樵氏藏书（朱文长印）、麓樵校读（朱文方印）、麓樵所赏（白文方印）、泰州刘麓樵购于泰州癸丑兵燹之后（白文长印）、购于癸丑扬州兵燹之后（朱文长方印）、鬻及借人为不孝（白文长方印又朱文方印）、好读书不求其解（白文方印）、农家者流（朱文方印）、略观大意（朱文大方印）、至牒崇恩（白文方印）、罗塘刘氏麓樵珍藏金石书画（朱文长印）。

以上所记录刘麓樵自用印30方，因麓樵校读（朱文方印）、购于癸丑扬州兵燹之后（朱文长方印）在吴氏印谱中能找到，可定为让之作品。鬻及借人为不孝（白文长方印又朱文方印）同内容印吴氏曾刻赠岑仲陶，故笔者认为这批印章应大部分或全部出自吴让之之手。

现流传有序的是吴让之于甲寅（1854年）八月赠刘汉臣隶书长联："热不因人，翁之乐者山林也；居唯近市，客亦知夫水月乎。"（图4）还有一方吴让之赠朱文印：麓樵校读，边款为：麓樵属，熙载（图5，青霞馆藏）。据《泰州文献》第二辑记载：吴让之印谱泰州版本有岑氏惧盈斋绿格原拓本，陈子伟藏手拓本，刘麓樵朱拓本，王白齐藏朱拓本，叶大根汇集本。

朱宝善（1820—1889），字楚材，一字樱船，晚号悔斋，泰州人，朱芳桂子。曾署福建澄海知县，善画，工山水。有《红粟山庄诗集》传世。诗集共六卷，同治九年至光绪十五年自刻于福建，《红粟山庄诗读集》六卷，《诗馀》一卷。民国十四年（1925）其孙崇官辑刊。后又刻有《红粟山庄诗补遗》一卷。

今有朱氏藏明毛氏汲古阁原刊本《三国志》，上盖"伊娄朱氏珍藏"朱文印，无独

图4

图 5

有偶,黄裳跋《花笑庼杂笔》六卷①(乌程范锴声山录,道光二十三年自序,白口,双边,前有道光二十五年孙燮序,道光二十四年自序),目录盖有"伊娄朱氏珍藏"朱文长方印。

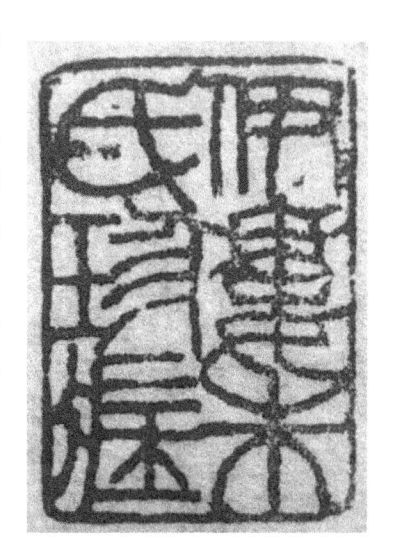

笔者曾见到"伊娄朱氏珍藏"竹根印(图6,青霞馆藏),当代学者曾评价道:"吴熙载的竹根印已发现的还有他的自用印等多件,大都堪称构图精熟自然,线条圆健凝练的妙品,清代扬州地区刻竹艺术盛行,以竹为印材,既具有就地取材之便,又成为印林的别调,是弥足珍视的罕睹之品。"②比较著名者有:韩天衡先生藏吴让之竹根印一方四面印,上海博物馆藏吴让之竹根印。

夏兆麟在《吴陵野记》卷六中有关吴让之的文字记载:"咸同间太平军起,泰以僻处内地,幸无恙。书画家避乱于此者甚众,吴让之先生时亦在泰。扰攘之秋,求书者少,先生苦无以为活,乃于东门小校场武庙中拆字

图 6

---

① 黄裳.来燕榭书跋[M].北京:中华书局,2011.
② 孙慰祖.孙慰祖论印文稿[M].上海:上海书店出版社,1999.

卖卦,以为糊口之资。得铜钱二百枚,则欣然有喜色焉,亦有枯坐终朝无问津者。如此大书家,何当时乃贫困至是,岂时运果是限人欤!"从中可见让翁为了生计做过营生,且当时寓泰生活十分艰辛,徐珂所编的《清稗类钞》中也有类似记载:"(吴让之)咸丰庚乱后,生计日蹙,一家数十口,恒空乏无籍。"这两处均记载了让翁在泰生活之艰苦!

二、对《石鼓斋印谱》后剪贴吴让之印的考察

友人近从拍卖会上拍得《石鼓斋印谱》一套两册,为卞孝萱藏本,卞孝萱定此为孤本,并写《孤本〈石鼓斋印谱〉跋》文刊发于《藏书家》杂志。可惜的是,卞文着重对印谱作者张肇岑进行了介绍,并未对印谱中张刻赠阮元一门的印作详细介绍。

《扬州历史人物辞典》中记载:"张肇岑,字兰坡。清江都人。乾隆间在世,工篆隶,喜金石文字。足迹几遍全国。阮元督滇时,大理石画,镌刻皆出其手。官按察司照磨。有《石鼓斋印谱》。"

笔者在翻阅此印谱时,无意间在下册谱后发现了吴让之印章剪贴印蜕,真可谓"捡大漏",谱中粘贴印蜕60方(图7—17),有9方为吴让之印谱中收录,故笔者揣测剪贴印蜕可能大部分为吴让之刻!

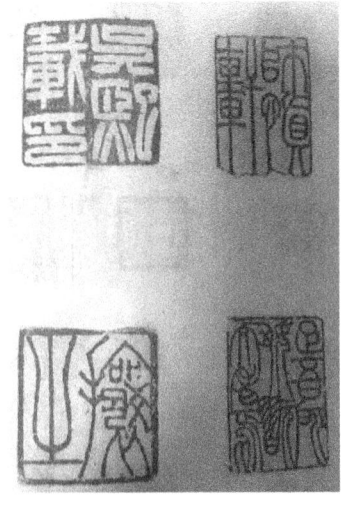

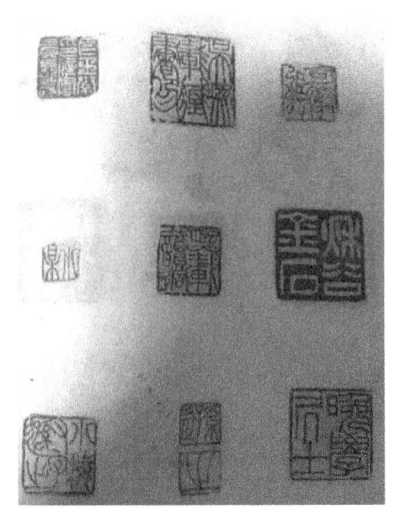

图 7　　　　　　　　　图 8

书法篆刻 | 355

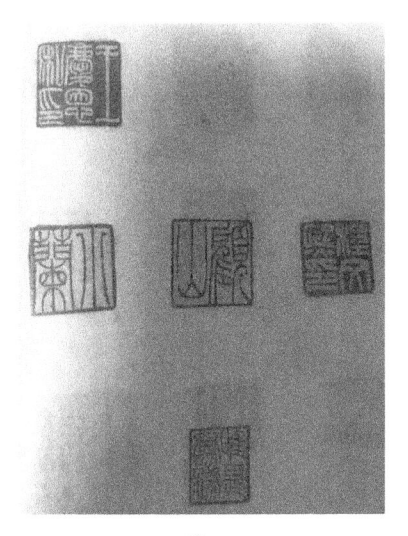

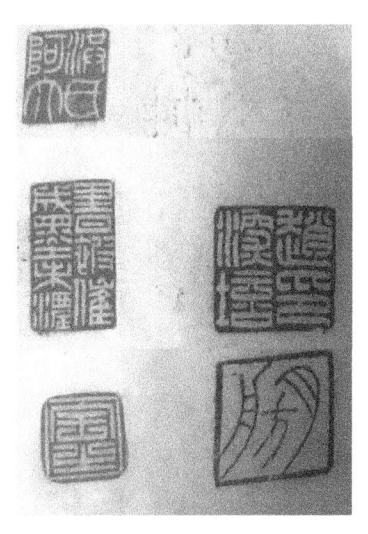

图 9

图 10

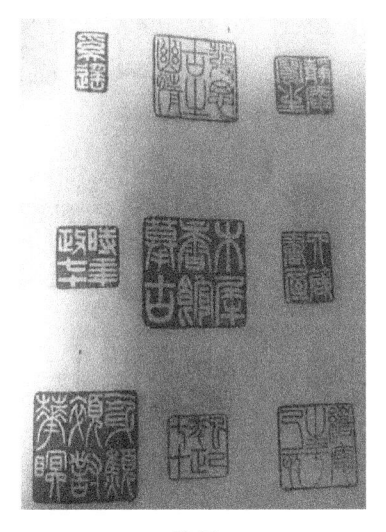

图 11

图 12

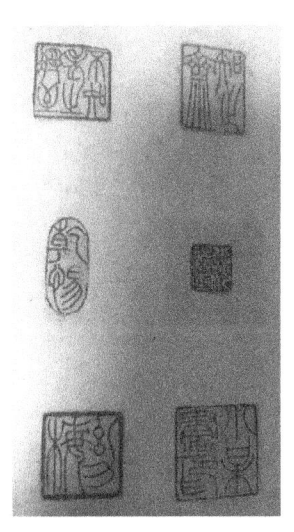

图 13

图 14　　　　　　　　　　　　图 15

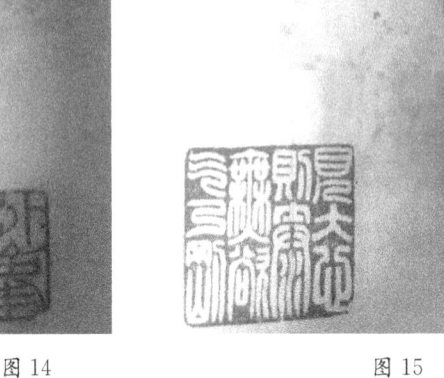

图 16　　　　　　　　　　　　图 17

　　光绪二十三年,瞿鸿禨任江苏学政,案临扬州,甫下车即问,卞家该年有几位考试生员,悉数录取,在瞿氏主持下,卞宗礼取为秀才,卞宗礼便是卞孝萱的父亲。卞氏族中卞士云、卞宝第父子很有政治声望,吴让之曾为卞宝第刻过白文"卞宝第印"、朱文"颂臣"对印。

　　2017年10月,西泠网拍以"才郎真孝子、慈母亦良师"为主题,搞了一场卞孝萱上款书画及信札专场拍卖会。其中有吴让之为卞孝萱先祖父卞冠贤作书法、浮峦暖翠图扇面一件。

卞孝萱的父、祖、曾祖皆有太学生的科名及"登仕佐郎"的职衔,从九品。所谓例授就是捐纳,可见当日的卞家既是书香门第,也是富足殷实之家。

卞孝萱藏本后附剪贴印蜕60方,其中和吴让之印谱等资料对照,确认为吴氏刻9方,分别为吴熙载印(白文)、师慎轩(朱文)、攘之(朱文)、足吾所好玩而老焉(朱文)、吴熙载藏书印(朱文)、熙载读过(朱文)、可怜虫(朱文)、晚学居士(朱文)、俗丁(白文)。

为好友王素(小梅)刻印7方,分别为臣王素印信富贵长寿(白文)、小某(朱文)、小梅又字逊之(朱文)、逊之(朱文)、小梅诗画(朱文)、幼梅(朱文)、小某画印(朱文)。韩天衡先生在《记吴让之暮年的十二方(二十面)遗印》一文中曾描述其师郑竹友把吴让之遗印十二方以韩家藏的雍正天青釉官窑洗交换给他。其中就有"王小梅作""小梅"二印,当年王小梅、吴让之寄寓扬州准提寺,"王画吴字",是扬州藏家收藏的首选。

另有"张兆兰印(白文)①、畹九(朱文)"二印,查张兆兰(生卒年不详),字畹九,清仪征人。同治九年(1870)举人,官至监察御史,著有《醉经斋词钞》一卷,与其父集馨《时晴斋词钞》同刊。吴让之与受主为老乡,交接时间也吻合,可视为吴氏作。

"秋谷金石"(白文),查秋谷为潘贵生(1834—1881),又名潘康保,字良士、秋谷,号青芝山人,苏州人。咸丰九年(1859)举人,官湖北知县,为潘祖荫后人,富收藏。

"逸耘"(朱文),吴氏曾赠送逸耘隶书"行云流水"匾额②,款为"逸耘大兄属",前文也提到逸耘为吴氏篆书联题跋并论及其去世时间。

"修存手疏"(朱文),吴氏还曾刻过一方"修存"白文印③。

"野航"(朱、白文各一方),吴氏也刻过另一方朱文"野航"。④

"木犀香馆摹古"(白文),吴氏为范志熙(1815—1889)刻,范在同治三年至六年(1864—1867)任扬州府河务同知,斋号木犀香馆等。

---

① 王澄.扬州历史人物辞典[M].南京:江苏古籍出版社,2001:300.
② 谦慎书道会.吴让之の书画篆刻[M].东京:二玄社,1978:84.
③ 章群.四知堂珍藏吴让之印存孤本[M].杭州:西泠印社出版社,2010:7.
④ 小林斗盦.篆刻全集6[M].东京:二玄社,2001:178.

其他白文如王庆恩私印、程文熙印、洪氏阿大、赵深培印、奚遥、书被催成墨未浓、宝之、静庵写生、时年政七十、六箴书屋、一身憔悴对花眠、黄兆霖印、王懿荣印、盛氏晓云、见大心则泰无欲气乃刚、莲舟所作、得砚斋；朱文印如小兰、顾山、唯是为务、月舫、发思古之幽情、己巳年正七十、缙庵生于乙亥、雨生、不知老之将至、知止斋、乾惕、外峰（两方）、莲生、莲舟、吉父；半朱半白如卢庐印等因笔者掌握资料有限，撰稿时间仓促，未能查阅到受赠者的相关信息。天籁阁、子子孙孙永宝用享等应不是吴氏印作，至于王懿荣与吴让之的关系，有待今后有心者考证了。

以圆朱文篆法入白文印是让翁篆刻的一大特点，一路横宽竖狭、略带圆转笔意的流美风格，腕虚指实，刀刃披削，其运刀如神游太虚、若无所事。《石鼓斋印谱》附后剪贴印蜕笔者揣测，大部分为吴让之真品。风格虽不是让之典型印章风貌，但对照《四知堂珍藏吴让之印存孤本》书中所录印章，风格多有类似。

《石鼓斋印谱》后剪贴印蜕大部分为让翁作之说乃本人一己之见，囿于见闻，疏漏之处难免，敬请方家斧正！

（作者系江苏省篆刻研究会理事，中国书法家协会会员）

其他

长江美学语境下的江苏特质

陈国欢

长江流经江苏这片土地,在经济与文化上都具有重要意义。在江苏,长江与大运河相遇,与江苏的湖河港汊构成神经状的网络连接,它与淮河相望,形成了独特的地理风貌,又与徐州的黄河故道形成了一种文明纽带的情感连接。大江之水浩浩荡荡,即将奔流入海,完成一段宏伟的旅程。

可以说,长江进入平坦的江苏之后,与其他水系的交融,共同形成了一种独特、多元、包容的地域文化——水韵江苏。这种文化具有积健为雄、刚柔并济、生生不息的美学特征,是江苏文化的精神特质的集中体现。在长江美学的语境下,充分挖掘和理解长江所赋予江苏的此种审美精神特质,进一步理解江苏性格,为江苏文化和经济格局的进一步发展提供原生性的动力。

江苏的美是丰富多样的,它囊括了大美、秀美、壮美、俊美、奇美、精美、静美、优美、鲜美、婉约、从容、壮丽等种种特质,可谓是"多美"的状态。这种美学特征,可以总结概括为五种美学特质,即江河湖海的水韵特质、文质彬彬的书香特质、经世致用的实干特质、心灵手巧的精致特质、审美生活的诗性特质。

一、江河湖海的水韵特质

为何江苏面积不大,而文化类型很多?这与"江河湖海"的共生格局有关。长江横贯东西,境内长度大约400多公里,流经南京、镇江、扬州、泰州、常州、无锡、苏州、南通8个市;京杭大运河纵贯南北,境内长度大约690公里,流经徐州、宿迁、淮安、扬州、镇江、常州、无锡、苏州8个市。江苏水网密集,可以说是"水"构成的世界:全省有2 900条主要和河流,300多个湖泊,我国五大淡水湖(太湖、洪泽湖、洞庭湖、鄱阳湖、巢湖),江苏占其二。太湖、洪泽湖是两颗璀璨的明珠。江苏湖泊率为6%,居全国之首。

可以说,长江文化的江苏段文化,不仅有大江文化,还纳入了中国的海洋文化、运河文化、湖泊文化。江湖交汇,江河交融,江海交接,不仅构筑了独特的地理面貌,也最终汇聚为集"江河湖海"为一体的立体化的水系文化。文化积淀深厚、人文荟萃。

水是流动的,水也有硬软之分、缓急之分、清浊之分。流经了不同时间、空间,流经不同的人文、自然空间,其水质是不同的。长江每一段的水不同,江苏境内,江与河、江与湖、江与海交汇出不同的水质。水是自然的,也是人文的,水有冷暖、软硬等。不同水质融汇后会产生"化学"反应。江河湖海各自的特点交织和孕育了极具生命力的多样性文化。以环太湖流域的苏锡常为代表的吴文化,以淮河流域的徐州、淮安、宿迁为代表的楚汉文化,以六朝古都、江南佳丽地的南京为代表的金陵文化,以淮左名都、大运河交汇点的扬州为代表的维扬文化,和以近代南通、盐城、连云港为代表的江海文化,皆是水韵江苏在不同地域下的表征,是在这一美学特征统一下的根本特质。

二、文质彬彬的书香特质

"上有天堂下有苏杭",这个"苏"是江苏的苏,是大写的"蘇"。水带来的便利性,不仅促进了古代农业,也促进了古代交通业、工商业、手工业的兴盛,富裕的江苏自古即是国家赋税收入的支柱,从唐代就出现了"军国大计,仰于江淮"的局面。

江苏是鱼米之乡、经济大省、教育大省。经济的繁荣促进了文化教育的发展,江苏具有文质彬彬的书香特质,形成了诗礼传家的传统,书香世家比比皆是。中国历代状元中,江苏占比最高。史书可以考证的状元共有357位,仅常熟一县之地,自隋唐以来,就出了8名状元,4名榜眼,5名探花,486名进士。新中国成立后,江苏更是人才辈出。据统计,1955年到2015年的60年间,当选的江苏籍两院院士(含外籍华裔院士)高达450人。2015年院士增选,江苏籍院士高达22人,远远领先于其他省份。2021年两院院士增选,江苏16人当选。

现代江苏拥有13座历史文化名城,31座历史文化名镇,200多家重点文物保护单位,100多个国家级"非遗"。江苏是真正的文化大省、人才大省。

在江苏,读书真的算是一项全面参与的集体活动。江苏全省有9个城市书店数量超过1000家,省会南京的书店数量更是有近3000家。江苏从大城市到乡村集镇,书店遍地分布。据省全民阅读促进会不完全统计,全省现有各类阅读组织近6000家。江苏各地读书会丰富多彩,有以学术书籍为主要内容的高校读书会,有扎根农村基层的农家读书会,有倡导家庭阅读的亲子读书会,有面向企事业员工的职工读书会,也有传承优秀传统文化和彰显地域文明的城市特色读书会。

每年夏季举办的江苏书展,已经有13个年头的历史。在2023年举办的第十三届江苏书展期间,全省各地分展场将举办阅读推广活动1700余场,涵盖了出版物展销、阅读推广活动、行业交流论坛、重要信息发布、专业展陈展览、阅读互动体验、网络直播带货等,数字化阅读、云阅读等新型阅读形式也走到各个年龄层中间,阅读成为全面积极参与的盛会,足以佐证江苏的"书香特质"。

三、经世致用的实干特质

水的主要特质是流动,水流则活,活水必动。江苏从自然的水网到人为的陆网,让其浑身动起来,变为人流、资金流、技术流、交通流动,带动经济动脉,人文静脉、畅通无阻。长江不断奔腾、奋发向前的精神,铸就了江苏经世致用的实干传统。

江苏历代名人辈出,极大推进了华夏文明的历史进程。例如政治家、军事家有孙武、伍子胥、刘邦、项羽、韩信等,科学家有祖冲之、沈括、徐光启、徐霞客等,文学家有刘勰、李煜、范仲淹、秦观、范成大、施耐庵、吴承恩、曹雪芹、吴敬梓、冯梦龙、刘鹗等,艺术家、书画家有顾恺之、张旭、米芾、唐寅、文徵明、祝枝山、郑板桥等,思想家顾炎武等。

到了近代,周恩来、张太雷、恽代英、瞿秋白等老一辈无产阶级革命家,挽救国家于水火,深深影响了中华民族的命运;著名的科学家有华罗庚、周培源、茅以升、钱伟长等,文化名人有柳亚子、朱自清、叶圣陶等,著名书画家有徐悲鸿、刘海粟、傅抱石、钱松喦、林散之等,著名表演艺术家有梅兰芳、周信芳、赵丹等,著名实业家有张謇、荣宗敬、荣德生、刘国钧等。

江苏人敢为人先,具有创新创造精神。以张謇为代表的南通人在近代历史上开创了众多的全国第一:中国第一家股份制纺织企业、第一座博物馆、第一个气象站、第一所师范学校、纺织学校、农业学校、戏剧学校等,令南通成为近代民族工业的发源地之一。改革开放之后,长江作为黄金水道,是与外部世界沟通、交流经济和文化的大通道,江苏长江两岸涌现出了一大批乡镇集体企业和民营企业,县域经济和乡镇经济发达,令江苏成为风云激荡的改革开放的先驱地之一,引领改革浪潮之先。例如苏州有三大宝:张家港精神、昆山之路、园区经验。这些体现了江苏人民胸怀天下、经世致用的品格特质。

四、心灵手巧的精致特质

因长江之水的滋润,江苏的生产生活方式和产品样态呈现出心灵手巧的精致特质,就如同昆曲,被称为"水磨腔调",细腻、精巧、高雅、别具匠心,具有水韵的柔美特征。这种精致一方面映射了江苏人的文化修养,对中华优秀传统文化的继承和发扬,另一方面又显示出一丝不苟的钻研态度,是中国人勤劳质朴专注等美德的当代展现。

江苏的刺绣典型地反映心灵手巧的精致特质。江苏刺绣包括南通的仿真绣,无锡的经纬绣,常州的乱针绣,扬州刺绣的仿古绣、写意绣,东台的法绣等,其中尤以苏州刺绣最为著名。苏州刺绣是我国四大名绣之一,具有图案秀丽、构思巧妙、绣工细致、针法活泼、色彩清雅的独特风格,地方特色浓郁,成为了江苏走向世界的一张名片。

苏作玉雕亦是如此,明代宋应星著《天工开物》一书,盛赞过苏州玉工:"良玉虽集京师,工妙则推苏郡。"苏作玉雕在明代以前就以精良的工艺闻名全国,明代陆子刚曾琢玉水仙,玲珑奇巧,被称为"鬼斧神工"。苏作玉雕以"小、巧、灵、精"的文人玉件出彩,构思奇巧,以巧色巧雕化腐朽为神奇,切磋琢磨间皆有灵动之气。如今,苏作玉雕开始走进世界级的收藏殿堂,成为中国工匠精神的又一代表。

苏作家具是南方文人家具的典型代表,将考究发挥到了极致。在文人的眼里,生活的格调和方式,包括陈设布置、家具器用,皆是主人爱好、品性和审美意识的外化。因此,对朝夕相伴的家具,必求简约、古朴,一几一榻都要追求诗意栖居的理想。苏作家具在这种观念下,造型纯朴清雅、气韵生动,讲究文质并重,崇尚天然材质,强调格物致知的自然美,追求细致入微的工艺,体现超凡脱俗的文人气质与品味。

此外,还有南京云锦、扬州漆器、苏州缂丝、宜兴紫砂、东海水晶等一众非遗手工艺,均体现出精、细、雅、巧的特点,正是江苏精致文化的展现。

五、审美生活的诗性特质

长江为江苏带来了富饶的土地、富裕的生活,同时也赋予了生活在这片土地上的中华儿女一种高度的生活智慧,即生活美学,或者说是诗意的栖居。中国历史上有过三次大动荡,西晋的永嘉之乱,唐代的安史之乱,北宋的靖康之乱,中原士族跨过长江,衣冠南渡,带来了先进的文化,精致的生活方式也逐渐与江南水乡的温软走到一起,酝酿出了新的生命力。

中国自古以来的"礼乐传统"和"天人合一"的审美理想,蕴含在江苏人的骨子里,暗藏在衣食住行的方方面面。人们无时无刻不在与美为伴,日用而不自知,却视之为寻常事。

江南园林,把大自然的丘壑搬进了一方小天地,城市景观更是作为更加广义的"园林",给人以可观赏和卧游的空间。明代苏州人计成撰写了《园冶》,提出了著名的"虽由人作,宛自天开"的造园理念,这部书也被誉为世界造园学最早的名著。

明代的另一位著名的造园家和生活美学家是文徵明的曾孙文震亨,也是江苏人士。文震亨在其著作《长物志》中提出:"长物,本乃身外之物,饥不可食、寒不可衣。然则凡闲适玩好之事,自古就有雅俗之分,长物者,文公谓之'入品',实乃雅人之致。"这些所谓的"长物"包含了室庐、花木、水石、禽鱼、几榻、器具、位置、衣饰、舟车、蔬果、香茗十二类。作者对园林的营造,物品的选用摆放,收藏的鉴赏法门一一解析,将闲玩上升到了理论的层面,堪称一本生活美学的百科全书。

如果说造园是对自然山水的浓缩,书斋中的山水画则以纸本艺术的形式,寄托对林泉高致的向往,是"移动的桃花源"。书法则在法度和意象之间抒发胸臆,以抵达精神世界的彼岸。江苏书画艺术家辈出,"元四家"中的倪瓒、"明四家"、"清六家"皆为江苏人士。

美食宴饮则以色香味触等更加直接的方式慰藉人生,可谓食不厌精脍不厌细,江苏的美食也是名副其实的功夫菜,在食材的不讲求名贵的山珍海味,却追求对本地寻常物产的精心烹饪,即使是普普通通的南豆腐,也能切得细如发丝,再配以冬笋、鸡丝、火腿,做出老少咸宜的文思豆腐。清代才子袁枚辞官归隐,搜集天下至味,编入《随园食单》流传至今,让现代人得以一窥古人的宴饮之乐。

江苏的戏曲昆曲,以曲词典雅、行腔婉转、表演细腻著称,是文人雅趣的典范。提起戏曲,则不能不提如皋人李渔。李渔是一流的戏曲家,其著作《闲情偶寄》,以结构、词采、音律、宾白、科诨、格局六方面论戏曲文学,极大促进了戏曲理论的发展。他还是一流的出版人,编纂了《芥子园画谱》,也是一流的旅行家,"三分天下几遍其二";这样一位才子,竟然也是美食家、生活美学家。《闲情偶寄》不仅包括戏曲理论,还有《居室部》《器玩部》《饮馔部》《种植部》《颐养部》等部分,将戏曲、歌舞、服饰、妆容、园林、建筑、花卉、器玩、养生、饮食等生活之美融汇于一本。

江苏审美生活的诗性特质,既有民间的烟火气,又有儒雅的文人气,一方面它承载了古老的民族的美学素养,见证着华夏文明的辉煌,又在不断诠释出新的内涵,在当代引领着中华本土文化的复兴和发展。这种审美意识与艺术魅力,其至可以跨民族,超越地域,是传播优秀中华文化的重要支撑点。

结　语

江苏因水而兴,因水而盛。长江之水与江苏其他水系贯通连接,造就了独特的地理面貌,多元的经济结构和丰富的文化特征,也孕育出了大批实干人才,他们或勤于政务实业,为祖国发展源源不断贡献着力量,或者精于文艺,精通生活的艺术,令精致的江苏文化成为中国雅文化的典范。水韵、书香、实干、精致、诗性,五种美学特质,是水韵江苏的剪影,也是江苏继往开来、生生不息的源动力,如同大江之东去,一往无前。

(作者系江苏省民间文艺家协会主席,正高级工艺美术师)

万古春秋一乾坤
——鱼禾琴音《左传》系列随笔《春秋杂谈》印象

孔 灏

两千多年以前，孔子的"莽撞"学生子路问老师："卫君待子而为政，子将奚先？"子曰："必也正名乎！"（《论语·子路》）说是子路请教老师："卫国的国君等着请您施政，您老人家将以何为施政之先？"圣人答："那也无非是让种种人和事都名实相副，并且具备正当性而已。"中华文化向来有此传统，小至各种人、事、物之命名，大至治国理政和记录历史，一言以蔽之，皆可曰：必也正名乎！

由是观之，则"鱼禾琴音"这名字，亦甚有意味。一来，鱼禾是物质，琴音是精神，合起来正好是古人"腰缠十万贯，骑鹤下扬州"的生活理想。二来，古之鱼禾皆为祭品，此为"礼"之所用；而弦歌琴音者，又皆为"乐"之所出，于是"礼节民心，乐和民声"，二者兼备，是天下的"春色大文章"，也是个人的"平安真富贵"，既彰显情怀，亦体现境界。襟抱如此者，观史，自当光风霁月；观人，自当平和中正也！近读鱼禾琴音先生《左传》系列随笔《春秋杂谈》，再次重温孔子的"春秋笔法"之余，也对当代作家如何观照和阐述历史故事有了一个更加直观的认识：一部《春秋》经，从孔子亲为之修订，至左丘明、公羊高和谷梁赤三家分别为之作传，再到一代一代的后人们做出各种解读，所有的著作中无论是写个人的恩怨情仇，还是写天下的社稷安危，都既反映了家国历史，又承担了作者爱憎，每每使人掩卷之余不禁一声叹息——"千古兴亡多少事？悠悠。不尽长江滚滚流！"然，时间的春与秋虽从来都不曾停留，空间的"乾"所代表的"天"与"坤"所代表的"地"却永远都在此守候；故，所谓"万古春秋一乾坤"者，是自然的规律，也是人世的定理。

一、"乾知大始,坤作成物",是以昭彰天道

"春秋"一词,本可做周代对于国史之通名解。如《墨子·明鬼篇》有"周之《春秋》"、"燕之《春秋》"、"宋之《春秋》"、"齐之《春秋》"语,就是指周朝和燕、宋、齐等诸封国都有史书。有学者推测:古时历法先有春秋,后分冬夏二时。因此把国史记载叫做"春秋",这可能就是"春秋"作为史书名的来由。可见,无论是命名季节还是命名史书,"春秋"都突出地强调了"时间性"。而孔圣人所谓"必也正名乎"之"正名",强调的又正是在不同时间条件下的人所应该遵循的自己的"分"和"位"。注重"时间"和注重"分位",既是一部《易经》留给后人最重要的启示之一,也是孔子"作"鲁国国史《春秋》所秉持的最重要的原则。所以,孟子讲:"世衰道微,邪说暴行有作,臣弑其君者有之,子弑其父者有之。孔子惧,作《春秋》"。当世风日下、人心不古之际,孔子力图通过《春秋》来序其时、正其位、昭彰其天道,而《左传》系列随笔《春秋杂谈》无疑也继承了这一传统。

《周易·系辞上传》有句:"乾知大始,坤作成物"。按唐孔颖达疏解,乾是太阳之气,坤是地阴之形;宋司马光《温公易说》卷五曰:"知犹主也。万物始生者,乾之所主;终成者,坤之所为也。"宋朱熹亦做此解。故一"气"一"形",恰好决定了事物的产生与完成。但,何为具体的"气"与"形"? 在《惠王效尤 肉食者鄙》中,鱼禾琴音先生分析著名的《曹刿论战》时这样写道:"曹刿见庄公问,依靠什么作战?"庄公先说了穿衣吃饭这些安逸的事从不敢独享;次说了祭祀神灵时的牺牲玉帛从不敢擅自变更并且祷告时诚心诚意;最后,终于说到了"大小之狱,虽不能察,必以情"——大小案件虽不敢说是件件明察,但却尽力使之合乎情理。于是曹刿认为庄公从对身边人有"小惠"、到对神有"小信",直至对百姓能尽心尽力,是"忠之属",这才认可能够与敌人一战。于是,作者总结说:"曹刿论战,可取之处也是根本的一条,即政治上是否得到人民的拥护,其一鼓作气之战术决策不过是冷兵器时代的小计谋,而且是军力相对等的情况下才可实施,不足道也。"如此,则作者的结论也不言自明:敬民、爱民之心率先,此"气"也;保民、惠民之行相配,此"形"也。也如此,所谓"乾知大始,坤作成物"者,不过是"皇天无亲、唯德是辅"之昭彰天道也。

二、"乾道为男,坤道为女",深蕴世道人心

人是历史的剧作者,又是历史的剧中人。司马迁写《史记》"欲以究天人之际,通古今之变,成一家之言",写法上还是以人为主体来写史。《左传》作为我国第一部叙事完整的编年体史书,更以其文笔生动、语言准确而使作者左丘明获得了"百家文字之宗、万世古文之祖"的美誉。细细读来,果然是"叙事、述言、论断,色色精绝,固不待言,乃其妙尤在无字句处。凡声情意态,缓者缓之,急者急之,喜怒曲直莫不逼肖,笔有化工。"(清冯李骅、陆浩《春秋左绣》)有鉴于此,鱼禾琴音先生通过笔墨对于众生之性的认知和世道人心的把握也颇费功夫。

古人学《易》,有"乾坤易之门"之说。乾、坤之象既可分别对应天、地,亦可分别对应男、女,故《周易·系辞上传》又说:"乾道为男,坤道为女"。不仅如此,《易经》之上经以乾、坤之象"天、地"为始,其下经之始卦则为"咸"卦,即以"少男、少女"之感应来开篇:有男女夫妇,然后有家庭社会,乃至有社稷天下之事。面对名篇《郑伯克段于鄢》,鱼禾琴音如是议论:"母亲武姜生庄公时难产,脚先出,头后出,在当时,对武姜母子无疑是九死一生,本应母慈子孝,可偏偏武姜受到惊吓,由此讨厌庄公,更加喜欢小儿子共叔段。要是一般家庭,可能就是添些嫌隙。母亲偏爱幼子也是常事,不影响母子的舐犊之情。而在诸侯权力之家,一切感情都扭曲了,从一开始就陷入了算计与反算计的无情争斗之中。"这是讲为母者。再看做长子和做兄长的,庄公任由母亲和弟弟为非作歹,只冷冷地说了一句:"多行不义必自毙,子姑待之"。结局是:兄弟相争"如同两国国君交战一样势不两立","共叔段彻底失败,又逃至共地"。于是作者下结论说:"作为母亲,武姜可以说是非常失败。出生诸侯之家,又是正妻,育有两子,可谓完满人生。当应教育他们兄弟相亲,以国家民众大局为重,干一番事业。然而由于偏心狭隘,一条道走到黑。""作为弟弟,共叔段到封地前更可能是被动作为。然而到封地之后,却是自作孽,不可逭。""作为庄公,为人子,为人兄,为人君,心胸狭隘,阴冷无情,一开始就存杀弟之心,不教育,不制止,诱使胞弟走上不归路,其心可诛!"讲军国大事,亦如话平常男女之家常,但唯其如此,历史才真实,才能留给后人太多的思考!

三、"乾以易知,坤以简能",涵摄君子修持

仍然是《周易·系辞上传》:

"乾以易知,坤以简能。易则易知,简则易从。易知则有亲,易从则有功。有亲则可久,有功则可大。可久则贤人之德,可大则贤人之业。易简,而天下之理得矣;天下之理得,而成位乎其中矣。"

天道凭借容易的方式来主导,地道凭借简易的方式而成就。容易的方式就容易使人掌握,简易的方式就容易使人遵从。容易的方式来主导就能得到理解和亲近,简易的方式而成就就能得到成功和肯定。得到理解和亲近,就可以长久;得到成功和肯定,就可以发展。可以长久,才是贤人的德行;可以发展,才是贤人的事业。掌握了容易和简易之理,就掌握了天下的道理;掌握了天下的道理,就可以成就自己的分和位了。逻辑很复杂,用简单通俗的一句话总结就是:要通过掌握容易和简易之理,来涵摄君子的修持。

在《春秋杂谈》中,对于容易和简易之理的形象化表述,让人一目了然。如《掘隧见母 王权旁落》章节,庄公在击败共叔段之后,将母亲武姜安置到城颖,并发下毒誓:"不及黄泉,无相见也"。但是,又"既而悔之","说庄公不久就后悔了,于是引出一位孝子出场。"此孝子名颖考叔,是庄公手下镇守颖谷的官员。以"下"对"上"就母子相见问题进谏,既不容易也不简易!不容易在于:人家是直接领导,又发过毒誓,你如何说服人家?不简易在于:母子相见,需及黄泉,人都死了还咋见?但是,颖考叔以"小人家有老母,一向都是吃小人供奉的食物,还未尝过君主的肉汤"为话题,轻易地开启了说服程序。接着,又以"隧道中相见"的方式,化繁为简地解决了"黄泉相见"问题。如是,作者毫不客气地写道:"庄公于是听从了他的建议。毫无疑问,这个建议是偷换概念,自欺欺人。然而庄公需要作秀,也顾不了那么多,有一块遮羞布即可。"但是对于颖考叔,作者又不惜笔墨地评述说:

而《左传》以君子评论来赞扬颖考叔:"颖考叔,纯孝也,爱其母,施及庄

公",并引诗经"'孝子不匮,永锡尔类',其是之谓乎"。意思是说,颍考叔真是个纯孝子,孝敬自己的母亲,并且还影响到庄公。赞扬考叔是"纯"孝,真孝。

这种评述与其说是对于颍考叔说庄公这一具体行为的肯定,不如说是对于一个君子的智慧和德行的肯定,实在是其得"春秋笔意"也!

一部《春秋》,孔子自谓:"知我者其惟《春秋》乎!罪我者其惟《春秋》乎!"他老人家自然知道,有"知我者",亦有"罪我者"。然万古春秋一乾坤,这其中的昭彰天道、世道人心和君子修持,那真是不能不写!同样,左丘明、公羊高和谷梁赤三家,乃至一代一代的后学们,也皆以圣人的志向为志向、以圣人的事业为事业,如是者薪火相传,生生不息! 实际上,如果抛开了语言这一特殊方式,世间众生和万物关于历史的表达,永远有更富于表现力、生命力的叙述方式。所以,孔子又说:"予欲无言。"子贡曰:"子如不言,则小子何述焉?"子曰:"天何言哉?四时行焉,百物生焉,天何言哉?"——成长为一个明天道、有修持的君子,或许,正是我们可以用自己的生命和生活来书写《春秋》、《左传》或者《春秋杂谈》的方式吧!

(作者系连云港市政协学习文史委员会副主任)

当代诗书画文化缺失、替代性及语境转轨

沙克　冯健

诗是文化精髓里的灵魂,书是文化的工具与载体,画则是文化的造型表现,诗书画均应富于文化内涵。在产生诗书画的生态环境中,应如刘禹锡所述"谈笑有鸿儒,往来无白丁"才是,何来"诗书画文化缺失"的悖论?依照中国文化的传统审美,诗书画三者的层次关系分明而互连,诗为道者,书为器者,画为艺者;而在西方美学体系中,诗具有形而上的精神实质,画处在艺术表现的中心。统而述之,无诗,则无道,没有精神高度;无画,则无艺,没有造型形象;书与物质形式交汇,归于造型之术,无书之器术,何以运载诗之道,又何以用笔墨运势与绘画经络相接。所谓诗书画一体相通,本质上是指三者之间的文化交感功能。

当审美认识论衍变出大众审美文化时,文学艺术的审美方法中便渗进了实用化、商业化、娱乐化等社会物质因素。"所谓'审美文化',无非是指当代社会中艺术的普遍化甚至泛化的现象,似乎人人都喜爱艺术,都消费艺术。"[①]事实上,文学艺术的审美功能泛化为大众审美文化,对功利性存在的有所适应,属于自然而然的平衡自守。这种功利性或也会因时因势统一到意识形态层面,与文艺内律及纯粹性相持衡,影响诗书画创作态势。即使如此,也不能强求诗书画违背自身规律,摈弃其审美的超功利和纯艺术属性。而文艺审美的过度泛化与媚俗,必

---

① 聂振斌,滕守尧,章建刚.艺术化生存——中西审美文化比较[M].成都:四川人民出版社,1997:37-38.

导致诗书画的文化缺失及其形式替代性的出现,产生导向性的误区及创作负能。此境此况下,需探寻思变求进的可能路径,承接优良传统而汲取精粹,进行当代语境下的自觉转轨,维护文艺土壤环境的健康生态,以扎实精进的创作来增持诗书画的文化风骨。

诗书画的文化衍变及当下业态境况

诗书画与中华文明史同在同行,在传统文化构成中处于源流地位。古代的诗书画,通常与学堂书斋、文人雅士互构为存在方式,千年传承下来成为民族素质的重要表征。到了社会生活进入现代,从罢黜古文而兴起、通行白话文,毛笔的文化表现功能及工具作用,逐渐被便利的钢笔、圆珠笔等硬笔所代替;1949年后的近三十年中,除了单位字号、会标、告示、标语、大字报等必须的工具性使用,以及小学生美术课中的大字描红练习等用途以外,毛笔等文房四宝和传统的诗书画被当成旧事物破除,远离其时还处于文化扫盲阶段的大众社会。

自上世纪70年代末社会生活形态发生转型后,带来思想解放和人本意识的回归,报刊、出版和传媒快速发展,国民文化素质提高,文化生活消费增长,文房四宝等文化用品和诗书画作品,不再是过去少数读书认字人的专利,恰如"旧时王谢堂前燕,飞入寻常百姓家"。而经济体制的市场化促成文化事业产业化,文化产品商品化,加之教育体制的美育强化、院校不断扩招艺术生,各地兴起的写作培训、书画培训的推波助澜,书法绘画形成并扩展产业市场;读诗写诗也一度成为热门追求,虽无市价可言却含有人生转机和精神获得。书画者以样态丰富的作品与产品投入市场,或举办培训输出技能知识,诗者主要通过官方报刊媒体和出版社来发表、出版作品,或以作品参与社会文化活动,达成各自的价值兑现。此外,诗书画均可通过推优评选获取政府机构或社会组织等的各种物质扶持与奖励,以不同途径、不同程度融入社会生活。

21世纪以来,数码相机、电脑网络、数字制图、自媒体普及到家庭及个人,尤其是智能手机成为连接互联网的几乎无所不包的强大终端工具,任何人都可以从书画网课中临屏描摹,或直接进入线下培训,习得书画的基本功。至于诗歌练习、写作则无需门槛,连纸和笔都不用,似乎能识字造句就可以入门于网络虚拟世界,利用手机对外发布传播也非常便捷。现实中的大多数诗者,难以在有专业门槛的官方报刊媒体发表诗作而获得稿酬与主渠道传播,相反能相对容易地自费自销出版诗集,以谋取精神存在感或实际利益。

综合各级文艺组织的不完全统计,全国从事诗书画者多达千万,其中诗分新旧、画分中西,年产作品岂止亿万件能计,乃至有"写诗的人比读诗的人多"、"拿得住毛笔就能做书画家"的夸张戏说。这种戏说映射着当代诗书画的业态,或可衬显其高额产值,却不能代表艺术品质的高标。诗书画的产生的本质是文化精神创造,不仅需要从事者的技艺能力,也需要天赋、机遇和终身投入。而处于当代文学主流的现代诗(新诗)写作,多是自发而为的无师修炼,广参深悟后或有造化,断非学校和社会培训能够定制出来。各种非系统的写作与书画培训的作用,是教会受训者基本技能,熏染其文艺情趣,还利于升学高考。克罗齐曾言:"艺术与科学既不同又互相关联,他们在审美的方面交会。"说到底,诗是语言艺术,书画是造型艺术,若没有人文科学的理性导引与提升,就没有审美纯度、高度与深度,不能形成和鉴别自身的品质内涵。

产业化的绘画是艺术创作的悖论性存在,非常影响大众对绘画的理解与消费取向,其发展热势与效益可从两则媒体报道中得到充分反映。其一,十几年前,欧美市场上70%的油画商品来自中国,而其中80%来自深圳大芬油画村,这里集聚约2万名油画从业人员,大芬村油画产业实现4.3亿元产值。目前大芬村有300多家电商,年销售额从300万元到3 000万元不等。而从2014年至今,大芬村的油画年产值一直维持在42亿元左右。[①] 其二,山东巨野县拥有绘画专业村50多个,绘画专业镇4个,有44家基层画院,书画产业链上的从业人员达到2万余人,工笔画销往40多个国家和地区,年产值10多亿元。[②] 这些产业的产品是绘画商品,具有模板化、流程化的制作性质,属于工艺与手工艺品,与纯艺术的绘画作品存在相当差距,其文化含量应归于大众文化与商业文化的混合范畴。

产业化所带来的利益效应与社会影响,促进诗书画形式与内容的普及,吸引大众的关注与接受,也助推了相关的教育与管理体系的架构扩张和事业发展。

---

① 李振.深圳大芬村30年:"全球油画加工地"的产业集群盛宴[N].21世纪经济报道,2018-11-4.
② 程建华,王保珠,李潇.书画产业成巨野新型农村经济发力点[N].齐鲁晚报,2022-6-2(P01).

一个不争的事实是：全球蔓延的波普文化早已渗入社会生活方式，让人人沾染后现代事物与观念的泡沫，加速大众审美文化对审美认识论的消解。逐利性的热象和创造性弱化的异象，以社会功利的集群价值意义来自证其合法性，以强势的业态气场遮蔽"诗书画缺文化"的悖论性存在。究其主要征象和成因，可归纳为写诗失规范、书法缺学养、绘画少风骨等非文化走势的诸个方面。

写诗失规范，以"性情"形式替代文化创造

作为"新文学革命"的产物，中国现代诗（新诗）至今不过百岁出头，虽然其革新了旧体诗词的外在陈式与观念方法，却正是在传承古典诗词精华和内延精神的基础上，综合运用现代文明成果而创造出的崭新形制，产生了无数文本包括精品力作，见容于社会文化生活，成为当代文化体系中的主流价值承载，并客观自觉地趋向新的经典形成期。现代诗谈不上太多历史积淀，但因其感染于百年超越千年的人类文明极速成长，所呈现的文化观念异常繁杂；及至当下，诗歌认知与创作情势千态万姿，每一种姿态下都有巨量文本。在诗歌人口众多、想法写法各异的大环境中，许多诗者以"自由体"为借口，凭着一己的所谓"性情"，任意地挥洒编排语言，玩弄名为个性化写作、实为不够自觉的文字游戏。以性情之下兴趣爱好的文字形式，替代有形无形的写诗规范，造成顺口溜、口水诗、老干体、仿古体、矫情体等文本的大面积泛滥。

诗歌是文学王冠上的钻石，饱含人生体验和审美经验，是从语言艺术中精炼打磨而来。蜂拥而上的文字游戏、语言狂欢，定然与精良品质无关，更非对诗文化传统的超越。不讲修辞的媚俗顺口溜；粗鄙浅白的口水诗；虚张声势近乎口号的老干体；如戴望舒所说"旧瓶装旧酒"——只有格律外形、泥古不化、全无创意的仿古体；为赋新诗强说愁强作态的矫情写作，总是借朗诵式"深情演绎"来掩盖其空洞无实；以上种种，通病是缺少文化含量和精神内质。

顺口溜，通常是一种句式整齐、带有韵脚的民间话语形式，不属于诗歌创作范畴；口语入诗则是现代性写作尤其日常性写作的常态，相对于隐喻象征的意象诗而普遍存在。某文学杂志邮箱收到题为《数字智造》的来稿："传承鞋业精气神，智能数造永长存。共话智造山海情，智创时尚前沿行。"此稿文体非新非旧，全无审美与修辞，字句多疵，只是一份顺口溜出的表扬书。太过任意无聊的口语

诗,会被讽批为"口水诗",意即没文化、没艺术、没意思。譬如一位网民贴在网上的《吃饭》诗,"有人在家陪亲人吃饭/有人在外陪客户吃饭/有人在自己吃饭/有许多人没吃饭……",恰如一串淋漓口水,岂有文化含量和语言艺术可言。

所谓口水诗是讽称,是一种不被认可接受的极端性存在。网上曾热传一首口水诗样本《对白云的赞美》,"天上的白云真白啊/真的,很白很白/非常白/非常非常十分白/极其白/贼白/简直白死了/啊",这无疑是诗者故意为之的文字,不仅反审美、反修辞、反意义,而且伪装出激情来嘲讽传统的抒情样式。源自西方后现代主义立场方法下的口语诗,未必表明诗者自身没文化,而是因其反文化、反意义而将文化逼空。还有所谓"梨花体""羊羔体""废话体"等等,都只是一些口水诗的极端样本,而非诗者的作品全部,可理解其为反文化、反意义的文本尝试。口水诗对诗歌价值判断带来了震荡断裂,加深着"写诗没门槛、无规矩"的文化错觉。

常规的口语诗也时遭非议,如一位成熟诗者的短诗《自白》:"我一生的理想/是砌一座三百层的大楼/大楼里空空荡荡/只放着一粒芝麻"。这本是言浅意深的口语诗,富含思考与兴味,反思揭示物质主义中的荒诞虚无。习惯于"内容大意和中心思想"式惯性阅读的受众,对此短诗一半赞许为有趣,一半否定为无聊,呈现为正反抵消的零和性,这正是大众审美文化各持一端,难有定论的非价值体现。在现代诗写作中解构意象形象意义,放弃修辞难度、稀解文化浓度,以极简和随性来描绘一种日常性,暗设其"言浅意深",是后现代文学的常用方法手段,依诗学语言机制来审视,其难度似不及机器人小冰写的诗。所有的理论观点都认定,诗歌写作必须规避过度的随意性和程序化,在文化审思和审美经验的基础上实现机巧性语言的凝练创造。

老干体、仿古体、矫情体诗歌各有其形式内容的表征,有时还会融于一体,其共性是强调不自觉的"性情",硬加语言重量、强加文字意义,把一点小感小受小情小趣,无限拔高膨胀,往往趋向气泡胀破式的文化归零或负值。某地诗者曾在汶川地震后写了一首《江城子·废墟下的自述》,"……十三亿人共一哭,纵做鬼,也幸福。银鹰战车救雏犊,左军叔,右警姑,民族大爱,亲历死也足。只盼坟前有屏幕,看奥运,同欢呼"。它套着风雅的词牌名,读起来朗朗上口像仿古的词,看起来又像长短句参差的现代诗,貌似抒发高尚无比的"大爱",却是一件诗词文化的废次品。其文质兼逊倒在其次,悖逆人性伦理、为赋新词强作势、矫情空洞至极,才是其非诗非词的问题实质,堪称老干体、仿古体、矫情体的集大成者,被学术界一针见血地彻批为"鬼歌体"。类似于"鬼歌体"的种种写作,均不同于后现代主义诗歌的有意识反文化,而是有意识装扮成文化来毁伤文化。

现代诗的文化属性,既归于文化知识或文明素质的基本范畴,也包含自身的思想品质、价值观与审美,道义与终极诉求、艺术创造性等复合因素。"诗无达估,自有内律,对诗性、真性和语言性的要求便属其规范,也是其难度所在。"[①]中国现代主义诗歌的先驱、朦胧诗人食指,曾于1968年写过一首《相信未来》,"当蜘蛛网无情地查封了我的炉台,/当灰烬的余烟叹息着贫困的悲哀,/我依然固执地铺平失望的灰烬,/用美丽的雪花写下:相信未来",映射了那个时代的精神重负和文化诉求。"从诗歌语义上说,作品的抒情与意象组合是一种并列的关系,即理想与现实的冲突,意象也很单纯,虽然有象征主义的味道,但绝不复杂,意与象,象征与本体基本上逐一对应。"[②]这首艺术构成并非精到的诗作,因其所反衬的思想价值,成为特殊时代的真性文化诉求的同期声。

不管意象书写、口语书写,还是主情书写、叙事书写,抑或纯形式的语言性书写,现代诗写作都是有门槛、有规律的。且不谈综合性人文素质要求,仅从现代诗学的语言方面而论,便有一套解析辨识系统,包含言语、语感、语音语速、语义语境、所指能指,以及意象形象、隐喻象征、符号结构与解构,还有更高审美要求的文本语体文体和风格特质等等,这些语言关联因素的复合作用决定着诗歌的艺术价值。仅凭不自觉的"性情"下的兴趣爱好来染指诗歌创作,以顺口溜、口语体、老干体、仿古体、矫情体等形式性来替代文化创造性,非但不能体现诗文化的多元化,还脱离了古今延续的诗学基础。只有秉持诗性、真性和语言性的写作,趋近"形而上的精神实质",才能达成相应的文化高度和诗学价值。

书法缺学养,以技能形式替代文化品质

书法艺术特别讲求师承,常具体到师承某书者,所得多在技艺层面,若仅局

---

① 沙克,何言宏.诗性、真性和语言性——关于认知和写作的诗学对话[J].扬子江诗刊,2020,(4):67-70.
② 汪政,晓华.无边的文学[M].北京:作家出版社,2013:354.

限于此则难以青出于蓝而胜于蓝。宏观上的传承书法传统当为首要,若想对之发扬光大,需要先有书法文化的学养做底座支撑,据此创作出具有自我艺术结构的个性作品才能实现。"怀素的狂草书的出现不是偶然的,他是多种文化因素共同作用的结果。……怀素的书法所呈现给世人的,除了笔法、章法之外,还在于其行笔之间自然流露出的些许禅意,可谓是外师造化,中得心源。"[①]书法艺术看似笔墨线条之功,实质含蕴万千文化质素,古有文化学问厚积的书圣王羲之,可为文豪名士的雅居吟咏的诗集撰书《兰亭序》,今有历经磨难而大器晚成的草书大家林散之,成全诗文书画四绝之功。能成为书法一家,便是艺术一家,文化一家,落笔着墨时必有审美精神和风格气韵运行其中。

在民国及以前,毛笔作为日常实用和文化传播的主要工具介质而存在,用于官方行文、师者传道、学生求知、文人著述,也用于民间书信、医者开方与账册契约、字号广告等等。到了电脑键盘和手机刷屏代替纸笔的当下,会写毛笔字即使算一份才干,也未必称上书家。苏北里下河一带存有清代坐堂郎中的处方原本,其楷书、隶书、行楷只为行医实用,明畅而有筋骨,富于书卷气息;因坐堂郎中是读书人,有一定学问者,懂得辨证施治的医学,故书而得法自然功成。对于当代书者,理应秉持先有文化、后有书法的正道。撇开人文学养直奔书法技能,百日功也好十年功也罢,不懂诗文不求博识而只求声名闻达和尺幅润格,终会因文化根基虚软导致其感悟创作能力衰弱。

在民间化的传统观念中,字是人的脸面,是文化的外衣,字写得好会给人留下不俗印象,而"字无百日功"的俗常认知,既造成写字与书法的概念混淆,也导致对书法不需要恒久功力的误解,以为天天临帖行篆隶草楷,抱定笔墨磨练几年便有成效而致实惠。在当代社会进入办公和社交的无纸化时期以后,写字的实用性包括赖以生存的功能大为削弱,一般的写字技能必须转升到书法层面,才可能获得精神认可与利益回报。书者参加书展、举办个展,参加书法比赛得奖,出版书法作品集,从业较久积分较多便可以加入有关的书法家协会,便能以书家自居。

极不正常而习以为常的是,无论在全国还是地方书法界,或具体到一场书

---

① 曹圆杰.论怀素草书的艺术特色及其审美价值[J].宁德师范学院学报(哲学社会科学版),2018,(2):71-75.

展、一本书法作品集、一个市场的店堂,观览其书法作品内容,竟然几无书者的原创文字,几乎都是抄录的古典诗文,或儒道释经文等,抄错字句的情况也屡见不鲜,此种现象可以坐实书法界欠缺文化艺术学养的普遍状况。在人类文明总体指数冲顶历史的当代语境下,一位书者缺乏诗文功夫,短少人文知识的多方积累,只能说是识字者不能说是有文化,不管用怎样的高超功力去抄写他者诗文,都不能以"家"相称或自称。书法是中国传统文化中的基础内容,以李白、欧阳修为例,他们并未以书家立世取值,而是把书法作为运载诗文之器,却功到自然成,"额外"成为书家,因其诗文宗师的文化底蕴,致其书法遗存受到百世尊崇。

书法艺术的基础处于社会文化生活中,青少年承接着书法艺术的未来。青少年学习书法,需从传统文化和当代知识学起,然后才是磨练笔墨技法,否则笔蘸浓墨而胸无点墨,只能变成"车间式"的徒工技工。冠以"全国"名的中小学生绘画书法大赛、少儿书画大赛之类赛事,令一些十岁八岁的学童获得"全国级"的书法奖,有的获奖者被媒体炒作为"书法神童[①]",或许其有些笔墨天赋,但难有多少文化知识积累,离书法的内涵精神相距甚远,称之为神童等于在否定书法传统,反证着书法不需要文化。书法神童是个显然的伪命题,与骆宾王、王勃、海子、陶哲轩这样的古今文学、科学神童的存在不可并提,后者靠的是智慧、知识和创造力,具有神童的性质而非是披上一种名称。炒作书法神童的功利做法,正是当代书法创作的一种镜像反射,是重笔墨技能、轻文化学养,自拆书法根基的非理性行为。

书法作品的市场化带来相当大的利益诱惑,书者的润格与身份名气成正比,位于高端的书家一幅作品价值数千、数万、数十万元。与此相应的某种现象是,一些基层的书者费尽功夫周折加入全国书协,或得个全国奖,便以名书家或书协管理者营据一地,往往因其综合学养贫缺和书法中的文化虚无,非但带动不了地方书法艺术的成长,反而如武大郎比照自己身高来量才,起到庸师出矮徒的消极、阻滞作用。功名之下,书者趋之若鹜,急于取利而忽视文化修为、艺术精研,江湖式的所谓师承以及模仿抄袭之风盛行,致使书法作品千人一面、庸态互叠,书者的原创能力渐趋于弱化。这种愈演愈烈的状况,需从书法教育、体制规范等

[①] 墨客岛.10 年前的"书法神童",究竟是谁毁了他?[EB/OL].https://www.sohu.com/a/325856224-582661,2019-07-18.

方面进行改变匡正。

书法学历教育的低文化门槛,也加剧了对人文、科技知识的漠视淡化,笔画训练和临字摹帖的工艺流程性,拘囿了书法学子的思考想象力和审美创新意识。社会性书法培训的师资良莠不齐,总体文化素质偏低,人文艺术修养贫缺,追求技能速成必然使学子停留在学手艺的行而下层面,带出来的基本是毛笔字徒工。另一方面,各地的文艺机构与书法培训班联手,推动开展收费性的少儿书法的集群考级,虽能激发少儿的书法兴趣和信心,但其止于临摹层次的考级晋级标准,与书法的审美独创精神相悖,与培养书法创作人才、增进书法艺术的本愿渐行渐远。

"书者,散也。欲书先散怀抱,任情恣性,然后书之……纵横有可象者,方得谓之书矣。"[1]此论对当下的书者特别适用,放达性情,开启想象,运用百般笔法,方能产生书法的形象气势。归根结底,书法的技能形式替代不了文化品质,失却个性特征便不具有创作性质。对于书法界包括相关的管理层面,具体到习书者抑或是书家,持续古今文化学习和艺术学养提升都是必须的基础课。有了对于文化与非文化、艺术与非艺术、创作与模仿制作、精粹与庸劣、价值与非价值的基本判别力,才能营建土质肥沃、环境净化的健康氛围,让毛笔字生长成真正的书法艺术,升向其所承载的精神境界和文化思想高度。

国画欠风骨,以制作形式替代文化气度

大约在近十年来,中国画的主流创作倾向于国展大厅的展品样式,工笔、小写意和大尺幅制作占据明显优势,其中国元素的题材信息重复出现且颇多相似性,而其中国绘画的水墨韵味似在逐渐式微。也许现代主义表现和现实主义内容的结合更能够体现主体意志中的主导价值,但是同质化的形式内容追求折射了独创精神的退化。"较之现实主义与现代主义之间的任何一种争论,个人感知和集体感知之间的辩证法更能引导世界中的光线组合成明显具有美学特征的东西。"[2]艺术主题先行可以作为一种创作导向,但是不能成为画者集体共有的创

---

[1] 蔡邕.蔡中郎集[M].郑州:中州古籍出版社,2018:136.
[2] 肖恩·库比特.数字美学[M].北京:商务印书馆,2007:45.

作模式及美学特征,依蛋画圆、照葫芦画瓢不是一名画者所为,感知光线的由表及里,画出葫芦里面的瓢子、种子和色彩及其动态,才是画者的创作性所在。明人徐渭开创的泼墨大写意和"青藤画派"深远地影响后世,然而他却不满足于做一个画师,在艺术上不求形似求生韵,呈现放逸豪壮的笔墨写意性,同时主张草而能工、工而入逸,在文化精神上超越了文人写意画的诗书画交融互补的特征,渗入强烈的抗争意识和个性色彩,诗文、书法、戏曲、理论并举,蔚然成为一代文化艺术大师。

后期印象派画家凡·高学画起步晚,缺乏素描和色彩练习的童子功,他37年短暂生涯的最后十年,才是他艺术才华必现之期,创作了两千幅素描、油画作品,成为世界艺术瑰宝。在凡·高的绘画初期,艺术界对其绘画的焦点、色彩、比例等技术层面的问题多有批评,比如画中人物的肢体比例不协调、不真实。其时照相机技术渐趋适用,感光材料已出现胶卷,深刻影响着绘画艺术的转型发展。凡·高在致同时代画家安东·凡·拉帕德的书信中解释自己的作品《排线的织布工》时说:"我在那个位置上放进一个幽灵似的织布工,是因为我曾见到过他坐在那里,我草草地几笔就把他涂抹了出来。因此我根本没认真考虑过手臂、大腿成不成比例。"[①]凡·高针对自己的作品《吃土豆的人》,在信中对他的弟弟提奥说道:"我应该可以将所看到的给自己一个准确的印象。"[②]这些艺术话语,都是凡·高绘画思想的体现,他不是照葫芦画瓢,不是相机的写实,而是画出经由眼睛到达内心的东西,经过思想过滤而自我组构的东西,是艺术性的真实且准确的东西。

如果一个画者不能获得精神与思考的独立自主,不能进入审美自由的主创境界,就谈不上艺术创作。"审美意义上的自由不是抽象的观念中的自由,而是直接从人类生活的感性的实践创造中表现出来的自由。"[③]如果没有这样的文化觉悟和艺术能力的升腾,即使技法进步再大,所谓绘画也还是工序性或机械性的制式生产,即使工笔写实纤毫毕现、画幅形制巨大无朋,也还是欠缺精神内核的平庸小器之物。

---

① 荷兰凡·高博物馆,海牙惠更斯历史研究所.凡·高书信全集[M].林骥华等,译.上海:上海书画出版社,2016:353+562.
② 林骥华,曹珍芬,唐敏,等.凡·高书信全集[M].上海:上海书画出版社,2016:353,562.
③ 刘纲纪.艺术哲学[M].武汉:湖北人民出版社,1986:519.

从国展、省展层面的各种画展中,以及其他的画展、画廊及网展中,可以看到当代中国画注重于形式上的奔突出新,留下的问题异常突出,缺乏以艺术主见为基础的自由创作精神。摹仿抄袭、陈式化成风,附庸于市场的媚俗需求,绘画技巧虽有所提升,思想格调却趋向萎缩。美院学生的入门考试是色彩素描,西方审美标准的先入为主,致使学院里的中国画精髓被虚化流失。艺术院系的招生把文化分数压至很低,却又把中国画当成一种绘画技术来教,未必精熟的笔墨技法成为学院出身者的唯一仗恃,"传统文化的实质已经丢掉了"[1]。把就业作为重要目标的学院艺术教育成为生产模具,如同车间一样出产毕业生,投放到社会需要的职业岗位上。

社会性的绘画培训对于文化知识的无门槛准入,相当于默认为师者可以不是读书人,而没有传统的学问基础和现代知识结构,又岂能对受训者进行理论熏陶和艺术终极问题的探讨,只能培养出半生不熟的画工。人文内涵先天不足的各方习画者,只知揣摩水墨笔法、描摹外物形貌,不懂诗词文章,中国画特有的文人风骨无从谈起,而传统文人画的墨韵气质更是难觅踪迹。"所谓新文人画虽不乏'新观念',细察之下不过是西方已有的观念移植,至多算是残缺的文人画,外加一些工艺制作成分而已。"[2]至于追求独创精神、艺术风骨、哲学思辨,探寻自然与生命之美及其本质,这些艺术创作传统的核心内容被完全或缺,怎能形成自我的笔墨语言系统,实现中国画的创作进步。

当下的中国画正处于展厅时代,国展作品多以工笔、工写结合或小写意为主,而明显缺少大写意绘画,反映了当下笔墨功夫的式微。大写意绘画的画面形象相对概括和简单,若笔墨功夫不到位便很难实现,加之为追求视觉冲击力,展厅作品盛行大尺幅、大制作。许多画者规避笔墨的难度,耗时半月数月,甚至借助投影仪将照片投射放大于画纸,以工笔触勾勒、皴擦并渲染作出"巨构"。而此类作品格局气度并不大,使得"人云亦云"和"千画一面"成为展厅主导的作品流弊,画者的风格风骨荡然无存。中国画创作应体现"文""写""大""综"的价值担当,"文"指文化品位及其所呈现出的"文气",可以塑造文化境

---

[1] 黄欣凤.当代中国画创作传统文化底蕴欠缺现象分析[J].淮南师范学院学报,2014,16(2):61-64.

[2] 顾绍骅.中国画岂能缺文化[EB/OL].http://www.360doc.com/content/11/0615/17/3642803_12716194.shtml,2011-06-15.

界;"写"指写意精神,实现写意、写心和写"我",由内及外见微知著,化物存魂;"大"反映一种宏大的格局气象,并非指绘画尺幅之"大";"综"指"诗书画印"的综合性传统修养在笔墨上的集中体现,而大写意绘画高超的笔墨艺术可称为其代表性的成就①。

中国画理应皈依于写意、写心和写"我"的核心意义,规避照相式绘画的聚焦闪光制式,推想自然事物与当代语境之间的造型可能,形成外物与画者灵魂式的情节关系。家国情怀的抒情表意不可或缺,关注现实的生活叙事不可忽视,而个人日常中的性格情趣是不灭的可能性动力,这些艺术哲学统领下的关联考量,需要以真切的角度、形式和内容付诸实践。以制作型的画面形式替代文化气度,即使尺幅再大、题旨再重,或者手法再精细再写实,一旦呈现为艺术表现的同类化、同质化,其替代企图便告落空,艺术风骨尽失。拿来西方绘画作为中国画创作的标本,用所谓中西画合璧来加强"视觉冲击"或写实效果,难以体现中国画的原创精神和发展指归。

当代语境下的诗书画转轨及审美推进

作为时代演进的不同语境下的精神产物,诗书画载运着人文价值的精粹部分。而在传统的文人画中,一直强调的是诗书画一体或一律,讲的是三者之间的一体化或相互融合的关系或画家在三个方面都达到一个高度,如齐白石、吴昌硕、潘天寿等,都实现了诗书画创作的高峰,然后又把三者融合到了一起。尤其是,三者的创作原理和创新原理可以相通,这是对画家在文化上的更高要求。历史上代有诗书画全才,唐有王维、郑虔,宋有苏轼、黄庭坚、米芾,元有钱选、倪瓒,明有"吴门四家"的沈、文、唐、仇,清有"常州画派"的创始人恽寿平、扬州画派代表人物华嵒等等,其才艺卓绝的根本在于所处文化语境的支撑,深悟为文从艺之道,通达人生哲学之理。诗圣杜甫有感于时人轻薄唐初四杰的现象,写出《偶题》诗句"文章千古事,得失寸心知。作者皆殊列,名声岂浪垂。"让人们懂得尊重既成的文化造就,"每个成名的作家都有独到之处,各具特色。我们要善于发现

---

① 冯健.展厅时代文人大写意花鸟画的价值担当与现代话语体系构建[J].艺术评论,2021,(9):125-133.

他们的优点,不能随便抹杀。"①然而,与轻薄艺术传统同样背离创作规律的是,一味摩袭古人而寸步不离,缺少变化创新同样成就不了诗书画;今人对待古人的文学艺术遗产,需汲其精髓而化用到现代文明的语境中。

自媒体文化通过手机使得实用性和娱乐性成为文化消费主导,加剧了传统文化的虚无化、当代文化的碎片化。在这样的困惑语境下,诗书画者如不能保有起码的精神觉悟,诗者以所谓"性情"下的兴趣形式替代文化创造,书者以技能形式替代文化品质,画者以制作形式替代文化气度,必然会丢弃人文思想和审美原则,坠入诗书画缺文化的陷阱。诗书画的创作者,适当追逐生存发展所必须的功利空间完全正当,而不能把诗书画创作仅仅瞄准"产业和生意"。诗书画者未必要做到全才,却要有与时俱长的传统学养,融汇应用现代文明成果,学有专攻或致精进成功。

当代文化语境造就当代话语的形式内容,而文学艺术语境却有自身的保全系统,产业化消除不了纯粹性的文艺创作,写实的照相机没有取代绘画,临帖式的复印机不能取代书法,奇妙的机器人小冰的程序文字同样不可取代诗歌。艺术的极高声誉,就在于它能够帮助人类去认识外部世界和自身,它在人类的眼睛面前呈现出来的,是能够理解或相信是真实的东西。② 有学者根据人类学家爱德华·霍尔的高低语境论说,从传播学层面列举低语境文化和高语境文化的区别:前者外显、清楚,输出明码信息,擅长于自然科学研究;后者内隐、含蓄,输出暗码信息,擅长于文化艺术创作。③ 这里的高低,与文化程度的指数无关,而是指文化秉性的区别。

当下的诗书画语境中存在着有形无形的双轨,一轨是高文化语境的文学性诗歌和艺术性书画,属于相对专业的创作,偏重于文化创造的精神性、事业性;二轨是低文化语境的泛文化诗歌和应用型、工艺型书画,偏重于商业性的大众消费。无论怎样界定、诉求诗书画的多元化形式和价值,都不应该背离文学性和艺术性的本质,更不能抽掉其中的文化筋骨。低语境的诗书画类型理应向高语境转轨,逐步增加自身的文化艺术含量,推进大众的审美层次。对于具体的诗书画

---

① 冯至.杜甫传[M].天津:百花文艺出版社,2007:230.
② 鲁道夫·阿恩海姆.艺术与视知觉[M].北京:中国社会科学出版社,1984:636.
③ 美逸君.高语境、低语境:理解中西文化差异的一个视角[N].南方周末·自由谈,2022-9-22.

者,从社会生态的拥挤处境中腾出一些心性空间,越过一般的大众审美文化,学一些厚重的传统文人气,多一些文化学问,培植一些风雅精神,形成独立的思考深度和创造力,才有可能为文学艺术的整体创作添增自身的分值。

(沙克系淮安市文艺评论家协会主席,文学创作一级;冯健系北京大学教授,博士生导师)

跋

  《2022江苏文艺研究与评论精粹》(以下简称《精粹》)的征稿、编辑、出版等工作得到了江苏省文艺评论家协会主席团、理事及我省知名文艺评论家的大力支持与积极参与,同时也得到了全省各设区市文艺评论家协会的帮助与支持,河海大学出版社的编辑和有关工作人员也为此做了大量的工作,在此谨向他们表示诚挚的感谢!

  《精粹》是我省知名文艺评论家创作的优秀文艺评论作品的集中呈现。通过《精粹》的编撰,我们感受到了我省知名文艺评论家深厚的学养积淀,勇于批评的责任与担当,他们是抬升江苏文艺评论高地,促进江苏文艺高原出高峰的中坚力量。

  由于时间、精力、人力有限,本书必定存在诸多不足,敬请各位读者、方家指正。

江苏省文艺评论家协会
2023年12月